Labyrinthe meurtrier

W0324733

DU MÊME AUTEUR AUX ÉDITIONS MIRA

Miami Confidential
L'Alibi
Intime conviction

CHRISTIANE HEGGAN

Labyrinthe meurtrier

Roman

MIRA

Titre original :
SUSPICION
publié par MIRA®

Traduction de l'américain par KATIA NOVET SAINT-LÔT

Mira® est une marque déposée par le groupe Harlequin

© 1998, Christiane Heggan.
© 2006, Harlequin S.A.
83/85 boulevard Vincent Auriol 75646 PARIS CEDEX 13.
ISBN 2-280-85569-0 — ISSN 1765-7792

A Larry et Millie Criswell

*Merci pour le grand tour de Washington, D.C.,
et pour votre amitié.*

1.

Un à un, les yeux baissés, les douze jurés entrèrent dans la salle d'audience du tribunal. Kate Logan sentit son cœur chavirer. Pas un seul n'avait regardé Tony.

— Kate…, murmura ce dernier avec une évidente angoisse.

C'était un jeune homme de petite taille, au corps noueux, avec un beau visage aux traits latino-américains, et une dureté apparente des plus trompeuses — pour bien le connaître, Kate savait en effet quelle était la douceur de son caractère.

— Surtout, reste calme, lui conseilla-t-elle en essayant de ne pas trahir sa propre nervosité.

L'honorable Margaret J. Hawthorne, une femme à l'air sévère, et qui avait la réputation de toujours favoriser le ministère public, se tourna vers les bancs des jurés.

— On me dit que vous avez rendu votre verdict, déclara-t-elle de sa voix sonore. Monsieur le président du jury, est-ce exact ?

L'intéressé, un homme d'affaires d'une cinquantaine d'années qui avait fait montre d'une grande attention durant tout le procès, se leva.

— Oui, Votre Honneur. C'est exact.

— Veuillez passer l'arrêt à mon greffier, s'il vous plaît.

Le greffier alla prendre la feuille de papier et l'apporta au juge, qui la déplia et lut son contenu, avant de la lui rendre. Le visage impassible, le juge Hawthorne regarda Tony.

— Accusé, levez-vous, je vous prie.

Tony et Kate se dressèrent dans un même mouvement, et le greffier leur fit face, avant de lire à haute voix :

— Nous, les membres du jury, après en avoir délibéré, déclarons l'accusé, M. Antonio Fuente, coupable.

Il n'avait pas fini de prononcer le dernier mot, qu'un hurlement déchirant s'éleva dans le tribunal, aussitôt suivi d'une rumeur de protestations déclenchée par les nombreux Portoricains qui avaient fait le déplacement pour être présents lors de l'annonce du verdict.

Kate n'eut pas besoin de se retourner pour savoir que le cri de douleur avait jailli des lèvres de Maria, la mère de Tony.

— Non ! hurla encore la malheureuse avec désespoir. Vous ne pouvez pas faire ça ! Ce n'est pas lui. Mon Tonio est innocent.

La juge, qui s'était montrée particulièrement intraitable avec Kate, durant les deux semaines du procès, frappa plusieurs fois avec son marteau.

— Silence ! Silence ! Asseyez-vous, madame Fuente. Encore un éclat de ce genre, et je vous fais sortir.

Le juge regarda Maria par-dessus la monture de ses lunettes, avant d'ajouter :

— Est-ce que c'est clair ?

Se tournant, Kate prit les mains de Maria, qui étaient crispées sur la rampe de la petite barrière de bois, devant elle, et la força avec douceur mais fermeté à se rasseoir. Puis, elle se tourna vers le juge.

— Nous vous présentons nos excuses, Votre Honneur. Mme Fuente est dans un état d'extrême nervosité, comme vous…

— Peut-être, maître Logan, mais je ne saurais tolérer ce genre de comportement dans mon tribunal.

Kate se retint de répliquer vertement, songeant que cette garce aurait tout de même pu faire preuve d'un peu de compassion. Mais Mme le Juge devait encore rendre la sentence ; ce n'était pas le moment de s'en faire une ennemie.

— Cela ne se reproduira plus, Votre Honneur, promit-elle sur un ton respectueux.

— Bien.

Kate attendit que le silence complet soit retombé sur la salle d'audience, avant d'ajouter :

— Si la cour le permet, je souhaiterais que les jurés s'expriment individuellement.

— Accordé.

Les bras bien calés sur les accoudoirs de son fauteuil, le juge Hawthorne se tourna de nouveau vers les douze jurés.

— Je vais demander à chacun de vous d'annoncer son verdict personnel à haute voix. Vous ne devez ajouter aucun commentaire.

Elle les considéra brièvement, un à un, comme pour s'assurer qu'elle avait été bien comprise, et son regard se reporta sur le premier juré.

— Juré numéro un, quel est votre verdict ?

L'homme répondit sans l'ombre d'une hésitation.

— Coupable.

— Juré numéro deux, quel est votre verdict ?

— Coupable.

— Juré numéro trois, quel est votre verdict ?

— Coupable.

La même réponse tomba des lèvres de chacun des membres du jury, y compris une Afro-Américaine qui avait les larmes aux yeux et la voix tremblante quand vint son tour de prononcer le mot terrible : « Coupable ».

La peine de Maria avait dû la toucher, songea Kate avec amertume. Mais cela n'avait pas influé sur sa décision.

Elle jeta un coup d'œil vers Tony, à côté d'elle. Il s'était rassis, les épaules affaissées, les paupières closes, la mine défaite. Elle sentit sa gorge se serrer. Le jeune homme était le fils de sa gouvernante, et elle le connaissait depuis sa tendre enfance. Au fil des années, elle avait vu le petit garçon espiègle se transformer en adolescent rebelle, puis devenir un adulte responsable. Elle savait qu'il était incapable de faire du mal à qui que ce soit, et surtout pas, ainsi qu'on l'en accusait, d'assassiner la femme qu'il aimait.

Il y eut un bruit de feuillets qu'on remue, et le juge Hawthorne reprit :

— La sentence sera rendue le mardi 2 janvier, à 10 h 15. D'ici là, le prisonnier devra retourner dans sa cellule.

Puis, abattant encore son marteau, elle conclut :

— L'audience est ajournée.

Aussitôt, sans se soucier du policier qui approchait, des menottes à la main, Maria se leva d'un bond et se jeta contre son fils.

— « *Aïe, mi hijo !* dit-elle en sanglotant et en l'étreignant de toutes ses forces. *Aïe, mi niño !* »

— Maman, je t'en prie, ne pleure pas. Tout va s'arranger, dit Tony avant de regarder Kate d'un air désemparé.

Trop bouleversée pour parler, celle-ci passa un bras autour des épaules de Maria et la tint serrée contre elle, tandis qu'on posait les menottes à Tony.

— Prends soin de maman, Kate, murmura le jeune homme, les yeux brillants de larmes.

— C'est promis, répondit-elle.

Elle lui prit le bras.

— Ne perds pas espoir, Tony. La bataille n'est pas terminée. Nous allons faire appel.

— Oui, bien sûr, murmura-t-il comme on l'entraînait.

La salle d'audience se vidait peu à peu. A la table du ministère public, le procureur, Ted Rencheck, un petit homme prétentieux qui nourrissait des ambitions politiques, recevait les félicitations de deux confrères. Le connaissant, Kate savait qu'il ne pourrait pas s'empêcher de venir la narguer.

Elle prit un trousseau de clés dans son sac et le tendit à Maria.

— Allez m'attendre dans ma voiture, Maria. Je ne serai pas longue.

Elle rangeait ses papiers dans sa serviette, lorsque Rencheck s'approcha d'elle.

— Vous auriez dû accepter mon offre, Kate.

— Vous parlez d'une offre ! Vous vouliez que mon client plaide coupable, alors que vous savez pertinemment qu'il est innocent.

— Il aurait pu en prendre pour vingt ans et sortir dans sept. Maintenant, il risque d'écoper du double… peut-être même de la perpétuité.

Kate le regarda droit dans les yeux, s'obligeant à esquisser un sourire.

— A moins qu'il ne soit acquitté à l'appel.

— A l'appel ? s'exclama Rencheck en éclatant de rire. Sur quelle base ?

— Vous le saurez bientôt.

Rencheck pouffa de nouveau et s'éloigna, rejoint aussitôt par une jeune secrétaire.

— Crétin ! murmura Kate entre ses dents.

Alors qu'elle se tournait pour partir, elle aperçut du coin de l'œil Mitch Calhoon, le policier qui avait été chargé de l'enquête. Un peu en retrait, il la regardait.

Kate l'avait rencontré six mois plus tôt, quand Tony avait été appréhendé. De prime abord, cet homme lui avait plu ; on sentait chez lui une grande force, et il avait un air de franchise un peu brusque qui ne manquait pas de charme. Mais les apparences sont souvent trompeuses, ainsi qu'elle n'avait pas tardé à s'en apercevoir. En effet, Mitch Calhoon n'avait eu de cesse qu'il n'ait vu condamner Tony. Même lors du contre-interrogatoire féroce auquel Kate l'avait soumis, il avait continué à répéter que le jeune homme avait tué Lilly Moore.

Sa présence au tribunal, aujourd'hui, n'était pas vraiment étonnante. Bon nombre de policiers tenaient à assister personnellement à l'annonce du verdict.

Calhoon ne faisait donc pas exception. D'autant qu'au sein de la police de Washington, il était réputé pour avoir réalisé le plus fort taux d'arrestations ayant conduit à une condamnation.

Consciente qu'il l'observait toujours, Kate marcha vers la double porte de bois de la salle d'audience, la poussa et se dirigea vers la sortie.

Dehors, une bouffée d'air glacé lui gifla le visage, mais ce fut à peine si elle s'en aperçut. Une foule d'au moins deux cents personnes — des Latino-Américains, pour la plupart — s'était assemblée devant le tribunal, pour protester contre le verdict prononcé contre Tony. Retenus par un cordon d'une demi-douzaine de policiers en uniforme, ils brandissaient des pancartes proclamant l'innocence du jeune accusé.

Maria se tenait devant les manifestants, et en espagnol, avec éloquence et passion, elle s'efforçait de les calmer. Mais ils ne l'écoutaient pas. Ils accusaient la justice de se servir de Tony comme d'un bouc émissaire. Deux semaines plus tôt, en effet, alors même que le procès commençait, trois jeunes Portoricains avaient fait irruption dans une épicerie, l'arme au poing ; ils avaient tué les propriétaires, deux Italiens, et s'étaient enfuis avec huit cents dollars en liquide. La police connaissait les coupables, mais on avait eu beau fouiller leur quartier de fond en comble, on ne les avait pas retrouvés. Si les trois jeunes gens n'avaient pas quitté l'Etat, quelqu'un, au sein de leur communauté, les cachait.

Kate avait aussitôt fait son possible pour repousser la date du procès. Elle savait que cet acte de violence risquait d'en influencer le cours. Mais bien sûr, Rencheck n'avait rien voulu entendre.

Soudain, se frayant un passage dans la foule, une journaliste de Channel 4 vint brandir un micro sous le nez de Kate.

— Maître Logan, pensez-vous que la condamnation d'Antonio Fuente est une conséquence du double meurtre qui a eu lieu, il y a deux semaines ?

— Non, répondit Kate, qui ne souhaitait pas voir la manifestation tourner à l'émeute. Comme vous le savez, deux membres du jury étaient latino-américains...

— Mais il y en avait trois d'origine italienne, coupa la journaliste.

Autour d'elle, Kate sentit monter la tension et l'hostilité.

— Votre défense ne valait rien, cria un homme au premier rang. C'est votre faute, si Antonio a été déclaré coupable.

— Ouais ! renchérit une femme. De quel bord êtes-vous vraiment ?

Ils se rapprochèrent — des hommes et des femmes dont les visages exprimaient la colère, une colère prête à exploser d'un moment à l'autre.

Avant que Kate ait pu répondre, une main solide s'abattit sur son bras, la tirant vers l'arrière. Stupéfaite, elle tourna la tête et se trouva face à Mitch Calhoon.

— Que faites-vous ? protesta-t-elle en essayant aussitôt de se dégager.

Il ne répondit rien et continua de la tenir avec fermeté tandis qu'il s'adressait au policier le plus proche de lui.

— Qu'est-ce que c'est que ça ? cria-t-il pour se faire entendre par-dessus le grondement de la foule. Que fabriquent-ils ici ?

— Ils ont une autorisation, répondit le policier. Tout est en ordre. J'ai vérifié.

— Une autorisation de quoi ?

— Manifestation pacifique.

— Pacifique ! Vous voulez rire ? Dispersez-moi ces gens, maintenant. Et tout de suite ! ajouta Calhoon en faisant signe à un autre policier.

Aussitôt, les deux hommes lui obéirent et sortirent leurs matraques pour obliger la foule à reculer. D'abord, les manifestants firent mine de résister. Mais au bout de quelques minutes, les pancartes et les poings levés s'abaissèrent, et tout le monde s'éloigna.

— Vous voulez bien me rendre mon bras, s'il vous plaît ? lança Kate d'un ton irrité.

Mitch Calhoon la considéra brièvement, avant de la relâcher.

— Pardon, dit-il en fixant un court instant ses lèvres. Ça va ?

— Evidemment que ça va, répliqua Kate, peu disposée à admettre que, l'espace de quelques secondes, elle avait eu peur. Ils n'allaient pas me lyncher, vous savez !

— Peut-être pas. Mais j'ai vu trop de manifestations de ce genre dégénérer pour prendre le moindre risque.

Il regarda autour de lui.

— Vous êtes garée loin ?

— Non. De l'autre côté de la rue, répondit Kate, avant d'ajouter : Je peux y aller toute seule.

Puis, soucieuse de ne pas paraître ingrate — après tout, Calhoon venait de la tirer d'une situation inconfortable, voire dangereuse —, elle lui adressa un petit signe de tête.

— Merci pour votre aide, détective Calhoon. C'est vrai qu'on ne peut jamais prévoir les réactions d'une foule. Au revoir.

Sur ces mots, elle se tourna vers Maria, qui était restée discrètement à l'écart, et attendit que celle-ci la rejoigne. Puis elle lui prit le bras et, ensemble, elles traversèrent la rue pour rejoindre sa voiture.

2.

« Nous, les membres du jury, après en avoir délibéré, déclarons l'accusé, M. Antonio Fuente, coupable. »

Assise à sa table de travail, dans le superbe bureau qu'elle occupait depuis qu'elle avait rejoint le cabinet Fairchild, Baxter et Rendell, trois ans plus tôt, Kate ferma les yeux tandis que l'énoncé du verdict continuait de résonner dans son esprit.

Elle savait, depuis le départ, que cette affaire était une cause perdue. Tout le monde le lui avait dit. Même Douglas Fairchild, qui connaissait Tony depuis encore plus longtemps qu'elle, l'avait prévenue que la bataille serait rude, et les espoirs de l'emporter presque inexistants.

Elle poussa un soupir et repensa à la plaidoirie qu'elle avait prononcée, la veille seulement. Certaine de l'innocence de son client, elle s'était exprimée avec toute l'éloquence et la conviction dont elle était capable. Le jury, composé de huit femmes et quatre hommes, l'avait écoutée avec attention, et, l'espace d'un instant, Kate avait espéré les convaincre. Hélas ! Au terme de délibérations qui n'avaient pas duré vingt-quatre heures, les douze jurés avaient rendu un verdict de culpabilité.

Comment leur en vouloir ? Tout paraissait accuser Tony Fuente.

Sa petite amie, Lilly Moore, stagiaire au cabinet Fairchild, Baxter et Rendell, avait été retrouvée morte, étouffée, dans son appartement. Les seules empreintes qu'on avait relevées, mis à part celles de la victime, étaient celles de son amant, Tony Fuente. Cela n'aurait sans doute pas suffi pour l'incriminer, si un des voisins de Lilly, Chuck Winslow, n'avait livré un témoignage accablant pour l'accusé.

Alors qu'il descendait sa poubelle dans le local du sous-sol, le soir du meurtre, Winslow, un ancien concierge d'école à la retraite, avait entendu des bruits de dispute en passant devant l'appartement de Lilly. Il avait reconnu sans peine la voix de la jeune femme ; et l'autre, disait-il, était celle d'un homme, apparemment très en colère, que Lilly avait appelé par son nom : Tony.

Quand il était remonté chez lui, quelques minutes plus tard, le calme était revenu dans l'appartement, et Winslow avait oublié l'incident… jusqu'au lendemain matin, quand la police était venue frapper à sa porte et lui avait annoncé la tragédie.

Tony avait toujours reconnu être passé chez Lilly, le soir du crime, mais il niait catégoriquement s'être accroché avec elle. Au contraire, ils avaient parlé de partir en vacances ensemble, à la fin du mois, juste après que la jeune femme aurait obtenu sa licence en droit. Lorsqu'il avait quitté l'appartement de sa petite amie — soit quinze minutes avant l'heure à laquelle Chuck Winslow affirmait l'avoir entendu se disputer avec Lilly —, Tony était l'homme le plus heureux de la terre.

Malheureusement, le jury n'avait pas cru sa version des faits ; il n'avait pas davantage retenu que, lors de son arrestation, puis pendant toute la durée du procès, Tony n'avait cessé de répéter qu'en sortant de l'immeuble de Lilly, ce soir-là, il avait vu un break, garé de l'autre côté de la rue. Il ne l'aurait sans doute pas remarqué, si l'homme installé derrière le volant n'avait attiré son attention : d'une carrure vraiment impressionnante, il avait la tête presque entièrement dissimulée par un bonnet de laine, et paraissait s'être assoupi.

Dans l'espoir d'identifier ce mystérieux inconnu, Kate avait fait circuler son signalement sommaire ; mais personne, dans le voisinage, n'avait aperçu un homme correspondant à cette description, ni même un break. Et au bout du compte, les jurés avaient décidé de s'en remettre au témoignage de Chuck Winslow.

Oh ! ils avaient sans doute été troublés d'entendre à quel point Tony adorait la victime, ou encore d'apprendre qu'il avait repris ses études et travaillait durement, comme barman, afin de payer ses frais d'université. Au moment de rendre le verdict, toutefois, ce qui avait pesé le plus lourd dans la balance était le fait qu'Antonio Fuente ait, à un moment donné de sa vie, appartenu à un gang, et qu'il ait gardé de ses racines latines un tempérament bouillonnant — un argument que l'accusation avait utilisé avec une insistance indécente.

Kate poussa un autre soupir et se leva, surprenant son reflet dans le miroir ancien, en face d'elle. Dieu, qu'elle était affreuse ! songea-t-elle en passant une main dans ses épais cheveux roux. Pour la énième fois, elle regretta de les avoir coupés.

Elle avait agi sur un coup de tête, un an plus tôt, obéissant au besoin pressant de tout changer dans sa vie. Elle venait juste de quitter son mari, Eric Logan, et, en sacrifiant la superbe et flamboyante crinière qu'il aimait tant, elle avait eu l'impression, à l'époque, d'accomplir un geste symbolique et nécessaire. Comme elle s'en était voulu, par la suite ! Heureusement, ses cheveux repoussaient vite.

S'approchant du miroir, elle contempla les traits tirés de son visage. Elle était fatiguée et ses yeux brillaient d'un éclat étrange, presque fiévreux. Même sa bouche avait un pli triste.

D'un pas lent, elle marcha vers la fenêtre et se perdit dans la contemplation de la vue sur le Capitole ; au-delà, s'étendait le célèbre Mall, ses vastes pelouses et ses sentiers de gravier qui allaient jusqu'au Monument de Washington. Kate ne se lassait pas de les admirer. Même en cette saison, malgré les arbres dénudés et le ciel gris et bas, la capitale dégageait une impression de grandeur et de beauté.

Kate en était tombée amoureuse dès le jour de son arrivée, dix-huit ans plus tôt. Jeune bachelière tout juste débarquée de son Iowa natal, elle avait la tête pleine de rêves et d'idéaux, et le cœur gonflé de fierté : elle avait été acceptée à la prestigieuse université de Georgetown.

Fille unique de deux enseignants, Kate n'avait jamais eu qu'une seule vocation : le droit. Mais une fois son diplôme en poche, plutôt que de chercher du travail dans un des nombreux cabinets juridiques de la capitale, elle avait préféré accepter un poste au bureau du procureur fédéral. Elle trouvait que le système judiciaire américain péchait trop souvent par manque d'équité, qu'il favorisait trop les prévenus ou les accusés, surtout quand ils avaient de l'argent.

— Je veux aider les gens qui en ont vraiment besoin, avait-elle expliqué à ses parents. Ceux qui n'ont pas les moyens de s'offrir des avocats de haut vol. Pour ça, il faut poursuivre les criminels en justice, et non les défendre.

Ils avaient très bien compris sa motivation. Malheureusement, Kate n'avait jamais pu en dire autant du jeune homme qu'elle avait épousé, alors qu'elle finissait à peine sa première année de droit. Assistant marketing au sein des Industries Hollbrook, Eric Logan n'avait jamais accepté qu'avec sa formation, avec le temps et l'argent qu'elle avait investis dans ses études, Kate se contentât finalement d'un travail aussi peu prestigieux — et, surtout, aussi peu lucratif.

Elle avait bien essayé de lui expliquer. Longtemps. Puis, un jour, elle avait renoncé. Kate avait fini par comprendre, trop tard, qu'Eric l'avait épousée pas tant par amour, que parce qu'il comptait sur ses honoraires d'avocat pour leur offrir le style de vie luxueux dont il ne concevait de se passer. Il voulait « mener grand train », ainsi qu'il le disait lui-même. Pour cette raison, après leur mariage, il avait insisté pour qu'ils s'installent dans la somptueuse demeure de son beau-père — Douglas Fairchild, le deuxième époux de sa mère — à Potomac, dans le Maryland. Pourquoi prendre un appartement en ville, s'ils pouvaient vivre dans le luxe, gratuitement ?

Au début, Kate n'y avait pas trop vu d'inconvénient. Rose

et Douglas Fairchild l'avaient accueillie à bras ouverts, et la maison était bien assez grande pour qu'à aucun moment, le jeune couple n'ait le sentiment de manquer d'intimité.

Un an plus tard, cependant, à la naissance de leur fille, Alison, Kate avait jugé le moment venu pour eux de chercher un logement — une maison où ils seraient chez eux, où ils pourraient fonder une famille. Seulement, Eric ne l'entendait pas ainsi, et il avait rejeté l'idée avec une telle véhémence qu'elle n'avait plus insisté, soucieuse de préserver un climat harmonieux entre eux. Et le temps avait passé.

Trois ans plus tôt, après qu'elle avait brillamment représenté le ministère public dans une complexe affaire de meurtre, Douglas Fairchild lui avait offert, pour la troisième fois, des parts d'associée dans son cabinet — ainsi qu'un salaire mirobolant. Sachant qu'il fallait davantage que de l'argent et un bureau avec vue sur le Capitole pour la convaincre, il lui avait aussi assuré qu'elle pourrait représenter, en même temps que leurs clients importants, d'autres dont l'affaire lui tiendrait à cœur — même s'il s'agissait de dossiers qu'en temps normal un cabinet de leur renom aurait rejetés.

Kate avait fini par accepter. Parce qu'elle aimait bien Douglas et ne voulait pas le décevoir une nouvelle fois, mais aussi parce que, naïvement, elle avait imaginé que cette augmentation de ses revenus sauverait son mariage avec Eric.

Hélas ! si sa décision de quitter le bureau du procureur général s'était révélée excellente pour sa carrière, elle n'avait absolument rien changé dans sa relation avec Eric. Aigri par le manque d'évolution de sa situation au sein des Industries Hollbrook, ce dernier avait commencé à sortir le soir, parfois jusqu'à des heures avancées de la nuit. Et il avait beau le nier avec force, Kate était persuadée qu'il voyait d'autres femmes.

Finalement, quand au mois de décembre de l'année précédente, tout à fait par hasard, elle l'avait surpris dans un restaurant de la banlieue de Washington en compagnie d'une superbe jeune fille de vingt ans, Kate avait décidé que la coupe était pleine. Insensible aux soudaines marques d'amour de son mari, elle avait pris sa fille, ses bagages, et quitté la propriété des Fairchild. Le lendemain, elle entamait une procédure de divorce.

Les mois qui avaient suivi n'avaient pas été faciles. D'autant que sa fille la tenait pour seule responsable de l'éclatement de leur famille. Mais elles avaient survécu, tant bien que mal.

— Alors, comment ça s'est passé, Kate ?

Au son de la voix de son ex-beau-père, Kate se tourna vers lui. Il se tenait dans l'entrée de son bureau et la considérait d'un air interrogateur.

Sexagénaire encore jeune d'allure, Douglas Fairchild était un homme de petite taille, avec un léger embonpoint, quelques cheveux grisonnants et un regard bleu pâle qui n'exprimait que très rarement de l'émotion — une qualité qui lui avait rendu bien des services dans les salles de tribunal. Il était issu d'une longue et illustre lignée d'avocats de Washington, et avait hérité le cabinet presque centenaire de son père, un ancien juge de la Cour suprême.

Kate poussa un soupir et retourna s'asseoir derrière son bureau.

— Ils l'ont déclaré coupable, répondit-elle.

— Oh !

Douglas déboutonna la veste de son costume taillé sur mesure et s'installa dans un fauteuil, en face de Kate. L'air grave, il ne semblait guère surpris par le verdict.

— Comment Maria a-t-elle réagi ? demanda-t-il.

— Mal. Cela a donné au juge Hawthorne une occasion de manier son marteau.

— Tu leur as demandé de se prononcer individuellement ?

Kate hocha la tête.

— Oui. Tous ont confirmé leur verdict.

— C'est vraiment une terrible histoire, murmura Douglas. Maria et Tony appartiennent un peu à la famille...

Avant de travailler pour Kate, Maria avait été l'employée des Fairchild pendant dix-neuf ans. Quand Kate était partie, Douglas avait suggéré que Maria l'accompagne ; Alison, alors âgée de douze ans, aurait ainsi quelqu'un qu'elle connaissait et aimait pour s'occuper d'elle, quand Kate travaillait.

— Il ne l'a pas tuée, Douglas, reprit celle-ci avec véhémence. Je n'ai jamais été aussi sûre de l'innocence d'un homme.

Douglas croisa son regard.

— Peut-être. Mais si ce n'est pas lui, qui est-ce ?

Secouant la tête, il enchaîna :

— Je t'avoue que je ne sais plus quoi penser depuis que j'ai entendu le témoignage de Chuck Winslow...

— Il a menti ! Quelqu'un a dû lui offrir de l'argent pour qu'il aille raconter cette histoire. Je parierais gros, là-dessus.

— Si c'était le cas, on aurait déjà remarqué des changements dans son train de vie — un dîner au restaurant, des vêtements pour sa femme. Mais tu m'as dit toi-même qu'ils continuaient à vivre de la même façon depuis le meurtre. Ils ne sortent jamais, ils ne reçoivent pas davantage, et ils continuent de circuler dans ce vieux pick-up déglingué.

— Il est prudent, voilà tout, répliqua Kate avec entêtement. Celui qui a acheté son témoignage a dû le mettre en garde et lui conseiller de garder le profil bas, pendant un moment.

Douglas eut une moue sceptique.

— Je ne sais pas. J'étais présent, lors de son passage à la barre. Je n'ai pas eu l'impression qu'il mentait. Au contraire, je l'ai trouvé très crédible. Même pendant ton contre-interrogatoire — et tu n'as pas été tendre avec lui, Kate —, il est resté sur ses positions et il est demeuré parfaitement cohérent.

Kate se laissa aller contre le dossier de son fauteuil. Elle avait toujours éprouvé un immense respect pour Douglas, mais, parfois, elle ne le comprenait pas du tout. Peut-être défendait-il les riches et les puissants de ce monde depuis trop longtemps. Il était devenu blasé — presque cynique.

Quoi qu'il en soit, et quoi que disent les uns et les autres, Kate ne croirait jamais que Tony avait tué Lilly, même dans un moment de passion.

En cet instant, toutefois, elle était trop lasse pour discuter. Elle eut un geste de la main, et changea le cours de la conversation.

— N'êtes-vous pas censé partir pour les Bermudes avec

Rose ? Que faites-vous encore ici ? Vous devriez être en train de préparer vos bagages.

Douglas sourit.

— Tu veux rire ? Rose ne permet pas que je m'approche des valises quand elle est occupée à les remplir. D'ailleurs, je ne voulais pas partir sans connaître le verdict au sujet de Tony.

Kate ferma le dossier qui se trouvait sur sa table.

— J'aurais aimé vous annoncer une meilleure nouvelle.

Durant quelques secondes, Douglas la considéra en silence, de son air impénétrable. Puis, prenant le ton paternel qu'il utilisait seulement quand ils étaient seuls, il déclara :

— J'espère que tu ne te sens pas responsable, Kate. Tu as accompli un travail formidable, dans cette affaire. Surtout quand on sait ce dont tu disposais.

— Merci de me le dire, Douglas.

— Je le pense.

Il s'adossa à son siège et posa les mains sur son ventre rebondi.

— Tu sais ce qu'il te faudrait pour te remonter le moral ? Des petites vacances. Si tu venais avec nous aux Bermudes ? Rose serait enchantée.

L'offre était tentante. S'allonger sur une plage tranquille, au soleil, en faisant semblant de croire que tout allait pour le mieux dans le meilleur des mondes était une perspective séduisante. Mais elle devait préparer l'appel de Tony et s'occuper de sa fille.

— Je ne peux pas partir sans Alison, répondit-elle en secouant la tête. Et je ne pense pas que ce soit une bonne idée de lui faire faire l'école buissonnière, aussi près de la fin du trimestre.

Elle sourit.

— Une autre fois ?

— Quand tu voudras. Tu le sais bien.

Il y eut un nouveau silence, et Douglas reprit :

— Comment ça va, entre Alison et toi ?

Kate haussa les épaules.

— C'est le statu quo. Elle continue à m'en vouloir d'avoir quitté Eric, et son attitude me fait toujours aussi mal.

— Ma femme me tordrait le cou, si elle m'entendait, mais tu ne penses pas qu'il est temps d'expliquer à Alison les raisons pour lesquelles tu as divorcé de son père ?

— Non. Elle a déjà trop souffert. D'ailleurs, elle ne me croirait pas. Vous savez à quel point elle idolâtre Eric.

Douglas eut une moue vaguement dégoûtée, et Kate réprima un sourire. Le peu d'estime que lui inspirait son beau-fils n'était un secret pour personne. S'il tolérait la présence d'Eric dans sa maison, c'était seulement pour complaire à sa femme : Rose adorait son enfant unique.

Il se leva, et Kate l'imita aussitôt.

— Profitez bien de vos vacances, Douglas, dit-elle en faisant le tour de son bureau.

— Merci. Et surtout, si tu changes d'avis, n'hésite pas. La maison t'est toujours ouverte. Et embrasse bien ma petite-fille pour moi.

3.

Mitch Calhoon ouvrit la porte de sa maison, se baissa pour ramasser le courrier tombé sur la moquette, de l'autre côté de la boîte aux lettres, et, une fois à l'intérieur, il ferma le battant d'un coup de pied.

Un bref coup d'œil circulaire lui permit de constater que le désordre qui régnait à son départ, ce matin, était demeuré inchangé. Du linge fraîchement lavé trônait en pile dans un panier, au milieu du salon, attendant d'être trié, plié et rangé, le journal de la veille gisait par terre et plusieurs mugs vides avaient été oubliées sur la table basse.

Mitch secoua la tête. Se promettant d'assurer un minimum de ménage et de rangement avant d'aller se coucher, il se rendit dans la cuisine.

Quand il était revenu à Washington, un an plus tôt, il aurait pu acheter n'importe laquelle des belles demeures anciennes qui s'alignaient dans les rues les plus chic de la capitale. Toutes ses années dans le privé lui avaient permis de rassembler un joli pécule, et il vivait seul. Mais, un jour qu'il repassait par hasard dans le quartier Adams Morgan, avec ses restaurants exotiques, ses vendeurs à l'étalage et ses musiciens de rues, il avait eu le coup de foudre. Cette partie de Washington représentait tout ce que la capitale n'était pas : l'indiscipline et l'imprévisibilité. Surtout, il y régnait un esprit bohème et avant-gardiste que Mitch jugeait rafraîchissant. Dès lors, il avait concentré ses recherches dans ce périmètre et fini par trouver cette maison ; elle était petite, fonctionnelle, et il s'y sentait bien.

Mitch posa le sac en papier contenant ses courses sur le comptoir de la cuisine et il tria son courrier, jetant tous les catalogues de Noël et autres prospectus inutiles, pour ne conserver que sa facture d'électricité.

Puis, il fit jouer sa tête, d'avant en arrière, de droite et de gauche, plusieurs fois, pour essayer de dénouer les muscles tendus de ses épaules et de son cou. Il ne cessait de repenser au verdict qui avait conclu à la culpabilité du jeune Fuente.

Six mois plus tôt, on l'avait chargé de cette affaire, et il avait mené son enquête avec la diligence et l'efficacité dont il faisait toujours preuve dans son travail. Rien, tant au niveau des faits que des témoins qu'il avait interrogés, à l'époque, ne l'avait amené à nourrir le moindre doute.

Et puis, la semaine précédente, il s'était rendu chez son concessionnaire automobile pour y reprendre sa voiture, qu'il avait laissée en révision ; et là, il avait vu Chuck Winslow — le témoin principal de l'accusation —, plongé dans la contemplation d'un véhicule 4x4 tout neuf. Mitch avait aussitôt interrogé le vendeur, qui lui avait appris que c'était la deuxième visite de Winslow.

Depuis, la même question l'obsédait : comment un homme qui bénéficiait d'une simple retraite de concierge et ne disposait d'aucunes économies pouvait-il se permettre de regarder, même de loin, une voiture coûtant plus de vingt-cinq mille dollars ?

Bien sûr, Mitch avait aussitôt vérifié, discrètement, l'état des finances des Winslow. Celles-ci n'avaient pas changé. En dehors de la pension qu'il recevait, chaque mois, et de deux cents dollars placés sur un compte d'épargne, l'homme n'avait pas d'argent.

Un flic moins obstiné n'aurait pas insisté. Mais l'instinct de Mitch lui soufflait que quelque chose n'était pas normal. Et après dix-huit ans de métier, il avait développé une confiance aveugle dans son instinct.

Malheureusement, le procureur Rencheck n'avait pas partagé ses doutes. Il venait d'annoncer sa candidature au poste de procureur fédéral et n'était pas du tout disposé à briser une longue chaîne de victoires pour le ministère public.

— Et alors ? avait-il répliqué avec un haussement d'épaules. Il regardait une voiture qu'il ne peut pas s'offrir. Il n'a pas le droit de rêver ? Ce n'est pas encore un crime, que je sache.

Quand Mitch avait suggéré que le témoignage de Winslow était peut-être motivé par autre chose que le devoir civique, le procureur avait éclaté de rire.

— Voyons, Calhoon, vous savez aussi bien que moi que si quelqu'un avait acheté le témoignage de Winslow, celui-ci aurait déjà dépensé une partie de cet argent. Il est bien trop bête pour avoir pu se retenir pendant tout ce temps.

Puis il avait conclu, avec un sourire froid :

— Vous avez fait du bon boulot, sur cette affaire, Mitch. N'allez pas tout gâcher maintenant.

Mitch avait compris qu'on lui signifiait son congé. Il était donc sorti du bureau de Rencheck sans rien ajouter. Mais il n'en pensait pas moins. Et si le procureur était satisfait du verdict, lui ne l'était pas.

Secouant la tête, il entreprit de ranger les quelques provisions qu'il venait d'acheter.

Comme d'habitude, le choix était limité. Il y avait du café, du lait, du pain et du fromage. Mitch avait un régime alimentaire adapté à son style de vie : totalement anarchique. Et quand il lui arrivait d'avoir envie d'un repas substantiel, il commandait à manger dans un restaurant chinois ou bien passait prendre une pizza avant de rentrer chez lui.

Pour contrebalancer les effets néfastes de cette mauvaise alimentation, Mitch s'imposait un régime d'exercices sévère. Le résultat était payant : à 37 ans, il continuait d'arborer un corps aussi dur qu'à l'époque de ses années de collège, lorsque ses exploits au sein de son équipe de football lui avaient permis de décrocher une bourse d'études à l'université George Mason, en Virginie. Mais Mitch n'avait jamais complété son cursus universitaire. A la mort de son père, le sergent Calhoon, tué au cours d'une enquête, il était entré dans la police, déterminé à reprendre le flambeau.

Il venait d'être promu détective, quand il avait rencontré Ava…

Mitch secoua de nouveau la tête, comme pour mieux chasser ces pensées qui le rapprochaient dangereusement du passé — ce passé qu'il s'efforçait toujours d'oublier. Il prit une boîte de bière dans le réfrigérateur et se demandait s'il allait terminer les restes de son dîner chinois de la veille, ou glisser un plat surgelé dans le four à micro-ondes, quand la sonnette de la porte retentit dans la maison. Sa bière en main, il alla ouvrir.

C'était Tom Spivak, son meilleur ami et collègue. Ils avaient travaillé ensemble sur l'affaire Fuente, avant que Tom ne se voie assigner une autre affaire de meurtre.

Spivak avait une carrure de boxeur, un teint rouge témoignant d'une santé insolente, et des cheveux poil-de-carotte qu'il faisait toujours couper très court. Il fit mine de renifler l'air autour de lui.

— J'espère que je n'interromps pas une de tes expériences culinaires ? lança-t-il d'un ton pince-sans-rire.

— Pourquoi ? Tu avais l'intention de te joindre à moi ?

— Jamais de la vie ! fit Tom en tapotant son ventre plat. Après le mal que j'ai eu à retrouver la ligne, j'ai juré de ne plus manger de cochonneries. Mais je veux bien une bière, ajouta-t-il en désignant la boîte de Mitch.

Celui-ci retourna dans la cuisine et sortit une canette du réfrigérateur, avant de la tendre à son ami. Puis, il s'appuya contre le comptoir et demanda :

— Alors, quoi de neuf ?

— J'ai conduit les filles à leur cours de danse et j'ai décidé de passer te voir. Tu es au courant, pour l'affaire Fuente ?

— J'y étais, répondit Mitch.

— Tu n'as pas l'air très heureux.

— En effet.

Mitch secoua la tête et considéra son ami, un moment, avant d'ajouter :

— J'ai la désagréable impression que Chuck Winslow a menti.

Tom haussa les sourcils.

— Tu veux rire ?

— J'aimerais bien.

Mitch raconta à Tom dans quelles conditions il avait vu l'ancien concierge chez le concessionnaire automobile.

— Tu en as parlé à Rencheck ?

— Il trouve que je fais des histoires pour rien ! répliqua Mitch avec un rire amer.

— Forcément. Il est trop content d'ajouter une nouvelle condamnation à son tableau de chasse. Tu as jeté un coup d'œil dans les comptes de Winslow ?

— J'ai commencé par ça. Rien à signaler, malheureusement.

Tom haussa les épaules.

— Alors, où est le problème ? Le pauvre type a bien le droit de rêver…

— Il avait l'air beaucoup plus sérieux qu'un type qui est juste en train de rêver. Et le vendeur s'en est rendu compte, lui aussi.

— Tout de même, c'est maigre.

— Son témoignage me pose aussi problème, souligna Mitch. Pour quelqu'un d'aussi peu sophistiqué, j'ai trouvé qu'il avait drôlement bien tenu tête à Kate Logan lors de son contre-interrogatoire — comme quelqu'un qui aurait beaucoup à perdre, ou qu'on aurait bien préparé.

— Ou quelqu'un qui dit la vérité, tout simplement, remarqua Tom, avant d'enchaîner, avec un léger sourire : Tu es sûr que tu n'as pas été influencé par la plaidoirie de Kate Logan. Il paraît qu'elle a été brillante.

— Ça n'a rien à voir ! marmonna Mitch.

Il était peu disposé à admettre qu'il avait, lui aussi, été impressionné par la jeune femme. De toute façon, depuis qu'il l'avait rencontrée, six mois plus tôt, il n'avait plus réussi à la chasser de son esprit.

— Que comptes-tu faire ? reprit Tom.

Mitch eut un sourire. Son ami le connaissait bien ; trop bien, même.

— Comment sais-tu que je vais faire quelque chose ?

— Tu as cet air insatisfait que je n'aime pas beaucoup. Je te rappelle que la dernière fois que tu as suivi une de tes intuitions, tu as failli te faire tuer.

— Arrête un peu. On dirait une vieille grand-mère qui fait la leçon à son petit-fils.

— Peut-être. N'empêche que je te connais assez pour savoir que tu es capable d'un certain nombre d'idioties — comme de te mettre Rencheck à dos. Or, crois-moi, il ne sera pas content du tout s'il apprend que tu enquêtes de nouveau sur une affaire qu'il vient de gagner.

— C'est déjà arrivé.

— Pas à lui. Ce type n'a qu'une idée en tête : devenir procureur fédéral. Mets-lui des bâtons dans les roues, et ça va être ta fête. Je n'ai pas de conseils à te donner, mais à ta place, je surveillerais mes arrières.

Mitch but une gorgée de bière.

— C'est bien mon intention. Et maintenant, si tu me disais la véritable raison de ta visite ?

Tom pouffa.

— On ne peut rien te cacher, hein ?

Il secoua la tête, avant d'enchaîner :

— Je suis venu t'inviter à dîner, samedi soir. Rien d'extravagant. Juste Mary Beth, toi, moi et notre nouvelle voisine. Elle s'appelle Shannon et vient tout juste d'arriver à Washington…

Mitch leva la main.

— Pas question ! Après l'espèce de barracuda que Mary Beth m'a présenté, il y a deux mois, j'ai juré de ne plus jamais me laisser prendre au piège. C'en est fini des rendez-vous avec des inconnues en mal d'homme.

— Celle-ci est différente, je t'assure. Elle est jolie, intelligente et, surtout, elle ne pense qu'à sa carrière. Elle n'exigera rien de toi. Elle a même confié à Mary Beth que le mariage était le dernier de ses soucis, pour le moment.

— C'est non, fit Mitch en secouant la tête.

— Allons ! Il s'agit juste d'une petite invitation à dîner, Mitch. Pas d'un engagement pour la vie.

— Je m'en fiche. La réponse est toujours non.

Tom poussa un soupir.

— Mary Beth va être déçue. Ce mois-ci, c'est la troisième fois que tu refuses de venir dîner chez nous.

— Il faut bien que je me protège ! riposta Mitch, qui ne plaisantait qu'à moitié.

Depuis qu'il était revenu à Washington, un an plus tôt, Mary Beth et plusieurs autres épouses de policiers — toutes motivées par les meilleures intentions — s'étaient donné pour mission de lui trouver une femme. Amusé, Mitch avait vaguement joué le jeu au début, quoique sans conviction. Puis, il s'était lassé. Il n'avait pas l'intention de se remarier. Son expérience du mariage lui avait laissé un goût amer dans la bouche, et il préférait de loin les liaisons avec des femmes qui, comme lui, ne recherchaient pas un attachement à long terme. Il n'en tirait pas de réelle satisfaction, mais au moins ces relations éphémères offraient-elles l'avantage de combler le vide, l'espace de quelques jours ou de quelques semaines.

— Remercie Mary Beth pour moi, reprit-il, plus sérieusement. Je suis vraiment touché qu'elle pense à moi, comme ça. Mais elle doit cesser de s'inquiéter. Je suis très heureux comme je suis, conclut-il.

Pour donner plus de poids à ses paroles, il les accompagna d'un grand sourire et d'un hochement de tête vigoureux.

Tom broya sa boîte de bière dans sa main et la jeta dans la poubelle.

— Si tu venais dîner à la maison, dimanche soir ? Tu pourrais lui expliquer ça toi-même.

— Il n'y aura pas d'invitée surprise ?

— Non. Juste le clan Spivak.

Mitch passa un bras sur les épaules de son ami et le raccompagna jusqu'à la porte.

— Alors, vous pouvez compter sur moi. J'apporterai le vin.

La maison de Kate était située dans Cleveland Park, un quartier résidentiel du nord-ouest de Washington. C'était une demeure de style colonial, avec un seul étage, des volets verts, une véranda et un grand jardin à l'arrière.

Kate avait choisi cette partie de la ville à cause de son charme et de son caractère tranquille, mais aussi pour sa proximité avec Potomac, où vivaient les grands-parents paternels d'Alison.

Comme elle sortait de sa voiture, en ce début de soirée,

elle fut accueillie par le son assourdissant d'une musique rock qui jaillissait de la chambre de sa fille, à l'étage. C'était la même chose chaque jour, ou presque ! Kate se hâta d'entrer dans la maison, fulminant contre Alison et le manque de respect dont elle faisait preuve à l'égard de leurs voisins. Lâchant sa serviette de cuir dans un fauteuil, elle se débarrassa de son manteau et monta directement au premier. Elle ouvrit la porte d'Alison à la volée.

Celle-ci était allongée sur son lit, sa cheville droite reposant sur son genou gauche et son pied battant la mesure. En dépit du bruit, elle paraissait totalement absorbée par le livre de classe qu'elle tenait dans ses mains.

Kate se figea et l'observa un instant. A des moments comme celui-ci, lorsque Alison baissait sa garde et que son expression était dénuée d'hostilité, sa beauté — pas encore celle d'une femme, mais plus tout à fait celle d'une enfant — était stupéfiante. Ses longs cheveux blonds encadraient un visage délicat aux pommettes hautes, avec de magnifiques yeux gris qu'elle avait hérités de son père, et une petite bouche très mobile, capable d'exprimer toute une palette d'émotions.

Sans être remarquée, Kate se dirigea vers les étagères qui couvraient tout un pan de mur et, d'un geste sec, elle coupa le son de la chaîne stéréo.

Aussitôt, Alison bondit de son lit.

— Qu'est-ce que tu fais ?

— J'éteins ce machin qui nous casse les oreilles, répondit Kate tout en se préparant pour une nouvelle dispute. Ce que je ne serais pas forcée de faire, si tu ne passais pas ton temps à me provoquer.

— Tu m'as dit de ne pas trop monter le volume. Ce n'était pas fort.

— Nos voisins sont d'un avis différent. Deux se sont déjà plaints. Et je comprends pourquoi. On entend ta musique jusque sur le trottoir.

Alison redressa le menton avec arrogance.

— Si on n'habitait pas cette baraque, on n'aurait pas à s'inquiéter de déranger une bande de vieux schnocks.

— Cette baraque est ta maison, désormais, répliqua Kate, que cela te plaise ou non. Alors, je suggère que tu t'y habitues. Et si tu continues d'écouter ta musique aussi fort, je serai forcée de te confisquer ton lecteur de C.D.

Sur ces mots, Kate se dirigea vers la porte, s'attendant à ce que sa fille se replie sur elle-même et adopte une attitude boudeuse, ainsi qu'elle en avait l'habitude. Elle était déjà sur le palier, lorsque la voix d'Alison se fit entendre.

— Je déteste cette baraque ! Elle est trop petite. Et à des kilomètres de chez mes amies.

— Il est peut-être temps que tu t'en fasses de nouvelles, riposta Kate, s'engageant dans l'escalier.

— J'ai essayé. Mais elles me détestent toutes parce que je suis riche.

Kate réprima un soupir.

— Alison, combien de fois devrai-je te répéter que tu n'es pas riche. Tes grands-parents sont riches. Et si tu cessais de te comporter comme une sale gosse trop gâtée, tu aurais peut-être un peu moins de mal à te faire des amis.

A peine les eut-elle prononcées qu'elle regretta ses paroles. Ce n'était pas en critiquant sa fille qu'elle allait améliorer leurs relations ; il lui fallait faire preuve de plus de patience et de compréhension.

Elle revint sur ses pas et se tourna vers Alison.

— Je suis désolée, ma chérie, enchaîna-t-elle aussitôt. Je ne pensais pas ce que je viens de dire.

— Oh ! si, tu le pensais ! Je t'ai entendue parler à grand-mère, l'autre jour. Je t'ai entendue lui dire combien j'avais changé.

— C'est vrai.

— Toi aussi, tu as changé. D'abord, tu as quitté papa sans aucune raison. Et puis, tu m'as forcée à quitter la maison de papy et mamy, où j'avais toujours vécu. Pas une seule fois tu ne m'as demandé ce que moi, je voulais faire, ou avec qui je voulais habiter. Ça ne se passait pas comme ça, avant. On avait toujours des réunions de famille, où chacun avait la possibilité d'exprimer son opinion.

— La situation était exceptionnelle, Alison. Ton père et moi avons décidé ensemble qu'il était préférable que tu restes avec moi. Je suis désolée, si tu t'es senti exclue. Nous avons jugé qu'il serait injuste de te demander de choisir entre ton père et ta mère.

— Alors, vous avez choisi pour moi.

— Dans ton intérêt. Je sais que tu ne partages pas cet avis, pour l'instant, mais un jour tu comprendras.

— Ça m'étonnerait !

Kate prit une profonde inspiration et se rendit dans la cuisine. Il ne servait à rien de poursuivre une discussion où elle était sûre de perdre. Consciente qu'Alison l'avait suivie, elle ouvrit le réfrigérateur et en sortit la quiche qu'elle avait préparée avant de partir pour le tribunal, ce matin. Elle alluma le four et la glissa à l'intérieur.

— Ecoute, si on déclarait une trêve, au moins le temps de dîner tranquillement, suggéra-t-elle sur un ton las. J'ai eu une mauvaise journée.

La transformation d'Alison fut immédiate. Tout à coup, elle redevint l'enfant douce et attentionnée que Kate connaissait et adorait.

— Mon Dieu ! j'avais complètement oublié ! C'est aujourd'hui qu'ils ont rendu le verdict, n'est-ce pas ?

Kate hocha la tête, d'un air accablé, et vit le visage d'Alison se décomposer.

— Ils... ils ont décidé qu'il était coupable, murmura-t-elle.

Elle fondit en larmes. Kate marcha vers elle et la prit dans ses bras. Tony n'avait que six ans de plus qu'Alison, et ils avaient passé beaucoup de temps ensemble à mesure qu'ils grandissaient. Leur amitié avait quelque chose de fraternel.

— Je n'ai pas l'intention de le laisser tomber, l'assura Kate en caressant ses cheveux. Je vais faire appel et remuer ciel et terre pour l'innocenter.

Alison se dégagea brusquement.

— Tout ça, c'est la faute du détective Calhoon ! lança-t-elle sur un ton chargé de haine. S'il n'avait pas raconté que Tony a fait partie d'un gang, il y a quelques années, le jury aurait eu une opinion différente de lui.

— Le détective Calhoon ne faisait que son travail, chérie.

— Eh bien, c'est un sale boulot !

Kate sourit.

— Si cela peut te consoler, je partage ton opinion.

Alison s'essuya le visage du revers de la main.

— Quand la sentence doit-elle être rendue ?

— Le 2 janvier.

— Pourquoi si tard ? Tony va devenir fou.

— C'était la première date disponible du juge.

— Est-ce que je peux aller le voir ? demanda Alison, après un court silence.

— Bien sûr, répondit Kate. Je vais essayer de t'obtenir un droit de visite pour la semaine prochaine.

— Merci, répondit la fillette.

Puis son visage se referma et elle entreprit de dresser le couvert tandis que Kate préparait une salade. Plusieurs fois, celle-ci jeta des coups d'œil furtifs vers elle, songeant combien elle regrettait l'époque où elles étaient si proches — presque comme des sœurs, bien plus qu'une mère et sa fille. Le moment qu'elles venaient de partager lui rappelait amèrement à quel point Alison avait changé.

— Il faut que tu sois patiente avec elle, lui avait dit Rose Fairchild, quelques jours plus tôt, alors qu'elles déjeunaient ensemble. Elle a subi beaucoup d'épreuves, ces derniers temps : le divorce, une nouvelle maison, un nouveau lycée. Et la puberté.

Rose avait esquissé un sourire amusé.

— Mon adolescence remonte à bien longtemps, mais toi, tu dois te rappeler à quel point c'est une période difficile…

Rose avait sans doute raison, songea encore Kate. Ce n'était pas facile d'avoir treize ans. Peut-être était-elle trop exigeante.

Laissant échapper un léger soupir, elle sortit la quiche du four. Alison était la personne la plus importante, dans sa vie ; et elle était prête à tous les sacrifices pour qu'elles retrouvent leur complicité d'antan.

4.

En dépit des efforts de Kate pour essayer de détendre l'atmosphère, Alison était demeurée froide et distante durant tout le dîner, ne répondant à ses questions que par monosyllabes. A 20 heures, l'adolescente avait déclaré qu'elle avait des devoirs à faire, et elle était montée se réfugier dans sa chambre.

Restée seule dans la cuisine, Kate s'était préparé du thé, qu'elle sirota lentement, avant de regarder sa tasse vide, triste et désemparée. Que pouvait-elle faire pour briser le mur de glace que sa fille avait dressé entre elles ? La seule personne qui, ces jours-ci, semblait trouver grâce aux yeux d'Alison, en dehors de ses grands-parents, était Eric. Kate n'y voyait pas d'inconvénient. Après tout, Eric n'était pas un mauvais père ; irresponsable et incapable de dire non, peut-être, mais il savait aussi être drôle, compréhensif et généreux.

Soudain, un coup frappé à la porte la fit sursauter. Elle jeta un coup d'œil à la pendule murale. 22 h 15. Qui pouvait lui rendre visite à cette heure ?

Kate se leva et marcha jusqu'à la porte. Elle s'apprêtait à regarder dans l'œilleton, quand on frappa de nouveau, de manière plus insistante.

Puis une voix familière se fit entendre.

— Kate, c'est moi. Eric. Ouvre-moi.

— Eric ?

Sans chercher à dissimuler son irritation, Kate fit tourner la clé dans la serrure.

En effet, son ex-mari se tenait sur le perron, vêtu d'un jean, d'un sweat-shirt rouge, d'un duffle-coat bleu marine et de Reebock noires.

— Que veux-tu ? lui demanda-t-elle.

Eric s'engouffra à l'intérieur de la maison.

— Il faut que je te parle.

— Tu aurais pu choisir un moment plus approprié, souligna Kate en fermant la porte derrière lui.

— Ça ne pouvait pas attendre.

Il jeta un coup d'œil vers l'étage.

— Alison est couchée ?

— Il est 22 h 15, et nous sommes en pleine semaine. Evidemment qu'elle est couchée ! Que t'arrive-t-il ?

— J'ai des ennuis, Kate, répondit Eric en se passant la main dans les cheveux d'un geste nerveux. De gros ennuis.

Il la considéra d'un air suppliant et, pour la première fois, Kate remarqua sa pâleur, sous le hâle qu'il entretenait soigneusement ; et, surtout, l'expression presque hantée qui habitait ses beaux yeux gris.

— Je ne savais pas vers qui me tourner, ajouta-t-il.

— Quel genre d'ennuis ? demanda Kate.

— Quelqu'un essaie de me faire chanter.

— De te faire chanter ? Qui ?

— Une femme.

Eric baissa la tête.

— Une femme avec qui j'ai couché, il y a deux nuits.

Kate se garda de tout commentaire. A quoi bon ? Son ex-mari avait toujours été un coureur de jupons — même si elle avait mis des années à s'en apercevoir et à l'admettre. Il n'allait pas changer du jour au lendemain. Pourtant, elle l'avait un peu espéré, quand elle avait appris ses fiançailles avec Megan Hollbrook — ne fût-ce que pour le bien d'Alison.

— Je sais ce que tu penses, poursuivit Eric, qui faisait les cent pas dans la cuisine. Et tu as raison, bien sûr. Tout ce que je peux dire pour ma défense, c'est que j'étais soûl.

— Apparemment pas trop soûl pour coucher avec une femme.

— Oh ! je doute que ça ait fait la moindre différence.

— Que veux-tu dire ?

Eric eut un geste de colère.

— Je veux dire que même si je n'avais pas pu la sauter, cette salope se serait débrouillée pour donner l'impression que c'était arrivé tout de même. Juste pour pouvoir me soutirer de l'argent.

Kate versa du thé dans une mug et la lui tendit, avant de remplir la sienne.

— Si tu reprenais tout depuis le début ?

Baissant les yeux, Eric considéra le liquide foncé, dans sa tasse.

— Je l'ai rencontrée à la soirée d'anniversaire de Lyle Wanamaker, samedi.

Kate connaissait bien Lyle. C'était un play-boy fortuné qui aimait vivre dangereusement. Il avait une influence déplorable sur Eric.

— Les demoiselles d'honneur de Megan avaient organisé

une fête en son honneur, poursuivit Eric. Une soirée entre filles. Elle a insisté pour que j'aille chez Lyle, me disant qu'il serait blessé si je n'y passais pas au moins un petit moment.

— Et à peine arrivé, tu as trouvé une belle nana pour te tenir compagnie, commenta Kate sur un ton sarcastique.

— Pas du tout. C'est elle qui m'a abordé. Elle m'a dit qu'elle s'appelait Gina Lamont, qu'elle était mannequin, et qu'un ami l'avait invitée à la soirée. Mais au premier regard, j'ai compris ce qu'elle était vraiment : une call-girl de luxe, ni plus ni moins.

Eric posa la mug sur la table et, sans demander s'il pouvait fumer, tira un paquet de cigarettes de sa poche. Kate fut tentée de protester, mais elle se retint : Eric était assez bouleversé, sans encore ajouter à sa misère. Comme elle n'avait pas de cendrier, elle prit une soucoupe dans un placard et la plaça devant lui.

Il alluma une cigarette avec un briquet en or massif et souffla la fumée vers le plafond.

— Bref, reprit-il, elle a fini par me demander si je voulais bien la reconduire chez elle. J'avais trois Martini dans le nez et, comme un imbécile, j'ai accepté. Je me suis réveillé à 3 heures du matin, avec la gueule de bois, et une femme nue allongée à côté de moi.

— Qu'est-ce que tu as fait ?

— A ton avis ? J'ai laissé cent dollars sur la commode et j'ai filé en priant de ne plus jamais la revoir.

Il tira une nouvelle fois sur sa cigarette, avant de poursuivre son récit :

— A 14 heures, cet après-midi, cette petite salope a fait

irruption dans mon bureau, elle s'est perchée sur un coin de ma table et a agité une cassette vidéo sous mon nez. Avant que j'aie eu le temps de lui demander ce que c'était, elle est allée la glisser dans mon magnétoscope.

Il marqua une pause.

— Je suis sûr que tu devines la suite.

Kate écarquilla les yeux.

— Elle vous a filmés au lit, tous les deux ?

— Elle doit avoir une caméra installée dans sa chambre. Je parie qu'elle fait ça avec tous les mecs qu'elle ramasse. Tu parles d'un racket !

— Que veut-elle ? demanda Kate.

Eric croisa son regard.

— Beaucoup plus que les cent dollars que je lui ai laissés.

— Combien ? insista la jeune femme.

— Deux cent cinquante mille dollars.

— Quoi ?

— J'ai eu la même réaction que toi. Je lui ai expliqué que je ne disposais pas d'une somme pareille, mais elle n'a rien voulu entendre. J'ai une semaine pour trouver le fric, ou elle va envoyer la cassette à tous les tabloïdes du pays. Je vois déjà les gros titres, du genre : « Le fiancé de l'héritière soulève une pute. »

Ecrasant sa cigarette dans la soucoupe, Eric en alluma aussitôt une autre.

Kate se sentit presque désolée pour lui. Eric avait le don de s'attirer les ennuis. La plupart du temps, il s'en tirait bien, parce qu'il était débrouillard et qu'il avait de la chance. Mais, cette fois, il avait à l'évidence de bonnes raisons de s'inquiéter. Pas tant au sujet de sa fiancée ; elle était peut-être assez amoureuse pour lui pardonner. La mère de Megan, en revanche, la redoutable et très puissante Abigail Hollbrook, P.-D.G. des industries du même nom, ne serait certainement pas aussi facile à amadouer.

Au cours d'une interview au *Washington Post*, quelques semaines plus tôt, celle-ci ne s'était pas gênée pour faire comprendre qu'elle n'approuvait guère le choix de sa fille. Néanmoins, par amour pour son enfant, elle avait plié devant la volonté de Megan et avait accepté de bénir ce mariage. Elle avait même promis de promouvoir Eric au poste de vice-président junior, après la cérémonie.

Elle avait toutefois omis de raconter au journaliste l'entrevue qu'elle avait eue avec son futur gendre. D'après la rumeur, elle l'aurait convoqué dans son bureau et lui aurait déclaré froidement qu'au moindre faux pas de sa part, il serait chassé à jamais de la vie de Megan — et des Industries Hollbrook !

— Je suppose que tu es venu me demander conseil, déclara Kate, brisant le silence. Alors, je vais t'en donner un : va tout raconter à Megan. Elle est ta fiancée. Elle a le droit d'entendre les détails de cette histoire de ta bouche, plutôt que de les découvrir en première page d'un tabloïde.

— Et après ? Je serais bien avancé. Abigail aurait enfin l'excuse dont elle rêve pour annuler le mariage. Cette vieille chouette me déteste ; elle pense que je suis un coureur de dot.

Kate ravala un sourire.

— Tu épouses Megan. Pas sa mère.

— Megan fera ce que sa mère lui dit. C'est toujours comme ça.

— Pas toujours, non. Elle t'a bien imposé à Abigail. Pourquoi ne recommencerait-elle pas ?

— Parce qu'elle va être bouleversée. J'ai couché avec une autre femme. Une pute, par-dessus le marché.

La voix d'Eric prit une intonation plaintive, pareille à celle d'un enfant gâté.

— Je vais tout perdre : ma fiancée, mon boulot, mon avenir à Hollbrook...

Kate réprima une moue de mépris. Comme toujours, bien loin d'éprouver le moindre remords, la moindre compassion pour la femme qu'il avait trompée et bafouée, Eric ne pensait qu'à lui.

— Va voir Douglas et explique-lui la situation, suggéra-t-elle, en proie à une impatience grandissante. Il acceptera peut-être de te prêter l'argent.

— Douglas ? s'exclama Eric. Ce salaud ne lèverait pas le petit doigt pour m'aider, même si je me vidais de mon sang au fond d'un caniveau. Après ton départ, l'an dernier, il a voulu me jeter dehors. Tu étais au courant ? Il a fallu trois jours à maman pour le convaincre de me laisser rester. Non, il serait bien trop heureux de me voir écrabouiller comme un insecte. Et maman n'a pas d'argent.

Il tira à deux reprises sur sa cigarette, nerveusement, avant de l'éteindre.

— J'ai essayé de faire un emprunt à la banque, mais on m'a pratiquement ri au nez. On ne prête pas une somme pareille sans nantissement, ou sans quelqu'un pour se porter caution. Et mon mariage à venir avec la fille d'une des femmes les plus riches du pays n'a pas eu l'air de les impressionner. A moins, bien sûr, que Megan ne signe elle aussi les papiers d'emprunt. Ce n'est pas la meilleure, ça ?

Il y eut un silence, et Kate haussa les épaules. Puis, s'avisant qu'Eric la regardait fixement, elle fronça les sourcils et dit :

— Inutile de me regarder comme ça, Eric. Je ne cache pas un quart de million de dollars dans mes boîtes à biscuits, tu sais.

Comme il ne répondait rien, Kate soupira avec exaspération.

— Quoi ?

— Tu as cet argent, Kate.

— Qu'est-ce que tu racontes ? Tu sais très bien que toutes mes économies sont passées dans l'acompte que j'ai dû payer pour l'achat de la maison.

— Il reste le fonds en fidéicommis d'Alison. Tu pourrais me le prêter. Je promets de te rembourser dès que j'aurai épousé Megan.

Kate écarquilla les yeux, et le peu de pitié qu'elle avait pu ressentir pour son ex-mari s'évanouit brusquement.

— Comment oses-tu me demander une chose pareille ? Douglas a créé ce fonds pour l'éducation d'Alison. Et tu voudrais le donner à une... une prostituée ?

— J'ai dit que je te rembourserais.

— Avec quoi ? Tu crois que Megan va te donner deux cent cinquante mille dollars sans demander où va cet argent ?

— Je trouverai un moyen.

Ecœurée, Kate secoua la tête.

— Tu es encore plus lamentable que je le pensais.

— Kate, sois raisonnable. Je n'ai nulle part où aller. Tu es la seule à pouvoir me tirer de ce pétrin.

— Pour le cas où je n'aurais pas été assez claire, la réponse est non.

— Si tu refuses de le faire pour moi, fais-le pour Alison. Je sais qu'elle m'aiderait, elle.

— Espèce d'ordure ! murmura Kate en réussissant par miracle à ne pas hurler. Je t'interdis de te servir de ma fille pour essayer de m'influencer.

— Elle est ma fille, aussi, rappela Eric.

Mais Kate ne l'écoutait plus. Elle marcha jusqu'à la porte d'entrée et l'ouvrit en grand.

— Bonne nuit, Eric. Et la prochaine fois que tu as des ennuis, sois gentil d'aller pleurer sur une autre épaule que la mienne. J'ai assez de mes problèmes.

Il la rejoignit et, s'arrêtant avant de franchir le seuil, il la regarda encore d'un air suppliant.

— Kate...

— Sors d'ici.

Puis, comme il demeurait immobile, elle le poussa dehors et ferma la porte.

Debout dans le vestibule, elle attendit que le grondement du moteur de la Corvette ait disparu dans la nuit. Puis, le cœur empli d'une lassitude pesante, elle éteignit les lumières et monta se coucher.

5.

Eric Logan poussa la porte d'un café enfumé, quelque part sur une route de Virginie, à une vingtaine de kilomètres de Washington. Il se dirigea vers le bar et s'assit lourdement sur un tabouret, sans même prendre la peine d'ôter son manteau.

— Un whisky, s'il vous plaît. Sec.

Le barman lui remplit un petit verre et Eric, rejetant la tête en arrière, le vida d'un trait.

Aussitôt, les larmes lui montèrent aux yeux. Il n'avait jamais été un grand buveur. Même à l'université, ses amis se moquaient toujours de lui et de son peu de résistance à l'alcool. Mais ce soir, un Martini ou une bière ne suffiraient pas. Il lui fallait quelque chose de plus fort. Non seulement il avait besoin de se calmer les nerfs, mais il voulait aussi noyer sa peur. Il aspirait à l'oubli total — si toutefois une telle chose était possible.

Avant que le barman ait eu le temps de ranger la bouteille, Eric cogna son verre vide sur le comptoir.

— Versez-m'en un autre ! Un double, cette fois.

L'homme s'exécuta sans sourciller.

A l'exception de deux types affublés de chapeaux de cow-boy qui jouaient au billard dans un coin de la salle, l'endroit était vide. Et c'était aussi bien comme ça. Eric n'était pas d'humeur à faire la conversation.

Après son départ de chez Kate, il avait roulé vers le sud, au hasard, jusqu'à ce qu'il aperçoive l'enseigne de la taverne. L'endroit empestait le tabac froid et l'alcool bon marché, mais au moins était-il ouvert — et situé juste à côté d'un motel. Cela pourrait se révéler utile, d'ici à une heure ou deux.

Poussant un long soupir, Eric posa ses coudes sur le comptoir et pressa les paumes de ses mains contre ses yeux.

Comment avait-il pu être aussi stupide ?

Comment avait-il pu risquer tout ce qu'il avait pour une malheureuse paire de fesses qui n'avait déjà que trop servi ?

Il essaya d'imaginer l'expression sur le visage de Megan, quand elle apprendrait la vérité. Une chose était sûre : elle ne lui pardonnerait jamais. Pour la jeune femme, qui avait hérité la fierté de sa mère, à défaut de sa force, salir le nom des Hollbrook équivalait à un acte de haute trahison.

Eric porta son verre à ses lèvres et avala de petites gorgées de whisky tandis qu'il repensait à sa rencontre avec Megan. Cela remontait au mois de mars de l'année précédente, quelques semaines à peine après son divorce. Les Industries Hollbrook avaient organisé une immense réception à l'occasion des cinquante ans de l'entreprise, et il s'y était rendu avec la ferme intention de bien s'amuser — autrement dit, de trouver une partenaire pour la nuit. N'importe quelle femme ferait l'affaire, du moment qu'elle était sexy, facile et totalement écervelée. Il en avait soupé des femmes de tête !

Mais alors qu'il embrassait la salle de son regard exercé, à l'affût d'une proie, il avait remarqué — et aussitôt reconnu — Megan Hollbrook, la fille unique d'Abigail. Encore célibataire à vingt-sept ans, elle était destinée à hériter de l'immense fortune des Hollbrook.

D'un physique plutôt ingrat, avec des yeux marron pleins de timidité, des cheveux blond cendré et une forte mâchoire carrée qui la faisait ressembler à feu son père, la jeune femme se tenait dans un coin.

Seule.

Elle n'était pas du tout le type d'Eric. Mais qu'importait le physique d'une femme, quand celle-ci avait autant d'argent ?

Sirotant son Martini, il avait considéré la luxueuse robe de Megan, ses superbes pendants d'oreilles en émeraudes, et le collier assorti, et il avait imaginé tous les avantages qu'il y aurait à épouser une telle fortune, à disposer de fonds illimités et à savoir brusquement que son moindre désir pouvait être exaucé.

Vingt et un ans plus tôt, il avait été bien prêt de le découvrir, quand sa mère avait épousé Douglas Fairchild. Hélas ! ce dernier l'avait détesté au premier regard. Et s'il lui avait permis d'habiter sous son toit et de manger à sa table, c'était bien là tout ce qu'il lui avait donné.

— Tu n'auras pas un sou de moi, lui avait-il même déclaré, à brûle-pourpoint, le lendemain du mariage. Si tu veux de l'argent de poche, il faudra le gagner.

Cela de la part d'un homme qui avait hérité tout ce qu'il possédait — le cabinet juridique, la propriété de Potomac, et même la maison dans les Bermudes.

Mais qu'importait cela ? Eric venait de trouver un poisson encore plus gros.

Son cocktail à la main, il s'était approché de la jeune femme et s'était présenté. Quelques minutes plus tard, ils évoluaient sur la piste de danse, échangeant des confidences comme deux vieux amis.

Jouant la carte de la candeur, Eric avait raconté son divorce à Megan — avec ce qu'il fallait d'aménagements. Ainsi, dans sa version revue et corrigée, Kate était devenue une ambitieuse qui avait toujours placé sa carrière d'avocat avant leur mariage.

— Je suis tout le contraire, avait-il expliqué. La famille compte beaucoup pour moi. Notre couple a commencé à battre sérieusement de l'aile quand ma femme a rejoint le cabinet de mon beau-père. Vous le connaissez peut-être. Douglas Fairchild ?

Comme Megan secouait la tête en signe d'ignorance, il avait poursuivi :

— Enfin, quand Kate a demandé le divorce, je ne m'y suis pas opposé.

Il avait marqué une pause, avant d'ajouter, un ton plus bas :

— J'aurais peut-être dû, pour le bien de ma fille. Mais je n'avais plus la force.

Megan l'avait considéré d'un regard plein de compassion.

— Comme c'est triste ! Vous devez beaucoup souffrir d'être séparé de votre enfant.

— Si vous saviez..., avait répondu Eric avec un soupir.

Intérieurement, il jubilait. Ainsi, au contraire de sa mère,

Megan avait le cœur tendre. Soudain, tous ces millions de dollars ne paraissaient plus aussi inaccessibles.

— Vous savez, avait-il repris, c'est la première fois que je me rends à une soirée depuis mon divorce. J'ai failli ne pas venir.

Serrant la taille de Megan un peu plus fort, il lui avait décoché son sourire le plus irrésistible.

— Je suis content d'avoir fait un effort.

Les joues de la jeune femme avaient rosi, et elle avait levé vers lui un regard dont l'expression avait achevé de rassurer Eric : une fois de plus, la magie de son charme avait opéré.

Durant les semaines suivantes, il avait mené sa campagne de séduction tambour battant — une opération qui s'était révélée bien plus facile qu'il n'aurait osé l'imaginer. En effet, Megan Hollbrook avait beau être fabuleusement riche, elle était aussi remarquablement naïve et inexpérimentée en ce qui concernait l'amour et les hommes ; à l'exception de deux ou trois petits amis, à l'université, elle n'avait jamais vraiment eu de relation amoureuse. Bref, elle était tombée dans ses bras comme un fruit mûr n'attendant que le moment d'être cueilli.

En revanche, gagner la confiance de sa mère s'était révélé un défi d'une tout autre envergure. Depuis la mort de son époux, dix-neuf ans plus tôt, Abigail Hollbrook dirigeait son immense entreprise d'une main de fer, et sa réputation de femme à poigne n'était pas usurpée. Au contraire de sa fille, quelques belles paroles et un charmant sourire ne suffisaient pas à la séduire — ainsi qu'Eric avait pu le constater, lors d'une première rencontre durant laquelle Abigail s'était montrée glaciale.

— Ne fais pas attention à maman, lui avait dit Megan par la suite. Elle est très protectrice, à mon égard. Mais elle finira par s'habituer.

Megan se trompait. Quand, par la suite, Eric avait proposé le mariage à la jeune femme, Abigail l'avait aussitôt convoqué dans son bureau. Son discours avait été des plus secs et des plus directs.

— Pour des raisons que je ne m'explique pas, ma fille est tombée amoureuse de vous et elle veut vous épouser, avait-elle déclaré sans préambule, transperçant Eric de son regard bleu. Sachez que, pour ce qui me concerne, je suis totalement opposée à ce mariage.

— Je vous assure que…, avait commencé Eric.

— J'ai mené mon enquête à votre sujet. Il semble qu'en racontant à ma fille les péripéties de votre premier mariage, vous avez malencontreusement omis de préciser que vous aviez trompé votre femme. De manière répétée.

Si Kate n'avait jamais pu prouver ce dernier point, Eric s'était bien gardé d'émettre la moindre objection. De toute évidence, son interlocutrice était bien renseignée.

— Ma femme et moi avions des problèmes sur lesquels je ne souhaite pas revenir, madame Hollbrook, avait-il répondu. Malgré tout, mon comportement était inexcusable et je n'en suis pas fier. C'est pour cette raison que je n'en ai pas parlé à Megan.

Il avait marqué une pause, essayant de déchiffrer le visage d'Abigail Hollbrook. Mais c'était inutile.

— Vous lui avez dit ? avait-il fini par demander.

— Evidemment ! Pourquoi aurais-je fait mener une enquête, si ce n'était pas pour essayer d'ouvrir les yeux à ma fille ? J'ai le regret d'admettre que cela n'a servi à rien. Elle est assez naïve pour s'imaginer qu'un homme adultère peut changer.

Eric avait réprimé un soupir de soulagement.

— Je ne peux pas parler pour les autres, mais dans mon cas, Megan a raison. Je suis un homme transformé, madame Hollbrook.

Abigail n'avait pas eu l'air de l'entendre.

— Pourquoi voulez-vous épouser ma fille, Eric ? D'après ce qu'on m'a raconté, vos goûts en matière de femmes vous portent plutôt vers le type exotique et... comment dirais-je ? généreusement pourvu ?

La précision de cette affirmation avait stupéfait Eric. Cette vieille chouette était vraiment allée fouiner dans sa vie.

— Ce fut peut-être vrai, à une époque. Toutefois, comme je viens de vous le dire, je suis un homme différent, avait-il répondu avec toute la ferveur dont il était capable. Et j'aime Megan. C'est aussi simple que ça.

— Etes-vous certain que ce n'est pas son argent que vous aimez ?

— L'argent n'a aucune importance pour moi.

A ces mots, Abigail avait eu un sourire glaçant.

— Dans ce cas, vous ne verrez aucune objection à signer un accord prénuptial, n'est-ce pas ?

Eric avait serré les dents. Pour qui cette femme se prenait-elle ? Megan était majeure et vaccinée. Ils pouvaient très bien aller se marier à Las Vegas dès le lendemain, s'ils le voulaient ; Abigail Hollbrook n'avait aucun moyen de les en empêcher.

Pourtant, il avait ravalé son fiel et sa fierté, conscient que Megan adorait sa mère et que jamais elle ne ferait quoi que ce fût qui pût la blesser. Il avait fixé sa belle-mère sans ciller, avant de répondre, sur un ton posé :

— Absolument aucune.

— Bien.

Croisant ses mains, Abigail s'était penchée en avant.

— Mais n'allez pas croire que le fait de renoncer à la fortune de ma fille vous donne le droit de la traiter comme vous avez traité votre ex-femme. Si vous lui faites du mal ou si vous salissez l'honneur de notre famille, de quelque manière que ce soit, vous le regretterez jusqu'au jour de votre mort. Est-ce clair ?

— Parfaitement clair, avait répondu Eric en déglutissant avec peine.

Les mois suivants avaient été consacrés aux préparatifs de la noce, aux réceptions et aux interviews. Et bien sûr, il y avait eu la signature devant notaire de l'accord prénuptial.

— Il s'agit d'une simple formalité, lui avait glissé Megan. Une petite concession pour faire plaisir à maman. J'ai déjà décidé que je déchirerais ce document le jour de notre premier anniversaire de mariage.

Un an ! Rien d'autre ne se dressait plus entre lui et la fortune. A la fin de ces douze mois, il serait libre de faire ce qui lui plaisait — même de quitter Megan, s'il le voulait. Quoi qu'il arrive, la moitié de l'argent de la jeune femme lui appartiendrait.

Bien sûr, il n'avait jamais eu cette intention. Il n'était pas si bête. Pourquoi se contenter de la moitié du fonds en fidéicommis de Megan, alors qu'il hériterait un jour de toute la fortune de sa mère ?

— Hé, mec !

Eric cligna des yeux et reprit brutalement contact avec le présent. Le barman se tenait devant lui, l'air renfrogné.

— On ferme. Et vous me devez six dollars.

Un instant, Eric le considéra d'un air ahuri. Puis, il sortit son portefeuille et jeta un billet de dix dollars sur le comptoir.

— Gardez la monnaie, bredouilla-t-il.

Aussitôt, il se retint de rire. Comme s'il était encore en position de se montrer aussi généreux ! Dans six jours, il serait de retour au point zéro. A moins qu'il ne trouve une âme charitable prête à se délester de la modique somme d'un quart de million de dollars.

Il quitta le bar en titubant légèrement. Un vent coupant balayait le parking, qui ne suffit pas à le dessoûler. Il avait besoin d'une bonne nuit de sommeil. Avec un peu de chance, la situation lui paraîtrait plus claire, demain.

Mais, comme il se dirigeait vers le motel, il aperçut près de la réception une pancarte annonçant que l'établissement était complet.

Eric étouffa un juron. Qu'allait-il faire, maintenant ? Rentrer chez lui ? Dans son état, il avait peu de chance de rouler plus de deux kilomètres sans se faire arrêter par la police ou, pire, sans avoir un accident. Il ne lui restait qu'une solution : dormir dans la voiture.

Après quelques secondes d'hésitation, il marcha vers sa

Corvette, déverrouilla la portière et s'engouffra à l'intérieur. Sa dernière pensée, à l'instant où il s'abandonnait contre l'appui-tête, fut que la vie était vraiment une saloperie.

Danny Bronson descendit de sa Toyota et traversa la rue en direction du Hampton, un bâtiment de la fin du XIXe siècle situé à l'ouest de Dupont Circle, dans lequel on avait construit douze appartements de luxe. En dépit de la température glaciale et de l'heure — il était 4 h 15 du matin —, Danny sifflotait gaiement.

Il avait de bonnes raisons d'être content. Dans moins de deux heures, il allait recevoir la promotion qu'on lui avait promise à l'usine, un an plus tôt. L'augmentation de salaire serait la bienvenue, surtout avec l'arrivée du bébé. Et puis, il pourrait enfin laisser tomber son travail de livreur de journaux. Il commençait à trouver pénible de devoir se lever chaque matin à 3 heures, pour accomplir son premier boulot avant de se rendre à l'usine, à 6 heures. Surtout pendant les durs mois d'hiver.

Sifflotant toujours, il jeta un exemplaire plié du *Washington Post* devant chaque porte, avant de monter aux étages supérieurs. Quand il arriva au quatrième, il longea le couloir jusqu'à l'appartement 8B, sa dernière livraison dans l'immeuble.

Il s'apprêtait à lancer le journal comme un Frisbee, pour le faire atterrir sur le paillasson, lorsqu'il se figea, les sourcils froncés. La porte de l'appartement était entrouverte.

Même dans un beau quartier comme celui-ci, ce n'était pas normal.

Vaguement mal à l'aise, Danny regarda autour de lui,

puis considéra de nouveau la porte. Il devrait sans doute appeler la police. S'il s'agissait d'un cambriolage, le voleur était peut-être encore à l'intérieur. Qui sait s'il n'était pas armé ? D'un autre côté, si la femme qui habitait là était malade ou blessée, une intervention rapide pouvait lui sauver la vie. Elle était gentille. Elle lui donnait toujours un généreux pourboire, au moment des fêtes.

Après un instant d'hésitation, Danny s'approcha de la porte et regarda par l'entrebâillement. Il ne vit rien. Il faisait noir, à l'intérieur. Un silence de mort régnait. Si l'endroit avait vraiment reçu la visite d'un cambrioleur, celui-ci avait dû partir depuis longtemps.

Il frappa deux coups brefs.

— Mademoiselle Lamont ? Est-ce que ça va ? N'obtenant aucune réponse, il poussa le battant.

— Mademoiselle Lamont ? répéta-t-il d'une voix qui tremblait légèrement. Vous êtes là ?

Danny n'était pas du genre à se laisser facilement effrayer, mais l'immobilité qui régnait ici lui rappelait les fouilles de maisons qu'il avait effectuées avec deux camarades de l'armée, au Koweit, au début de la guerre du Golfe. Chaque fois, il avait la peur au ventre, à l'idée qu'un soldat irakien pouvait lui sauter dessus, par-derrière. Mais la situation présente était différente. Cette fois, il n'avait pas une équipe pour le soutenir, dans les parages, et pas de talkie-walkie pour envoyer un appel de détresse.

Il déglutit péniblement et pénétra à l'intérieur de l'appartement, étouffant un juron lorsqu'il se cogna à une table. Finalement, il trouva l'interrupteur et le poussa.

Le salon, qu'il n'avait vu qu'à l'époque de Noël, quand

Mlle Lamont lui donnait ses étrennes, était tel qu'il se le rappelait : meublé avec élégance et bien rangé.

Il appela la jeune femme, de nouveau, à voix plus haute, cette fois, et longea le couloir qu'il supposait mener à la chambre. Il s'arrêta devant une porte ouverte, chercha encore l'interrupteur et alluma la lumière.

— Dieu tout-puissant !

Au milieu de la pièce, trônait un énorme lit en cuivre. Et sur ce lit, Mlle Lamont gisait sur le dos, les bras écartés.

Aussitôt, Danny lâcha le sac qui contenait les journaux et se précipita vers elle.

— Mademoiselle Lam…

Le nom s'étrangla dans sa gorge et il se figea.

Il n'y avait aucune trace de sang, mais Danny avait vu suffisamment de cadavres, durant les sept mois de la guerre du Golfe, pour savoir que la jeune femme était morte. Ses yeux, qui étaient figés dans une expression d'horreur, semblaient sur le point de jaillir de leurs orbites ; et elle avait des marques rouges et profondes, à la base du cou.

— Seigneur…

Le cœur battant à tout rompre, Danny regarda autour de lui, vit un téléphone sur la table de chevet et décrocha le combiné. Les doigts tremblants, il composa le 911.

6.

Les mains dans les poches, Mitch Calhoon fit lentement le tour de la pièce, enregistrant chaque détail — le mobilier moderne, la moquette blanche déjà salie par les allées et venues des policiers, le placard entrouvert et rempli de vêtements coûteux... Finalement, son regard se posa sur le cadavre, et il s'approcha du grand lit en cuivre.

Au téléphone, on lui avait seulement dit que la victime était une femme et qu'à en juger par les apparences, elle était morte de strangulation.

Autour de lui, des policiers relevaient les empreintes et prenaient des photos de la scène. Dehors, un homme en uniforme maintenait les curieux à distance — presque tous des voisins.

Le regard de Mitch glissa vers la table de chevet, où une photo de la victime montrait une jeune femme d'une grande beauté, avec de longs cheveux noirs et brillants, des yeux marron, et le genre de pommettes hautes dont rêvent tous les mannequins.

Joe McCormack, l'officier de police qui, le premier, était arrivé sur les lieux du crime, s'approcha de Mitch, un calepin dans la main.

— Qui a découvert le corps ? lui demanda Mitch.

McCormack eut un geste du menton vers un coin de la pièce, où un jeune homme vêtu d'un jean et d'une parka bleu marine était assis, observant la scène d'un regard fixe, comme sous le choc.

— Le livreur de journaux, répondit-il en jetant un coup d'œil à ses notes. Il dit s'appeler Danny Bronson, et ça fait trois ans qu'il apporte le *Washington Post* à cette adresse. Il a trouvé le cadavre vers 4 h 15. La porte était entrouverte. C'est ce qui l'aurait alerté. Il n'a pas remarqué qu'elle avait été forcée.

— On a quelque chose sur lui ?

— Pas encore. Mais on s'en occupe.

McCormack déchira une page de son calepin et la tendit à Mitch.

— J'ai relevé les noms des autres locataires, ainsi que les numéros de leur appartement. A l'exception de la femme qui occupe le 8A, de l'autre côté du palier — une hôtesse de l'air —, ils étaient tous chez eux, cette nuit. Quant à l'hôtesse de l'air, elle est probablement en voyage, pour son travail.

— Merci.

Mitch parcourut la liste des yeux, avant de glisser le papier dans sa poche.

— Et la victime ?

— Gina Lamont. J'ai trouvé son permis de conduire. Elle a trente-quatre ans. Le gardien dit qu'elle est mannequin, mais d'après nos fichiers, cette petite dame est une prostituée. Elle a été arrêtée trois fois, rien que cette année. Deux fois pour racolage, et la dernière pour détention de drogue. De la coke, ajouta le policier en réponse au coup d'œil interrogateur de Mitch. Apparemment, elle en consommait beaucoup. Johnson a déjà trouvé une petite réserve.

— Pas de carnet d'adresses ?

— Si, répondit McCormack en désignant un calepin noir, sur la commode. Mais il n'y a pas beaucoup de noms.

— Merci, Joe.

Mitch tira un bloc-notes de sa poche et se dirigea vers Danny Bronson. C'était un gosse de vingt-quatre ou vingt-cinq ans, avec des cheveux blonds, des yeux bleu pâle et un visage constellé de taches de rousseur.

— Bonjour, lui dit Mitch sur un ton posé. Je suis le détective Calhoon.

Le jeune homme, qui l'avait regardé approcher, se leva. Il avait, au fond des yeux, une expression de peur mêlée d'ébahissement, et il hocha la tête, avant de jeter un coup d'œil nerveux vers le lit. Le médecin légiste venait d'arriver et se livrait à un examen préliminaire.

Mitch eut un geste de la tête vers le couloir.

— Allons dans le salon.

Il précéda le témoin dans la pièce voisine et là, il se tourna vers lui.

— On me dit que vous avez trouvé le corps.

— Oui, monsieur, répondit Danny d'une voix tremblante.

Puis, il entreprit de raconter les circonstances de sa macabre découverte.

— Vous connaissiez la victime ? demanda encore Mitch.

— Oui. Enfin, pas bien. Je ne la voyais qu'une fois par an, autour de Noël.

— Pourquoi ça ?

— Elle me demandait toujours de passer pour me donner mon petit cadeau.

— Quel genre de cadeau ?

Danny rougit.

— Cinquante dollars. En liquide.

Réprimant un sourire, Mitch nota l'information.

— Ne vous inquiétez pas, dit-il. Je ne travaille pas pour le fisc.

Puis, il releva les yeux.

— Vous avez vu quelqu'un d'autre ici ? Un homme ? Une femme ?

Danny secoua la tête.

— Non, monsieur. Elle était toujours seule.

— Comment se fait-il que vous livriez les journaux si tôt ?

— J'ai un autre travail, à plein temps, à l'usine de produits surgelés Chesapeake. Si je veux pointer à 6 heures, il faut que je livre mes journaux à partir de 4 heures.

— Jusqu'à… ?

— 5 h 30.

— Vous avez touché à quelque chose, à part le téléphone ?

— L'interrupteur, derrière vous. Celui-ci, ajouta Danny en le montrant du doigt. Et celui de la chambre. Oh ! et j'ai touché à la porte, quand je suis entré.

— Vous avez vu quelqu'un sortir de l'immeuble, à votre arrivée ?

— Non.

— Vous avez entendu du bruit à l'étage au-dessous ? Ou au-dessus ?

— Non. C'est toujours très calme, à cette heure.

Mitch ferma son calepin.

— Très bien, monsieur Bronson. Un de nos hommes va vous accompagner au commissariat...

— Pour quoi faire ? s'exclama Danny. Je vous ai dit tout ce que je sais.

Il pâlit brusquement.

— Vous... vous ne croyez pas que je l'ai tuée, dites ? Ce n'est pas moi. Je vous jure...

— Calmez-vous, Danny. Je ne pense pas que vous l'ayez tuée. Mais vous avez découvert le corps, et, par conséquent, il nous faut une déposition écrite et signée. Après, vous serez libre de repartir.

Mitch fit signe au policier en uniforme qui se trouvait à la porte, et lui donna quelques instructions avant de retourner dans la chambre. Au moment où il entrait, le médecin légiste ôta ses lunettes et les essuya avec un mouchoir en papier. Mitch se dirigea vers lui.

— Alors, qu'est-ce que vous avez, pour l'instant ?

Le légiste, un petit homme chauve aux yeux plissés, glissa ses lunettes dans la poche de poitrine de sa veste.

— Apparemment, le cartilage cricoïde a été écrasé. Je ne prends donc pas beaucoup de risque en avançant qu'elle a été étranglée. A en juger par les marques sur son cou, je dirais que le meurtrier, probablement un homme, avait de très grandes mains et une force peu commune.

— L'heure approximative de la mort ?

— Entre minuit et 2 heures du matin. Je serai plus précis après l'autopsie, ajouta le médecin légiste d'une voix monocorde.

— Est-ce qu'elle a été violée ?

— Non. Mais elle s'est drôlement débattue.

Il désigna plusieurs écorchures sur le cou.

— Ce sont des griffures. Sûrement les siennes, alors qu'elle essayait de se libérer. Je ne peux rien faire de plus, ici. Envoyez-la au laboratoire dès que vous aurez terminé.

Deux ambulanciers se tenaient à l'écart, attendant des ordres.

— Embarquez-la, leur dit Mitch. Prenez aussi les draps.

Au même moment, un autre policier lui fit signe d'approcher et désigna une caméra, posée sur la commode.

— Regardez ce que j'ai déniché dans le conduit d'aération, là-haut. Et j'ai aussi trouvé cette cassette vidéo, fixée au fond d'un tiroir avec du ruban adhésif.

— Des empreintes ?

— Deux seulement, mais elles sont très claires. Je les ai déjà relevées.

Mitch prit la cassette vidéo et alla la glisser dans le magnétoscope qu'il avait remarqué, sous la télévision. Aussitôt, apparut l'image d'un couple nu en train de s'ébattre sur le lit de cuivre.

— On dirait que la petite dame aimait le porno, hein ? lança McCormack, qui l'avait rejoint.

— On dirait, ouais, murmura Mitch.

Comme la femme roulait sur son partenaire, le visage de l'homme apparut soudain de face sur l'écran.

— Eh bien, ça alors ! fit Mitch.

— Vous le connaissez ?

— C'est Eric Logan. Le fiancé de Megan Hollbrook.

« Et l'ex-mari de Kate Logan », songea-t-il.

— Bon sang, vous avez raison ! s'exclama son collègue. Leur mariage à venir fait les choux gras de tous les magazines de bonnes femmes. Vous croyez que notre cliente donnait aussi dans le chantage ?

— Qui parle de chantage ? demanda une voix nasillarde que Mitch reconnut aussitôt.

Il crispa les mâchoires et coupa le magnétoscope, avant d'ôter la cassette vidéo et de la tendre au policier.

L'homme qui venait de faire irruption dans la pièce était un des journalistes les plus détestés des services de police de Washington et des environs. Responsable de la rubrique des faits divers au *Washington Chronicle*, Eddy Povich était une véritable fouine. Petit et efflanqué, il était capable de tout pour décrocher un scoop. Son lien de parenté avec le procureur fédéral lui permettait, en outre, d'avoir accès à des informations qui auraient dû demeurer confidentielles, ce qui le rendait plus odieux encore.

— Sortez d'ici, Povich, déclara Mitch. Vous n'avez pas le droit d'entrer sur les lieux d'un crime durant l'enquête préliminaire.

— Cessez de me traiter comme un débutant, Calhoon, rétorqua l'autre sans se démonter. Je connais la chanson.

Povich considéra l'écran noir de la télévision.

— Que s'est-il passé ? Une pute faisait du chantage à un de ses clients, et il l'a refroidie ?

Mitch dut se contrôler pour ne pas perdre son sang-froid.

— Je vous préviens, Povich, si vous faites paraître un

seul mot que nous n'aurons pas corroboré, comme vous l'avez fait sur l'affaire Gallagher, je m'occuperai de vous personnellement.

— Le public a le droit d'être informé ! protesta le journaliste.

— Dans ce cas, informez-le qu'une femme a été assassinée. C'est tout.

— Donnez-moi au moins son nom.

— Pas tant que sa famille n'aura pas été prévenue.

— Et son client ? J'ai bien vu, à votre tête, que vous le connaissiez. Qui est-ce ? Une personnalité politique ?

Povich sourit, révélant de petites dents jaunies.

— Le Président, peut-être ?

— Cette information est confidentielle.

— Vous savez bien que je peux l'apprendre rapidement. Il suffit que j'appelle mon cousin.

— Eh bien, appelez-le et débarrassez-moi le plancher.

— Mais j'aime bien obtenir mes informations de la bouche même des enquêteurs.

Mitch pinça les lèvres et fit signe à McCormack. Ce dernier attrapa aussitôt Povich par le bras et, sans se soucier de ses protestations, il le fit sortir manu militari. Quand le journaliste eut quitté l'appartement, Mitch prit son téléphone portable et appela les archives, au commissariat central.

— Mitch Calhoon, à l'appareil. J'ai besoin de l'adresse d'un certain Eric Logan. L-o-g-a-n.

Il attendit quelques secondes, puis son correspondant lui répondit :

— 1035, Norton Lane, à Potomac, dans le Maryland.

— Merci.

*
* *

Eric fut réveillé par un martèlement, à l'intérieur de sa tête. Il gémit et ouvrit un œil, puis l'autre. Il lui fallut quelques instants pour comprendre qu'il était dans sa Corvette, recroquevillé sur le siège avant. Et qu'il régnait un froid polaire dans l'habitacle.

Agrippant le volant de sa main gauche, il se redressa lentement. Petit à petit, le brouillard qui obscurcissait son cerveau se dissipa, et il se rappela où il se trouvait et pourquoi il se réveillait avec une horrible migraine, après avoir passé la nuit dans sa voiture.

Il jeta un coup d'œil à travers le pare-brise et considéra le petit parking dans lequel il était garé. Seigneur ! il aurait pu se faire attaquer. On aurait même pu le tuer. Le pire était que tout ça n'avait servi à rien. Son problème n'avait pas disparu. Au contraire, il était toujours là, aussi insoluble.

Frissonnant de froid, Eric mit le contact et monta le niveau du chauffage. Le moteur vrombit et la radio, qui était branchée sur une station d'informations, se mit en marche. Il écouta le journaliste d'une oreille distraite, avant de se figer — Une femme répondant au nom de Gina Lamont a été retrouvée morte, étranglée, dans son appartement de Dupont Circle, tôt ce matin. La police recherche actuellement Eric Logan, de Potomac, dans le Maryland. D'après plusieurs témoins, M. Logan, qui est fiancé à Megan Hollbrook, héritière des industries du même nom, a été vu quittant une soirée en compagnie de la victime, samedi, à Georgetown. Mlle Hollbrook n'a pu encore être contactée pour commenter la situation. A Capitol Hill…

Eric se renversa sur son siège, totalement dégrisé. Gina était morte. Les mots rebondissaient dans son esprit tandis qu'il essayait de leur donner un sens. Gina était morte... Comment cela était-il possible, alors qu'il l'avait vue, hier encore ? Et pourquoi diable le cherchait-on ? Qu'avait-il à voir dans tout ça ?

En dépit du sentiment de panique qui montait en lui, il s'efforça de réfléchir de façon rationnelle. Il n'avait aucune raison de s'inquiéter. Il n'avait tué personne. Comment aurait-il pu ? Il avait passé pratiquement toute la nuit dans sa voiture. Et juste avant, il se trouvait dans cette affreuse taverne.

De ses doigts tremblants, il tourna le bouton de la radio, à la recherche d'une station qui lui donnerait un autre flash d'informations. Lorsqu'il la trouva, l'annonce fut pratiquement la même. Gina Lamont était morte et la police le cherchait, lui.

Sa première impulsion fut de vouloir rentrer à Washington et d'aller trouver les flics pour leur dire tout ce qu'il savait. Enfin, presque tout. Il n'avait aucun intérêt à révéler le petit chantage auquel Gina voulait le soumettre, ou encore qu'il avait couché avec elle. Mais il n'y avait rien de compromettant à admettre qu'il lui avait parlé, à la soirée de Lyle, et qu'il l'avait raccompagnée jusque chez elle.

Aussitôt, il écarta cette idée. Il n'avait entendu aucune information concernant l'heure à laquelle Gina était morte ; il savait seulement qu'on avait découvert son cadavre très tôt ce matin. Et si elle avait été tuée après qu'il avait quitté la taverne ? Les flics accepteraient-ils de croire qu'il avait passé la nuit, ivre mort, sur ce fichu parking, dans sa Corvette ? Ou bien l'arrêterait-on pour meurtre ?

Eric avala péniblement sa salive. Avant de se précipiter dans la gueule du loup, il devait découvrir l'heure à laquelle Gina avait été assassinée. S'il était à l'abri de tout soupçon, il retournerait à Washington. Sinon…

Bon sang ! Que ferait-il, alors ?

Il s'obligea à inspirer profondément, plusieurs fois, puis il passa la marche arrière. Après un dernier coup d'œil autour de lui, il quitta le parking et se dirigea vers la voie express.

7.

La première chose qu'Alison remarqua, en entrant dans la cuisine pour prendre son petit déjeuner, fut la soucoupe sur la table.

— Papa est venu ? demanda-t-elle aussitôt.

Suivant son regard, Kate se maudit. Pourquoi n'avait-elle pas pensé à jeter les mégots de cigarettes, avant de monter se coucher ?

— Il est passé quelques minutes, hier soir, répondit-elle.

— Que voulait-il ?

— Oh ! rien d'important.

Puis, désireuse de changer de sujet, elle enchaîna :

— Que veux-tu, des pancakes ou des céréales ?

— Je m'en fiche. Et je suis sûre que c'était important, au contraire. Sinon, il n'aurait pas fait tout le trajet pour venir jusqu'ici.

Son regard se posa de nouveau sur la soucoupe.

— Et il n'aurait pas fumé autant. Il allume toujours cigarette sur cigarette, quand quelque chose le tracasse.

Kate réprima un soupir, songeant qu'Alison avait des talents d'observation remarquables. Elle ferait un excellent procureur, le jour venu — si toutefois elle voulait toujours suivre les traces de sa mère.

L'espace d'un instant, elle fut tentée d'inventer un mensonge, avant de se raviser. Douglas avait peut-être raison, après tout : si tout le monde, à commencer par elle-même, s'entêtait à toujours couvrir Eric, Alison ne s'apercevrait jamais que son père n'était pas parfait.

— Puisque tu tiens tant à le savoir, il voulait m'emprunter de l'argent, répondit-elle.

Alison haussa un sourcil.

— Et tu lui as donné ?

— Non, Alison, je ne lui ai pas donné. Je ne suis pas une banque. Et je ne suis pas riche, non plus.

— Combien voulait-il ?

— Deux cent cinquante mille dollars.

— Ouah ! Pourquoi avait-il besoin d'une somme pareille ?

Cette fois, une légère entorse à la vérité s'imposait. Kate avait beau en vouloir à son ex-mari, elle ne pouvait permettre que sa fille découvre à quel point il était tombé bas.

— Une entreprise dans laquelle il veut se lancer, et qui m'a paru hasardeuse.

— Je ne comprends pas. Pourquoi est-il venu te trouver, toi ? Il sait bien que tu ne disposes pas d'une somme pareille.

Kate croisa le regard de sa fille.

— Il espérait que je lui prêterais l'argent de ton fonds en fidéicommis.

Un peu tard, Kate comprit son erreur. Loin d'être scandalisée par le toupet de son père, l'adolescente planta sur elle des yeux étincelants de colère.

— Et tu as refusé ? s'exclama-t-elle. Sans me demander mon avis ?

— Evidemment ! Cet argent a été mis de côté pour tes études, Alison. Même si j'en avais désespérément besoin, je ne toucherais pas à un seul dollar. Alors, si tu crois que je vais le risquer dans un projet sans...

— C'est mon argent, non ? J'ai le droit d'en faire ce que je veux. Et ce que je veux, c'est le donner à papa.

— Pas tant que j'en serai la curatrice. Quand tu auras vingt et un ans, tu pourras en prendre possession et l'utiliser comme bon te semble. Pas avant.

Alison se raidit

— Ce que tu peux être méchante et mesquine ! Papa ne t'a pas demandé la lune. Rien que de l'argent. Mon argent.

Cédant à la frustration, Kate tapa du plat de la main sur la table.

— Mince, Alison ! Pourquoi faut-il toujours que tu prennes son parti contre le mien ? Tu ne peux pas essayer de te mettre à ma place, pour une fois ? J'essaie seulement de te protéger et de faire ce qui est le mieux pour toi.

— Ouais, c'est ça ! répliqua Alison.

Elle ramassa son sac à dos et passa la bandoulière sur son épaule. Puis, se tournant de nouveau vers Kate, elle la dévisagea d'un regard froid.

— Je veux retourner vivre chez mes grands-parents, déclara-t-elle sur un ton de défi. Et après le mariage de papa, je veux habiter avec lui et Megan. Ils sont d'accord.

Kate eut l'impression que son cœur chavirait. Alison

n'avait jamais caché combien elle était malheureuse d'avoir quitté la grande maison de Potomac pour venir s'installer à Cleveland Park, mais c'était la première fois qu'elle manifestait sa volonté de s'en aller.

— Tu n'es pas sérieuse, murmura Kate d'une voix mal assurée.

— Au contraire, je suis très sérieuse.

Sans se donner la peine de dire au revoir, l'adolescente sortit de la cuisine. Une seconde plus tard, la porte d'entrée claquait bruyamment dans le silence de la maison.

Kate remplissait le lave-vaisselle, quand le téléphone sonna, quelques minutes plus tard. Elle décrocha le combiné mural.

— Allô ?

— Dieu merci, tu es là ! s'exclama la voix d'Eric, à l'autre bout de la ligne.

Kate ferma les yeux.

— Eric, dans quelle langue devrai-je te dire que...

— Gina est morte.

— Quoi ? Qui ça ?

— Gina ! La femme qui me faisait chanter. Elle a été étranglée. Et la police pense que c'est moi, le coupable. Enfin ! tu n'as pas entendu les nouvelles ? On ne parle que de ça, à la télé et à la radio.

Abasourdie, Kate s'appuya contre le comptoir.

— Où es-tu ?

— Peu importe où je suis. Ce n'est pas moi, Kate. Il faut que tu me croies. Je n'étais même pas à Washington quand cette salope a été tuée.

— Où étais-tu ?

La voix d'Eric baissa d'un ton.

— Dans ma voiture. En te quittant, hier soir, j'ai roulé au hasard, et j'ai fini par atterrir dans une taverne. J'ai... j'ai un peu bu et j'ai passé le reste de la nuit dans la Corvette. Je me suis réveillé à 7 h 30, ce matin. C'est à ce moment-là que j'ai entendu le flash d'informations, à la radio. Et avant que tu me poses la question, non, je n'ai pas de témoin. Mon seul alibi est le temps que j'ai passé dans ce bar, entre 23 h 30 et minuit, environ.

— Est-ce qu'on a établi l'heure de la mort ? demanda Kate.

— Je n'en sais rien. C'est pour ça que je t'appelle. Il faut que tu le découvres, que tu...

— Non, Eric. Il est hors de question que je me mêle de cette histoire.

— Pour l'amour du ciel, Kate ! Je te demande simplement d'appeler les flics pour découvrir l'heure à laquelle on a tué Gina. Tu ne peux pas faire ça pour moi ?

Le désespoir, dans la voix d'Eric, toucha une corde sensible en Kate. Elle poussa un soupir.

— Comment est-ce que je peux te joindre ?

— Je te rappellerai, répondit Eric avec un évident soulagement. Combien de temps te faut-il ? Cinq minutes ? Dix ?

— Donne-moi un quart d'heure.

— D'accord.

Il y eut une pause.

— Merci, Kate. Merci beaucoup.

Et il raccrocha.

Préférant s'adresser à quelqu'un qu'elle connaissait personnellement, Kate appela le coroner. Hélas ! ce que le médecin légiste lui apprit n'était guère rassurant.

A peine avait-il terminé de lui parler, que le téléphone sonna de nouveau. C'était Eric.

— Je ne pouvais plus attendre, expliqua-t-il. Tu as du nouveau ?

— Oui. Et rien de bon. D'après le médecin légiste, Gina est morte entre 1 heure et 1 h 15 du matin. Alors, à moins que ta taverne soit assez éloignée de Washington pour qu'il t'ait été impossible de parcourir le trajet jusqu'à son appartement avant l'heure du crime, tu es dans de sales draps.

— J'étais à moins de vingt minutes de voiture, répondit Eric.

— Tu es sûr que personne ne t'a vu, au cours de la nuit ?

— Le parking était désert, quand je suis sorti du bar, et il était encore vide ce matin. En plus, j'étais le dernier client à partir.

Il y eut un silence, puis Eric ajouta d'une voix pitoyable :

— Je ne l'ai pas tuée, Kate. Je te jure que ce n'est pas moi !

— La police est-elle au courant du chantage que Gina exerçait ?

— Non, Dieu merci ! Mais les flics savent que nous avons quitté la soirée de Lyle ensemble. Et quand elle est venue au bureau, hier après-midi, elle a dû être vue par au moins une demi-douzaine de personnes. On va me demander ce qu'elle était venue faire.

Soudain, Eric laissa échapper un grognement.

— Qu'y a-t-il ? demanda Kate.

— Allume la télé. La deuxième chaîne.

Tendant la main, Kate pressa le bouton du petit poste installé sur le comptoir de la cuisine. Comme l'image devenait claire, elle vit une photo d'Eric, dans le coin de l'écran, à droite. Une journaliste blonde s'adressait à la caméra.

— ... n'a pas encore réussi à localiser Eric Logan, qui est recherché pour être interrogé au sujet du meurtre de cette call-girl. Bien que l'information n'ait pas été confirmée, il semble qu'on ait retrouvé une cassette vidéo dans l'appartement de la victime et que le chantage puisse avoir été le mobile du meurtre.

— Ils ont trouvé la cassette, murmura Eric d'une voix à peine audible. Je suis foutu.

Kate éteignit la télévision.

— Eric, écoute-moi. Il faut que tu ailles voir la police.

— Quelle idée géniale ! Tu ne veux pas que je leur signe des aveux complets, aussi, pendant qu'on y est ?

— En prenant la fuite, tu ne fais qu'aggraver ta situation.

Eric partit d'un éclat de rire nerveux.

— Non, tu crois ? Des dizaines de personnes m'ont vu quitter la soirée de Lyle avec Gina, samedi soir, mes empreintes sont partout dans son appartement et les flics viennent de trouver une cassette qui va faire de moi le suspect numéro un — peut-être même le seul suspect. Comment la situation pourrait-elle être pire ?

— Tu ne peux pas continuer à fuir comme ça. En restant introuvable, tu ne fais qu'alourdir les présomptions qui pèsent contre toi. D'ailleurs, comment comptes-tu passer inaperçu avec ta Corvette rouge ?

— Je m'en débarrasserai.

Eric inspira profondément.

— Aide-moi, Kate. Je sais que tu n'en as pas du tout envie, mais je suis vraiment dans une situation désespérée.

— Je ne peux rien pour toi tant que tu ne te seras pas rendu.

— Arrête ! Tu peux faire ce que tu veux, que le suspect soit en détention préventive ou non. Va trouver les voisins de Gina. Parle au type qui l'avait invitée à cette soirée ; il s'appelle Brad Carpenter. Parle à son souteneur. Si ça se trouve, c'est lui qui l'a étranglée.

— Les call-girls n'ont pas de souteneur.

— Je m'en fous ! Quelqu'un l'a tuée, et ce n'est pas moi. Tu sais bien que je suis incapable de tuer qui que ce soit. Merde, je ne supporte même pas d'écraser un insecte !

C'était vrai. Eric possédait bien des défauts, mais il n'avait absolument rien d'un meurtrier.

— Oh, non ! fit-il soudain. Une voiture de patrouille... Il faut que je file. Je te rappellerai.

— Eric ! Dis-moi où tu...

Mais il avait déjà raccroché.

Kate en fit de même et eut un geste de colère et de frustration. Pourquoi s'était-il adressé à elle ? Comme si elle n'avait pas suffisamment de problèmes avec Alison...

Son sang se glaça dans ses veines. Alison ! Depuis ce matin, tous les bulletins d'informations, à la télévision comme à la radio, faisaient état du meurtre, et tout le lycée devait être au courant. Alison risquait d'apprendre la nouvelle par une camarade de classe. Comment réagirait-elle en découvrant que son père était recherché pour meurtre ? Et si un reporter l'attendait à la sortie des cours ? La mort d'une call-girl, même de luxe, faisait rarement la une des journaux — mais il s'agissait ici d'une affaire bien particulière, puisque le suspect principal était fiancé à une des femmes les plus riches du pays. La presse allait se jeter sur l'affaire comme une meute de chiens enragés.

Elle devait absolument trouver Alison et la protéger.

Se ruant hors de la cuisine, Kate attrapa son sac et son manteau, et quitta la maison en courant.

Elle était à quelques minutes du lycée d'Alison, quand son téléphone portable sonna. Elle hésita à répondre. Tôt ou tard, Eric devrait comprendre qu'elle ne voulait pas être mêlée à ses ennuis. Néanmoins, elle prit la communication.

C'était Douglas, qui lui demanda sans préambule :

— Tu es au courant ?

— Oui, dit Kate en se gardant bien de préciser qu'elle avait appris la nouvelle de la bouche même du fugitif. Où êtes-vous ? ajouta-t-elle, se rappelant que Douglas et sa femme étaient partis la veille pour les Bermudes.

— A l'aéroport. Nous avons affrété un avion, dès que nous avons su. Apparemment, la police s'est présentée chez nous à 5 h 30, ce matin. Ils cherchaient Eric. Où est Alison ?

— Au lycée. J'étais justement en route pour aller la chercher. J'ai pensé qu'il valait mieux la mettre à l'abri, pendant quelque temps au moins.

— Bonne idée.

— Douglas, vous savez qu'Eric est innocent, n'est-ce pas ? Il est incapable de…

— Rose et moi avons convoqué un conseil de famille, l'interrompit-il d'une voix tranchante. J'ai demandé à Megan et Abigail Hollbrook de se joindre à nous. J'aimerais que tu sois là, toi aussi. A 10 h 30, chez nous.

— J'y serai, répondit Kate en réprimant un soupir.

La directrice du lycée d'Alison était au courant de la nouvelle et elle approuva la décision de Kate de protéger sa fille en la tenant éloignée aussi longtemps que nécessaire de la curiosité du public. Aussitôt, elle fit appeler l'adolescente.

Kate attendit qu'elles aient rejoint sa voiture pour expliquer, avec ménagement, ce qui se passait. Puis, voyant déboucher une camionnette de la chaîne de télévision Action News, au bout de la rue, elle mit le contact et prit le chemin de Cleveland Park.

Tout en roulant, elle surveillait Alison du coin de l'œil. Celle-ci ne disait rien. Elle avait les yeux fixés droit devant elle.

Kate lui prit la main.

— Je vais te garder à la maison pendant quelques jours, annonça-t-elle. Maria sera là durant mes absences. A nous deux, nous devrions réussir à maintenir la presse à distance.

— Ils ne peuvent pas sérieusement croire que papa a tué cette femme, murmura Alison d'une toute petite voix. C'est impossible.

— Le fait qu'il se cache n'arrange rien, répondit Kate.

Aussitôt, Alison dégagea sa main, et elle afficha de nouveau cette expression rebelle qui blessait tant Kate.

— Il a peur, maman. Tu ne comprends donc pas ? Il n'a personne vers qui se tourner, personne pour le croire. Toi aussi, à sa place, tu prendrais la fuite.

Kate s'arrêta à un feu rouge. Une pluie battante arrosait les rues de la capitale et le ciel avait pris une vilaine teinte noirâtre. Elle tourna la tête vers sa fille et dit, sur un ton posé :

— Non, Alison. Je ferais tout mon possible pour me disculper. En tout cas, même si j'étais morte de peur, je n'aggraverais pas ma situation en devenant une fugitive.

— Bien sûr ! fit Alison en croisant les bras et en regardant par la vitre de sa portière. Tu es tellement plus intelligente que tout le monde…

Bien que blessée par ces paroles, Kate n'en laissa rien paraître.

— Non, dit-elle simplement. Je sais de quoi je parle, voilà tout. C'est mon travail.

Le feu passa au vert, et Kate accéléra. Quelques minutes plus tard, elle arrêtait la voiture devant chez elle, soulagée de ne voir aucun journaliste. Elle avait déjà la main sur la poignée de la portière, quand Alison se tourna pour la regarder.

— Tu vas l'aider, n'est-ce pas, maman ? demanda-t-elle sur un ton chargé d'angoisse.

Kate sentit sa détermination faiblir. Aussitôt, la voyant hésiter, Alison insista :

— Il le faut, maman ! Je ne te demanderais pas ça si je

pensais qu'il a tué cette femme. Mais je sais que ce n'est pas lui. Et toi aussi, tu le sais. N'est-ce pas ?

— Oui, finit par admettre Kate.

— Alors, tu dois l'aider. Découvre qui a étranglé cette Gina Lamont. Je t'en prie…

Des larmes brillèrent dans les yeux d'Alison, avant de rouler sur ses joues.

— J'ai tellement peur pour lui, maman. Il est quelque part au-dehors, tout seul. Il a besoin de savoir que nous sommes de son côté.

De nouveau, en dépit de ses résolutions, Kate se sentit flancher. Mieux que quiconque, elle connaissait et déplorait les failles et les manquements de la justice. Pouvait-elle laisser le père de son enfant en être victime, sans rien tenter pour essayer de lui venir en aide ? Si elle tournait le dos à Eric, pourrait-elle échapper au sentiment qu'elle tournait aussi le dos à sa fille ?

Alison lui avait pris la main et la broyait entre les siennes.

— Maman, je t'en prie, promets-moi que tu ne le laisseras pas tomber. Promets-moi que tu ne permettras pas qu'on le mette en prison.

— Je ne le permettrai pas, murmura Kate d'une voix étranglée en attirant l'adolescente dans ses bras. Je t'en fais la promesse.

8.

La demeure des Fairchild était nichée au milieu d'un superbe parc de neuf hectares et, comme chaque fois qu'elle y retournait, Kate fut assaillie par une multitude de souvenirs — certains heureux, et d'autres qu'elle aurait préféré oublier.

Joseph, le majordome qui travaillait pour la famille depuis des années, lui ouvrit la porte et lui indiqua que monsieur et madame étaient dans le salon. Kate le remercia, et tandis qu'elle traversait la galerie dans laquelle étaient exposés les portraits des ancêtres de Douglas, elle se surprit à penser qu'elle ne s'était jamais vraiment sentie chez elle dans cette maison, bien qu'elle y ait vécu treize ans.

En arrivant à la porte du salon, elle s'arrêta et vit son ex-belle-mère s'avancer à sa rencontre, les mains tendues. Rose Fairchild était une femme replète, de petite taille, vêtue pour l'occasion d'un tailleur gris à fines rayures blanches.

— Je suis tellement heureuse que tu sois venue, dit-elle en embrassant Kate. Au moins, puis-je compter sur toi pour ne pas tirer des conclusions hâtives, ajouta-t-elle dans un chuchotement.

Puis, elle l'entraîna vers le canapé sur lequel étaient assises Megan et Abigail Hollbrook, et fit les présentations.

De près, Megan paraissait beaucoup plus jeune que ses vingt-sept ans, et surtout plus vulnérable que la femme élégante et sûre d'elle dont on voyait tant les photos dans les pages mondaines des magazines. Elle avait les yeux rouges et gonflés d'avoir pleuré et, bien qu'elle s'efforçât de sourire timidement à Kate, elle avait l'air dévastée de douleur et de chagrin.

Sa mère, en revanche, projetait une impression de force et de maîtrise de soi absolues. A 62 ans, celle qui dirigeait les Industries Hollbrook était encore une très belle femme, avec ses cheveux blancs tirés en un chignon élégant, ses yeux bleus auxquels rien ne paraissait échapper, et une bouche aux lèvres minces qui ne souriait guère.

Douglas se tenait près de la cheminée, dans laquelle crépitait un grand feu. Il attendit que Rose revienne s'installer dans le fauteuil, à côté de lui, et s'éclaircit la voix.

— Je vous ai demandé de venir, aujourd'hui, commença-t-il, afin que nous décidions de la meilleure façon de venir en aide à Eric — puisque celui-ci a l'air de s'être évanoui dans la nature.

A ces mots, Megan baissa la tête et se mit à sangloter sans bruit. Abigail lui passa aussitôt un bras sur les épaules, en un geste protecteur.

— Avez-vous du nouveau, Douglas ? demanda-t-elle.

— Oui. Le détective Calhoon, qui est chargé de l'enquête, est passé, tout à l'heure.

Kate sursauta légèrement. Mitch Calhoon. Ainsi, elle allait de nouveau avoir affaire à lui, songea-t-elle, sans trop savoir si elle en était heureuse ou irritée.

— Il a réussi à suivre la trace d'Eric jusqu'à une taverne

de Brookville, en Virginie, poursuivait Douglas. Selon le barman, Eric est arrivé là-bas vers 23 h 30, hier soir, et il est reparti à la fermeture, à minuit. Compte tenu du fait que Gina Lamont a été tuée vers 1 heure du matin, la police en a conclu qu'il avait eu largement le temps de rejoindre Washington.

— En admettant qu'il ait été en état de conduire, intervint Kate.

— Il semble que ce soit le cas. D'après le barman, Eric a d'abord avalé un whisky. Puis il en a demandé un autre, double, qu'il n'a jamais terminé. Ce n'est pas suffisant pour empêcher un homme de prendre le volant.

— Un homme normal, peut-être, mais nous savons tous qu'Eric ne tient pas l'alcool. Trois whiskies sont plus que suffisants pour le mettre hors d'état de faire quoi que ce soit.

Douglas fixa sur elle son regard indéchiffrable.

— Malheureusement pour lui, certaines des empreintes digitales qui ont été retrouvées dans l'appartement de Gina correspondent à celles d'Eric. Bien sûr, ces empreintes ne signifient pas nécessairement qu'il a tué cette jeune femme, mais elles prouvent tout de même qu'il est allé chez elle.

Kate fronça les sourcils et se tourna vers la mère de son ex-mari.

— J'ignorais que la police avait les empreintes d'Eric en sa possession.

— Moi aussi, répondit Rose en haussant les épaules d'un air désemparé.

— Je peux expliquer cela, intervint Abigail. Chaque employé des Industries Hollbrook est tenu de fournir une série complète d'empreintes digitales. C'est un règlement que nous avons introduit depuis qu'un de nos dessinateurs a été arrêté, il y a quelques années, pour espionnage industriel.

— En plus des empreintes, enchaîna Douglas, la police a trouvé une cassette vidéo contenant un film que Gina Lamont a dû tourner le soir où il l'a ramenée chez elle. On y voit Eric dans... disons, une situation compromettante.

Comme il la regardait, Kate dut faire un effort pour ne pas détourner les yeux. Elle avait horreur d'être obligée de lui mentir ; horreur de faire mine de ne pas en savoir plus que lui. Car si Douglas n'aimait pas Eric, il s'était toujours montré bon et juste envers elle. Elle le considérait comme son professeur, un mentor qui avait placé en elle une confiance qu'elle n'avait jamais trahie. Jusqu'à aujourd'hui.

Tôt ou tard, elle devrait lui dire la vérité.

Mais pas maintenant. S'il apprenait qu'Eric l'avait appelée, il en parlerait aussitôt à la police, qui exigerait alors de placer son téléphone sur écoute. Eric serait perdu. Surtout, Alison la tiendrait pour responsable et ne lui pardonnerait jamais.

— Cette cassette a pu être réalisée pour toutes sortes de raisons, remarqua-t-elle, y compris le plaisir personnel de Mlle Lamont. Je ne suis pas experte en la matière, mais ne dit-on pas que les femmes de cette profession ont souvent recours à ce genre de stimulation extérieure, afin de se sentir... d'humeur ?

— Kate a raison, renchérit Rose. D'ailleurs, à en juger par l'immeuble qu'elle habitait, cette femme n'avait pas besoin d'argent.

— Les apparences peuvent être trompeuses, Rose, répliqua Douglas avec condescendance.

Kate le considéra un instant, un peu étonnée par son comportement. Pourquoi jugeait-il Eric aussi durement, alors qu'il n'avait même pas entendu sa version des faits ? Soit, les deux hommes ne s'aimaient guère, mais Douglas aurait pu, au moins, accorder à son beau-fils le bénéfice du doute — ne fût-ce que par égard pour Rose.

La sonnerie du téléphone qui se trouvait sur une console, à côté de lui, retentit, et Douglas décrocha.

— Douglas Fairchild, fit-il sur un ton brusque. Presque aussitôt, il tendit le combiné à Abigail.

— C'est pour vous, déclara-t-il, plus affable. Votre bureau.

Tous les regards se portèrent sur Abigail tandis qu'elle écoutait son correspondant. Elle ne dit rien, durant une bonne minute. Quand finalement elle parla, ce fut sur un ton neutre.

— Vous avez bien fait de m'appeler d'abord, Deborah. Non, ne prévenez pas la police. Je m'en occupe. Et ne soufflez mot de cela à personne, s'il vous plaît. Pas même à vos collègues. Est-ce clair ?

Elle rendit le combiné à Douglas, qui raccrocha.

— C'était une de mes employées du service marketing, reprit Abigail. Elle a vu une photo de Gina Lamont, à la télé, ce matin. Apparemment, la même femme est venue rencontrer Eric à son bureau, hier après-midi.

— Que voulait-elle ? demanda Douglas.

— Deborah n'en sait rien. Elle dit que la femme a été très impolie. Elle n'avait pas de rendez-vous et elle a refusé d'en prendre un. Elle n'a même pas attendu d'être annoncée. Elle a fait irruption dans le bureau d'Eric et claqué la porte derrière elle. Il semble qu'elle n'y soit pas restée plus de dix minutes. Eric est sorti peu de temps après elle, très pâle et l'air affolé. Deborah ne l'a plus vu depuis.

Elle se tourna vers Kate et posa sur elle un regard triomphant.

— Cela change-t-il votre avis à propos d'un hypothétique chantage, Maître ?

A en juger par le ton satisfait de sa voix, elle considérait ce dernier développement comme une victoire indiscutable.

— On m'a appris à ne jamais considérer les preuves indirectes comme des preuves de culpabilité, madame Hollbrook, répondit Kate. N'est-ce pas, Douglas ? ajouta-t-elle à l'adresse de ce dernier, sachant qu'il était un farouche partisan de cette doctrine.

— Kate a raison, répondit-il avec un léger hochement de tête. Gardons-nous de tirer des conclusions hâtives. Et n'oublions pas non plus la raison d'être de cette réunion : aider Eric.

— Mais comment peut-on faire, si nous ne savons même pas où il se trouve ? s'exclama Rose d'une voix tremblante d'émotion.

Douglas posa une main sur l'épaule de sa femme.

— Il faut que nous restions unis, comme une vraie famille. Aucune déclaration ne sera faite à la presse. Pas d'interview. Rien qui puisse aggraver la situation d'Eric.

Il considéra Megan, puis Kate.

— Néanmoins, s'il devait contacter l'un de nous pour demander de l'aide, cette personne aura charge de le ramener à la raison, en le convainquant de se rendre, ou de se débrouiller pour découvrir l'endroit où il se cache. Il faut absolument que nous mettions un terme à cette folie.

— Vous voulez que nous le dénoncions ? s'exclama Megan. Que nous disions à la police où il se trouve ?

— Cela peut paraître cruel, Megan, mais croyezmoi, il ne réussit qu'à se nuire plus encore en fuyant comme il le fait.

La jeune femme eut un sanglot étouffé et, se levant d'un bond, elle quitta le salon en courant.

Kate se dirigeait vers sa voiture, un moment plus tard, lorsqu'elle entendit quelqu'un marcher précipitamment derrière elle.

— Madame Logan !

Se retournant, elle vit Megan approcher, un timide sourire aux lèvres.

— Je suis désolée de m'être ainsi donnée en spectacle, tout à l'heure, dit-elle d'une voix qui avait recouvré son calme.

Kate eut un geste de la main.

— Vous traversez une terrible épreuve. Je comprends tout à fait.

— Je tenais à vous dire combien je vous suis reconnaissante d'avoir ainsi pris la défense d'Eric. Je ne connais pas beaucoup de gens qui auraient ainsi tenu tête à Douglas et à ma mère.

Elle esquissa un ravissant sourire.

— Ils forment une paire redoutable, n'est-ce pas ?

— En effet, reconnut Kate. Le truc est de leur donner l'impression que vous êtes encore plus redoutable qu'eux.

— C'est facile à dire, pour vous.

— Ça n'est facile que parce que j'ai l'absolue conviction qu'Eric n'a pas tué cette femme.

Megan la considéra de son regard brun plein de douceur.

— Vous avez eu des nouvelles de lui, n'est-ce pas ?

— Oui, répondit Kate sans songer un seul instant à mentir. Il m'a appelée ce matin, dès qu'il a appris qu'il était recherché.

— Vous savez donc où il est ?

Kate secoua la tête.

— Non. Il a refusé de me le dire. Comme il refuse d'aller trouver la police.

— Pourquoi, s'il est innocent ?

— Il craint qu'avec les preuves qu'ils ont accumulées contre lui, les policiers ne prennent même pas la peine de chercher un autre suspect.

— C'est votre avis aussi ?

Un mouvement, à une des fenêtres de la maison, attira l'attention de Kate, qui vit un rideau retomber. Quelqu'un les épiait. Probablement Douglas. Ou Abigail. Peut-être les deux ensemble.

— Je pense qu'Eric est dans de sales draps, dit-elle en se tournant de nouveau vers Megan.

— Mais vous allez l'aider, n'est-ce pas ? Vous allez découvrir qui a tué Gina Lamont ?

L'espoir et la confiance que Kate vit briller dans les yeux de la jeune femme lui rappelèrent Alison. Comment allait-elle faire pour ne pas décevoir toute cette attente ?

— Je vais essayer, Megan. C'est tout ce que je peux vous promettre, pour le moment.

— C'est tout ce que je demande. Merci, madame Logan.

— Je vous en prie, appelez-moi Kate.

— D'accord.

Puis, comme si elle craignait d'être entendue, Megan pencha la tête en avant et baissa la voix.

— Si jamais Eric vous rappelle, vous... vous voudrez bien lui demander de me téléphoner ?

— Bien sûr.

Un instant plus tard, Kate s'éloignait en voiture, se demandant s'il ne vaudrait pas mieux, pour Megan, ne plus jamais entendre parler d'Eric. Même s'il sortait blanchi de toute cette affaire, il ne tarderait pas à retomber dans ses travers habituels. D'une manière ou d'une autre, il finirait par lui briser le cœur.

La grande maison était calme, de nouveau, et Rose, enfin seule. Assise sur le canapé qu'occupait Abigail un moment plus tôt, elle pressa un mouchoir de fin coton sur ses paupières. Elle se sentait terriblement isolée. A l'exception de Kate, dont l'attitude l'avait réconfortée, et de Megan, qui semblait aimer Eric presque autant qu'elle, personne ne paraissait comprendre la peur qui la rongeait, ni le besoin désespéré qu'elle éprouvait d'aider son fils. Douglas moins que quiconque.

Mais ce dernier n'avait jamais compris le lien si précieux qui existe entre un parent et son enfant. Elle avait espéré changer cela en lui donnant un fils ou une fille, mais, le soir de leur mariage, il lui avait annoncé qu'il ne voulait ni l'un ni l'autre. Il avait même insisté pour envoyer Eric en pension. Elle avait refusé, bien sûr, pensant qu'il finirait par s'attacher au garçon. Son vœu n'avait pas été exaucé.

Avec ce que Rose savait de l'enfance de Douglas, ce manque de chaleur ou de compassion n'était pas vraiment étonnant. Enfant unique, Douglas avait essayé, toute sa vie, de se montrer à la hauteur des exigences de son père. Mais rien de ce qu'il faisait n'était jamais assez bien pour le redoutable Aaron Fairchild ; et il avait fallu attendre la mort de ce dernier, pour que Douglas se sente enfin libéré de sa tyrannie.

Cela n'excusait pas, toutefois, l'attitude intransigeante qu'il avait adoptée à l'encontre de son beau-fils ce matin.

Rose leva la tête et considéra le téléphone, sur la console. Elle n'avait pas encore écarté l'éventualité qu'Eric l'appelle. Le cas échéant, non seulement elle ne le trahirait pas, ainsi que Douglas l'avait suggéré, mais elle ferait tout son possible pour lui venir en aide. Comment pouvait-on s'attendre à autre chose, de la part d'une mère ?

Le studio de Brad Carpenter se trouvait dans un des plus vieux bâtiments en brique de Georgetown. Une plaque toute simple portant l'inscription « Photographe » était fixée sur la porte.

Kate avait obtenu son adresse par l'intermédiaire de Lyle Wanamaker. Fidèle à lui-même, ce dernier n'avait d'ailleurs pas perdu de temps pour raconter à la police qu'Eric et Gina s'étaient rencontrés chez lui.

— Brad est un vieux copain, avait-il dit à Kate. Chaque

fois que j'ai besoin de quelqu'un pour prendre des photos, à l'occasion d'une soirée, je m'adresse à lui. Ce n'est pas sa spécialité, mais comme je viens de le dire, on est potes. Je dois quand même te prévenir : il est... enfin, il était très proche de Gina Lamont. Dès qu'il saura que tu es l'ex-femme d'Eric, il risque fort de te claquer la porte au nez.

La porte en question venait justement de s'ouvrir, et Kate se trouva face à un homme d'une quarantaine d'années. Il avait le teint cuivré, le nez aquilin des Amérindiens et des cheveux d'ébène qui pendaient sur ses épaules. Il portait un pantalon noir et un T-shirt révélant une musculature impressionnante.

— Bonjour, dit Kate en lui offrant son meilleur sourire. Vous êtes Brad Carpenter ?

— Qui le demande ? répliqua l'homme.

— Je m'appelle Kate Logan et je suis avocate, répondit-elle.

Elle tira une carte de visite de son sac et la lui tendit.

— Vous êtes la femme d'Eric Logan ? demanda-t-il après y avoir jeté un rapide coup d'œil.

— Son ex-femme.

— Que voulez-vous ?

— Vous poser quelques questions au sujet du meurtre de Gina.

— J'ai déjà dit tout ce que je sais aux flics.

— L'expérience m'a prouvé que la police et moi, nous posons rarement les mêmes questions, monsieur Carpenter, insista Kate sans se départir de son sourire.

Derrière elle, une portière de voiture claqua.

— Voyez-vous un inconvénient à ce que j'entre ?

enchaîna-t-elle. Je préférerais poursuivre cette conversation à l'intérieur.

Carpenter haussa les épaules d'un air indifférent et, lui tournant le dos, il s'éloigna, laissant à Kate le soin de fermer la porte d'entrée.

Elle le suivit dans une pièce immense, haute de plafond, aux murs tapissés de panoramiques représentant des paysages — une fausse plage de sable fin, une montagne enneigée et une vue du Golden Gate Bridge. Un appareil photo était perché sur un trépied et deux diffuseurs de lumière en forme de parapluie constituaient le reste du décor.

Brad Carpenter se dirigea vers l'appareil photo. Se comportant comme si Kate n'était pas là, il ôta la pellicule et la remplaça par une autre.

Kate le regarda faire un instant, avant de briser le silence :

— Lyle m'a dit que vous étiez un bon ami de Gina.

— En effet, confirma Carpenter. Je l'ai rencontrée à l'époque où elle est arrivée à Washington.

— Il y a longtemps ?

— Je ne sais plus exactement. Dix-sept ou dix-huit ans. Peut-être plus.

Il se tourna vers elle et la dévisagea d'un air hostile.

— Pourquoi a-t-il fait ça ? Pourquoi votre ex-mari l'a-t-il tuée ?

— Eric n'a pas tué Gina, monsieur Carpenter. C'est pour cette raison que je suis là.

— La police affirme que c'est lui. Ils disent qu'il a pris peur et qu'il s'est enfui.

— La police se trompe. Quelqu'un d'autre a tué Gina,

et, avec votre aide, je pourrai peut-être découvrir de qui il s'agit.

Il la regarda fixement, comme s'il cherchait à percer les secrets de son âme. De toute évidence, il ne lui faisait pas confiance. Pourtant, il finit par hocher la tête.

— D'accord.

Il reporta son attention vers l'appareil photo, avant de demander :

— Que voulez-vous savoir ?

— J'ai la conviction que la mort de Gina est liée à sa vie de call-girl. Alors, tout ce que vous pourrez me dire sur sa profession et les gens qu'elle voyait se révélera utile.

Brad Carpenter secoua la tête.

— Vous n'avez pas frappé à la bonne porte. Je ne sais rien au sujet de son boulot. Ou pratiquement rien.

— Vous venez pourtant de dire que vous étiez son ami.

— Oui. Mais je n'approuvais pas ce qu'elle faisait pour gagner sa vie, et elle le savait. Alors, nous n'abordions jamais le sujet. C'est comme ça que nous sommes restés en bons termes.

Kate essaya de dissimuler sa déception.

— Bon. Dans ce cas, parlez-moi de la soirée de Lyle. D'après ce que j'ai compris, c'est vous qui l'avez amenée là-bas.

— Oui. Gina adorait les fêtes, surtout celles où le champagne coule à flots. Quand Lyle m'a dit que je pouvais inviter quelqu'un, j'ai aussitôt pensé à elle.

— A qui a-t-elle parlé, pendant cette soirée ?

— Pas mal de gens, mais je serais incapable de vous dire

qui. Gina était quelqu'un de très sociable. En plus, elle était belle. Cela suffisait pour que tout le monde ait envie de l'approcher. Demandez donc à votre ex-mari, ajouta Carpenter avec un regard entendu.

— Eric affirme que c'est elle qui l'a abordé.

Carpenter s'esclaffa.

— Ouais... Enfin, que je sache, on ne lui a pas mis un revolver sur la tempe à votre ex !

— Probablement pas, admit Kate avant de jeter un coup d'œil autour d'elle. Gina a dit à Eric qu'elle était mannequin. Est-ce vrai ?

— Elle l'était quand je l'ai rencontrée, avant de changer de profession. Et puis, il y a quelques mois, elle est venue me trouver pour m'annoncer qu'elle voulait de nouveau poser pour des photos.

— Pourquoi ? Elle ne gagnait pas bien sa vie, comme call-girl ?

— Si. Jusqu'à ce qu'on la renvoie.

— Oh ? fit Kate en haussant les sourcils. Vous voulez dire qu'elle travaillait pour quelqu'un ? Une sorte de réseau organisé ?

— C'est ce que j'avais cru comprendre.

— Vous savez qui dirigeait ce réseau ?

Carpenter secoua la tête.

— Aucune idée.

— Pourquoi a-t-elle été renvoyée ?

Le visage du photographe changea brusquement d'expression, et il se tourna, faisant mine de tripoter son appareil photo. Alertée par ce soudain silence, Kate s'approcha de lui.

— Brad, si vous savez quelque chose, dites-le-moi, je vous en prie. Le moindre détail pourrait nous aider à retrouver le vrai coupable et éviter d'envoyer un innocent en prison.

Il crispa les mâchoires et ferma les yeux. Finalement, il murmura :

— Elle se droguait.

— Héroïne ?

— Cocaïne. Elle en avait pris à une soirée, il y a environ deux ans, pour essayer, et elle avait plongé. J'ai bien tenté de lui expliquer que cette saloperie était mortelle, qu'elle allait la mettre sur la paille, mais elle ne voulait rien entendre. Elle prétendait maîtriser la situation et ne consommer cette cochonnerie que pour s'amuser.

Il poussa un soupir.

— Elle se racontait des histoires.

— C'est pour ça qu'ils l'ont renvoyée ?

— Ouais. Ces salauds auraient pu la placer dans un centre de désintoxication. Mais non ! Ils lui ont dit d'aller se faire voir ailleurs.

— Vous savez qui était son fournisseur ?

Brad pinça les lèvres et ses yeux jetèrent des éclairs de colère.

— J'aimerais bien. Je me serais volontiers chargé de régler son compte à cette ordure.

Il poussa un nouveau soupir.

— Il ne lui a fallu que quelques mois pour être complètement fauchée. C'est à cette époque que j'ai commencé à lui trouver des séances de photos. Mais elle n'avait plus de goût pour ce métier.

— Elle n'avait pas de la famille, des frères ou des sœurs vers qui elle aurait pu se tourner ?

— Personne. Ses parents étaient morts quand elle était gosse, et elle avait été élevée par une tante qui se moquait totalement d'elle. Gina s'était enfuie le jour de ses treize ans. Depuis, elle était toujours restée seule.

— Vous savez si elle avait déjà essayé de faire chanter quelqu'un, en dehors d'Eric ?

— Aucune idée. Mais je peux vous dire ceci : elle était sur le point de recevoir une grosse somme. Elle m'a téléphoné pas plus tard qu'hier soir pour annuler la séance de photos que j'avais prévue pour elle, cet après-midi. Quand je lui ai demandé pourquoi, elle m'a répondu qu'elle venait de toucher le gros lot et qu'elle n'aurait plus jamais besoin de travailler. Compte tenu de son âge, de son train de vie et de sa dépendance à la drogue, il devait s'agir d'un sacré pactole.

— Combien, à votre avis ?

Brad Carpenter haussa les épaules.

— Aucune idée. Mais ça devait se chiffrer en millions de dollars.

C'était bien plus que ce que la jeune femme espérait soutirer à Eric, songea Kate. Soudain, Carpenter jeta un coup d'œil à sa montre.

— J'ai une séance dans une dizaine de minutes...

— Je vous laisse, répondit aussitôt Kate. Mais avant de partir, j'aimerais vous demander un service : accepteriez-vous de me donner une photo de Gina ?

Sans rien dire, Brad quitta la pièce et revint bientôt avec un cliché en noir et blanc. Kate le prit et le considéra un instant. La jeune femme était d'une beauté stupéfiante, un mélange de Cindy Crawford et de Cher.

— Merci, dit-elle.

Puis, désignant la carte de visite qu'elle lui avait donnée et qu'il avait posée sur une console, elle ajouta :

— Si vous pensez à quelque chose qui pourrait m'être utile, m'appellerez-vous ?

De nouveau, le photographe haussa les épaules.

— D'accord.

Voyant qu'il n'avait pas l'intention de la raccompagner jusqu'à la porte, Kate s'en alla.

9.

En quittant Brad Carpenter, Kate rejoignit directement le cabinet. Dès qu'elle entra, son assistante se leva et la suivit dans son bureau.

— Alors, ça s'est passé comment ? demanda-t-elle avec sa curiosité habituelle.

Francine Morgano, que tout le monde appelait Frankie, n'était pas à proprement parler jolie, mais elle attirait l'attention. Petite et vive, elle avait de longs cheveux noirs qu'elle portait toujours serrés dans une natte et des sourcils dressant leur accent circonflexe au-dessus de ses grands yeux ronds.

Deux fois divorcée, elle affirmait n'avoir que deux passions : son travail et les hommes. On pouvait suivre le fil tortueux de sa vie amoureuse en consultant les photographies encadrées qu'elle posait sur son bureau — et qui changeaient avec une fréquence alarmante.Ce mois-ci, l'amant en titre était un Cubain répondant au prénom de Romero.

Frankie était l'assistante dévouée de Kate depuis maintenant huit ans, leur collaboration remontant à l'époque où Kate travaillait encore au bureau du procureur fédéral. La jeune femme était responsable, opiniâtre et d'une franchise parfois déroutante. A cause de ce dernier trait, Douglas avait fait montre de réticence, au moment de l'engager — non parce qu'il doutait de ses capacités, mais parce qu'il pensait qu'elle ne convenait pas à l'image sophistiquée du cabinet.

Kate avait tenu bon — elle venait avec Frankie, ou elle ne venait pas du tout —, et Douglas avait fini par capituler.

— Pas mal, répondit Kate en s'asseyant dans son fauteuil. Il m'a donné ma première piste.

Frankie se percha sur un coin du bureau et croisa les jambes.

— J'écoute, fit-elle.

— Tu te souviens de ce revendeur de drogue qui opérait du côté de Dupont Circle ? Celui dont tu disais qu'il avait de belles fesses ?

Frankie pouffa.

— Comme si je pouvais l'oublier ! S'il n'avait pas été aussi ignoble, j'aurais essayé de le ramener sur le droit chemin.

Elle fit mine de tenir un cigare devant sa bouche et agita ses sourcils, à la manière de Groucho Marx.

— Si tu vois ce que je veux dire.

— Tu te rappelles son nom ?

— Pete quelque chose. Farley ? Finley ? Oui, c'est ça, Pete Finley. Qu'est-ce que tu lui veux ?

— Brad Carpenter m'a dit que Gina Lamont était cocaïnomane. Si elle achetait sa drogue du côté de chez elle, il n'est pas impossible que Finley ait été son fournisseur. Tu ne sais pas où je pourrais le trouver, par hasard ?

— Hé ! Mon carnct d'adresses n'est pas un annuaire de crapules, quand même !

Kate réprima un sourire.

— Non, mais comme tu as fréquenté le flic qui l'a arrêté, il y a trois mois, je me disais que tu pourrais peut-être m'obtenir cette info.

— Peut-être. Ou alors, tu pourrais demander à ce beau gosse de la section homicide. J'ai l'impression qu'il ferait n'importe quoi pour toi.

Sentant son visage s'embraser, Kate prit sa serviette et en tira le dossier de l'affaire Tony Fuente.

— Ne dis pas de bêtises, marmonna-t-elle.

— Oh ! comme si tu n'avais pas remarqué. Calhoon a le béguin pour toi. Ça se voit comme le nez au milieu de la figure.

— Tu lis trop de romans sentimentaux, Frankie.

— Que veux-tu ? Je suis une romantique. Et je suis capable de reconnaître les premiers signes de l'amour.

Kate secoua la tête.

— Oublie un peu tes idées farfelues, tu veux ? J'ai juré de ne plus jamais me laisser piéger. Une relation désastreuse me suffit largement pour toute une vie.

— Tu connais ma devise, Kate : il ne faut jamais désespérer de l'amour.

Ponctuant ces derniers mots d'un clin d'œil, Frankie descendit de son perchoir et quitta la pièce.

Mitch arrêta sa Ford devant la maison de Kate Logan et il demeura immobile à regarder la façade. Il était déjà venu ici deux fois, pendant l'enquête sur le meurtre de Lilly Moore. Kate n'avait pas été particulièrement amicale, à l'époque, et il n'espérait pas trop la voir changer d'attitude à son égard. Malgré tout, il était prêt à faire un essai. En partie parce qu'il avait le pressentiment qu'Eric Logan avait contacté son ex-épouse, et aussi parce qu'il n'était pas prêt à laisser passer la moindre opportunité de revoir la jeune femme.

Il ne put réprimer un sourire. Son attirance pour elle était donc si forte ?

En tout cas, elle ne devait pas lui faire perdre de vue l'essentiel. Les liaisons entre flics et avocats n'étaient généralement pas très bien vues, mais si, en plus, l'avocate en question se trouvait être l'ancienne épouse du suspect principal d'un meurtre, cela pouvait devenir carrément désastreux.

Mitch sortit de sa voiture et considéra la rue, autour de lui. Des maisons de toutes les tailles et de tous les styles croulaient sous les décorations de Noël, des guirlandes de lumières clignotant gaiement dans la nuit tombante. Celle de Kate ne faisait pas exception, avec ses ampoules miniatures accrochées en travers des buissons et l'énorme couronne de pin accrochée à la porte.

Sifflotant *Mon beau sapin, roi des forêts…*, Mitch gravit les marches du perron et pressa le bouton de sonnette.

Kate Logan lui ouvrit presque aussitôt.

Vêtue d'un jean et d'un vieux sweat-shirt rouge, elle ne ressemblait en rien à l'avocate sophistiquée qu'il avait vue au tribunal, la veille encore. En revanche, l'odeur qui flottait autour d'elle était bien la même qu'il avait déjà remarquée. Mitch se promit de découvrir un jour le nom de ce parfum et l'explication de l'effet qu'il produisait sur lui.

— Bonsoir, madame Logan.

— Que se passe-t-il, cette fois, détective ? Encore une émeute qui gronde ?

Mitch crut voir un début de sourire étirer les lèvres de la jeune femme — sans toutefois pouvoir le jurer.

— Pas que je sache, répondit-il. Mais j'aimerais vous poser quelques questions — si vous le permettez.

— Maintenant ? Il est plus de 20 heures.

Il haussa les épaules.

— Je passais dans le coin et j'ai pensé que cela m'éviterait d'avoir à revenir, demain matin. Je peux entrer ?

L'espace d'un instant, Kate le considéra en silence. Puis elle fit un pas de côté pour le laisser passer.

— Soit, dit-elle. Mais soyez gentil d'être bref. J'ai apporté du travail et j'aimerais m'y remettre.

Mitch la suivit à travers le vestibule, jusque dans une cuisine décorée dans des tons de bleu et de blanc. Un plan de travail de boucher trônait au milieu de la pièce, avec une tringle circulaire à laquelle étaient suspendus des casseroles et des pots en cuivre. A gauche, devant une fenêtre donnant sur un vaste jardin, un coin avait été aménagé pour prendre les repas, avec une table ronde et quatre chaises.

Mitch essaya d'imaginer Kate en train de vaquer à diverses occupations domestiques, l'air heureux et détendu, plutôt que sur ses gardes, comme en ce moment.

S'appuyant contre le comptoir, elle croisa les bras.

— Alors, qu'aviez-vous à voir avec moi qui ne pouvait pas attendre demain matin ?

Mitch se percha sur un tabouret haut.

— Je me demandais si vous aviez eu des nouvelles de votre ex-mari.

Il eut la certitude qu'elle s'était préparée. Pourtant, elle parut déstabilisée.

— Non, répondit-elle en secouant la tête. Pourquoi en aurais-je ?

— Parce que vous êtes avocat. Et la mère de son enfant. Et aussi parce que, d'après votre ex-beau-père, vous êtes probablement la seule personne au monde en qui Eric ait une confiance totale.

Cette fois, elle eut un léger rire.

— Je crains que Douglas ne surestime l'opinion qu'Eric a de moi. La vérité est que mon ex-mari et moi-même sommes à peine polis l'un avec l'autre. S'il n'y avait pas notre fille, nous n'aurions aucun contact.

— Quand lui avez-vous parlé, la dernière fois ?

— Je ne me rappelle plus exactement, affirma Kate.

Mitch, qui ne la quittait pas du regard, la vit prendre un verre dans l'évier et le glisser dans le lave-vaisselle.

— Des semaines, ajouta-t-elle.

— Avez-vous une idée de l'endroit où il a pu aller ?

— Pas la moindre.

— A-t-il des amis proches ? Quelqu'un qui serait prêt à le cacher pendant quelque temps ?

— Eric a beaucoup d'amis, tous aussi superficiels que lui. Je doute qu'il s'en trouve un seul parmi eux pour prendre un tel risque.

— Il n'empêche qu'il a réussi à semer toute la police de l'Etat durant les dix-sept dernières heures.

— Croyez-moi, détective, personne n'en est plus surpris que moi. Je n'aurais jamais imaginé qu'Eric était doté d'un tel instinct de survie.

— Le désespoir est un sacré moteur.

Kate plissa les yeux, et Mitch sentit qu'elle le jaugeait.

— Vous vous trompez de cible, détective. Eric n'est pas un criminel. Si l'on excepte quelques contraventions, il n'a jamais rien fait d'illégal de toute sa vie.

Mitch eut un sourire sans joie.

— Votre loyauté est admirable, madame Logan, mais il n'en demeure pas moins qu'il a contre lui des preuves assez fortes. A moins, bien sûr, que le chantage ne vous paraisse pas une raison suffisante pour tuer quelqu'un.

— Cela en admettant qu'il ait été victime d'un chantage.

— Allons, Maître ! s'exclama Mitch. Gina Lamont n'a pas filmé leur petite sauterie par excès de sentimentalité. Et elle n'est pas allée trouver Eric à son bureau, quelques jours plus tard, pour discuter marketing.

— C'est une preuve indirecte, et vous le savez très bien. Cela ne tiendrait jamais devant une cour.

— A vous entendre, on dirait que vous avez l'intention de représenter Eric.

— C'est bien mon intention, en effet. Cela vous pose un problème, détective ?

— Pas du tout.

Il continua de la scruter intensément.

— Mais expliquez-moi quelque chose. S'il est aussi innocent que vous l'affirmez, pourquoi ne se présente-t-il pas pour se défendre, au lieu de se cacher ?

— Si vous le connaissiez, vous ne poseriez pas cette question, répondit Kate. Eric ne gère pas très bien les problèmes. Placez-le devant un choix difficile, et il optera toujours pour la solution de facilité, au détriment de tout ce qui est raisonnable et sensé. Dans son esprit, prendre la clé des champs pendant que je m'efforce de résoudre son problème est la solution idéale.

Elle avait l'air sincère, mais Mitch ne pouvait s'empêcher de penser que son intuition était fondée : Eric l'avait contactée. Peut-être savait-elle même où il se trouvait.

Il aurait pu insister un peu, faire valoir sa qualité de policier chargé de l'enquête ; il n'en fit rien. Elle était juriste. Elle connaissait aussi bien que lui les risques auxquels elle s'exposait en protégeant un fugitif. En outre, il n'était lui-même pas sûr que Logan était l'homme qu'il recherchait.

Soudain, une voix aiguë et vibrante de colère l'arracha à sa réflexion.

— Qu'est-ce qu'il fait là ?

Il se tourna et découvrit la fille de Kate, sur la dernière marche de l'escalier menant à l'étage. Elle dardait sur lui un regard meurtrier.

— Alison ! s'exclama Kate.

Mais l'adolescente n'était à l'évidence pas d'humeur à écouter sa mère. Les yeux étincelants de rage, elle entra dans la cuisine.

— Est-ce que vous n'avez pas fait assez de mal comme ça ? lança-t-elle à l'adresse de Mitch, les poings sur les hanches. Vous avez déjà envoyé un innocent en prison. Vous voulez faire la même chose avec mon père, maintenant ?

— Alison, ça suffit !

L'adolescente se tourna vers sa mère. Elle était au bord des larmes.

— Je croyais que tu étais du côté de papa ! Je croyais que tu allais l'aider !

— C'est ce que je suis en train de faire, affirma Kate.

Depuis ce matin, j'essaye d'y voir un peu clair dans la pagaille qu'il a laissée derrière lui.

— Et c'est comme ça que tu t'y prends ? s'écria sa fille d'une voix qui se brisa sur le dernier mot. En lui parlant, à lui ? En laissant cet homme entrer chez nous ?

Visiblement bouleversée par la réaction de sa fille, Kate s'approcha d'elle.

— Chérie, le détective Calhoon est en train de mener une enquête. Je répondais juste à ses questions…

Avant qu'elle ait pu finir sa phrase, Alison laissa échapper une exclamation de frustration et se rua hors de la pièce.

Il fallut à Kate quelques secondes pour se remettre, et encore quelques autres pour s'apercevoir que la porte qui venait de claquer n'était pas celle de la chambre d'Alison — mais celle de l'entrée.

Aussitôt, elle s'élança dans le vestibule.

— Alison !

Elle regarda le portemanteau où pendait généralement le blouson rouge de l'adolescente ; il avait disparu. Sentant que Mitch la suivait, elle ouvrit la porte d'entrée à la volée et dévala les marches du perron pour rejoindre le trottoir.

— Mon Dieu ! gémit-elle en jetant des coups d'œil éperdus autour d'elle.

— Elle ne peut pas être bien loin, déclara Mitch, derrière elle.

Le son de sa voix la calma instantanément.

— Prenez votre voiture et faites le tour du pâté de maisons, en prenant par la droite, poursuivit-il. Je vais aller à gauche.

Il lui serra le bras.

— Nous allons la retrouver.

Kate retourna dans la maison pour aller y prendre les clés de sa voiture. Quand elle ressortit, Mitch était déjà parti. Le cœur battant à se rompre, elle s'engouffra dans sa Saab et roula le long des rues avoisinantes, priant pour apercevoir le blouson rouge d'Alison. Elle alla même frapper chez les voisins. Mais personne n'avait vu l'adolescente.

Vingt longues minutes plus tard, après avoir inspecté tous les coins de Cleveland Park, y compris l'aire de jeux de Forest Hill où les enfants du quartier se réunissaient parfois, Kate finit par se résoudre à revenir chez elle. Mitch était déjà là, debout près de sa voiture, en train de parler dans son téléphone portable.

Elle garda les yeux fixés sur lui tandis qu'il donnait une description détaillée d'Alison. Quand il eut terminé, il se tourna vers elle.

— Vous savez si elle avait de l'argent sur elle ? demanda-t-il. En tout cas suffisamment pour prendre un taxi ?

— Oui. Je veille toujours à ce qu'elle ait un peu de liquide dans sa poche.

— J'ai besoin de consulter votre annuaire.

Une fois à l'intérieur de la maison, le détective compulsa les pages jaunes, à la recherche des compagnies de taxis locales. Puis, il composa le numéro de chacune, expliquant à ses correspondants qui il était et la raison de son appel.

— Ils vont vérifier auprès de tous leurs chauffeurs, déclara-t-il quand il eut terminé.

Kate hocha la tête.

— J'ai… j'ai peur, avoua-t-elle.

— Je sais, Kate. Tenez bon.

Mais le stress de ces deux derniers jours, ajouté à l'éclat d'Alison et à sa fuite brutale, un moment plus tôt, eut brusquement raison de Kate. Incapable de retenir ses larmes plus longtemps, la jeune femme enfouit son visage dans ses mains et éclata en sanglots.

10.

Blottie dans une stalle vide, derrière un tas de foin, Alison frissonna. Au début, l'idée de sauter dans un taxi pour aller se cacher dans l'écurie de ses grands-parents lui avait paru bonne. Mais après avoir passé une éternité recroquevillée dans cet endroit noir et glacé, elle n'en était plus si sûre.

Elle remonta le col de son blouson. Qu'il faisait froid ! Si elle avait pu prévoir, elle aurait enfilé un autre pull-over. Et des gants. Mais elle n'avait pas eu le temps de réfléchir. Elle était trop en colère.

C'était ce policier. Que faisait-il chez elle ? Et comment sa mère avait-elle pu le laisser entrer ? Ne voyait-elle pas qu'il faisait semblant d'être gentil pour mieux la piéger, pour l'amener à révéler des détails compromettants pour son mari ?

En plus, Alison n'aimait pas la manière dont ce policier regardait sa mère. Les gens pensaient sans doute qu'elle ne remarquait pas de tels détails, mais elle n'était pas stupide.

Le pire, c'était qu'elle l'avait trouvé sympathique, au début. Mitch Calhoon ne ressemblait pas aux autres policiers qu'elle connaissait. Il était chaleureux et plutôt séduisant ; avec son air décontracté et son petit sourire en coin, il rappelait un peu Kevin Costner. Alison avait même cru qu'il essayait d'aider Tony — alors que, tout ce temps, il ne cherchait qu'à le faire envoyer en prison.

Dans la stalle voisine, Prince, l'étalon arabe de son grand-père, commençait de s'énerver. Elle l'entendait souffler et piétiner dans l'espace exigu où il passait ses nuits.

Depuis combien de temps était-elle là ? Une heure ? Davantage ? Elle avait perdu toute notion du temps. Elle ne voulait pas mourir de froid… Et elle n'avait aucune intention de rentrer tout de suite chez elle.

Si elle avait un peu plus de cran, elle s'enfuirait pour de bon, comme Cathy Forrester l'avait fait quand sa mère était revenue de l'hôpital avec son bébé. Mais Cathy n'était pas allée bien loin. La police l'avait retrouvée, une heure plus tard, assise dans une gare routière, alors qu'elle s'efforçait de décider de ce qu'elle allait faire. Cette petite escapade n'avait pas vraiment changé la situation, fondamentalement, mais au moins le bébé n'était-il plus le centre de l'attention générale. Cathy était assez contente d'elle.

Soudain, un bruit de pas fit sursauter Alison. Le cœur battant à se rompre, elle se recroquevilla dans le foin, terrifiée à l'idée qu'il s'agissait peut-être d'un vagabond. Avec soulagement, elle reconnut la voix de Billy, le garçon d'écurie, qui parlait à Prince.

— Qu'est-ce qui t'arrive, mon grand ? Quelque chose t'a fait peur ? Bon, bon, je vais aller voir. Ne t'excite pas.

Les pas se rapprochèrent de la stalle dans laquelle Alison s'était réfugiée. Elle retint son souffle. Il ne fallait pas qu'on la trouve. Pas encore. Sa mère ne s'était pas suffisamment inquiétée. En même temps, elle n'était pas mécontente de savoir qu'elle ne se trouvait plus seule dans l'écurie.

Le plafonnier s'alluma brusquement, l'aveuglant.

— Qui est là ? demanda Billy.

Comment savait-il qu'il y avait quelqu'un ? se demanda Alison. Avait-elle laissé des traces ?

— Comme vous voudrez ! poursuivit le garçon d'écurie. Mais ça risque de vous picoter quand je vais commencer à donner des coups de fourche dans le foin.

— Non !

Alison se leva d'un bond.

— C'est moi ! Alison !

Billy se tenait devant l'entrée de la stalle, un poing sur la hanche. Dans l'autre main, il tenait une écharpe de laine rouge. L'écharpe d'Alison. Elle ne s'était même pas aperçue qu'elle l'avait perdue.

— Alison ! Qu'est-ce que tu fabriques là-dedans ? Tu sais que tout le monde te cherche partout ?

Comme elle ne répondait rien, il marcha vers le téléphone mural installé à l'extérieur de la stalle. Il composa un numéro.

— Oui, c'est Billy. Je suis dans l'écurie, madame. J'ai trouvé Alison... Oui, elle va bien.

Rose tendit une tasse de thé brûlant à Kate.

— Tiens, lui dit-elle avec douceur. Ça va te faire du bien.

Puis, s'adressant à son mari, qui se tenait devant la cheminée, elle ajouta :

— Douglas, tu veux un peu de thé ?

— Non, merci, répondit-il.

Encore bouleversée par les événements de la soirée, Kate tint sa tasse entre ses mains tremblantes. Moins d'une heure auparavant, elle avait reçu un coup de fil lui annonçant qu'Alison était saine et sauve. Mitch, qui était resté avec elle tout ce temps, avait pris congé, et elle s'était aussitôt rendue à Potomac, prête à punir sa fille sévèrement. Mais dès qu'elle l'avait vue, blottie dans une couverture, en train de siroter un chocolat chaud, elle avait senti fondre sa colère.

Quand elle avait exprimé son désir de parler, Alison avait déclaré qu'elle était trop fatiguée. Elle voulait monter se coucher, dans son ancienne chambre.

Pressée de ramener sa fille chez elle, Kate avait commencé à soulever une objection, avant de se raviser en apercevant Rose qui secouait la tête, de façon presque imperceptible. Comprenant la sagesse de ce message silencieux, Kate avait regardé Alison quitter la pièce pour monter à l'étage — sans rien dire.

Rose attendit qu'elle ait avalé une gorgée de thé, avant de reprendre, de sa voix douce :

— Je crois qu'il serait bon que tu nous laisses la petite quelque temps. Une séparation pourrait vous faire du bien, à l'une comme à l'autre.

Kate leva brusquement la tête.

— Vous voulez qu'elle revienne habiter ici ?

— Seulement pendant une courte période.

— Mais..., commença Kate, d'une voix qui se brisa. Il y a déjà un tel mur entre nous. Une séparation risque de rendre nos rapports encore plus difficiles.

Rose tendit la main et lui toucha le bras.

— Je sais combien la situation est tendue, entre vous… depuis le divorce. Mais je sais aussi qu'Alison, dans le fond, t'aime énormément. L'éloignement lui permettra peut-être d'en prendre conscience.

Le cœur lourd de tristesse et d'indécision, Kate garda le silence. Comment avait-on pu en arriver là ? Que se passerait-il si Alison obtenait pour cette fois gain de cause ? Elle pouvait aussi très bien décider qu'elle ne voulait plus jamais rentrer à la maison…

Cette pensée était si intolérable que Kate se mit à trembler, de nouveau, au point de devoir poser sa tasse de thé.

Bien sûr, elle n'était pas forcée d'écouter qui que ce fût. Elle pouvait très bien exercer son droit parental et ramener Alison chez elles. Personne ne la blâmerait.

A l'exception, justement, d'Alison.

— Et le lycée ? demanda-t-elle enfin. Je pensais la faire retourner en cours dans un jour ou deux.

— Je peux parler à la directrice de Sawmill Academy et voir si elle n'accepterait pas de reprendre Alison, au moins jusqu'aux vacances de Noël. Compte tenu des circonstances, je suis sûre qu'elle n'y verra pas d'inconvénient. D'ailleurs, elle a toujours bien aimé Alison.

— Rose a raison, intervint Douglas. Un petit changement lui fera du bien. Cela lui permettra de voir la situation sous un angle différent.

Kate baissa la tête. Soudain, elle se sentait terriblement seule et incapable. En comparaison, Rose et Douglas lui paraissaient incroyablement sensés et raisonnables. Comment s'étonner, alors, qu'Alison se trouvât aussi bien ici ? Il n'y avait ni chaos, ni tension, ni dispute. Pas de rapport de force. Rien que du bon sens.

Et puis, la séparation serait de courte durée. Dès que cette histoire avec Eric serait réglée, Alison rentrerait à la maison. Elles pourraient même fêter leurs retrouvailles en se rendant à Disney World, ou bien à Aspen. Cela faisait si longtemps qu'elles n'étaient pas parties skier ensemble.

— Vous avez sûrement raison, murmura finalement Kate.

Elle se leva.

— Je passerai demain matin, pour lui apporter des vêtements. Peut-être sera-t-elle plus disposée à me parler, alors.

Se levant à son tour, Rose vint glisser son bras sous celui de Kate, et la raccompagna jusqu'à la porte.

— J'en suis sûre, dit-elle. En attendant, ne t'inquiète plus au sujet de ta petite fille. Nous allons bien nous occuper d'elle.

Ne sachant pas si Alison était toujours éveillée, Rose s'approcha de sa chambre sur la pointe des pieds, avant de glisser un regard par la porte entrebâillée.

— Bonsoir, mamie, lui dit l'adolescente.

— Je pensais que tu dormais peut-être.

Rose entra et vint s'asseoir sur le lit.

La petite lampe posée sur la table de chevet diffusait une douce lumière dorée dans la pièce. Rien n'avait changé, depuis le départ d'Alison, un an plus tôt. Les peluches et les poupées de son enfance étaient toujours disposées sur une étagère, telles qu'elle les avait laissées.

— Comment te sens-tu, ma chérie ? demanda Rose en écartant une mèche dorée du front de sa petite-fille. Bien remise de ton aventure ?

Alison haussa les épaules.

— Je suppose.

— Tu as fait très peur à ta mère, tu sais. Elle était folle d'inquiétude.

— Mais non ! répliqua l'adolescente en plissant le front avec un air rebelle. Elle se moque bien de moi. Sinon, elle n'aurait pas quitté papa.

Rose inspira profondément pour contenir son trouble. Elle ne pensait pas que la petite continuait de nourrir un tel ressentiment à l'encontre de sa mère.

— Tu te trompes, Alison. Ta maman tient énormément à toi. Et crois-moi, elle a beaucoup réfléchi avant de prendre la décision de demander le divorce. Mais elle n'avait pas le choix. Elle n'était plus heureuse.

— Elle n'avait qu'à le lui dire. Ils en auraient discuté — comme elle le fait tout le temps avec moi.

— Ils en ont discuté, ma chérie. Jusqu'au jour où ils ont compris que la rupture était la seule solution. C'est d'ailleurs exactement ce qui s'est passé entre le père d'Eric et moi.

— Il y avait des différences. Papa avait déjà seize ans quand tu as quitté mon autre grand-père. Et après ça, vous vous êtes installés dans cette grande et belle maison où papa pouvait faire plein de choses amusantes. Moi, j'ai dû aller à Cleveland Park. On n'a même pas un garage. Et maman est tout le temps en train de m'embêter pour que j'écoute ma musique moins fort.

Rose sourit.

— On te le demandait ici aussi…

Alison fit la moue.

— Ce n'était pas pareil. Rien n'est plus pareil.

— Tout va s'arranger, Alison. Je te le promets. Mais tu dois donner une chance à ta maman. Tu ne peux pas continuer à être toujours en colère contre elle. C'est la base de tous vos problèmes, en ce moment.

— Je déteste la voir parler à ce détective, Mitch Calhoon.

— Pourquoi ?

— Il est amoureux d'elle.

Stupéfaite par cette réponse, Rose haussa un sourcil.

— Qu'est-ce qui te fait penser une chose pareille ?

— J'ai bien vu la manière dont il la regardait, quand il enquêtait sur le meurtre de Lilly. Et la manière dont il lui parlait, aussi. Il s'adressait différemment à Maria.

— Je vois. Je ne sais pas trop quoi te dire, sinon que je ne suis pas si surprise que ça. Ta mère est une très jolie femme. Intelligente, chaleureuse et généreuse, avec ça. Je trouve tout à fait normal que les hommes s'intéressent à elle.

Elle pencha la tête de côté.

— Tu n'es pas de mon avis ?

Mais Alison n'avait pas du tout envie de sourire.

— Pas lui ! déclara-t-elle avec entêtement. Je le déteste. Il veut mettre papa en prison.

A court d'arguments, Rose poussa un soupir. Tout le monde, ou presque, semblait vouloir jeter Eric en prison.

— Ta mère ne le permettra pas, ma chérie, répondit-elle en déposant un baiser sur le front de sa petite-fille. Tu peux compter là-dessus.

*
* *

La vague de froid qui s'était abattue sur la côte Est, durant plus d'une semaine, avait pris fin brusquement, au cours de la nuit, laissant derrière elle un grand ciel bleu et une température presque douce pour la saison.

A 7 h 30, Kate ouvrit la porte d'entrée de sa maison, tenant une petite valise dans laquelle elle avait entassé des effets d'Alison. Elle se trouva nez à nez avec Mitch Calhoon.

— Vous passiez encore dans le coin, détective ? demanda-t-elle.

Elle s'étonna de ne pas éprouver le moindre agacement ou la moindre animosité à son égard. Au contraire, elle lui adressa spontanément son sourire le plus sincère. Mais n'était-ce pas normal ? C'était grâce à lui, la veille, qu'elle n'avait pas totalement basculé dans la folie.

— Non, répondit-il, une lueur amusée au fond des yeux. Cette fois, ma visite n'est pas un hasard. Je me sens un peu responsable de ce qui est arrivé, hier soir, et je voulais m'assurer que votre fille va bien.

Kate verrouilla la porte d'entrée.

— Alison n'est pas fâchée contre vous, détective. C'est contre moi qu'elle est en colère. Elle s'est enfuie pour me punir.

— Parce que vous me parliez, non ?

— En effet. Elle adore son père, et l'idée qu'il puisse être arrêté et jeté en prison la terrifie.

— Il y a de quoi. Où est-elle, maintenant ?

— A Potomac, chez ses grands-parents. Elle va y rester quelque temps. Et ne croyez pas que je m'apprêtais à quitter la ville, ajouta Kate avec un sourire en désignant sa valise. Ce sont des vêtements pour Alison.

— Je parie qu'elle vous manque déjà…

— Plus qu'elle ne s'en doute. Avez-vous des éléments nouveaux ?

— Oui. On a retrouvé la voiture de M. Logan.

Kate haussa un sourcil.

— Vraiment ? Où ça ?

— Deux kilomètres au sud de Fredericksburg, en Virginie.

— Aucune trace d'Eric ?

— Non, mais le réceptionniste d'un motel, non loin de là, se rappelle l'avoir vu. Votre ex-mari a pris une chambre vers 8 heures, mardi matin. Il a payé en liquide et il est reparti, quelques heures plus tard. Un autre témoin l'a vu faire du stop.

— Dans quelle direction ?

— Sud, sur l'Interstate 95.

— Alison sera contente d'apprendre qu'il va bien. Elle s'inquiète terriblement à son sujet.

Ils étaient toujours sur le perron. Soudain, le téléphone sonna, à l'intérieur de la maison.

Kate l'ignora et descendit les marches, se dirigeant vers sa voiture.

— Vous ne répondez pas ? demanda Mitch tandis qu'elle déposait la valise dans le coffre.

— Le répondeur va s'en charger. Je dois m'en aller.

Elle déverrouillait la portière du conducteur, lorsque son téléphone portable se mit à sonner dans son sac.

— Quelqu'un tient vraiment à vous joindre, remarqua Mitch en la fixant d'un regard intense.

Kate sortit son portable de son sac et répondit. Aussitôt, elle le regretta.

— Kate, c'est moi. Eric.

Elle jeta un coup d'œil vers Mitch, qui l'observait toujours.

— Bonjour, Frankie.

— Frankie ?

A l'autre bout de la ligne, Eric marqua une pause.

— Qu'y a-t-il ? Tu ne peux pas parler ?

Tant bien que mal, Kate s'efforça de garder un ton posé.

— Non, je n'ai pas oublié mon rendez-vous avec William Fox. Je file à Potomac pour apporter quelques affaires à Alison et ensuite, j'irai directement au commissariat. Le détective Calhoon est passé me voir. C'est pour ça que j'ai pris un peu de retard.

— Les flics, fit Eric en poussant un grognement.

Il y eut un déclic. Il avait raccroché.

— C'était ma secrétaire, expliqua Kate, avec un sourire qu'elle espérait convaincant.

Elle glissa le téléphone dans son sac.

— Je ne sais pas ce que je ferais, sans elle.

— Vous êtes pressée. Je ne veux pas vous retenir.

Quelques secondes encore, Mitch la regarda fixement, avant d'ajouter :

— Au fait, si vous voulez jeter un coup d'œil dans l'appartement de Gina, nous en avons terminé, là-bas.

— J'aimerais beaucoup, en effet. Merci.

— Pas de problème. Je vais appeler le concierge et le prévenir de votre visite.

— J'espère que vous m'avez laissé quelque chose à trouver, déclara Kate en plaisantant.

— N'y comptez pas, répondit Mitch sur le même ton.

Kate s'engouffra dans sa voiture et ferma la portière, avant de baisser la vitre.

— Puisque vous êtes de si bonne humeur, vous ne voudriez pas me communiquer les résultats de l'autopsie ? Cela me ferait gagner du temps.

Mitch éclata de rire.

— Que me donnez-vous, en échange ?

— Je pourrais vous renvoyer l'ascenseur — un jour ou l'autre.

Se baissant, Mitch regarda Kate dans les yeux.

— Je dois vous avouer quelque chose, Maître Logan. Je suis du genre impatient. J'aime obtenir ce qu'on me promet sur-le-champ. Si nous dînions ensemble, ce soir ? Après, nous serions quittes.

Kate ne put s'empêcher de rire.

— Voilà longtemps que je n'ai pas aussi bien payé un service…

— Je l'apprécierai d'autant plus.

Un instant, Kate fut tentée d'accepter. A quand remontait la dernière soirée qu'elle avait passée en compagnie d'un homme séduisant et attentionné ? Quand s'était-elle senti pour la dernière fois aussi attirante et désirée ? Mais elle devait penser à Alison. Elle ne pouvait pas se permettre de bouleverser sa fille plus qu'elle ne l'était déjà ; elle attendrait qu'elles aient conclu une trêve, toutes les deux, pour aviser.

— Ce n'est malheureusement pas possible, dit-elle enfin, sans plus d'explication. Une autre fois, peut-être ?

— Très bien, fit Mitch sans insister. Je me contenterai de cette promesse.

— Et en ce qui concerne les résultats du laboratoire ? lui rappela-t-elle.

— Ah ! oui.

Mitch recouvra son sérieux.

— L'autopsie a confirmé ce que nous savions déjà. Gina Lamont a été étranglée. Il y avait des écorchures sur son cou, mais c'est elle qui se les est faites en essayant de desserrer les doigts de son assassin.

Kate éprouva un sentiment de pitié pour la jeune femme. Personne ne méritait de mourir d'une telle façon.

— Il n'y avait pas de résidus de peau sous ses ongles ? demanda-t-elle.

Mitch secoua la tête.

— Aucun en dehors des siens.

— Aucune fibre ? Sur son corps ? Sur les draps ?

— Quelques-unes. Elles proviennent toutes d'un tissu de coton noir. Il va falloir plusieurs jours pour déterminer son origine.

— Eric n'était pas habillé en noir, le soir du meurtre.

— Comment le savez-vous ? demanda aussitôt Mitch en fronçant les sourcils.

Kate sentit son visage s'embraser. Quelle idiote ! Comment avait-elle pu se montrer aussi distraite ?

— Il est venu vous voir ce soir-là, n'est-ce pas ? insista Mitch.

Kate s'accorda quelques secondes avant de répondre.

— Oui, admit-elle finalement. Mais je ne l'ai plus revu, après.

— A quelle heure est-il passé ?

— 22 h 15.

— Pourquoi n'avez-vous rien dit ?

— Parce que je ne voulais pas m'exposer au genre d'interrogatoire que je subis maintenant, répliqua Kate en soutenant le regard bleu du policier aussi longtemps qu'elle put.

— Que voulait-il, Kate ? lui demanda-t-il, quand elle détourna les yeux.

Elle laissa échapper un long soupir. Soit elle lui disait la vérité, avec l'espoir qu'il la croirait ; soit il risquait de lui demander de l'accompagner pour la soumettre à un interrogatoire officiel. Elle décida de se fier à son instinct et opta pour la vérité.

— Il voulait emprunter l'argent du fonds en fidéicommis d'Alison. Gina exigeait deux cent cinquante mille dollars en échange de la cassette vidéo.

— Et vous avez refusé.

— Evidemment.

— Qu'a-t-il fait, ensuite ?

— Il est reparti.

— Etait-il en colère ? A-t-il proféré des menaces ?

— Eric ne se met pas en colère, détective. Eric gémit, supplie, il essaie d'amadouer, de cajoler, mais il ne se met pas en colère. Et il ne profère jamais de menaces.

— Est-ce qu'il vous a contactée, depuis ?

Kate serra les mains sur son volant.

— Non. Et je ne pense pas qu'il le fera.

Mentir de nouveau lui faisait horreur, mais elle n'avait pas le choix. Si Mitch savait qu'Eric l'avait appelée, il mettrait aussitôt son téléphone sur écoute.

— Au fait, enchaîna-t-elle, désireuse de ne pas lui laisser trop le loisir de réfléchir, je ne me rappelle plus si je vous ai remercié pour hier soir. Si j'ai omis de le faire, j'aimerais me rattraper maintenant.

Elle eut un sourire contrit.

— Il est rare que je craque comme ça. Mais j'étais si inquiète pour Alison que... j'ai perdu tous mes moyens. Je crois qu'il faut être parent soi-même pour comprendre ce genre d'angoisse.

Une expression indéfinissable passa dans les yeux de Mitch, si fugitive que Kate se demanda si elle ne l'avait pas imaginée.

— Je suis content d'avoir été auprès de vous, dit-il simplement.

Kate consulta sa montre.

— Bon, je dois vraiment me sauver. J'ai juste le temps de faire un saut à Potomac, avant de courir à mon rendez-vous.

Comme Mitch hochait la tête, elle mit le contact. Puis, elle le regarda marcher jusqu'à sa voiture, avant de démarrer et de passer à côté de lui. Elle donna un bref coup de Klaxon et s'éloigna.

11.

— Monsieur Fox, dit Kate à son nouveau client, avec un mélange de douceur et de fermeté, vous m'avez engagée pour effectuer un travail. Mais pour le mener à bien, j'ai besoin de votre entière coopération. Sans quoi, je ne réussirai jamais à vous obtenir la liberté provisoire.

Ils étaient installés de chaque côté d'une table, dans une petite pièce du commissariat réservée aux entretiens. William J. Fox, un petit homme nerveux avec un tic de la paupière droite, considéra Kate d'un air inquiet.

— Pourquoi ? Il ne s'agit pas d'un meurtre avec préméditation — ni même d'un meurtre, d'ailleurs. J'ai tué Ben en état de légitime défense.

— C'est ce que vous m'avez dit. Le procureur fédéral ne voit pas les choses de la même façon. Sa théorie est que vous avez paniqué lorsque votre patron vous a confronté à cet argent disparu, et que vous l'avez tué. Même si vous affirmez ne pas avoir cet argent, on a vu trop de suspects dans la même situation que vous disparaître sans laisser de trace. Croyez-moi, aucun juge ne vous accordera la liberté provisoire sous caution.

Le tic de Fox redoubla d'intensité tandis qu'il laissait son regard aller de Kate au policier en uniforme qui se tenait devant la porte. Son entêtement à nier qu'il était en possession de l'argent ne facilitait pas la tâche de Kate ; néanmoins, elle ne pouvait s'empêcher d'éprouver de la compassion pour lui. Accusé d'avoir tué son patron et d'avoir détourné un million trois cent mille dollars, le président des Laboratoires Vanco n'avait pas dormi plus de deux heures depuis son arrestation, la veille au matin. Il était épuisé, et avec sa barbe naissante, il paraissait avoir dix ans de plus que ses quarante-huit ans.

— Cet argent m'appartient ! protesta-t-il, admettant ainsi implicitement, pour la toute première fois, qu'il l'avait bien pris. J'aurais dû le recevoir sous forme de primes, sur une période de dix ans. Mais il ne m'a jamais été versé.

Heureuse de ce léger progrès, Kate se pencha en avant.

— Je comprends. Mais en le gardant, vous vous faites plus de mal que de bien.

— Pouvez-vous me garantir l'acquittement, si je le rends ?

— Non, monsieur Fox. Mais vous augmentez vos chances de l'obtenir. Aucun jury ne fera preuve d'indulgence envers un homme qui a volé plus d'un million de dollars à son entreprise.

Plusieurs secondes passèrent durant lesquelles Fox parut s'affaisser. Finalement, il murmura, sur un ton de défaite :

— D'accord. De toute façon, je n'ai pas vraiment le choix.

Il leva les yeux.

— Mais je continue à plaider la légitime défense. Ben

m'a chargé comme un taureau. J'ai été forcé de l'arrêter. Sinon, c'est lui qui m'aurait tué.

Kate hocha la tête.

Au même instant, son téléphone portable sonna. Elle s'excusa auprès de son client et répondit. C'était Rose.

— Kate, je sais que je m'y prends un peu tard, mais pourrais-tu me retrouver pour déjeuner ? J'ai besoin de te parler.

Aussitôt, l'inquiétude s'empara de Kate. C'était sans doute au sujet d'Alison. Celle-ci avait-elle décidé de rester définitivement chez ses grands-parents ? Elle n'avait rien dit, quand Kate était passée lui apporter ses vêtements, un peu plus tôt. Elle s'était même montrée amicale, détendue, et semblait sincèrement heureuse à la perspective de retourner à Sawmill Academy.

— Je n'aurai pas le temps de déjeuner, Rose. Mais je peux vous retrouver pour prendre un café... disons, à Union Station ? Dans une heure ?

— Ce sera parfait.

Kate remit le téléphone dans son sac et se leva.

— Je vais prévenir le procureur fédéral sans plus attendre, annonça-t-elle à son client. Avec un peu de chance, nous obtiendrons une audience avant la fin de la journée.

Elle fit un signe de tête au policier en faction devant la porte, pour lui signifier qu'elle était prête à partir.

— Je vous tiendrai au courant, dès que j'en saurai davantage.

Surprenant le regard angoissé de son client, elle ajouta :

— Vous avez pris une sage décision, monsieur Fox,

croyez-moi. Faites votre déposition à la police, et ensuite, vous pourrez essayer de vous reposer un peu.

Tandis qu'elle quittait le commissariat, quelques minutes plus tard, elle regretta que tous ses dossiers ne fussent pas aussi simples.

Kate retrouva Rose au Café International d'Union Station, à 10 h 30 précises. Son ex-belle-mère l'attendait déjà, vêtue d'un ravissant tailleur de laine rouge.

— Je suis tellement contente que tu aies pu venir, dit-elle à Kate, comme celle-ci s'asseyait en face d'elle. Je ne pouvais pas te parler, ce matin. Il y avait trop de monde autour de moi.

— Il y a un problème ? demanda Kate.

Rose sourit et secoua la tête.

— Oh ! non. Au contraire. J'ai appelé Flora, à Sawmill Academy, et elle est ravie de reprendre Alison.

— Tant mieux.

Une serveuse s'approcha de leur table et elles, commandèrent chacune un cappuccino.

— Alors, pourquoi vouliez-vous me voir ? reprit Kate, comme la jeune femme s'éloignait.

— Eh bien, j'ai eu une petite conversation avec Alison, hier soir, après ton départ. Elle m'a fait une confidence très intéressante.

— Vraiment ?

— Elle pense que le détective Calhoon est amoureux de toi.

Stupéfaite, Kate écarquilla les yeux.

— Où est-elle allée chercher une idée pareille ?

— Tu la connais. Elle observe. Elle écoute. Et rien ne lui échappe…

— Seigneur ! Et c'est pour cela qu'elle était aussi fâchée contre moi ?

— C'est une des raisons, en tout cas.

— Qu'a-t-elle dit d'autre ?

— Oh ! comme d'habitude. Que tu n'aurais pas dû quitter Eric. Que tout était mieux avant. Et comme tu peux l'imaginer, elle ne porte pas ce bon détective dans son cœur. Le seul fait de savoir que tu acceptes de lui parler lui est insupportable.

— La pauvre ! murmura Kate en secouant la tête. Je comprends mieux pourquoi elle s'est mise dans un état pareil, hier soir. Je vais essayer d'en parler avec elle.

Leur cappuccinos arrivèrent, et elles burent un instant en silence.

— Et toi, dans tout ça ? interrogea soudain Rose.

— Moi ?

— Oui, toi, répéta Rose, le regard malicieux. Le détective Calhoon est très bel homme, n'est-ce pas ?

« Oh non ! » songea Kate en réprimant un soupir. D'abord Frankie. Maintenant Rose. Ne la croyaient-elles donc pas capable de gérer sa vie ?

— Rose, vous savez très bien que je n'ai pas du tout l'intention de me lancer dans une nouvelle relation.

— Pourquoi ? A cause d'Alison ?

— Pas seulement. Mais puisqu'on en parle, je ne vois pas, en effet, comment je pourrais me lier à quelqu'un qu'elle déteste.

— Elle finirait par s'y habituer. Quelles sont les autres raisons ?

— Il y en a au moins une, toute simple : je ne veux pas m'encombrer d'un homme. J'ai déjà donné, Rose.

— C'est bien ce que je craignais. Je sais que ton mariage avec Eric n'a pas été facile, Kate. Mais tu ne vas pas gâcher toute ta vie à cause d'une mauvaise expérience ! Alison a treize ans, tu sais. Dans quelques années, elle ira à l'université et elle commencera à mener sa propre existence. Que feras-tu alors ?

— Je poursuivrai ma carrière.

— Ce ne sera pas suffisant, ma chérie. Une carrière, aussi satisfaisante et épanouissante soit-elle, ne tient pas chaud, la nuit. Elle ne te fait pas rire, elle n'est pas là pour t'offrir une épaule solide et réconfortante, quand tout va mal.

Kate ne put réprimer un sourire.

— Rose, êtes-vous en train de me pousser dans les bras du détective Calhoon ?

Rose pouffa.

— Si Douglas m'entendait, il s'arracherait les quelques cheveux qui lui restent.

Puis, recouvrant son sérieux, elle secoua la tête.

— Non, je ne me permettrais pas de te donner un tel conseil. Je voulais juste te dire que tu dois vivre ta vie pour toi, et non pour les gens qui t'entourent — y compris ta fille. Tu sais, j'ai failli laisser passer ma deuxième chance, moi aussi. Si ma sœur n'avait pas été là pour me mettre un peu de plomb dans la tête, je n'aurais jamais épousé Douglas.

— Vraiment ? Je l'ignorais.

— Presque personne ne le sait.

Rose eut un rire joyeux, quasi enfantin.

— Douglas aime à croire qu'il m'a tapé dans l'œil, mais la vérité est que je le trouvais autoritaire et un brin prétentieux. Il l'est toujours, bien sûr. Mais maintenant, ajouta-t-elle avec tendresse, je l'aime trop pour m'arrêter à de tels détails.

Kate l'écouta évoquer son propre cas, soulagée que la conversation ait délaissé Mitch Calhoon. Il lui suffisait de se surprendre en train de penser à lui, de plus en plus souvent et aux moments les moins opportuns ; elle n'avait pas besoin, en plus, que des amies bien intentionnées essaient de la pousser dans une direction qu'elle ne se sentait pas prête à emprunter. Que ce fût maintenant ou plus tard.

— Megan, ma chérie, si tu continues à refuser de manger, tu vas dépérir, déclara Abigail Hollbrook en grondant sa fille avec douceur.

Megan se tenait devant la fenêtre de sa chambre, les bras croisés. Elle se moquait bien de dépérir. Elle se moquait de tout, maintenant qu'Eric était parti.

— Je devine ce que tu penses, reprit sa mère, venant se poster à côté d'elle. Tu imagines que je ne comprends pas quelle épreuve tu traverses. Mais tu te trompes. Je sais à quel point l'amour peut faire mal. J'ai été jeune, moi aussi.

Megan se retint d'éclater de rire. Qu'est-ce que sa mère pouvait comprendre à l'amour et à la douleur, alors qu'elle n'avait jamais connu ni l'un ni l'autre ? Abigail Hollbrook était issue d'une longue lignée de femmes fortes et indépendantes — des femmes qui s'étaient forgé un nom sans l'aide d'aucun homme. Certes, il y avait eu des mariages. Mais il s'agissait toujours de contrats d'affaires — des transactions parfaitement préparées, visant à lier une grande fortune à une autre.

— Tu ne peux pas continuer à te replier comme ça sur toi-même, poursuivit Abigail avec une légère note d'impatience dans la voix. Que tu le veuilles ou non, la vie continue, Megan.

Celle-ci sentit un sanglot monter dans sa gorge et elle fit un effort pour le ravaler. Hélas ! elle avait perdu le goût de vivre, justement. Elle ne songeait qu'à se recroqueviller dans un coin et à oublier cette boule glacée qui s'était logée au fond de son cœur.

— La cuisinière a préparé une tourte aux champignons, reprit Abigail. Tu adores ça.

— Je n'ai pas faim.

— Pourquoi ne vas-tu pas faire une promenade à cheval, dans ce cas ? Salomé serait ravie. Cette pauvre jument est en train de devenir folle, à rester ainsi dans sa stalle.

Un instant, Megan fut tentée de suivre ce conseil. Elle adorait galoper à travers la campagne, le visage au vent ; elle avait toujours les idées plus claires, après. Mais si elle sortait, elle prenait le risque de manquer l'appel qu'elle attendait, qu'elle espérait de tout son cœur.

— Non, merci, maman.

Cette fois, Abigail perdit patience.

— Si tu crois qu'à force de rester ainsi dans cette chambre, à attendre que le téléphone sonne, cela va finir par arriver, tu te fais des illusions. Eric Logan n'appellera pas. Et il ne reviendra pas non plus.

— Tu n'en sais rien ! répliqua Megan en faisant volte-face. Et cesse tout de suite d'espérer que je vais renoncer à lui, parce que cela n'arrivera jamais. Toi non plus, tu ne renoncerais pas, si tu le connaissais comme moi. Mais tu ne t'es jamais donné cette peine, n'est-ce pas ? Tu n'as jamais voulu regarder sous la surface.

— Oh, Megan ! murmura Abigail avec un soupir. Comment peux-tu être aveugle à ce point ? Cet homme t'a trahie. Il a couché avec une autre femme — une prostituée ! Et tu trouves encore le moyen de le défendre ?

— Je l'aime, répondit Megan simplement.

— Eh bien, lui ne t'aime pas. Sinon, il n'aurait pas fait une chose pareille.

— C'était une erreur. Il était soûl.

Abigail eut un rire crispé.

— Pas si soûl que ça. Ce soir-là, il savait exactement où il allait, et avec qui.

Megan regarda sa mère avec stupéfaction.

— Qu'en sais-tu ?

Abigail détourna la tête et Megan la considéra un instant, les yeux écarquillés, tandis que l'évidence s'imposait à elle.

— Tu… tu le faisais suivre ! C'est ça, n'est-ce pas ? Tu avais engagé un détective privé.

Sa mère releva le menton, comme pour la défier.

— A t'entendre, on dirait que j'ai commis un crime. Tout ce que j'ai fait, je l'ai fait pour ton bien.

— Combien de fois devrai-je te répéter que je n'ai pas besoin qu'on s'occupe de moi ? J'ai vingt-sept ans et je suis parfaitement capable de prendre mes décisions toute seule.

La colère et la frustration que Megan refoulait, depuis quarante-huit heures, éclatèrent soudain. Elle ne se contrôlait plus qu'à grand-peine.

— Depuis combien de temps le faisais-tu surveiller ?

— Depuis le jour où tu m'as annoncé que tu voulais l'épouser.

— Cinq mois ? s'écria Megan. Tu as fait suivre Eric pendant cinq mois ? Mais pourquoi ?

— Parce que je n'ai jamais eu confiance en lui ! Et j'avais de bonnes raisons, tu ne trouves pas ?

— Comment as-tu pu ? Il ne te suffisait pas d'avoir demandé une enquête à son sujet ? d'avoir étalé sa vie aux yeux de tous, en montrant du doigt jusqu'à la plus petite erreur qu'il avait pu commettre ? Il fallait aussi que tu le fasses surveiller ?

Megan secoua la tête.

— C'est vraiment dégoûtant !

— Je l'ai fait pour toi, répéta sa mère. Tu me détestes peut-être maintenant, mais un jour, quand tu auras des enfants à ton tour, tu comprendras.

Mais Megan ne l'écoutait plus, soudain. Une idée venait de lui traverser l'esprit.

— Attends un peu ! Si ton détective privé suivait Eric vingt-quatre heures sur vingt-quatre, il doit savoir où il se trouvait, la nuit du meurtre.

— Monroe avait cessé de le surveiller, à ce moment-là.

— Mais, tu viens de dire…

— Quand, dimanche, Monroe m'a fait savoir qu'Eric

avait passé la nuit avec cette femme, je n'avais plus besoin de ses services. J'avais ce que je voulais.

— Pourquoi ne m'en as-tu pas parlé, alors ? Car c'était bien ton intention, n'est-ce pas ?

— Evidemment. Je pensais affronter Eric, en ta présence, ce matin-là. Mais rappelle-toi : vous êtes partis skier toute la journée. Et lundi, j'ai été prise par une série de réunions. Après ça, Eric avait déjà disparu.

Megan eut un rire amer qui manqua de se transformer en sanglot.

— Tu as dû être folle de joie, quand Monroe t'a fait son rapport. C'était exactement ce que tu espérais, n'est-ce pas ?

En temps normal, l'expression sévère du visage de sa mère aurait suffi à la réduire au silence ; mais pas cette fois.

— Et s'il n'avait rien fait de mal ? poursuivit-elle sur un ton de défi. Serais-tu allée jusqu'à lui tendre un piège ? Aurais-tu placé une femme sur son chemin pour le tenter ?

— Seigneur ! Megan, qu'est-ce qui te prend ?

— J'ai raison, n'est-ce pas ? N'essaie pas de le nier. Tu détestes Eric, et tu détestes encore plus l'idée que je puisse l'épouser. Tu serais prête à tout pour empêcher notre mariage. Peut-être même à manigancer pour le faire accuser de meurtre.

— Megan !

— Oh ! ne prends pas cet air choqué, maman ! Nous savons l'une et l'autre que tu es assez intelligente, et surtout assez retorse, pour qu'une idée pareille te soit venue à l'esprit. Et nous savons aussi que tu connais assez de gens pour la mettre à exécution.

— Je ne me donnerai pas la peine de répondre à de telles accusations, répliqua Abigail.

Sur ces mots, elle quitta la pièce, la tête haute.

12.

Après sa conversation orageuse avec sa mère, Megan s'habilla et se rendit directement à l'agence de détectives privés Warwick Investigation. Là, elle demanda à parler au directeur. Elle connaissait bien Monroe Warwick, qui était un des plus vieux amis d'Abigail.

La réceptionniste l'annonça et, en raccrochant, elle lui demanda de bien vouloir attendre quelques instants. Tandis qu'elle s'installait dans un des fauteuils destinés aux clients, Megan imagina Monroe en train d'appeler Abigail pour la prévenir de cette visite impromptue ; une des raisons pour lesquelles les amis de sa mère le restaient était la loyauté aveugle dont ils faisaient preuve à son égard.

Enfin, Monroe sortit de son bureau et s'avança vers elle, les mains tendues. C'était un homme de taille moyenne, avec des cheveux bruns, des yeux marron, et des traits aussi peu distinctifs que possible, caractéristique qui lui permettait d'observer les autres sans jamais se faire remarquer.

— Comment vas-tu ? demanda-t-il en l'embrassant sur les joues, avant de lui passer un bras sur les épaules.

Il l'entraîna vers son bureau et ferma la porte derrière eux.

— Tu veux du café, ou…

— Non, rien, merci, répondit Megan en s'asseyant dans un fauteuil. En fait, je suis un peu pressée. J'aimerais juste que tu répondes à une question pour moi.

— Je t'écoute, dit-il.

Megan se doutait qu'il avait dû recevoir des ordres de sa mère. Elle voulait tout de même entendre de sa bouche le compte rendu des faits. Il lui semblait qu'elle le verrait, s'il mentait.

— Je viens d'apprendre que tu as surveillé Eric pendant plusieurs mois, commença-t-elle. J'aimerais savoir à quel moment exactement tu as interrompu cette surveillance.

Monroe poussa un soupir.

— Ta mère m'a prévenu que tu allais sûrement passer et me poser cette question.

— Elle t'a dit aussi quelle réponse me donner ? répliqua Megan.

Warwick eut un rire.

— Non.

Il pressa ses mains l'une contre l'autre et les posa sur sa table.

— Je suis désolé que tu souffres ainsi, Megan. Et je suis aussi désolé de ne pas pouvoir te dire ce que tu aimerais tant entendre. Mais la vérité, c'est que j'ai cessé de surveiller ton fiancé après avoir fait mon dernier rapport à ta mère, dimanche matin. Tu peux me croire, Megan. Je ne te mentirais pas pour une chose aussi grave. Abigail non plus.

Megan hocha la tête, lentement, tandis que s'évanouissait le dernier espoir auquel elle avait tant voulu se raccrocher.

— Merci, Monroe, murmura-t-elle en se levant. Il l'imita aussitôt.

— Je suis désolé, répéta-t-il. Si je peux faire quoi que ce soit…

Les larmes aux yeux, Megan eut un pauvre sourire.

— Je te le dirai.

Dans une chambre de motel des faubourgs de Goshen, dans l'Etat de Virginie, Eric se tenait près de la fenêtre et observait avec nervosité le parking, tout en dévorant un sandwich au fromage acheté dans un distributeur automatique.

Les flics pouvaient apparaître d'un moment à l'autre, alertés par quelqu'un qui l'aurait reconnu. Toutes les chaînes passaient sa photo, à l'occasion de chaque bulletin d'informations.

Il porta une main à son visage et se frotta la joue. Heureusement, il n'avait plus tout à fait la même tête. D'abord, il ne s'était pas rasé depuis quatre jours. Puis, il avait teint sa barbe naissante du même gris foncé qu'il avait appliqué sur ses cheveux. Les vêtements qu'il portait le soir où il s'était rendu chez Kate avaient été remplacés par un vieux pantalon de toile et une chemise en jean, achetés dans un surplus de l'armée.

Depuis qu'il avait abandonné sa Corvette, à Fredericksburg, il faisait de l'auto-stop sur les petites routes, évitant les grands axes et se moquant bien de sa destination, du moment qu'il s'éloignait de Washington.

Sa principale inquiétude était l'argent. Il avait tiré deux cent cinquante dollars dans un distributeur, à Brookville, mais, déjà, cette somme fondait comme neige au soleil. Et il craignait de mettre la police sur sa piste s'il se servait encore de sa carte de retrait. Il lui était impossible de prendre un tel risque. Qu'arriverait-il, quand il aurait tout dépensé ?

Il ne pouvait pas non plus rappeler Kate. C'était trop dangereux. Il avait l'estomac noué, à la seule pensée que les flics se trouvaient avec elle quand il avait téléphoné, quelques heures plus tôt. Que lui voulaient-ils ? Est-ce qu'ils se doutaient qu'il l'avait contactée ? Avaient-ils placé son téléphone sur écoute ? Dieu merci, elle ne l'avait pas trahi. Mais dorénavant, il ne pouvait plus s'adresser à elle. S'il voulait des nouvelles, il devrait se contenter de la télé.

Il termina son sandwich et se rendit dans la salle de bains pour boire un verre d'eau. Comme il fermait le robinet, il se regarda dans le miroir au-dessus du lavabo et esquissa un sourire.

De quoi avait-il si peur ? Dans cet accoutrement, sa propre mère ne le reconnaîtrait pas.

Le concierge de l'immeuble où avait vécu Gina Lamont était un homme de haute taille, plutôt taciturne. Prévenu par Mitch de la visite probable de Kate, il l'accompagna au huitième étage et déverrouilla la porte de l'appartement 8B, avant de faire un pas de côté pour lui permettre d'entrer.

— Voilà, dit-il. Quand vous aurez fini, appelez-moi. Je viendrai fermer à clé.

Comme d'habitude, la police avait laissé les lieux dans un état de désordre indescriptible. Kate en fit d'abord le tour, lentement, sans toucher à rien. Puis, prenant tout son temps, elle fouilla chaque coin, méticuleusement, ouvrant les tiroirs, vérifiant l'intérieur des placards, dans l'espoir de trouver un petit bout de preuve qui aurait échappé à Mitch et à ses hommes.

Une demi-heure plus tard, il lui était possible d'affirmer que Gina Lamont aimait les vêtements coûteux, qu'elle ne buvait que du vin français et, à en juger par la quantité de plats allégés rangés dans son congélateur, qu'elle faisait très attention à sa ligne.

En dehors de ça, elle n'avait pas déniché le plus petit indice susceptible de l'aider à découvrir l'identité de l'assassin.

Après un dernier coup d'œil dans le salon, elle quitta l'appartement. Elle s'apprêtait à fermer la porte d'entrée, avant d'aller chercher le concierge, quand une jolie jeune femme vêtue d'un uniforme d'hôtesse de l'air sortit de l'ascenseur, tirant une petite valise à roulettes.

Kate la vit approcher de l'appartement 8A, juste en face de celui de Gina.

— Bonjour, dit-elle.

La femme la regarda.

— Bonsoir. Euh… non, bonjour. Euh… c'est encore le matin, ici ?

Kate rit avec elle.

— Pendant encore une heure environ. Vous revenez d'un long vol ?

— L'un des plus longs. Hong Kong. Je suis partie depuis samedi après-midi.

Samedi, songea Kate. Cela signifiait qu'elle n'était pas chez elle, au moment du meurtre de Gina. Et surtout, que Mitch Calhoon n'avait pas encore eu l'occasion de l'interroger. Aussitôt, elle s'approcha d'elle.

— Je sais que vous êtes fatiguée, mais me permettriez-vous de vous poser quelques questions ?

Le sourire amical de la jeune femme disparut aussitôt.

— Quel genre de questions ? Qui êtes-vous ?

— Mon nom est Kate Logan, répondit Kate en tirant une carte de visite de son sac. Je suis avocate.

— Que se passe-t-il ? demanda l'hôtesse de l'air, les yeux fixés sur le bristol. Gina a des ennuis ?

— Vous la connaissiez, mademoiselle... ?

— Jacob. Shirley Jacob. Je...

Elle redressa brusquement la tête, les sourcils froncés.

— Vous avez dit : « Connaissiez » ? Est-ce... qu'il lui est arrivé quelque chose ?

— Elle a été assassinée, mademoiselle Jacob.

— Mon Dieu ! s'exclama Shirley en lâchant sa valise. C'est... c'est horrible !

Elle secoua la tête, comme si elle refusait de le croire.

— Quand ? Comment ?

— On l'a étranglée, répondit Kate.

Mieux valait se montrer directe. Les voisins devenaient parfois brusquement muets quand la police ou un avocat les interrogeait. Mais la peur avait souvent l'effet inverse : il n'était pas rare que les témoins les plus réticents se transforment en de véritables mines de renseignements.

— Quelle horreur ! fit Shirley en jetant un regard nerveux autour d'elle. On a attrapé le meurtrier ?

— Pas encore.

— J'aurais dû écouter ma mère. Quand je lui ai dit ce que Gina faisait pour vivre, elle a tout de suite voulu que je déménage. D'après elle, habiter sur le même palier qu'une pute ne pouvait que m'attirer des ennuis. Mais je venais d'acheter mon appartement, et puis, le mode de vie de Gina ne me dérangeait pas. La plupart du temps, je suis en voyage.

— Comment étiez-vous au courant de ses activités ?

— Vous voulez rire ? Avec tous les hommes qui entraient et sortaient de son appartement, à n'importe quelle heure du jour et de la nuit, ce n'était pas bien difficile à deviner. Remarquez, ces derniers mois, ça s'était considérablement calmé.

— Vous connaissiez certains des hommes qui venaient la voir ?

— Ça non, alors ! Et ne me demandez pas de les décrire, parce que je veillais toujours à ne pas croiser leur regard. Sauf...

Elle fronça les sourcils.

— Oui ? insista Kate, le cœur battant.

— Eh bien, une fois, j'ai vu une fille.

— Quelle fille ?

— Cela remonte à six mois environ. Je partais pour Montréal. J'étais en train de verrouiller ma porte quand celle de l'appartement de Gina s'est ouverte. Une jeune femme est sortie. Elles avaient une discussion plutôt houleuse.

Shirley haussa les épaules.

— Elles se sont interrompues dès qu'elles m'ont vue.

— Sauriez-vous me décrire cette jeune femme ? demanda Kate.

— Oui. Elle était jolie, avec des cheveux courts et bouclés, noirs, le teint mat et des yeux magnifiques. Je les ai remarqués parce qu'ils étaient d'une couleur vraiment inhabituelle, surtout pour une Latino-Américaine. Je n'avais jamais vu un bleu pareil. Oh ! je me souviens aussi d'un détail : elle avait un grain de beauté au-dessus de la lèvre supérieure. Du côté droit, je crois.

A mesure que l'hôtesse avançait dans sa description, Kate s'était figée.

La jeune femme que Shirley Jacob venait de lui dépeindre n'était autre que Lilly Moore.

13.

L'audience concernant la mise en liberté sous caution de William Fox avait été fixée à 14 heures. Kate s'y distingua, en faveur de son client. En effet, après que le sac contenant l'argent avait été retrouvé dans une consigne de National Airport, elle parvint à convaincre l'assistant du procureur fédéral de réduire le chef d'accusation, le faisant passer de meurtre au premier degré à un meurtre au second degré. Le juge, connu pour son impartialité, libéra Fox en échange d'une caution de deux cent mille dollars.

Du tribunal, Kate se rendit directement à la prison, où Tony était incarcéré depuis son arrestation en juin. Il lui parut encore plus mince que quelques jours plus tôt, quand on l'amena dans la pièce où elle se tenait déjà. Il avait les yeux cernés de bistre, et bien qu'il s'efforçât de sourire en la voyant, il arborait une mine défaite qu'elle ne lui avait encore jamais vue.

— Comment vas-tu ? demanda-t-elle.

Tandis que le garde qui l'avait escorté allait se poster près de la porte, il s'assit de l'autre côté de la table métallique et haussa les épaules.

— Je tiens le coup. Il y a du nouveau ?

— J'ai découvert une information intéressante, aujourd'hui, répondit Kate en choisissant ses mots avec soin. Mais j'ignore encore ce qu'elle signifie exactement.

Elle sortit la photo de Gina Lamont que Brad Carpenter lui avait donnée et la posa sur la table, la poussant vers Tony.

— Tu connais cette femme ?

Tony jeta un rapide coup d'œil à la photo.

— Non, pourquoi ? Je suis censé l'avoir assassinée, aussi ? lança-t-il sur un ton sarcastique.

— Non, répondit Kate. En revanche, on soupçonne Eric, mon ex-mari.

— Pardon ? s'exclama Tony.

— Elle s'appelle Gina Lamont, et on l'a retrouvée morte dans son appartement, mardi matin. La police pense qu'Eric est le meurtrier.

— Et c'est vrai ?

— Non. Mais il a pris la fuite, ce qui ne plaide pas en sa faveur.

— Qui est cette femme ?

— Une call-girl qu'Eric avait rencontrée à une soirée. Lilly ne t'avait jamais parlé de cette Gina Lamont ?

Tony eut un rire sans joie.

— Comment est-ce que Lilly aurait pu connaître une call-girl ?

Kate lui répéta ce que l'hôtesse de l'air lui avait raconté. Quand elle eut terminé, le jeune homme secoua la tête.

— Cela n'a aucun sens. Lilly n'avait pas beaucoup d'amis, comme tu le sais. Elle ne vivait que pour la fac de droit et son travail à temps partiel au cabinet Fairchild, Baxter et Rendell.

C'était la vérité. Lilly était tellement occupée par ses études qu'elle avait à peine le temps de faire quoi que ce soit d'autre. Sa rencontre avec Tony avait été le fruit du hasard. Un soir que celui-ci passait prendre sa mère chez Kate, Lilly était venue au même moment apporter un dossier dont Kate aurait besoin au tribunal, le lendemain matin. Tony avait eu le coup de foudre ; et s'il ne laissait pas Lilly indifférente, loin de là, elle avait longtemps hésité avant de s'engager dans une relation qui risquait de la distraire de ses études. Mais Tony s'était montré persévérant et il avait fini par briser la résistance de la jeune fille.

— Evidemment, ajouta Tony d'un air pensif, elle aurait pu accomplir un travail pour un des associés du cabinet.

— Je les ai tous interrogés, à l'époque de ton arrestation. Lilly vérifiait certains faits concernant ce dossier d'incendie volontaire que défendait Ian Baxter, mais cela n'avait rien à voir avec Gina Lamont.

Tony fit la grimace.

— Le contraire m'aurait étonné.

— Ne perds pas espoir, Tony, insista Kate en se penchant vers lui. C'est la première véritable piste que nous ayons, depuis le début. S'il existe un lien entre Lilly et le meurtre de Gina Lamont, je le trouverai. D'ici là, il faut que tu tiennes bon. D'accord ?

— D'accord, murmura-t-il.

Mais il n'avait pas l'air convaincu.

De retour au cabinet, Kate fit signe à Frankie de la suivre dans son bureau. Celle-ci lui transmit quelques messages reçus pendant son absence.

— A part ça, enchaîna-t-elle, j'ai des nouvelles au sujet du revendeur de drogue de Dupont Circle. Ça ne va pas te plaire.

— Dis quand même.

— Ce crétin est entré dans un centre de désintoxication, il y a de cela trois semaines.

— Tu es sûre ?

— Absolument. J'ai appelé mon ex, qui a lui-même appelé le flic chargé de le surveiller après sa libération sur parole. Une fois sorti de prison, Finley a juré qu'il ne toucherait plus jamais à la drogue. Il a décidé de se racheter une conduite. Depuis, il n'a pas quitté le centre. J'ai téléphoné, là-bas, pour vérifier. D'après l'équipe qui travaille sur place, il n'aurait pas pu sortir sans que quelqu'un s'en aperçoive.

— Bon. Voilà une piste possible qui disparaît, murmura Kate. Mais il nous reste celle de Gina Lamont.

— Tony l'a reconnue ?

— Non. Il ne l'avait jamais vue, et Lilly ne lui en a jamais parlé.

— Zut ! fit Frankie.

— Oui et non. Comme je le disais à Tony, il y a un moment, c'est notre première piste sérieuse depuis le début de cette affaire — si l'on excepte l'inconnu mystérieux dans son break, mais c'était plutôt mince et ça n'a jamais rien donné. Cette histoire avec Gina Lamont est beaucoup plus tangible ; et j'ai bien l'intention de creuser.

— Tu as un plan ?

Kate se laissa aller contre le dossier de son fauteuil.

— Eh bien, puisque je suis apparemment passée à côté d'un élément important au cours de ma première enquête sur le meurtre de Lilly, je ne vois pas d'autre solution que de tout recommencer depuis le début. Je vais rouvrir le dossier. En commençant par m'intéresser à notre ami Chuck Winslow, conclut-elle avec un clin d'œil.

Frankie secoua la tête d'un air désapprobateur.

— Les associés ne vont pas aimer ça.

— J'en fais mon affaire, répondit Kate avant de consulter sa montre. Je vais même m'en occuper tout de suite. Douglas est là ?

— Je crois, oui.

— Bien.

Kate se leva.

— Appelle-le et préviens-le que je suis en route pour aller le voir.

Douglas se redressa, dès que Kate entra dans son bureau.

— Comment s'est passée l'audience pour le dossier Fox ? demanda-t-il, avant même qu'elle ait eu le temps de s'asseoir.

— Bien. Il a été libéré, la caution a été fixée à deux cent mille dollars, et l'affaire passe devant le grand jury demain.

— Quel est ton sentiment ?

— Je suis pratiquement sûre qu'il va être poursuivi, mais aucune date de procès ne pourra être fixée avant les mois de mars ou avril de l'année prochaine. Cela me donne largement le temps de préparer ma défense. Et de gagner, conclut Kate avec un sourire.

Douglas ne cacha pas sa satisfaction.

— C'est ce que j'aime entendre, dit-il.

Il y eut un silence, et Kate, sentant sa résolution flancher, inspira profondément, avant de se lancer.

— Je ne suis pas venue discuter du dossier Fox, avoua-t-elle.

— Non ?

— Non.

Nouvelle inspiration.

— J'ai eu des nouvelles d'Eric. Il m'a téléphoné.

A l'exception d'un pincement imperceptible de ses lèvres, l'expression de Douglas demeura la même.

— Quand ?

— Le matin du meurtre — hier, donc. Et ce matin encore.

— La police est au courant ?

— Non, répondit Kate, qui ne jugea pas nécessaire de mentionner les visites du détective Calhoon.

— Tu te rends compte de ce que tu fais ? En protégeant un fugitif, tu deviens son complice. C'est un délit. Tu peux être rayée du barreau pour ça.

— Je ne suis la complice de personne, Douglas. J'ai seulement accepté d'enquêter sur les circonstances de la mort de Gina Lamont. C'est tout.

— C'est déjà trop.

— Que pouvais-je faire d'autre ? Savez-vous seulement à quel point Alison était bouleversée à l'idée que je ne vienne pas en aide à son père ? Elle m'a explicitement demandé de ne pas le laisser tomber. Que devais-je répondre ? « Je ne peux pas, ma chérie, parce que je risque d'être rayée du barreau » ?

— Tu ne rends pas service à Eric en cachant à la police l'endroit où il se trouve.

— Je ne cache rien à personne. J'ignore totalement où il est. Il n'a pas voulu me le dire.

— Dans ce cas, pourquoi n'avoir pas révélé qu'il t'avait appelée ?

— Parce qu'ils se seraient empressés de mettre mon téléphone sur écoute.

Kate se pencha en avant.

— Douglas, la raison pour laquelle je vous raconte tout ça est que je ne supportais plus de vous mentir.

Craignant qu'il ne passe par-dessus Mitch et ne s'adresse directement à ses supérieurs, qu'il connaissait fort bien, elle ajouta :

— Mais je vous préviens, Douglas, si vous soufflez un seul mot de ce que je viens de vous dire à la police, Alison ne vous le pardonnera jamais.

Elle se redressa.

— Et moi non plus.

— Cela signifie-t-il que tu as l'intention de représenter Eric ?

— Oui.

Durant un long moment, interminable, Douglas garda le silence. Comme toujours, il était impossible de deviner ce qu'il pensait. Quand il prit enfin la parole, ce fut d'une voix tendue.

— Il ne mérite pas ce que tu es en train de faire pour lui, Kate, déclara-t-il. Il ne mérite pas que tu prennes de tels risques.

— Ça, c'est à moi d'en juger, Douglas.

Avec peine, Kate avala sa salive et se prépara pour la suite de la bataille.

— Je tenais aussi à vous prévenir que j'ai l'intention de rouvrir le dossier sur le meurtre de Lilly.

— Pour quoi faire ? demanda Douglas, la mâchoire crispée.

De nouveau, Kate raconta son entrevue avec Shirley Jacob. Douglas l'écouta, visiblement sceptique.

— Ces deux femmes n'avaient strictement rien en commun. Ton hôtesse de l'air a dû se tromper.

— Pas du tout. J'ai demandé à Frankie d'aller lui montrer une photo de Lilly. Elle l'a reconnue de façon formelle.

Douglas prit un crayon et se mit à tambouriner sur son bureau.

— Qu'entends-tu exactement, quand tu parles de rouvrir le dossier ?

— Je vais commencer par interroger Chuck Winslow, de nouveau.

Cette fois, Douglas sursauta.

— Mais c'est de la folie ! Il va te poursuivre pour harcèlement.

— Pas si j'agis avec prudence.

— Comment comptes-tu t'y prendre pour trouver le temps de mener deux enquêtes de front, en plus de la préparation du procès de William Fox ?

— Je me débrouillerai. S'il le faut, je travaillerai jour et nuit.

— Depuis quand es-tu devenue aussi têtue et déraisonnable, Kate ?

— N'est-ce pas la raison pour laquelle vous m'avez engagée ? Parce que je n'abandonne jamais.

Elle sourit.

— A l'époque, il me semble que ce que vous appelez aujourd'hui de l'entêtement vous apparaissait comme la preuve d'une opiniâtreté plutôt louable.

Durant plusieurs secondes, chacun soutint le regard de l'autre. Puis, Douglas finit par hocher la tête.

— Soit, murmura-t-il, l'air sombre. Je ne peux pas t'empêcher de faire ce qui te semble juste. Mais attention avec Winslow ! On vient de m'annoncer que j'étais une des personnes choisies pour recevoir le Washingtonian de…

— Douglas ! s'exclama Kate avec une joie sincère. C'est merveilleux !

La récompense, parrainée par le magazine mensuel *The Washingtonian*, était remise chaque année à quinze hommes et femmes qui avaient contribué au mieux-être dans leur ville en donnant de leur temps et de leur argent. Douglas, dont le voisin était resté paralysé à la suite d'un accident de cheval, avait ainsi fait don de larges sommes pour la rééducation des paraplégiques, à travers toute la capitale.

— Je suis si contente ! ajouta Kate. Je ne connais personne qui le mérite plus que vous.

Douglas s'autorisa un léger sourire.

— Merci, Kate. Je ne disais pas cela pour me vanter, mais pour te faire comprendre qu'un procès pour harcèlement, à un moment comme celui-ci, serait gênant non seulement pour moi, mais aussi pour le cabinet.

— Il n'y aura pas de procès, Douglas. Je vais mettre des gants de velours pour m'adresser à Winslow. Et si cela ne suffit pas, j'engagerai un détective privé et je lui laisserai le sale boulot.

— Bon.

Il se leva, mettant ainsi fin à l'entrevue.

— Tiens-moi au courant.

— Comme d'habitude, promit Kate.

Les Winslow habitaient sur la 15e Rue, dans un petit immeuble de quatre étages pris en sandwich entre la boutique d'un fleuriste et un restaurant thaïlandais. Comme d'habitude, l'ascenseur était en panne, et Kate dut prendre l'escalier pour monter jusque chez eux. Arrivée devant leur porte, elle frappa et attendit quelques secondes. Comme elle n'obtenait aucune réponse, elle frappa de nouveau.

— Ils ne sont plus là, dit une voix derrière elle.

Kate se retourna. De l'autre côté du palier, une vieille dame aux cheveux gris avait entrouvert sa porte, aussi loin que la chaîne de sécurité le permettait.

— Ils ne sont plus là ? répéta Kate. Pourquoi ? Où sont-ils allés ?

— Myrtle Beach, en Caroline du Sud. Ils ont mis tout ce qu'ils possédaient dans une camionnette de location et ils sont partis.

— Quand ça ?

— Lundi.

Lundi. Le jour où le verdict concernant Tony avait été rendu.

— Est-ce qu'ils ont laissé une adresse ?

La vieille dame plissa le nez.

— Pourquoi voulez-vous le savoir ? Qui êtes-vous ?

Sachant qu'elle n'obtiendrait rien si elle admettait être

avocate, Kate eut recours à un stratagème que lui avait soufflé un détective privé de sa connaissance.

— Je travaille pour les Assurances Lifetime. Mme Winslow nous a acheté une police, il y a deux semaines, mais elle a oublié de signer un des formulaires.

— Elle ne vous a pas dit qu'elle déménageait ?

— Je suis sûre qu'il s'agit d'un oubli, répondit Kate.

Elle avança de quelques pas, veillant tout de même à garder une certaine distance, afin de ne pas effrayer son interlocutrice.

— Elle ne vous aurait pas laissé une adresse, par hasard ?

— Bien sûr que si. Cora et moi étions amies.

— Cela me ferait gagner beaucoup de temps, si vous me la communiquiez. Ainsi, la police de Mme Winslow ne serait pas différée.

Un moment, la vieille dame considéra Kate. Puis, elle haussa les épaules.

— Si cela peut rendre service à Cora.

Laissant la porte entrouverte, elle retourna à l'intérieur de l'appartement et revint quelques minutes plus tard avec un bout de papier sur lequel elle avait griffonné une adresse. Elle le tendit à Kate, qui la remercia et repartit aussitôt.

Dans sa voiture, Kate appela Frankie et lui demanda de lui réserver un billet sur le premier vol pour Myrtle Beach, en Caroline du Sud, dès le lendemain matin.

Dans la soirée, avant de rentrer chez elle, Kate se rendit à Potomac pour voir Alison.

— Tu as tout ce dont tu as besoin, chérie ? lui demanda-t-elle, après qu'elles se furent installées dans l'élégant salon de Rose. Je t'ai apporté assez de vêtements ?

Alison esquissa une moue désinvolte.

— Tu as oublié mon jean Calvin Klein, mais ce n'est pas grave. Grand-mère va m'emmener faire des courses, samedi.

— On pourrait y aller maintenant, si tu veux, proposa Kate.

— Non, ce ne sera pas nécessaire. Je peux attendre jusqu'à samedi. Et puis, j'ai promis à grand-mère, maintenant.

Alison marqua une pause, avant d'ajouter :

— Ça ne t'ennuie pas ?

Kate sentit son cœur chavirer : Alison adorait faire les magasins avec elle. Du moins, avant… Elle s'efforça de dissimuler sa déception et sourit bravement.

— Non, bien sûr que non. Nous irons une autre fois. Pourquoi pas la semaine prochaine ?

— Bonne idée, approuva Alison en croisant les jambes et en considérant un moment ses chaussures de sport.

Quand elle releva les yeux, il y avait une lueur de défi dans son regard.

— As-tu fait des progrès, sur l'affaire de papa ?

Kate hocha la tête, heureuse qu'elles aient encore quelque chose à partager.

— Oui. Je ne peux pas encore t'en parler, mais la situation paraît un peu moins désespérée qu'hier.

Le visage d'Alison s'éclaira sur-le-champ.

— Oh ! maman, dis-moi ce que tu as découvert. S'il te plaît ! Je te jure que je n'en parlerai à personne.

— Je ne peux pas, ma chérie, répondit Kate avec un sourire. Tu sais bien : toujours ces histoires de déontologie... Mais dès que ce sera possible, je te raconterai tout. C'est promis.

— D'accord.

Le regard d'Alison alla se poser sur le téléphone.

— Si seulement il appelait. Il y a tellement longtemps que je ne lui ai pas parlé.

Au même moment, la sonnerie retentit dans la maison. L'adolescente se leva d'un bond pour aller décrocher. Presque aussitôt, son visage s'allongea.

— C'est Melissa, annonça-t-elle en se tournant vers Kate.

Sachant à quel point sa fille chérissait son intimité, Kate se leva et l'embrassa.

— Je te laisse. Je te verrai demain soir, ma chérie. Sois sage.

Sur ces mots, elle quitta la propriété des Fairchild, plutôt satisfaite par la manière dont cette visite s'était déroulée.

Le lendemain matin, à sa sortie de l'aéroport, à Myrtle Beach, Kate fut accueillie par une bouffée d'air tiède. Elle prit un taxi qui la déposa au 1145 Bridgen Road et, son imperméable en travers du bras, elle considéra la petite maison modeste qui se dressait devant elle, avec ses volets blancs et son jardin entouré d'une clôture. Le vieux pick-up des Winslow était là, garé le long du trottoir, et la porte d'entrée était ouverte, sans doute pour laisser circuler la brise marine. Seule la porte-moustiquaire était fermée.

Kate frappa sur le cadre de bois et attendit. Au bout de

quelques instants, Cora Winslow apparut, vêtue d'une de ses habituelles robes-tabliers à fleurs.

C'était une femme terne, sans vie, avec des cheveux gris, un teint de cendre et des dents également grises.

— Bonjour, madame Winslow, dit Kate avec son sourire le plus engageant. Vous vous souvenez de moi ? Je suis Kate Logan. L'avocate de Tony Fuente.

Cora Winslow n'eut l'air ni surprise ni agacée de la voir. Elle ne demanda même pas comment Kate les avait retrouvés.

— Je me souviens, dit-elle simplement, sur un ton las. Que voulez-vous ?

— Puis-je entrer ?

Cora hésita puis, avec un haussement d'épaules, elle ouvrit la porte grillagée et fit un pas de côté.

Un tapis, un canapé, deux fauteuils et une télévision avaient déjà trouvé leur place dans le living-room. Une douzaine de cartons étaient éparpillés sur le sol, certains ouverts, d'autres encore fermés par du ruban adhésif. Il n'y avait là aucun luxe apparent, juste ce qu'il fallait pour vivre.

— Je suis désolée de vous déranger alors que vous emménagez, mais c'est important, reprit Kate.

— Que voulez-vous, madame Logan ?

— Parler à votre mari. Il est là ?

Mme Winslow fixa sur Kate son regard inexpressif. Puis, un léger soupir franchit ses lèvres.

— Non, madame Logan, il n'est pas là. Mon mari est mort.

14.

— Calhoon !

Le lieutenant Jarvis passa à grandes enjambées devant le bureau de Mitch et, sans même le regarder, il ajouta :

— Dans mon bureau. Tout de suite !

Mitch se leva tranquillement et traversa la salle de police, à la suite de son patron. Nul ne prit la peine de lever la tête. Le sale caractère de Jarvis, tout comme son manque d'égard pour les hommes et les femmes qui travaillaient sous ses ordres, faisait en quelque sorte partie du décor ; à l'exception de certains débutants, qui le craignaient comme la peste, tout le commissariat avait appris à vivre avec ses éclats.

— Fermez la porte, ordonna-t-il à Mitch, comme celui-ci entrait dans le bureau.

Le lieutenant Frank Jarvis était un gros homme au torse en forme de barrique, au nez énorme et aux cheveux si noirs qu'ils ne pouvaient qu'être teints. Il était dans la police de Washington depuis vingt-huit ans, avait reçu les félicitations de trois Présidents, et avait échappé à la mort un nombre incalculable de fois. Il venait de passer détective quand Mitch était entré dans la police, dix-neuf ans plus tôt, et il avait gravi les échelons de la hiérarchie à une vitesse vertigineuse. Un peu trop vertigineuse, au dire de certains. Mais bien que cette carrière fulgurante ait fait se hausser quelques sourcils, rien dans le comportement du policier ne permettait de mettre en doute son honnêteté et son intégrité.

Ayant pris place derrière son bureau, Jarvis désigna une chaise d'un geste impatient et demanda, sans préambule :

— Où en est-on, dans l'affaire Logan ?

— Nous avons retrouvé sa voiture, répondit Mitch. Elle avait été abandonnée à deux kilomètres au sud de Fredericksburg.

— Et Logan ? Où est-il ?

— Il a pris une chambre dans un motel du coin, mais il est reparti quelques heures plus tard. On ne l'a pas revu, depuis.

— Qu'est-ce que ça veut dire ? Il s'est envolé en fumée ? évanoui dans la nature ?

— Apparemment, fit Mitch sans se laisser démonter par le ton ironique de son supérieur. Le shérif de Fredericksburg est en train de passer les environs au peigne fin, mais je n'ai pas beaucoup d'espoir. A l'heure qu'il est, notre homme peut être n'importe où et ne plus ressembler du tout à l'Eric Logan que nous connaissons.

— Et son ex-femme ? L'avocate ? Il n'a pas essayé de l'appeler ?

Pour des raisons qui le dépassaient, et qu'il ne chercha pas à s'expliquer, Mitch secoua la tête.

— Non.

— Super ! commenta Jarvis en se levant pour faire les

cent pas dans la pièce. Vraiment super ! Une bonne partie du pays a les yeux fixés sur nous, et qu'est-ce qu'on fait ? On laisse le suspect principal nous filer entre les doigts.

Il s'arrêta devant Mitch et le regarda fixement.

— Vous savez de quoi on va avoir l'air ? D'une bande de crétins !

Sans se départir de son calme, Mitch croisa les jambes.

— A vrai dire, je ne suis pas sûr que Logan soit notre homme. Le fait qu'il ait passé la nuit de samedi à dimanche chez Gina Lamont ne signifie pas forcément qu'il l'a tuée.

Le visage de Jarvis vira au rouge.

— Dites donc, Calhoon, vous êtes de quel côté, au juste ? Evidemment que Logan est notre homme ! Il y a une ribambelle de preuves contre lui.

— La victime était une pute, mon lieutenant. Et si elle faisait chanter un homme, elle peut très bien avoir fait subir le même sort à d'autres.

— Il n'empêche que c'est le kiki de Logan qui a fini sur une cassette porno. Et ce sont ses empreintes digitales qu'on a relevées partout dans l'appartement de Gina Lamont. Enfin, c'est Logan qui est en cavale…

— Il a peur. Il se doute bien qu'avec Douglas Fairchild et Abigail Hollbrook en train de manœuvrer pour le faire capturer, il a peu de chances de s'en sortir.

— Hé, rendez-moi service, Calhoon : épargnez-moi votre psychologie de bazar. Je ne suis vraiment pas d'humeur. Le fait est que je veux Logan derrière les barreaux. Et je ne suis pas le seul. Le procureur fédéral n'arrête pas d'appeler. Même le maire se fait tenir au courant.

Mitch eut une moue dédaigneuse.

— On sait bien pourquoi le maire s'intéresse à cette affaire : Abigail Hollbrook est un de ses plus gros soutiens financiers. Il a intérêt à lui faire plaisir.

— Je me contrefiche de ses motivations ! C'est le maire, et ce qu'il veut passe avant tout le reste. Alors, gardez vos discours pour vous, Calhoon, et donnez-moi plutôt des résultats. N'oubliez pas que si vous déconnez, c'est moi qui prends.

Mitch n'essaya même pas de discuter. Quand Jarvis était dans cet état, il n'y avait pas moyen de raisonner avec lui.

Un moment plus tard, il était de retour à son bureau, dans la salle de police, quand le téléphone sonna. L'appel venait d'un adjoint du shérif de Myrtle Beach.

Mitch, qui avait discrètement continué de surveiller Chuck Winslow, avait appris que ce dernier avait quitté Washington avec sa femme, pour aller s'installer en Caroline du Sud. Aussitôt, il avait prévenu le bureau du shérif de l'avertir si, par exemple, on voyait le couple se livrer à des dépenses extravagantes.

— J'ai une mauvaise nouvelle, l'ami, lui dit l'adjoint du shérif. Votre Winslow s'est fait descendre hier soir.

— Vous voulez rire ? s'exclama Mitch. Que s'est-il passé ?

— Un cinglé, sur le parking d'un supermarché, lui a logé cinq balles dans la poitrine, avant de déguerpir.

— Vous avez une piste ?

— Pas encore. Mais c'est tout frais. On attend le détective

qui va être mis sur l'affaire. Sanford. Je vous tiendrai au courant.

— Merci. Et gardez un œil sur la veuve, aussi. On ne sait jamais. Si par hasard elle se met à dépenser de l'argent, prévenez-moi.

Mitch raccrocha et se laissa aller contre le dossier de son fauteuil. Pour un rebondissement, c'en était un ! Un homme apparemment sans histoire abattu sur un parking... Cela ressemblait à un crime gratuit, un meurtre inutile comme on en voyait tant. A moins, bien sûr, que quelqu'un n'ait voulu donner cette impression. Quelqu'un qui n'avait plus besoin de Chuck Winslow...

— Abattu ? s'exclama Douglas.

Il s'apprêtait à partir pour le tribunal et glissait des papiers dans son attaché-case.

Levant la tête, il considéra Kate d'un air stupéfait.

— Tu es sérieuse ?

— On ne peut plus sérieuse. Je me suis aussitôt rendue au bureau du shérif. D'après un témoin, Chuck Winslow a été abattu sur le parking du centre commercial de Farmington, à 21 heures, hier soir, alors qu'il se dirigeait vers son pick-up. Les coups de feu — il y en a eu cinq — ont été tirés depuis une voiture qui était garée juste à côté.

— On a appréhendé le meurtrier ?

— Pas encore. La voiture a démarré en trombe avant que le témoin puisse l'identifier ou voir le conducteur.

Douglas secoua la tête.

— Pauvre type. Il a dû s'en aller dans le Sud pour échapper à la folie et la violence de cette ville, et il se fait descendre quelques jours après son arrivée. Si ce n'est pas manquer de chance, ça.

— La chance n'a rien à voir dans tout ça, affirma Kate. C'est un meurtre prémédité. Quelqu'un l'attendait pour le tuer.

— Est-ce ainsi que la police voit les choses ?

— Non, admit Kate de mauvaise grâce. Ils pensent plutôt qu'il a été victime d'une bande de voyous. Ou qu'il s'agit d'une erreur. A moins que ce ne soit une de ces fusillades en voiture, si populaires de nos jours.

— Toutes ces hypothèses sont valables, Kate.

— Peut-être, mais aucune ne me semble convaincante. Je trouve la coïncidence vraiment troublante. Je vais voir Winslow pour l'interroger et hop ! il est abattu.

— Tu avais dit à quelqu'un que tu te rendais à Myrtle Beach ?

— Seulement à Frankie. Mais sa mort n'a peut-être aucun rapport avec ma venue. Si cela se trouve, Winslow ne servait plus à rien et on l'a éliminé.

Douglas la considéra un long moment, sans rien dire.

— Vous pensez comme moi, n'est-ce pas ? insista Kate. Mince, à la fin, admettez-le ! On a tué Winslow parce qu'on n'avait plus besoin de lui. C'était prévu depuis le début.

Attaché-case en main, Douglas contourna son bureau et vint se planter devant elle.

— Très bien. C'est en effet une possibilité. Mais ce qui m'inquiète, moi, c'est que tu te trouves au beau milieu de tout ça.

— Ce n'est pas la première fois.

— Cette affaire n'est pas une affaire comme les autres. Elle est beaucoup trop dangereuse.

Il inspira profondément.

— Abandonne, Kate.

— Vous savez très bien que je ne peux...

Douglas leva la main pour lui intimer le silence.

— Si ce que tu dis est vrai — et je n'en suis pas encore entièrement convaincu —, la personne qui a tué Winslow n'hésitera pas à s'en prendre à toi si tu la gênes. C'est ce que tu veux ? Te retrouver dans une allée sombre, avec cinq balles dans le corps ?

— Bien sûr que non !

— Alors, laisse tomber ce dossier. Si tu ne le fais pas pour toi, fais-le au moins pour Alison.

Il lui prit le bras et le serra doucement.

— Il faut que j'y aille. Réfléchis bien à ce que je viens de te dire.

Kate l'accompagna jusque dans le couloir et le regarda s'éloigner vers l'ascenseur. Et s'il avait raison ? songea-t-elle avec une soudaine appréhension. Et si l'homme, ou la femme, qui avait tué Chuck Winslow décidait maintenant de s'en prendre à elle ?

Très vite, elle se reprit. A l'époque où elle travaillait au bureau du procureur fédéral, elle avait poursuivi un nombre incalculable de criminels endurcis, qu'il s'agisse de revendeurs de drogue, de violeurs ou même de serial killers. Aucun ne s'était jamais attaqué à elle. Certes, elle avait reçu à plusieurs reprises des menaces, mais cela semblait être le lot de sa profession ?

Elle allait se montrer prudente, tout simplement ; elle

ferait attention à de petits détails : elle verrouillerait la portière de sa voiture, aussitôt après s'être installée au volant, elle aurait l'œil à tout et se méfierait de quiconque lui paraîtrait un tant soit peu suspect.

Heureusement, Alison se trouvait en sécurité chez ses grands-parents. Même si elle souffrait d'être séparée de sa fille, Kate était soulagée de ne pas avoir à s'inquiéter à son sujet.

— Tony a tellement maigri ! dit Alison d'une petite voix. Il a encore perdu du poids, depuis la dernière fois que je l'ai vu.

Kate était installée avec elle à une table de K-Paul, le restaurant préféré de l'adolescente, à Georgetown. Moyennant la promesse d'aller voir Tony et celle de l'achat d'une nouvelle paire de bottes, Kate avait réussi à convaincre sa fille de passer son samedi avec elle.

— Les premiers jours qui suivent une condamnation sont toujours les plus difficiles, répondit-elle. Cela s'arrange un peu, par la suite.

Alison la considéra d'un air de reproche.

— Tony ne veut pas que ça s'arrange, maman. Il veut sortir de prison. Etre libre.

— Nous le voulons tous, ma chérie. Mais cela ne va pas se faire du jour au lendemain. La procédure d'appel pour une telle affaire est longue et fastidieuse.

— Et pour papa ? Est-ce que tu essayes toujours de découvrir qui a tué Gina Lamont ? Tu as promis que tu ferais tout ton possible.

A l'évidence, Alison cherchait à déclencher une dispute, sur un sujet ou sur un autre.

— J'y mets toute mon énergie, ma chérie, affirma Kate avec douceur. Mais j'ai d'autres clients, des gens qui comptent sur moi, eux aussi. Je ne peux pas les laisser tomber pour me concentrer uniquement sur ces deux affaires. Tu comprends cela, n'est-ce pas ?

Le ton de sa voix, dénué de sévérité ou de critique, eut bien plus d'effet qu'elle ne l'escomptait. Alison baissa la tête et rougit.

Aussitôt, Kate tendit la main, par-dessus la table, et couvrit celle de sa fille. A sa grande surprise, celle-ci ne chercha pas à se dégager.

— Maman, reprit-elle tout à coup, le visage grave, est-ce que tu as déjà pensé à te remarier ?

Quoique décontenancée par la franchise de cette question, Kate se réjouit qu'Alison la lui ait posée. Elles allaient enfin pouvoir parler, et peut-être même réussir à balayer le nuage qui n'avait cessé de grossir et d'obscurcir leur relation.

— Me remarier ? répéta-t-elle sur un ton enjoué. Non. Pourquoi ?

— Est-ce que c'est parce que, au fond de toi, tu aimes toujours papa ?

Cette fois, Kate demeura sans voix. Bien sûr, elle n'avait pu éviter de remarquer, tout au long de l'année, les signes prouvant qu'Alison espérait encore voir ses parents reprendre la vie commune. Toutefois, jamais encore sa fille ne s'était montrée aussi directe — surtout depuis qu'Eric avait annoncé ses fiançailles avec Megan. Ainsi, son éclat de l'autre jour n'était pas dirigé personnellement contre Mitch Calhoon :

tout homme qui approcherait sa mère, dans la mesure où il menaçait une éventuelle réconciliation entre ses parents, risquait de provoquer la même réaction.

— Tu l'aimes toujours ? insista Alison.

Kate poussa un soupir.

— Une partie de moi aimera toujours ton père, Alison, répondit-elle finalement. Parce qu'il est ton père. Mais si tu veux savoir si mes sentiments pour lui sont des sentiments amoureux, la réponse est non. Je ne l'aime plus.

Les yeux gris d'Alison s'emplirent de déception.

— Et s'il t'aime toujours, lui ?

— Ce n'est pas le cas, ma chérie. Il est fiancé avec Megan. Et je leur souhaite d'être très heureux ensemble.

— Mais si Megan ne veut plus de lui, maintenant ?

— C'est à eux, et à eux seuls, de gérer ce problème, Alison. Sans que personne d'autre se mêle de leur dire ce qu'ils doivent faire ou non.

— Quand tu parles des autres, tu penses à Abigail ?

Kate sourit.

— Oui, je pense à elle.

Pour la première fois depuis le début de la journée, Alison se mit à rire.

— Elle est plutôt effrayante, hein ?

— Elle peut l'être, en effet. Si on se laisse impressionner.

Tout à coup, Alison se retourna sur sa chaise et regarda autour d'elle. Kate suivit la direction de son regard.

— Que se passe-t-il, chérie ? Tu as vu quelqu'un que tu connais ?

L'adolescente secoua la tête.

— Non, mais…

Elle jeta un coup d'œil perplexe du côté de la porte, qui finissait de se fermer.

— Je ne sais pas pourquoi, mais j'aurais juré que quelqu'un m'observait.

Kate posa sa fourchette et, la gorge soudain nouée, elle embrassa du regard la salle du restaurant. Personne ne paraissait faire attention à elles ; un bref coup d'œil du côté de la rue ne révéla aucun détail suspect.

— Tu as vu quelqu'un ? demanda-t-elle en essayant de ne pas trahir sa peur.

— Je n'en suis pas sûre. C'était plutôt une impression.

Puis, avec un haussement d'épaules insouciant, l'adolescente se tourna de nouveau vers sa mère.

— J'ai dû me tromper, dit-elle en riant. C'est sûrement le film d'horreur qu'on a regardé, l'autre soir, avec Melissa. Il y avait un personnage, moitié homme, moitié bête, qui poursuivait les jeunes filles…

— Alison ! fit Kate d'un ton sévère. Tu sais que je ne veux pas que tu regardes de tels films. Après, tu fais des cauchemars.

— Voyons, maman ! J'ai treize ans. Je ne fais plus de cauchemars.

Kate regarda encore autour d'elle. Quelqu'un les surveillait-il vraiment ? Ou bien la réaction d'Alison était-elle simplement le produit d'une imagination trop fertile ?

Un instant, elle fut tentée de ramener sa fille à Potomac, dans la demeure bien protégée des Fairchild. Mais, en cédant ainsi à son inquiétude, elle allait décevoir Alison, à qui elle avait promis d'acheter des bottes. Elle ne pouvait pas faire une chose pareille. Surtout pas au moment où elles commençaient de nouveau à communiquer.

Après avoir déposé Alison à Potomac, vers 16 heures, Kate fit un détour pour se rendre au commissariat, avec l'espoir d'y trouver Mitch Calhoon.

Comme toujours, l'endroit avait des allures de jungle, avec des téléphones qui sonnaient de tout côté, des allées et venues, des suspects qu'on entraînait ici et là, parfois contre leur gré.

Mitch était assis à son bureau, le combiné du téléphone coincé entre son oreille et son épaule, occupé à feuilleter un dossier. Les manches de sa chemise bleu nuit étaient remontées jusqu'aux coudes, révélant des avant-bras musclés que Kate s'efforça d'ignorer. Au même moment, il l'aperçut. Il leva aussitôt la main, souriant, et lui fit signe d'approcher.

Quand elle arriva à sa hauteur, il avait raccroché et se levait pour l'accueillir.

— Quelle bonne surprise ! Je vous en prie, asseyez-vous. Je peux vous offrir quelque chose ? Du café ? Un soda ?

— Non, rien, merci, répondit-elle. Je ne vais pas rester longtemps.

Puis, allant droit au but, elle enchaîna :

— Vous savez que Chuck Winslow a été tué ?

Il haussa les sourcils.

— Comment êtes-vous au courant ?

— J'ai suivi sa trace jusqu'à Myrtle Beach. Quand je suis arrivée là-bas, sa femme était en train de préparer les funérailles.

— Vous aviez une raison particulière de vouloir le rencontrer ?

Kate raconta la conversation qu'elle avait eue avec Shirley Jacob — après tout, songea-t-elle, lui aussi irait tôt ou tard interroger l'hôtesse de l'air.

— Vous êtes sûre que la jeune femme qu'elle a vue était bien Lilly ?

— Elle l'a formellement identifiée à partir d'une photo que nous avions dans le dossier.

— Il va falloir que j'aille rendre une petite visite à cette demoiselle, dit Mitch en griffonnant quelques mots sur son éphéméride de bureau.

Puis, l'air songeur, il se laissa aller contre le dossier de sa chaise.

— Gina et Lilly, murmura-t-il. Que pouvaient-elles bien avoir en commun ?

— C'est ce que j'ai l'intention de découvrir, affirma Kate.

Mitch secoua la tête.

— Surtout, soyez prudente. Winslow a été assassiné plutôt brutalement, l'autre nuit. Si sa mort est bien liée au meurtre de Lilly, toute personne fourrant son nez dans cette affaire prend de gros risques.

— Ai-je seulement le choix ? La police ne veut rien faire.

— J'ai parlé au détective Sanford, qu'on a chargé de l'enquête. Il suit toutes les pistes.

— Vous savez aussi bien que moi que le détective Sanford ne découvrira rien à Myrtle Beach. L'assassin de Winslow se trouve ici, à Washington.

Mitch poussa un soupir.

— J'aimerais pouvoir intervenir, murmura-t-il, mais ce n'est ni mon affaire, ni ma juridiction. En revanche, si l'enquête de Sanford l'amène jusqu'à Washington, je ferai tout mon possible pour lui venir en aide. Jusque-là, conclut-il en haussant les épaules, j'ai les mains liées.

Kate hocha la tête. Il avait raison. C'était à elle qu'incombait la tâche de se battre pour gagner l'appel de Tony. Soudain, elle se demandait pourquoi elle était venue, ce qu'elle attendait de Mitch. A moins, songea-t-elle en sentant son visage s'enflammer, qu'elle n'ait cherché un prétexte pour le revoir...

Mortifiée à l'idée que le détective risquait de parvenir à la même conclusion, elle se leva brusquement.

— Je tenais à m'assurer que vous étiez au courant de la mort de Winslow, dit-elle. Prévenez-moi, si vous avez du nouveau.

Elle se dirigeait déjà vers la sortie, lorsque Mitch l'appela. Elle se retourna.

— Oui ?

— L'enterrement de Gina Lamont aura lieu lundi, à 10 heures, au cimetière de Prospect Hill. J'ai pensé que ça pourrait vous intéresser.

Kate sourit.

— En effet. Merci.

15.

C'était aujourd'hui l'anniversaire de sa fille. Gabrielle Marie Calhoon aurait eu dix ans. Elle était plus que jamais vivante dans le cœur de Mitch — à tel point qu'il avait encore du mal à croire qu'elle était morte depuis trois longues années.

La gorge nouée, il prit la photo encadrée de l'enfant et fit glisser un doigt le long des traits si familiers de son visage, avec ses yeux bleus pétillants et ses cheveux blonds et soyeux. Parfois, quand il se laissait aller, la douleur qu'il ressentait devenait presque palpable. Ils se ressemblaient tant elle et lui. « Comme deux gouttes d'eau », disait toujours la mère de Mitch.

Le pire était qu'il ne blâmait personne plus que lui-même, pour la mort de Gabrielle. Il aurait pu rejeter une partie de la faute sur Ava, mais il s'efforçait de n'en rien faire. Il lui arrivait même de penser qu'en se montrant plus patient avec sa femme, plus compréhensif, il aurait sauvé leur mariage. Et cette tragédie insensée n'aurait jamais eu lieu.

Comme toujours en cette date anniversaire, Mitch ne lutta pas contre le besoin de revivre le passé ; au contraire, il s'abandonna à cette souffrance, replongeant dans les souvenirs des débuts de son mariage avec Ava.

La jeune femme avait toujours été instable. Surtout, elle aimait le luxe — ce que Mitch ne pouvait pas lui offrir avec son modeste salaire de policier. Aussi n'avait-il pas hésité, lorsque son ami Randy Vargas lui avait proposé de venir travailler dans l'agence de détectives privés qu'il avait créée, plusieurs années auparavant.

Vargas World Wide Investigations était basée à Laurel, dans le Maryland, et avait pour spécialité de localiser, puis de secourir des enfants kidnappés à travers le monde entier. Le travail y était risqué et très bien payé ; il exigeait un courage exceptionnel, de l'expérience et une grande mobilité. Ce dernier trait était celui que Mitch appréciait le moins, surtout après la naissance de Gabrielle.

De son côté, Ava ne paraissait pas s'en plaindre ; entre ses cours de gymnastique quotidiens, ses rendez-vous chez le coiffeur et le shopping, elle avait largement de quoi s'occuper. La vie aurait pu continuer ainsi, pendant de nombreuses années. Mais un jour, Mitch était rentré plus tôt que prévu d'une mission, et il avait trouvé sa femme dans les bras d'un homme — dans leur propre maison.

Sourd aux supplications et aux protestations d'amour d'Ava, il avait demandé le divorce dès le lendemain.

Hélas ! compte tenu de ses absences fréquentes, le juge avait refusé de lui donner la garde de Gabrielle et préféré confier l'enfant à sa mère. Mitch avait fait appel de cette décision. En vain.

Le pire restait à venir. En effet, deux mois à peine après la conclusion du divorce, Ava avait épousé une espèce de brute — un type dont Mitch était convaincu qu'il avait des liens soit avec la mafia, soit avec le cartel des drogues.

Presque aussitôt, elle était partie s'installer en Californie, emmenant Gabrielle avec elle.

Mitch avait essayé de s'opposer au déménagement de sa fille, soulignant que les cinq mille kilomètres de distance le mettaient dans l'impossibilité de la voir régulièrement. Mais Ava s'était fait représenter par trois des plus puissants avocats du pays, et il avait encore perdu.

Au début, à en juger par les lettres et les coups de téléphone de Gabrielle, l'enfant paraissait heureuse. Jusqu'au jour où elle lui avait téléphoné pour lui annoncer, d'une petite voix effrayée, que Paul — l'époux d'Ava — était méchant avec elle, et qu'il lui arrivait de la frapper et de l'enfermer dans un placard tout noir.

En entendant cela, Mitch avait cru devenir fou de rage ; il se sentait prêt à tuer ce salopard. C'était alors qu'il avait commis la plus grosse erreur de sa vie. Une de ces erreurs que sa profession, justement, lui avait appris à éviter ; une erreur qu'il regretterait jusqu'au jour de sa mort. Il avait sauté dans le premier avion. Seul. Sans avoir réfléchi, sans même avoir préparé un plan.

Il était parti sauver sa petite fille.

La maison dans laquelle vivaient Paul, Ava et Gabrielle était perchée au sommet d'une montagne, à la sortie de San Luis Obispo, et construite comme une véritable forteresse. Cela n'avait pas arrêté Mitch. Il n'existait pas une demeure au monde dans laquelle Mitch ne pouvait s'introduire.

Après avoir grimpé deux heures durant à travers une zone boisée, il avait fini par atteindre la propriété. Grâce à des lunettes de vision nocturne, il avait pu franchir le périmètre de sécurité sans se faire repérer. Puis, à l'aide d'une corde qu'il avait attachée à un arbre, il était passé par-dessus la muraille de pierre et s'était laissé tomber dans le parc, à l'intérieur.

Un garde armé d'un pistolet mitrailleur Uzi faisait le guet. Sans un bruit, Mitch l'avait attaqué par-derrière. L'homme s'était écroulé. Malheureusement, son arme, en tombant, avait laissé partir une rafale, donnant l'alerte.

Mitch s'était baissé pour ramasser le Uzi, et, en se redressant, il avait vu sa fille, qui venait de sortir de la maison, en compagnie de sa mère et de Paul.

Ce dernier avait fait mine de dégainer un revolver, mais Mitch lui avait tiré une balle dans le bras. Puis, profitant du chaos, il avait couru vers sa fille, l'avait soulevée dans ses bras et s'était précipité en courant vers le mur d'enceinte. Alors qu'il grimpait à la corde, prêt à passer de l'autre côté avec son précieux fardeau, un deuxième garde armé était arrivé sur les lieux. Mitch ne l'avait pas vu. Il lui tournait le dos.

Il y avait eu un coup de feu, une balle avait touché Gabrielle en plein dos. La mort avait été immédiate.

Ivre de douleur et de rage, Mitch s'était rué sur l'assassin de son enfant et l'avait roué de coups, à s'en faire saigner les jointures. Il l'aurait tué, si Ava ne s'était jetée sur lui en poussant des hurlements hystériques.

Après cela, Mitch avait eu l'impression de vivre un cauchemar sans fin. Peu lui importait que le garde du corps de Paul ait été condamné pour le meurtre de Gabrielle, ou bien que la découverte de plusieurs dizaines de kilos de cocaïne, dans la maison, ait entraîné l'arrestation du mari d'Ava.

Mitch lui-même s'était exposé à plusieurs chefs d'inculpation — violation de domicile, attaque à main armée, tentative de kidnapping. Heureusement, le district attorney de San Luis Obispo essayait de coincer Paul depuis des années, sans avoir jamais réussi à réunir suffisamment de preuves pour l'inquiéter. Il était si heureux de sa prise qu'il avait laissé Mitch tranquille.

Deux semaines plus tard, en dépit des protestations de Vargas, il avait donné sa démission et cessé de travailler pour l'agence. Il était convaincu de n'être plus à même de sauver et de protéger des enfants.

Le temps avait passé. Trois ans. Mais la souffrance était toujours aussi forte.

Le jour de l'anniversaire de Gabrielle était un moment terrible. Pour lui, ainsi que pour la mère de l'enfant, qui vivait maintenant en Floride.

Comme chaque année, Ava attendait sans doute qu'il l'appelle. C'était devenu une sorte de rituel, entre eux. Alors, poussant un soupir, Mitch posa la photographie de sa petite fille et souleva le combiné du téléphone.

Un pâle rayon de soleil avait percé les nuages bas, en ce lundi du mois de décembre, baignant le cimetière d'une lumière lugubre.

Les yeux fixés sur le cercueil de bois qui reposait juste à côté du trou fraîchement creusé, Kate écoutait le pasteur parler de vie éternelle. Bien qu'elle n'ait pas connu Gina Lamont, elle ressentait une tristesse inexplicable. En dehors de Mitch et d'elle-même, seules deux personnes s'étaient déplacées pour faire leurs derniers adieux à la défunte : Brad Carpenter et une femme vêtue de noir. Il n'y avait personne d'autre — ni famille ni amant, et encore moins un des nombreux hommes qui étaient passés dans la vie de Gina.

Le regard de Kate vint se poser sur la femme. Elle devait avoir entre quarante et quarante-cinq ans et paraissait plutôt belle, derrière ses grosses lunettes noires et sa coupe de cheveux démodée à la Farah Fawcett. Sa bouche était peinte en rouge vif.

— Qui est-ce ? chuchota Kate en se penchant vers Mitch.

Les mains croisées devant lui, ce dernier suivit son regard.

— Elle s'appelle LuAnn Chester.

— Une amie de Gina ?

— Elle l'était, il y a de cela quelques années.

— Comment se fait-il que vous la connaissiez, et moi pas ?

Mitch eut un sourire.

— Les flics ont des contacts, eux aussi, vous savez. Puis, recouvrant son sérieux, il ajouta :

— En fait, son nom figurait dans le carnet d'adresses de Gina, avec celui de Brad et de quelques autres personnes qu'elle avait perdues de vue.

— LuAnn ne vous a rien révélé d'intéressant ?

— Pas vraiment. Elle prétend qu'elle n'avait plus de nouvelles de Gina depuis très longtemps, et qu'elle ignore totalement qui aurait pu vouloir la tuer.

— On dirait que vous ne la croyez pas.

— En effet. J'ai le sentiment qu'elle en sait beaucoup plus qu'elle ne l'admet et qu'elle se tait — soit pour respecter une sorte de code d'éthique entre prostituées, soit parce qu'elle a peur. Je pencherais plutôt pour cette dernière hypothèse.

Kate plissa le front. La peur. Bien sûr. Comment ne l'avait-elle pas remarqué plus tôt ? Tout, dans l'attitude de la femme, trahissait une inquiétude profonde : les lunettes de soleil, inutiles un jour comme celui-là, les coups d'œil nerveux qu'elle ne cessait de jeter par-dessus son épaule…

Kate décida aussitôt d'aller lui parler, après la cérémonie. Si Mitch avait raison et qu'elle en savait plus qu'elle ne voulait bien le dire, elle trouverait peut-être plus facile de se confier à une autre femme.

Dès la fin du service, elle s'approcha de Brad Carpenter et lui offrit ses condoléances. Puis, se tournant vers LuAnn Chester, elle se présenta et lui tendit sa carte de visite.

— Vous perdez votre temps avec moi, madame Logan, affirma LuAnn après avoir lu le bristol. J'ai déjà dit à la police que je ne savais rien.

Elle avait une voix grave et un peu rauque, comme celle des gros fumeurs.

— Mais Gina était bien votre amie, non ?

— Nous n'étions pas si proches…

— Vous êtes tout de même venue à son enterrement, souligna Kate avec douceur.

LuAnn regarda par-dessus son épaule, du côté de la route, et garda le silence.

Mitch avait raison, songea Kate. Cette femme avait peur. Mais de quoi ? De qui ? L'attirant un peu à l'écart, Kate lui glissa dans un murmure :

— Je veux retrouver l'assassin de Gina, madame Chester.

Si vous pouviez m'accorder ne serait-ce que quelques minutes...

— Brad m'a dit que c'était votre ex-mari qui l'avait tuée. C'est ce que pense la police, aussi, non ?

Kate jeta un coup d'œil du côté de Brad Carpenter, qui se tenait non loin. Il soutint son regard sans ciller. Ainsi, ses efforts pour le convaincre de l'innocence d'Eric avaient été vains.

— Ils se trompent tous, répondit-elle. C'est pour cela que j'ai besoin de toute l'aide que je pourrai trouver. Je suis seule, dans ce combat.

— Je risque gros en vous parlant, murmura LuAnn.

— Je suis prête à vous retrouver où vous le voudrez, insista Kate.

Puis elle ajouta, sur une impulsion :

— Je vous dédommagerai.

La femme se contenta de hocher la tête.

— Je vais y réfléchir.

Puis elle rejoignit Brad et, ensemble, ils sortirent du cimetière, avant de s'engouffrer dans un taxi.

Comme elle arrivait devant sa voiture, Kate vit Mitch qui l'attendait.

— Alors ? lança-t-il. Vous avez eu plus de chance que moi ?

— Je ne sais pas encore, répondit-elle en déverrouillant la portière. On verra si elle m'appelle. Mais vous avez raison, elle est morte de peur.

— Soyez prudente, Kate. Nous ne savons pas à qui nous avons affaire.

— Je suis toujours prudente, détective, affirma-t-elle en souriant, touchée par sa sollicitude.

Mitch lui tint la portière ouverte, pendant qu'elle se glissait derrière le volant.

— Vous ne croyez pas qu'il serait temps que vous m'appeliez Mitch ?

— Je vais y réfléchir, promit Kate d'un ton malicieux.

En s'éloignant, elle jeta un coup d'œil dans son rétroviseur extérieur. Mitch se tenait le long du trottoir, les mains dans les poches. Il la suivait des yeux.

A 14 h 30, Frankie appela Kate par l'Interphone.

— Quelqu'un te demande sur la 2. Je crois que c'est l'appel que tu espérais. C'est une femme, et elle refuse de donner son nom.

— Merci, Frankie. Je la prends.

Kate décrocha le combiné de son téléphone et poussa le bouton pour obtenir la deuxième ligne.

— Kate Logan, dit-elle.

LuAnn Chester ne s'embarrassa pas de formule.

— Vous avez parlé de me dédommager ?

— Je suis prête à vous donner mille dollars en échange des informations que vous avez sur Gina Lamont.

A l'autre bout de la ligne, il y eut un bref silence.

— Je peux vous retrouver dans une demi-heure au musée d'Histoire naturelle. Cela vous convient ?

— Absolument.

— Je serai dans la salle des dinosaures.

— Très bien, fit Kate.

Et elle raccrocha.

*
* *

Une trentaine d'écoliers étaient réunis autour du squelette d'un énorme brontosaure quand Kate entra dans la salle d'exposition.

LuAnn se tenait derrière les ossements d'un reptile, faisant mine de feuilleter un des dépliants fournis à l'entrée du musée. Sans ses lunettes de soleil, elle paraissait plus âgée. La peau de son cou et de ses mâchoires était relâchée, et elle avait des poches sous les yeux.

— Merci d'avoir accepté de me voir, lui dit Kate.

LuAnn jeta un coup d'œil autour d'elle.

— Ayez l'air naturelle, conseilla-t-elle. Je ne crois pas qu'on m'ait suivie jusqu'ici, mais on n'est jamais assez prudent. Nous sommes deux vieilles copines en train de s'instruire.

— Très bien, répondit Kate en se penchant vers la plaque explicative qui se trouvait devant elle. Une question : pourquoi avoir choisi cet endroit ?

— Il est plus petit et plus sombre que la plupart des musées. Et je le connais bien. Je viens souvent avec Brian, mon petit-fils, quand il est à Washington. Il adore les dinosaures.

Elle eut un rire léger.

— C'est depuis qu'il a vu *Jurassic Park*, expliqua-t-elle.

— Vous avez un petit-fils ?

Le sourire de LuAnn se teinta d'ironie.

— Et alors ? Vous ne pensez pas que les putes ont une vie à elles ? des familles ?

— Je ne m'étais jamais posé la question.

— Personne ne se la pose. Pourtant, nous sommes comme les autres. Pour bon nombre d'entre nous, faire une passe est juste un boulot, un moyen de payer les factures, de remplir les assiettes, d'envoyer les gosses à l'université...

Kate hocha la tête.

— Quel âge a Brian ?

— Sept ans. Vous voulez voir sa photo ?

— Bien sûr.

LuAnn tira un portefeuille de son sac, l'ouvrit et en sortit une photographie en couleur représentant une jeune femme qui tenait un garçon sur ses genoux. L'enfant avait des cheveux bruns, les yeux bleus et un sourire espiègle.

— Il est très beau, dit Kate. Il a vos yeux.

— Vous trouvez ? murmura LuAnn en rougissant de plaisir. On me l'a déjà dit. Et ça, c'est ma petite Holly. Elle est biologiste à l'aquarium de Baltimore.

— Elle est jolie. Vous devez être très fière d'elle.

— En effet.

Elles marchèrent vers le squelette suivant, bavardant comme deux vieilles amies. Quand elles eurent réussi à s'isoler, loin des oreilles indiscrètes, Kate demanda :

— Depuis combien de temps connaissiez-vous Gina ?

— Je l'ai rencontrée peu après son arrivée à Washington. C'était encore une gamine. Elle voulait devenir mannequin et pensait qu'elle allait révolutionner l'univers de la mode.

LuAnn secoua la tête d'un air triste.

— La pauvre. Qui aurait cru qu'elle finirait comme ça ?

— Parlez-moi du réseau de prostitution pour lequel elle travaillait.

Le regard de LuAnn glissa du côté de l'entrée, où un homme en imperméable se tenait immobile. Ce ne fut qu'en le voyant faire signe à un adolescent qu'elle se détendit.

— Vous ne direz à personne d'où vous tenez l'information, n'est-ce pas ?

— Vous avez ma parole, LuAnn.

Celle-ci inspira profondément et hocha la tête.

— Très bien.

Elle parut hésiter encore une fraction de seconde, avant de se lancer.

— Il y a quelques années, il y a eu une fuite. On racontait qu'une femme du nom de Maddy Mays dirigeait le réseau. Mais cela n'a jamais été prouvé.

— Maddy Mays ? s'exclama Kate, stupéfaite. La propriétaire de l'hôtel Europa ?

LuAnn confirma d'un signe de tête. Kate avait peine à le croire. Maddy Mays était une sorte d'icône, la championne des bonnes causes, un exemple pour toutes les femmes déchues à travers le monde. Ancienne call-girl, elle avait abandonné ce genre de travail quand elle avait épousé le fabricant de jouets et millionnaire Henry Mays. En 1978, ce dernier avait succombé à une crise cardiaque, laissant Maddy veuve — et richissime.

La légende prétendait qu'au lieu d'écouter l'avis de ses comptables et de continuer à placer son argent dans des actions, elle avait investi une large part de son héritage dans l'achat d'un vieil hôtel délabré de huit étages, sur Massachusetts Avenue. Dès le lendemain, elle avait engagé les meilleurs décorateurs du pays, une agence new-yorkaise pour se charger des relations publiques et un directeur d'hôtel qu'elle avait volé à un des meilleurs établissements de la capitale, moyennant une somme astronomique.

Quand l'hôtel Europa — d'inspiration italienne — avait rouvert, six mois plus tard, la presse l'avait décrit comme le nouveau joyau de la capitale. Un endroit où l'on pouvait, en y mettant le prix, être traité royalement.

Pendant ce temps, bien loin de taire son passé, Maddy Mays le racontait à qui voulait l'entendre. C'était ainsi qu'un jour, un éditeur l'avait approchée en suggérant qu'elle écrive l'histoire de sa vie. Elle avait accepté avec enthousiasme ; et lors d'une interview, à l'occasion de la sortie du livre, elle avait même déclaré : « Si je peux donner un peu d'espoir, ne serait-ce qu'à une seule femme, alors rien de ce que j'ai traversé ne l'aura été en vain. »

L'idée qu'une telle personne — qui avait fait don de millions de dollars à diverses œuvres de bienfaisance — dirigeât un réseau de call-girls dépassait tout ce qu'on pouvait imaginer.

— Gina vous avait-elle dit qu'elle travaillait pour Maddy ? demanda Kate.

— Vous voulez rire ? Dans ce milieu, si on parle, on est mort.

— Comment le savez-vous, dans ce cas ?

— Il y a six ou sept ans de ça, Gina avait essayé de me recruter. J'avais refusé — non sans hésiter, croyez-moi. Elle gagnait tout de même cinq mille dollars par semaine. Moi, je m'estimais heureuse quand j'en gagnais la moitié en un mois.

— Pourquoi avez-vous refusé ?

— Je n'aimais pas l'idée d'avoir une espèce de bonne

femme de la haute qui me dirait ce que je devais faire. Je préfère choisir mes clients moi-même. Et je n'ai jamais donné dans les trucs tordus, vous savez — les fouets et les menottes, c'est pas mon rayon.

— Si vous avez repoussé l'offre de Gina, comment pouvez-vous savoir que c'était Maddy Mays qui dirigeait ce réseau ?

— Peu de temps après, le bruit a couru, dans le milieu, que la police était en train d'enquêter sur elle. Mais ça n'a rien donné. Et toute l'histoire a été rapidement enterrée.

Kate attendit que le groupe d'écoliers les rejoigne, pour sortir le portrait-robot de l'homme que Tony avait remarqué, à l'extérieur de l'immeuble de Lilly, la nuit où elle avait été tuée.

— Vous avez déjà vu cet homme ? Il doit mesurer au moins un mètre quatre-vingt-quatorze et peser cent vingt kilos.

LuAnn considéra le croquis.

— Non, je ne crois pas. Qui est-ce ?

— Peut-être l'assassin.

— Je n'aimerais pas le croiser dans une allée sombre, déclara LuAnn avec une grimace.

Puis, elle consulta sa montre.

— J'ai un rendez-vous, dans une demi-heure. Alors, si vous avez fini…

Elle eut un léger sourire contrit.

— Comme on dit : le temps c'est de l'argent.

Discrètement, Kate lui tendit l'enveloppe dans laquelle elle avait glissé les mille dollars.

— Merci pour votre aide, LuAnn.

— J'espère que je n'aurai pas à le regretter. Je ne voudrais pas me réveiller, une de ces nuits, avec les mains d'un gros mastodonte enroulées autour de mon cou.

Kate attendit que LuAnn ait quitté le musée pour sortir à son tour. Quand elle s'engouffra dans sa voiture, un moment plus tard, elle avait déjà décidé comment elle allait approcher Maddy Mays.

16.

Maddy Mays pesait une vingtaine de kilos de trop et approchait la soixantaine, mais elle était encore d'une grande beauté. Elle avait des yeux bleus très expressifs, des lèvres pleines maquillées dans des tons de cuivre et d'épais cheveux bruns qui encadraient son visage d'une cascade de boucles naturelles. Son tailleur gansé de noir était, sans erreur possible, un Chanel, et ses escarpins en crocodile valaient au moins l'équivalent d'une semaine du salaire de Kate. A l'exception de boucles d'oreilles en diamants et d'une montre en or, elle ne portait pas de bijoux. Son parfum était subtil, et sûrement très cher.

— Je vous en prie, asseyez-vous, madame Logan, dit-elle avec un sourire chaleureux.

Elle désigna un des deux fauteuils en brocart qui faisaient face à son bureau.

— Votre nom m'est vaguement familier. Nous sommes-nous déjà rencontrées ?

— Non, répondit Kate. Mais vous avez peut-être entendu parler de moi à cause d'une affaire sur laquelle je travaille en ce moment.

Maddy Mays haussa un sourcil.

— Une affaire ?

— Un meurtre. Comme je vous l'ai dit, madame Mays, je suis avocate.

— Je vois.

Elle s'adossa à son fauteuil et posa les mains sur les accoudoirs.

— Et en quoi puis-je vous être utile ?

Kate sortit la photo de Gina de son sac et la posa sur le bureau.

— J'ai pensé que vous connaissiez cette femme.

Après avoir chaussé une paire de lunettes, Maddy Mays se pencha pour regarder le cliché.

— Quelle femme magnifique !

— Elle l'était, en effet.

— L'était ?

— Gina Lamont est morte, madame Mays. Elle a été assassinée.

— Mon Dieu !

Maddy secoua la tête et regarda encore la photo.

— Quel terrible gâchis !

— Vous ignoriez donc qu'elle était morte ?

Une lueur étonnée brilla dans les yeux bleus de Maddy Mays.

— J'aurais dû être au courant ?

— On m'a dit que Gina avait travaillé pour vous, à une époque.

— Et qui vous a dit cela ?

Kate sourit.

— Je ne révèle jamais mes sources.

Elle marqua une pause, attendant un commentaire de Maddy. Mais celle-ci garda le silence.

— Est-ce le cas ? reprit Kate. Je veux dire : a-t-elle travaillé pour vous ?

De nouveau, Maddy secoua la tête.

— Je n'ai jamais vu cette femme.

Elle ôta ses lunettes et questionna d'un ton posé :

— Puis-je vous demander dans quel secteur de l'hôtel elle est censée avoir été employée ? Au secrétariat ? A la réception ? Comme femme de chambre ?

— Elle n'aurait pas travaillé à l'hôtel, madame Mays. Gina Lamont était une call-girl.

— Une call-girl ?

Cette fois, Maddy eut l'air amusé.

— Ma chère madame Logan, je crains que vos sources ne soient pas aussi fiables que vous le croyez. J'ai moi-même été call-girl, ainsi que vous le savez sans doute, mais de là à insinuer que j'ai repris le métier, et comme maquerelle, rien de moins... Franchement, c'est grotesque.

Kate hocha la tête. Elle songea que si Maddy Mays jouait la comédie, elle était exceptionnellement douée.

— Elle n'aurait pas pu trouver des clients à l'hôtel sans que vous le sachiez ?

— C'est possible — mais très improbable. Voyez-vous, je suis une patronne extrêmement présente. Je passe beaucoup de temps dans l'hôtel. Si une call-girl avait utilisé mon établissement pour ramasser des clients, je l'aurais repérée sans peine, croyez-moi.

— Verriez-vous une objection à ce que j'interroge quelques membres de votre personnel ?

— Pas du tout. Mais j'insiste pour que ce soit fait discrètement. Ici. Dans mon bureau.

— Certainement, acquiesça Kate. Je vous remercie.

Quelques minutes plus tard, cinq employés vinrent se présenter devant elle — la réceptionniste qui l'avait accueillie à son arrivée dans le grand hall, deux grooms, un barman, une serveuse et le détective de l'hôtel. Tous travaillaient à l'Europa depuis plus de quatre ans. Kate n'aurait pas effectué meilleure sélection.

A tour de rôle, sous son regard attentif, ils vinrent examiner la photo de Gina. Mais elle ne surprit aucune réaction digne d'intérêt. Les cinq employés n'avaient à l'évidence jamais vu la jeune femme.

Après leur départ, Maddy se laissa aller contre le dossier de son fauteuil.

— J'espère que vous êtes convaincue. Il semblerait que ce que l'on vous a dit à mon sujet n'ait été rien d'autre qu'accusation sans fondement destinée à me discréditer.

— Mais pourquoi ? Vous faites don chaque année de milliers de dollars à des œuvres de bienfaisance. Vous avez fait construire un centre d'accueil pour les femmes en difficulté et vous êtes propriétaire d'un des hôtels les plus chic de Washington. Les gens vous adorent.

— La jalousie, madame Logan. C'est souvent ainsi : plus vous en faites, et plus on vous déteste.

Le regard bleu de Maddy Mays s'adoucit.

— Mais je vous remercie pour le compliment. Il est toujours agréable d'apprendre qu'on est apprécié.

Puis, comme Kate se levait pour partir, elle ajouta avec une expression presque désolée :

— Je suis navrée de n'avoir pu vous aider. Si un jour vous avez besoin qu'on vous organise un déjeuner élégant, ou un séjour romantique pour deux dans une de nos suites, je vous en prie, n'hésitez pas à m'appeler. Je m'en occuperai personnellement.

— C'est très aimable à vous, madame Mays. Merci.

— Je vous en prie. Voulez-vous qu'on vous appelle un taxi ?

— Ce ne sera pas nécessaire. Je suis venue avec ma voiture.

Tandis que Kate quittait le bureau, elle eut l'impression que le regard bleu de Maddy Mays lui transperçait le dos.

Renversé dans son fauteuil, Mitch écouta patiemment un quincaillier de Thaxton, en Virginie, lui raconter qu'il venait de voir Eric Logan dans un autocar en route pour Clay Ridge, à l'ouest de l'Etat. Au bout de quelques minutes, il le remercia et raccrocha.

Il avait reçu des douzaines d'appels similaires, ces derniers jours. Aucun ne lui avait permis de retrouver le fugitif, mais il devait tout de même vérifier chaque piste.

Il appela sans attendre le shérif de Clay Ridge. Après lui avoir expliqué la situation, il lui demanda s'il pouvait inspecter les motels et les restaurants de son secteur. L'homme parut trouver la requête amusante.

— On n'a pas de motel, ici, mon garçon, déclara-t-il avec un accent traînant. Et le seul restaurant, si vous voulez l'appeler comme ça, c'est le routier de Betty Jo, sur la 9. On est juste à un croisement, vous savez. Si vous clignez des yeux en passant, vous êtes sûr de nous manquer.

Il partit d'un grand éclat de rire qui amena un sourire sur les lèvres de Mitch.

— Mais si vous insistez, enchaîna-t-il, je vais aller causer de votre affaire au shérif de Waneta. C'est un copain. Il aura peut-être vu quelque chose, lui.

— Merci, shérif. Je n'oublierai pas de vous mettre sur ma liste de Noël.

— A la bonne heure ! Mais ne m'envoyez pas un de ces paniers de fromages ou de fruits que vous aimez tant, vous, les gars de la ville ! On est à la campagne, ici. On célèbre les fêtes avec l'ami Jack — je veux parler de Jack Daniel's, bien sûr !

— Shérif, retrouvez-moi Eric Logan, et je promets de vous en envoyer une caisse.

Mitch raccrocha. Presque aussitôt, le téléphone sonna de nouveau. C'était Brad Carpenter.

— J'ai trouvé quelque chose qui pourrait vous intéresser, annonça le photographe.

— Quoi donc ? s'enquit Mitch.

— Je préfère ne pas en parler au téléphone.

— J'arrive.

Quelques minutes plus tard, Mitch sonnait à la porte du studio de Carpenter, à Georgetown. Ce dernier lui ouvrit presque aussitôt.

Il le précéda à l'intérieur et alla prendre un sac en toile noire avec le mot « Lancôme » inscrit en grosses lettres blanches.

— J'ai retrouvé ça, tout à l'heure. Les filles aiment bien garder des vêtements de rechange et quelques ustensiles de toilette dans le vestiaire. J'avais complètement oublié. Je ne vous aurais pas dérangé juste pour ça, mais il y a un carnet, à l'intérieur.

Mitch fouilla rapidement dans le sac. Il contenait une brosse à cheveux, un tube de rouge à lèvres, des sous-vêtements en dentelle noire. Et un gros carnet.

Il le feuilleta et découvrit une liste détaillée des dépenses courantes que Gina avait effectuées au cours des six derniers mois de sa vie. D'après sa comptabilité, elle était en retard sur le paiement d'à peu près toutes ses factures — depuis ses remboursements d'emprunts jusqu'à ses dépenses de coiffeur. Quelques pages plus loin, Mitch trouva quelques notes qui l'intéressèrent bien davantage.

Il y avait quatre prénoms. Des prénoms masculins. A côté des trois premiers, Gina avait inscrit le signe du dollar, puis un nombre, et une date. Le quatrième était quant à lui juste suivi d'un point d'interrogation.

Mitch lut à haute voix :

— James : deux mille dollars, le 8 août. Duncan : huit cent cinquante dollars, le 15 septembre. Jason : mille cinq cents dollars, le 30 octobre. Sander : point d'interrogation.

Il leva la tête.

— Vous connaissez ces hommes ?

— Jamais entendu parler d'eux.

— Gina n'a jamais mentionné leur nom devant vous ?

— Je vous ai déjà dit que Gina et moi ne parlions jamais de son travail.

Mitch baissa de nouveau les yeux sur le carnet.

— Il peut s'agir de gens à qui Gina devait de l'argent, murmura-t-il, songeur. Ou bien de certains de ses clients. A moins que ce ne soit des hommes qu'elle faisait chanter, conclut-il en regardant Brad.

— Possible. Quand elle avait besoin d'argent, Gina était pleine de ressource.

— Et vous, Brad ? interrogea Mitch. Elle a essayé de vous demander de l'argent ?

— Oui, répondit le photographe sans se troubler. Je lui en ai donné, plusieurs fois. Mais pas parce qu'elle détenait quoi que ce soit contre moi, si c'est ce que vous avez en tête. Encore une fois, Gina et moi étions amis. Rien de plus.

— Vous n'avez pas l'air surpris qu'elle ait pu faire chanter ses clients ?

— Non. En fait, je m'en doutais, et je craignais que l'un d'eux se retourne un jour contre elle. Malheureusement, elle ne m'écoutait pas. Elle n'écoutait jamais personne, ajouta Brad avec tristesse. C'était la femme la plus têtue que j'aie jamais connue.

Mitch secoua la tête.

— En tout cas, ces sommes d'argent sont ridicules par rapport à ce dont elle avait besoin pour assurer son train de vie. Il devait y avoir d'autres hommes. Des hommes vraiment riches, prêts à payer n'importe quoi, peut-être à tuer, pour qu'elle se taise.

— Possible. Mais elle ne m'en a jamais parlé.

Mitch ferma le carnet et le glissa dans sa poche, avant de prendre le sac de toile.

— Merci de m'avoir appelé, Brad.

— Ne me remerciez pas. Tâchez plutôt de retrouver l'assassin de Gina.

Il raccompagna Mitch jusqu'à la porte.

— C'était une chouette fille, détective. Elle manquait

peut-être de jugement, mais c'était une chouette fille quand même. Le salaud qui l'a assassinée doit payer.

Une fois dans sa voiture, Mitch resta un moment à réfléchir. Les trois premiers prénoms, dans le carnet de Gina, étaient assez communs ; retrouver à qui ils appartenaient était pratiquement impossible. Sander, en revanche, n'était pas si fréquent. A sa connaissance, il n'y avait qu'un seul personnage important, à Washington, répondant à ce prénom : le sénateur Sander McKackney. Mitch se rappelait vaguement que le fils du riche politicien avait été mêlé à une histoire de viol, bien des années auparavant.

Jetant un coup d'œil dans le rétroviseur, Mitch mit le contact et reprit le chemin du commissariat.

— Espèce de bandit ! s'exclama Randy Vargas en reconnaissant la voix de Mitch, au téléphone. Je commençais à penser que tu m'avais oublié.

Mitch éclata de rire.

— Comme si on pouvait t'oublier, Randy !

— Cela fait des semaines que tu devais m'appeler.

— J'ai été débordé. Tout le monde n'a pas autant de chance que toi, tu sais. Il y a des gens qui doivent bosser pour gagner leur vie.

— Hé ! un mot de ta part, et tu pourras jouir des mêmes avantages que moi avant la fin du mois. Mon offre de nous associer est toujours valable.

— Je te remercie, Randy, mais…

— C'est trop tôt. Je sais, je sais, fit Randy avec un soupir. Je voulais juste te le rappeler, c'est tout.

Mitch fit la grimace. Il était toujours peiné de devoir

décevoir Randy. Ce dernier avait été un ami de son père, avant de devenir le sien. En 1980, il avait quitté la police, pour créer Vargas World Wide Investigations. Il rêvait alors d'une vie plus riche en aventures et en dangers. Mais il était grand-père, aujourd'hui, et ses aspirations avaient changé ; il voulait une existence plus calme, plus sédentaire, et qui lui permette de passer plus de temps avec ses petits-enfants. Aussi, quelques mois plus tôt, avait-il proposé à Mitch de s'associer avec lui. Mitch avait refusé.

— Alors, petit, reprit Randy. Que t'arrive-t-il ?

— J'ai besoin d'un renseignement.

— Je t'écoute.

— Tu te rappelles l'affaire de viol à laquelle avait été mêlé le fils du sénateur McKackney, il y a seize ans ?

— Si je me rappelle ? La victime était la meilleure amie de ma fille ! Et c'est le détective Jarvis, aujourd'hui ton patron, qui avait arrêté le coupable.

— Tu ne veux pas me raconter ce qui s'était passé, à l'époque ?

— Tout est dans le dossier, Mitch.

— Je sais. Je l'ai lu. Mais je voudrais ta version personnelle.

— Mmm. Voyons.

Mitch sourit en imaginant le grand homme à la chevelure grisonnante se renversant dans son fauteuil et regardant le plafond.

— Sean McKackney venait de terminer sa médecine et il faisait son internat à Washington Central. Peggy Bertram était en licence d'art dramatique, à Mount Vernon. Un soir, ils sont sortis. Sean est devenu un peu trop entreprenant, et Peggy a tout de suite mis les pendules à l'heure. Pas de sexe. Alors, il l'a violée.

— Pourquoi a-t-elle attendu vingt-quatre heures pour porter plainte ?

— C'était une erreur. Mais il faut se mettre à sa place. Elle avait honte. Et elle craignait que la police ne lui dise que c'était sa faute à elle, qu'elle avait allumé Sean. En plus, elle était drôlement intimidée par les McKackney. Si ma fille, Suzan, n'avait pas été là, la gosse ne serait sûrement jamais allée voir la police. Finalement, elle a subi toute cette humiliation pour rien. Une heure après l'arrestation de Sean, son avocat s'est présenté avec une fille qui lui a fourni un alibi en béton.

Mitch jeta un coup d'œil au dossier qui était ouvert sur son bureau, et il relut le nom de l'avocat en question — Douglas Fairchild.

— Parle-moi de la fille.

— Elle s'appelait Mary Sweeney et travaillait dans une des grosses agences de mannequins de la ville.

— L'agence Carteris.

— Ouais, peut-être. En tout cas, quand elle est arrivée, ce jour-là, elle avait plus l'air d'une jeune fille de bonne famille que d'un mannequin. Elle était très belle, très comme il faut, et elle parlait d'une voix si douce qu'il fallait tendre l'oreille pour l'entendre. Je ne sais pas si elle jouait la comédie ou non, mais ça a drôlement bien marché. Quand elle a déclaré à Jarvis que la nuit où Sean était censé avoir violé Peggy, il était au lit avec elle, cet idiot a rougi, dis donc !

— Et il a relâché McKackney.

— Ouais. Ma Suzan a essayé de convaincre Peggy de ne pas retirer sa plainte, mais elle n'a pas voulu. Je lui avais même proposé de pousser un peu l'enquête, de mon côté, quand j'aurais du temps libre. Rien à faire. La pauvre gosse n'avait qu'une idée : oublier toute cette histoire. Peu de temps après, elle est partie pour l'Alabama, et Suzan l'a perdue de vue.

— Quelle était ton impression, au sujet de McKackney ?

— Sean ?

Randy laissa échapper un grognement éloquent.

— Un sale petit con. Un fils à papa, totalement imbu de sa personne.

— Tu crois que sa copine providentielle était une imposture ? Quelqu'un que Sean aurait payé pour lui fournir un alibi ?

— Sean n'avait pas l'intelligence et le cran. Son père, en revanche… Je suis sûr que c'est lui qui a déniché cette fille. Je ne peux pas le prouver, bien sûr. Mais je serais prêt à parier gros.

— Si tu as senti qu'il s'agissait d'un alibi bidon, comment se fait-il que Jarvis n'ait rien vu ?

— Il était soumis à une sacrée pression. Imagine : un jeune détective qui a affaire au puissant sénateur McKackney… Il aurait peut-être agi différemment, si Peggy n'avait pas retiré sa plainte. Le problème, c'est que tout le monde a fini par penser qu'elle avait inventé cette histoire de toutes pièces.

— Mais toi, tu l'as crue ?

— Ça oui ! J'étais au commissariat, le soir où on a coffré

Sean. J'ai aussi vu son air satisfait, quand il est ressorti, une heure plus tard, et la manière dont il a regardé Peggy. J'aurais bien aimé lui faire avaler son air arrogant. J'étais encore plus convaincu de sa culpabilité quelques jours plus tard, quand j'ai appris qu'il n'était plus avec Mary Sweeney.

— Comment ça ?

— Ils avaient rompu. J'ai parlé à plusieurs de ses copains, pour essayer de comprendre ce qui s'était passé, mais ils ont prétendu n'être au courant de rien.

— Elle n'a peut-être pas supporté d'être mêlée à une affaire de ce genre.

Randy éclata de rire.

— Tu parles !

— Tu ne veux pas me décrire Mary Sweeney ?

— Si. Elle était grande et mince, avec des longs cheveux blonds et de très beaux yeux. Et drôlement convaincante. A part moi, je crois bien que pas un seul flic, dans la pièce, n'a douté de son histoire.

— Merci, Randy. Tu m'as bien aidé.

— Au fait, pourquoi toutes ces questions ? Tu n'as pas l'intention de fourrer ton nez dans cette vieille affaire, si ?

— Il va peut-être falloir.

Randy poussa un grognement.

— Réfléchis bien avant de t'embarquer sur cette galère, Mitch. Aller chercher des poux dans les cheveux de McKackney est dangereux. Ce type est tout-puissant.

— Peut-être. Mais je ne suis pas Jarvis. Je ne cède pas à la pression.

Après avoir raccroché, Mitch contempla les notes qu'il avait griffonnées pendant qu'il parlait avec Randy. Au milieu de la page, il y avait le nom de Sean McKackney. Des traits de crayon menaient à trois autres noms : Peggy Bertram, la fille qu'il était censé avoir violée ; Mary Sweeney, qui lui avait fourni un alibi ; et Sander McKackney, qui d'après Randy aurait payé cette dernière pour mentir. A droite, il avait inscrit le nom de Gina Lamont.

Les yeux fixés sur la feuille, Mitch traça un autre trait entre Sander McKackney et Gina Lamont. D'une manière ou d'une autre, ces deux-là avaient été en contact — ce qui était la seule façon d'expliquer la présence du prénom du sénateur dans le carnet de Gina, à côté d'un point d'interrogation. La call-girl avait-elle l'intention de le faire chanter ? Et, le cas échéant, pour quelle raison ?

Il était possible que Sander ait été un de ses clients et qu'elle ait une cassette vidéo pour le prouver. Mais alors, où se trouvait cette cassette ? Une autre possibilité, qui paraissait beaucoup plus plausible, était qu'elle connaissait l'histoire du faux alibi. Pour le moment, rien ne prouvait que Gina et Mary Sweeney se connaissaient, mais il était permis de le croire. Après tout, l'une et l'autre exerçaient la profession de mannequins — et à la même époque.

Malheureusement, Gina Lamont ne pouvait plus apporter de réponses à toutes ces questions. Mary Sweeney, en revanche…

Mais d'abord, il fallait la retrouver.

Son crayon coincé entre les dents, Mitch prit l'annuaire des pages jaunes et se mit à chercher les coordonnées de l'agence Carteris. Quand il les trouva, il sourit et inscrivit l'adresse sur un bout de papier. Puis, il se leva.

Le moment était venu de vérifier le bien-fondé de sa théorie.

L'agence Carteris était située au dernier étage d'un immeuble du début du siècle, sur Connecticut Avenue. L'ascenseur déposa Mitch au cœur de la réception, où une ravissante jeune femme brune à l'accent anglais lui apprit que Béatrice Carteris, la directrice de l'agence, le recevrait dans quelques minutes.

Il profita de ce laps de temps pour admirer les murs, sur lesquels étaient alignés des portraits des plus beaux visages de femmes qu'il ait jamais vus.

Soudain, une voix l'arracha à sa contemplation.

— Détective Calhoon ?

Mitch se retourna et découvrit une femme d'une cinquantaine d'années, mince et élégante. Elle était vêtue d'un tailleur rouge et d'escarpins assortis.

— Je suis Béatrice Carteris, reprit-elle avec un sourire. Pardon de vous avoir fait attendre.

— Je vous en prie, répondit Mitch. J'avais de quoi me distraire…

Elle eut un léger rire de gorge.

— Elles sont belles, n'est-ce pas ? Ce sont mes plus grandes réussites. Toutes ces jeunes femmes ont fini par devenir des top models. Je suis très fière d'elles.

Elle fit signe à Mitch de la suivre, le précédant dans une grande pièce décorée dans des tons crème. Au milieu, trônait un bureau blanc et or. Dessus, il y avait un téléphone, un vase en cristal contenant une douzaine de roses jaunes, et plusieurs portraits d'autres belles femmes.

Ils s'installèrent sur un canapé, et Béatrice Carteris croisa les mains sur ses genoux.

— Alors, que puis-je faire pour vous, détective ?

— Je cherche une jeune femme qui a travaillé pour vous, en 1979. Elle s'appelait Mary Sweeney. Je n'ai pas de photo d'elle, mais elle était grande, mince et blonde.

Béatrice eut un nouveau sourire.

— Quelle coïncidence ! Vous êtes la deuxième personne à vous renseigner sur elle en l'espace de quelques mois.

— Vraiment ? Qui était la première ?

— Une jeune étudiante en droit dont j'ai oublié le nom. Elle était très jolie, avec des yeux bleus vraiment magnifiques et un grain de beauté au-dessus de la lèvre supérieure. Elle avait un visage très photogénique, et je lui en ai fait la remarque. Mais devenir mannequin ne l'intéressait pas.

« Lilly Moore », songea Mitch. Encore elle. Elle avait couvert beaucoup de terrain, en très peu de temps. D'abord Gina, et maintenant Mary Sweeney.

— Vous avez pu la renseigner ?

— Pas immédiatement. Voyez-vous, nombre de nos filles prennent un pseudonyme dont elles ne se servent que pour leurs contrats, au départ, et qu'elles finissent par adopter comme identité légale par la suite. C'était le cas de Mary Sweeney. Elle avait horreur de son vrai nom. Quoi qu'il en soit, il m'a fallu un certain temps pour retrouver son dossier.

— Est-ce que je peux le voir ?

— Certainement.

Béatrice Carteris se leva et s'approcha d'une armoire.

— En général, je ne garde pas ce genre de paperasserie dans mon bureau, expliqua-t-elle en ouvrant des tiroirs, mais cette jeune femme m'avait dit qu'elle reviendrait. Alors, je l'avais laissé là. Je ne l'ai jamais revue, pourtant. Ah ! le voilà.

Elle revint vers le canapé avec une chemise cartonnée.

— Je me suis souvenue d'elle dès que j'ai revu sa photo, poursuivit-elle en sortant un cliché en couleur et en le tendant à Mitch. Elle venait d'une autre agence — je ne me rappelle plus laquelle. J'avais de grands espoirs pour elle. Mais après sa première année de contrat, elle a décidé qu'elle ne voulait plus être mannequin. Elle nous a quittés.

Mitch ne l'écoutait plus que d'une oreille distraite. Il avait les yeux fixés non pas sur le visage de la jeune femme, mais sur le nom qui figurait au bas de la photo — le nom qu'elle avait adopté. Gina Lamont.

17.

Aucun doute n'était plus permis, songea Mitch en regardant encore la photo que lui avait donnée Béatrice Carteris. La couleur des cheveux était différente, mais il reconnaissait les grands yeux marron et les pommettes hautes. Mary Sweeney et Gina Lamont étaient une seule et même personne.

En quittant l'agence de mannequins, Mitch décida de se rendre sur-le-champ au General Hospital de Baltimore, où Sean McKackney dirigeait désormais le service de chirurgie : il avait quelques questions à lui poser. Car la théorie de Randy Vargas selon laquelle le sénateur McKackney aurait acheté un alibi pour son fils, seize ans plus tôt, ne paraissait plus aussi tirée par les cheveux, maintenant.

En arrivant à l'hôpital, Mitch se rendit directement à l'accueil, montra son badge de policier et demanda à parler au Dr McKackney. On commença par lui répondre que le médecin était pris par une réunion importante et qu'il ne pouvait être dérangé.

Mitch haussa un sourcil.

— Je suggère que vous disiez au Dr McKackney qu'il peut me parler soit ici tout de suite, soit au commissariat central de Washington, quand je le convoquerai. C'est comme il veut.

Une minute plus tard, on le faisait entrer dans le bureau du chirurgien, où ce dernier l'attendait déjà, vêtu d'une blouse blanche.

Mitch n'avait encore jamais vu le fils du sénateur, mais il l'aurait reconnu sans peine. Comme son père, il était très grand, il avait le même nez aquilin et, surtout, la même façon arrogante de regarder les gens, comme s'il les considérait tels ses inférieurs.

— Vous n'êtes pas facile à coincer, docteur, déclara Mitch.

— Veuillez nous excuser, répondit McKackney en attendant que Mitch se soit assis pour en faire de même. Nos infirmiers sont sur le point de se mettre en grève, et la situation est un peu chaotique, en ce moment.

Il sourit.

— Mais de quoi s'agit-il, détective ? Aurais-je oublié de payer une contravention, la dernière fois que je me suis rendu dans notre capitale ?

Mitch ne releva pas le sarcasme.

— Vous vous tenez au courant des nouvelles de Washington, docteur ?

— Pas autant que je le souhaiterais.

— Dans ce cas, vous ignorez peut-être qu'une call-girl a été retrouvée morte, assassinée, dans son appartement de Dupont Circle, il y a une semaine environ.

McKackney eut un sourire condescendant.

— Ce n'est pas forcément le genre de nouvelles susceptible d'attirer mon attention.

— Et Mary Sweeney ? Ce nom attirerait-il votre attention ?

Le sourire du chirurgien se crispa légèrement.

— Elle a été votre petite amie, à une époque, n'est-ce pas ? Une très jolie fille. Mannequin.

— Je me souviens de Mary, détective. Ce que je ne comprends pas, c'est pourquoi nous parlons d'elle. Notre relation a pris fin il y a bien longtemps de cela.

— Je le sais. En fait, je me suis laissé dire que cette relation avait été très brève.

Le regard de McKackney se durcit.

— Où voulez-vous en venir, détective ?

— En enquêtant sur le meurtre de Gina Lamont, j'ai découvert que son vrai nom, celui qu'elle utilisait encore il y a seize ans, était Mary Sweeney.

McKackney demeura impassible.

— Vraiment.

— J'ai aussi découvert qu'à l'époque où vous et Mary Sweeney vous... fréquentiez, dirons-nous, vous avez été arrêté pour répondre d'une accusation de viol sur la personne de Peggy Bertram, une étudiante de Mount Vernon, et que, presque aussitôt, Mary Sweeney, alias Gina Lamont, s'est présentée au commissariat en prétendant que vous aviez passé la nuit ensemble.

— Elle n'a rien prétendu, détective. Elle a dit la vérité. Et si vous avez bien fait votre travail, vous devez savoir que la plainte a été retirée et que j'ai été disculpé.

— Pourtant, Peggy Bertram a continué à affirmer que vous l'aviez violée.

— Peggy Bertram n'était rien d'autre qu'une petite salope

vindicative qui me courait après depuis des mois et qui n'acceptait pas que je ne veuille pas d'elle.

— Autrement dit, elle se serait vengée en vous accusant de viol ?

— Et au passage, elle se faisait ainsi un peu de publicité. Vous n'ignorez pas qu'elle étudiait l'art dramatique, n'est-ce pas ?

— Non.

— Cette garce a eu de la chance que je ne la poursuive pas, déclara McKackney, sur un ton de colère et de mépris. Si je ne m'étais pas trouvé avec Mary, cette nuit-là, Peggy aurait peut-être maintenu sa plainte. Ma carrière aurait été ruinée. Et je ne parle même pas du tort que le scandale aurait causé à mon père.

— Mmm.

Mitch croisa les bras sur son torse.

— Vous savez ce qui me chiffonne, dans tout ça ? demanda-t-il.

— Je n'en ai pas la moindre idée.

— C'est le fait que vous et Mary Sweeney ayez rompu si vite après cet incident. D'après une de vos connaissances, improvisa Mitch, vous ne l'avez même jamais revue, après son témoignage au poste de police. Pourquoi cela, docteur ? Elle était belle et manifestement très loyale. Pourquoi cette rupture ?

En dépit de la température agréable qui régnait dans le bureau, des perles de sueur commençaient à se former sur le front du chirurgien.

— Je n'en sais rien, répondit-il. Elle ne devait pas être mon type, tout compte fait.

Il se renversa dans son fauteuil, essayant manifestement de paraître détendu.

— Pourquoi me posez-vous toutes ces questions au sujet de Mary, détective ? Qu'est-ce que sa mort, ou plutôt la mort de… Comment avez-vous dit qu'elle s'appelait ?

— Gina Lamont.

— Oui. Qu'est-ce que la mort de cette femme a à voir avec moi ?

— Gina avait des problèmes d'argent. Et, pour s'en sortir, elle faisait chanter certains de ses clients. Je me demandais si vous n'étiez pas au nombre de ses victimes…

McKackney se mit à rire.

— Insinuez-vous que j'aurais utilisé ses services ?

— Non. Je suggère que, dans l'hypothèse où elle vous aurait fourni un faux alibi, il y a seize ans, dans l'hypothèse, donc, où elle aurait menti à la police en échange d'une somme d'argent, vous devenez un excellent candidat au chantage. Vous ne trouvez pas ?

— Vous ne pensez pas à ce que vous dites ! s'écria le chirurgien en se levant, le visage livide. Comment osez-vous venir ici pour m'accuser de… Dieu sait quoi ? Cet alibi était parfaitement légitime. Mary a témoigné parce que l'accusation qui pesait contre moi était un coup monté. C'était moi, la victime, ajouta-t-il en se frappant plusieurs fois le torse avec l'index. Pas Peggy Bertram.

— Vous niez donc que vous, ou quelqu'un de votre famille, a offert à Mary une grosse somme d'argent en échange de cet alibi ?

— Evidemment que je le nie ! Il n'y avait aucune raison

d'acheter Mary. J'étais avec elle, cette nuit-là. Elle disait la vérité.

Il secoua la tête, comme s'il était totalement abasourdi par l'idée qu'on pût douter de sa parole.

— Je suis médecin, pour l'amour du ciel ! Je sauve des vies. Je n'y mets pas un terme. Car c'est bien ce que vous suggérez, n'est-ce pas ? Que j'ai tué Mary parce qu'elle me faisait chanter ?

Mitch lui décocha un grand sourire.

— Puisque vous en parlez, où étiez-vous, mardi dernier, à 1 heure du matin ?

McKackney pâlit encore.

— Vous… vous n'êtes pas sérieux.

— Où étiez-vous, docteur ?

Le chirurgien cligna des yeux, plusieurs fois.

— Chez moi. Dans mon lit. Et avant que vous ne posiez la question, oui, ma femme se trouvait avec moi.

Mitch se leva. Le bon Dr McKackney était assez secoué comme cela. Le processus était enclenché.

— Merci de m'avoir accordé un peu de votre temps. Je vous recontacterai.

Il fut tenté d'ajouter : « Ne quittez pas la ville », juste pour l'effet, mais il se ravisa. S'il en jugeait par l'expression du visage de McKackney, celui-ci avait eu son content d'émotions pour la journée.

Avant de franchir la porte, Mitch se retourna une dernière fois, afin de lui adresser un ultime salut. Le chirurgien avait agrippé son bureau à deux mains et le regardait d'un air furieux.

Sean McKackney attendit que Mitch Calhoon ait fermé la porte pour se laisser retomber dans son fauteuil. La visite du détective l'avait frappé au plexus. Heureusement qu'il avait le cœur solide. Le choc aurait pu le tuer.

Il se passa la main dans les cheveux, s'efforçant de recouvrer son calme. Il devait aborder le problème de manière rationnelle.

Soit, Calhoon avait l'air d'être un flic plutôt malin, intelligent — pas du genre à renoncer sans se battre. Et alors ? Il y avait toujours moyen de régler les problèmes avec les flics, même les plus têtus.

McKackney prit une profonde inspiration et, faisant pivoter son fauteuil, il se tourna vers la fenêtre qui donnait sur le port de Baltimore. A une dizaine de kilomètres à l'ouest, dans une zone résidentielle huppée, se dressait l'extravagante demeure coloniale dont il avait fait l'acquisition au moment d'obtenir le poste qu'il convoitait depuis des années : chef du service chirurgical du General Hospital de Baltimore.

Et voilà qu'il risquait de tout perdre — la maison, le titre, le salaire.

Il ne pouvait pas le permettre. Il fallait agir. Et vite.

Faisant de nouveau face à son bureau, il décrocha le téléphone et composa un numéro. Quand on répondit, à l'autre bout du fil, il déclara, sur un ton bref :

— On a un problème.

18.

Kate réprima un bâillement et s'étira sur sa chaise. Jetant un coup d'œil à sa montre, elle s'aperçut avec stupéfaction qu'il était déjà 20 h 45. Elle n'avait pas vu le temps passer.

Après son départ de l'hôtel Europa, dans l'après-midi, elle s'était rendue à Potomac pour passer un moment avec Alison, puis elle était revenue au cabinet, où elle avait commencé à travailler sur le dossier Fox. Mais cela suffisait pour aujourd'hui, se dit-elle en fermant la chemise cartonnée. Il était temps pour elle de rentrer, de dîner et de se coucher.

Elle mit un peu d'ordre sur son bureau et se leva. Comme elle passait devant la porte d'un de ses confrères, elle vit de la lumière et décida de lui demander s'il voyait un inconvénient à l'accompagner jusqu'au parking, dans le sous-sol. Elle n'était pas d'un naturel impressionnable, mais entre l'avertissement de Douglas, qui n'avait pas mâché ses mots, et l'impression étrange qu'avait eue Alison, l'autre jour au restaurant, sans oublier l'angoisse évidente de LuAnn, aujourd'hui, elle avait de bonnes raisons de devenir un peu paranoïaque.

— Je m'apprêtais à partir, moi aussi, lui répondit Don

Hatfield, un brillant jeune homme que Ian Baxter avait engagé à sa sortie de la faculté de droit, l'année précédente.

Ils prirent ensemble l'ascenseur jusqu'au sous-sol.

— Eh bien, on dirait que la voie est libre, déclara Don, comme ils débouchaient dans le parking. Vous voulez que je vous accompagne jusqu'à votre voiture ?

Kate lui sourit.

— Non, ce ne sera pas nécessaire. Je suis garée tout près.

— Dans ce cas, bonne soirée, Kate. A demain.

— Oui. Merci.

Elle arrivait à hauteur de sa Saab, lorsque son jeune confrère passa devant elle, au volant de sa jeep. Il donna un petit coup de Klaxon, et elle lui adressa un signe de la main.

Mais, à l'instant où la voiture disparaissait dans la courbe, Kate éprouva une impression aussi singulière que désagréable — comme le pressentiment d'un danger imminent.

« Allons, Kate Logan ! se dit-elle en étouffant un rire nerveux. Tu deviens pire que ta fille avec ses films d'horreur ! »

Elle fourrageait dans son sac, à la recherche de ses clés, lorsqu'elle aperçut une ombre, sur la colonne, à sa gauche. Une ombre énorme qui se dressait lentement...

Son premier réflexe fut de vouloir s'enfuir, mais comme elle prenait son élan, un bras épais s'enroula autour de son cou et une main gantée la bâillonna.

— Ne bouge pas ! dit une voix d'homme, une voix très rauque. Et ne crie surtout pas. Ou je te tue.

Persuadée qu'il allait la tuer, de toute façon, Kate lui donna un grand coup de coude dans l'aine.

Son agresseur poussa un grognement de douleur et la relâcha si brusquement qu'elle manqua en perdre l'équilibre. Sa serviette et son sac tombèrent au sol, mais elle ne songea même pas à les ramasser. Elle se jeta en avant, hurlant à s'en casser la voix. Hélas ! en trois enjambées, l'homme l'avait rattrapée.

— Espèce de salope ! gronda-t-il en la prenant par les cheveux. Tu veux t'amuser avec moi ? Hein ?

Il la jeta contre le mur de béton, et Kate laissa échapper un cri de douleur, avant de glisser lentement au sol. La joue posée contre la surface granuleuse, elle s'efforça de lever les yeux et vit alors son agresseur pour la première fois. Ses bras pendaient, de chaque côté de son corps, et il avait les épaules baissées, comme s'il se préparait à charger.

Elle tressaillit d'épouvante.

Il était énorme ! Habillé en noir de la tête aux pieds, il avait le visage recouvert d'une cagoule de ski, avec deux ouvertures pour les yeux et une autre pour la bouche.

— Que… que voulez-vous ? balbutia Kate.

Il eut un sourire mauvais et la souleva du sol, comme si elle ne pesait rien, en la tenant par les revers de son manteau. D'une main, il la plaqua contre le mur et lui enserra la mâchoire de l'autre main, à la broyer.

— Ferme-la, espèce de salope ! C'est moi qui parle.

Il avait des petits yeux noirs, à l'expression dure et méchante. Des yeux de tueur.

— T'es une emmerdeuse, poursuivit-il de sa voix rocailleuse. T'arrêtes pas de fourrer ton nez là où il n'a rien à faire et tu poses beaucoup trop de questions. Il va falloir arrêter ça. Tu m'entends, petite salope ?

Kate voulut hocher la tête, mais il la serrait trop fort. Elle imagina cette main énorme glissant jusqu'à son cou et serrant, serrant jusqu'à lui ôter tout souffle de vie.

— Tu m'entends ? répéta-t-il.

Elle émit un son étranglé et il relâcha légèrement sa prise, juste assez pour lui permettre d'opiner du chef, lentement, précautionneusement. Elle avait si peur, si mal, qu'elle s'attendait presque à entendre craquer sa nuque. Mais rien de tel ne se produisit.

L'homme approcha son visage du sien et, l'espace d'un instant délirant, elle crut qu'il allait l'embrasser.

— Bon, reprit-il, lui soufflant son haleine fétide en plein nez. Alors, plus de questions au sujet de Gina Lamont, d'accord ? Et si tu vas trouver les flics pour leur raconter notre petite conversation, je reviendrai et je m'occuperai de toi, salope. Pour de bon, cette fois.

Il plaqua son bassin contre celui de Kate.

— A moins que je ne m'en prenne à ta fille. Je l'ai vue avec toi, l'autre jour. Elle est rudement jolie, dis donc. Un peu jeune, mais je crois qu'on pourrait s'amuser, tous les deux.

C'était lui, songea Kate avec horreur. C'était lui qui les avait épiées au restaurant, samedi. Un flot de sang monta à son visage.

— Si vous la touchez, je vous tuerai, balbutia-t-elle d'une voix coassante.

Aussitôt, il lui broya de nouveau la mâchoire.

— Tu ne feras rien du tout, petite salope.

Puis il la relâcha et recula de quelques pas. Tandis qu'elle se laissait tomber par terre, Kate s'efforça de relever le signalement de son agresseur. Sa taille : environ un mètre quatre-vingt-quinze. Son poids : au moins cent vingt kilos. Comme l'homme que Tony avait vu en sortant de chez Lilly, le soir du meurtre. Il avait aussi un accent de Brooklyn, et paraissait utiliser abondamment le mot « salope ».

Il pointa un doigt sur elle, lui adressant un dernier avertissement muet. Puis, avec une agilité surprenante pour un homme de sa corpulence, il s'éloigna en courant et disparut dans la courbe menant au deuxième sous-sol.

Quelques secondes plus tard à peine, Kate entendit une portière claquer. Un moteur vrombit, des pneus hurlèrent, et une voiture partit en trombe.

Encore sous le choc, la jeune femme fit un effort surhumain pour se redresser, très lentement. Le souffle court, elle avança d'un pas et attendit une fraction de seconde, comme pour tester son équilibre avant d'aller plus loin. Elle ne ressentit aucun étourdissement, ce qui lui parut de bon augure. Elle se réveillerait sans doute couverte de bleus, demain matin, mais au moins n'avait-elle rien de cassé.

S'approchant de sa voiture, elle ramassa son sac, sa serviette et ses clés, au passage. Puis, non sans peine, elle s'engouffra dans le véhicule, bloquant aussitôt les portières. Enfin, quand elle se sentit capable de s'exprimer de manière cohérente, elle prit son téléphone portable et composa le numéro des Fairchild.

Joseph, qui ne se couchait jamais avant que tous les autres se fussent retirés, décrocha et lui passa Douglas.

— Douglas, Alison est là ? demanda aussitôt Kate.

— Kate ? Oui, évidemment qu'elle est là. Pourquoi ?

— Allez vérifier, je vous en prie. Ne me posez pas de questions. Allez juste dans sa chambre pour vous assurer qu'elle est bien là.

Elle sentit une hésitation, au bout du fil, et imagina la perplexité de Douglas. Mais il fit ce qu'elle lui demandait. Quelques minutes plus tard, elle entendit de nouveau sa voix.

— Elle dort comme un bébé. Maintenant, que se passe-t-il ? Eric t'a appelée ? Est-ce qu'il t'a menacée ?

— Non ! protesta Kate en se mordant la lèvre jusqu'au sang pour ne pas éclater en sanglots. Ne laissez personne approcher mon enfant, Douglas. Vous me le promettez ?

— Kate, pour l'amour du ciel, que se passe-t-il ?

— Je… j'ai été attaquée.

— Quoi ! Mais quand ? Et où ça ?

— A l'instant. Dans le parking de l'immeuble.

Douglas poussa un juron.

— Tu as appelé la police ?

— Non !

— Eh bien, il faut le faire. Tout de suite. Et après, je veux que tu viennes dormir ici.

— Ce n'est pas possible. Alison se demanderait pourquoi. Elle risquerait de s'inquiéter. Je voulais juste m'assurer qu'elle allait bien. Il…

Sa voix se brisa.

— Il a menacé de s'en prendre à elle, vous comprenez.

Cette fois, elle ne put réprimer ses larmes.

— Espèce de salopard, gronda Douglas.

— C'est pour ça que je ne peux pas appeler la police. Il

me l'a interdit. Il a dit que, sinon, il reviendrait. Et qu'il s'occuperait d'Alison.

— Mais qui est-ce ? Que te veut-il ?

— J'ai besoin de rentrer et de me coucher, Douglas. Je vous expliquerai tout ça demain matin. Et je vous en prie, pas un mot à Alison.

Sur ce, elle raccrocha sans lui laisser le temps de protester.

Une heure plus tard, Kate était assise sur le canapé de son salon, vêtue de son pyjama de soie bleue, et sirotait une infusion. Elle avait pris un bain chaud qui l'avait aidée à se détendre un peu, et tous ses muscles étaient lourds de fatigue. Malgré cela, elle était trop nerveuse pour aller se coucher.

Elle avait mal partout ; toutefois, elle ne souffrait apparemment d'aucune fracture. Sa joue, qui avait été éraflée par le choc contre le mur du parking, la faisait encore souffrir, mais la douleur commençait à s'estomper, grâce aux deux cachets qu'elle avait pris un peu plus tôt.

Elle ne cessait de se remémorer le déroulement de l'agression. Elle était convaincue que l'homme du parking était le même que Tony avait vu, devant l'immeuble de Lilly. Maintenant, la question était : agissait-il en son nom, ou bien travaillait-il pour le compte de quelqu'un d'autre ? Maddy Mays, par exemple. En tout cas, le fait qu'il ne lui ait pas fait plus de mal relevait du miracle.

Soudain, la sonnette de la porte d'entrée la fit sursauter.

Elle se figea et jeta un coup d'œil instinctif vers les rideaux, qu'elle avait tirés tout à l'heure. Les fenêtres du salon donnaient sur la rue, d'où la lumière devait être visible.

Deux nouveaux coups de sonnette, plus brefs, se firent entendre, suivis d'une voix familière.

— Kate, ouvre-moi. C'est Frankie.

Kate poussa un soupir de soulagement et se leva aussitôt. Son assistante se trouvait sur le pas de la porte, en compagnie de Mitch. Tous deux avaient l'air terriblement inquiets.

— Est-ce que ça va ? demanda Mitch en la prenant par les épaules et en la détaillant de la tête aux pieds. Vous êtes blessée.

— Je vais très bien, répondit Kate avant de se dégager avec précaution. Que faites-vous là ?

Frankie ferma la porte d'entrée.

— Douglas m'a téléphoné. Il m'a raconté ce qui s'était passé et m'a demandé si je pouvais passer.

— Il t'a dit de prévenir la police, aussi ?

— Non. Ça, c'était mon idée.

— Une très mauvaise idée. Votre présence risque de ne pas arranger la situation.

— Et pourquoi ? demanda Frankie en ôtant son manteau.

Plutôt que de lui répondre, Kate regarda le sac que Mitch venait de poser sur le sol.

— Qu'est-ce que c'est que ça ? s'enquit-elle.

— Des vêtements de rechange. J'en aurai besoin demain matin.

— Si vous croyez que vous allez passer la nuit ici, vous vous faites des idées.

— Bon sang, qu'est-ce que cette brute t'a fait ? s'exclama Frankie, les yeux fixés sur la joue de Kate.

— Il m'a secouée un peu, c'est tout, répondit celle-ci avec irritation, tout en retournant dans le salon. Je ne suis pas morte ! Alors, cessez tous les deux de vous comporter comme si j'étais dans un état désespéré.

Elle alla reprendre place sur le canapé tandis que Mitch ôtait sa parka, révélant le revolver glissé dans son holster, sous l'aisselle.

— Je vous ai dit que vous ne restiez pas, Calhoon ! lança-t-elle sur un ton revêche.

— Je crains que vous ne soyez en minorité, mon cher Maître. Frankie et moi avons déjà décidé que, au moins ce soir, vous aviez besoin de quelqu'un pour vous protéger.

— Comment se fait-il que vous ayez été désigné ?

— Les lois de la logique. Je suis le mieux placé pour me mesurer au type qui vous a attaquée.

— C'est ridicule ! Vous savez aussi bien que moi qu'il ne va pas revenir.

— Il n'en voulait pas à votre argent, n'est-ce pas ? Frankie vint s'asseoir à côté de Kate, sur le canapé.

— Que s'est-il passé ? Qui t'a fait ça ?

Kate considéra son amie, puis Mitch. Si elle avait une entière confiance dans la première, elle n'était encore sûre de rien pour ce qui concernait le policier. Pouvait-elle se confier à lui, alors même que la vie de sa fille était en jeu ?

Pourtant, l'expression, dans le regard de Mitch — un mélange d'inquiétude et de fureur —, acheva de balayer ses derniers doutes.

— Je n'ai pas pu l'identifier, dit-elle. Il portait une

cagoule de ski. Mais je suis certaine qu'il s'agit du même homme que Tony a vu dans un break, devant l'immeuble de Lilly, le soir du meurtre. Il correspond parfaitement à la description.

— Mais qu'est-ce qu'il te voulait ? insista Frankie.

— Je crois qu'il n'est pas content que j'enquête sur le meurtre de Gina Lamont.

— C'est ce qu'il a dit ? demanda Mitch.

Kate eut un rire amer.

— Pas en ces termes, exactement, mais le message était clair. Il a dit aussi que si je n'obéissais pas, ou si j'allais voir la police, il s'en prendrait à Alison.

— Mon Dieu ! murmura Frankie.

Aussitôt, Mitch s'approcha et prit les mains de Kate entre les siennes.

— Cela n'arrivera pas. Il essayait juste de vous faire peur.

— Eh bien, il a réussi ! Je ne peux plus me permettre le moindre faux pas.

Elle marqua une pause, avant d'ajouter, en le regardant droit dans les yeux :

— Et si jamais je découvre que vous avez trahi ma confiance, je jure que je vous écorcherai vif.

Le visage grave, Mitch hocha la tête.

— Vous pouvez me faire confiance. D'ailleurs, il ne sert à rien d'en parler plus longtemps, ce soir. Vous nous raconterez les détails demain. Pour l'instant, vous avez besoin de voir un médecin.

— Non, répondit Kate, dégageant ses mains. Pas de police, pas de médecin.

— Soyez raisonnable, Kate ! Vous avez été agressée, tout de même. Il faut qu'on vous examine.

— Un médecin sera obligé de rapporter l'incident. Même si je dis que je suis tombée du haut de l'escalier, il ne me croira pas.

— Le médecin que je vais appeler ne posera aucune question.

Kate lui jeta un regard soupçonneux.

— Pourquoi ? Il sort d'où votre toubib ? C'est un charlatan ?

— Russell est un des meilleurs toubibs de Washington. Et si je lui demande, il saura aussi tenir sa langue. Quand c'est nécessaire, il se déplace même.

Kate poussa un soupir. Elle n'avait plus la force de discuter. Et à quoi bon, d'ailleurs ? Elle n'obtiendrait jamais gain de cause ; surtout maintenant que Frankie s'était rangée du côté de l'ennemi.

Le Dr Russell Blackstone avait une trentaine d'années, des cheveux châtains ébouriffés, un regard sérieux derrière des lunettes à la monture d'acier, et un sourire plein de gentillesse. A en juger par le pyjama rayé qui dépassait de son pardessus, il avait soit oublié de s'habiller, soit décidé que ce n'était pas nécessaire.

— Mitch me dit que vous êtes tombée du haut de l'escalier, déclara-t-il lorsqu'il se retrouva seul avec Kate.

— Mitch a un sens de l'humour un peu particulier, répliqua-t-elle.

— Je ne vous contredirai pas, là-dessus.

Il fit courir ses doigts le long de la cage thoracique de

Kate, appuyant doucement aux endroits sensibles. Puis, il examina son visage.

— J'ai nettoyé ma joue avec un antiseptique, indiqua-t-elle.

Le médecin eut un sourire.

— C'est encore le meilleur traitement qui existe pour les blessures de ce genre. Est-ce que vous avez des étourdissements ? ajouta-t-il en lui regardant le fond des yeux. Des troubles de la vue ? La nausée ?

— Non, rien de tout ça. Mitch est en train de faire beaucoup d'histoires pour rien. Il n'aurait pas dû vous déranger.

— Ça ne me dérange pas.

Blackstone prit un petit flacon dans sa sacoche et le tendit à Kate.

— Voici un sédatif léger, juste pour cette nuit. Prenez-le. Vous dormirez mieux. Demain, vous devriez essayer de rester couchée. Prenez de l'Advil, si vous en ressentez le besoin. Et si ça ne suffit pas, passez-moi un coup de fil.

Il alla rouvrir la porte du salon, et Mitch et Frankie les rejoignirent aussitôt.

— Comment va-t-elle ? demanda le premier.

— Elle n'a pas de fracture, pas de commotion. Il faut juste qu'elle évite toute fatigue pendant un jour ou deux.

— Merci, mon vieux. Je t'inviterai à dîner à la maison, un de ces jours.

Russell Blackstone fit la grimace.

— Ne te sens pas obligé, surtout. A moins que tu ne te fasses livrer par un traiteur.

Il adressa un clin d'œil à Kate.

— Si vous pouvez, ne le laissez jamais approcher de votre cuisine.

Mitch éclata de rire et donna une tape dans le dos de son ami.

— Pure calomnie ! Un jour, je pourrais bien te surprendre…

Frankie regarda les deux hommes quitter la pièce et poussa un profond soupir.

— Il y en a qui ont toutes les chances, déclara-t-elle. Non seulement tu as un flic canon qui s'occupe de toi, mais en plus, ton médecin ressemble à George Clooney. Quand j'ai eu la grippe, le mois dernier, c'est ma tante Bernice qui s'est occupée de moi.

— Et Romero ?

Frankie fit la moue.

— Bah ! Il n'avait aucun intérêt. Il est sorti de ma vie pour toujours.

Au même instant, Mitch revint avec le manteau de Frankie.

— Allez, jolie dame ! Vous pouvez rentrer vous reposer, maintenant. Je m'occupe de votre amie.

— Je n'ai pas besoin qu'on s'occupe de moi ! intervint Kate. Si vous retourniez chez vous, aussi ?

— Vous savez ce qui va se passer, si je vous écoute ? répliqua Mitch. Vous n'allez pas dormir de la nuit. Vous descendrez toutes les dix minutes pour vérifier que toutes les portes et toutes les fenêtres sont bien fermées, et une fois de retour dans votre chambre, vous regarderez le plafond en attendant un sommeil qui ne viendra pas. Résultat : demain matin, vous serez morte de fatigue.

Alors que Kate réprimait un sourire, Frankie se pencha pour l'embrasser.

— Quel homme ! lui chuchota-t-elle à l'oreille. Non seulement il est beau, mais en plus il a tout compris !

— Oh, la ferme ! marmonna Kate.

Mitch raccompagna Frankie jusqu'à sa voiture et attendit qu'elle soit partie pour retourner auprès de Kate.

— Maintenant, c'est votre tour d'aller au lit, déclara-t-il en lui passant un bras autour de la taille pour l'aider à se lever.

Kate ne se pressa pas. Elle était trop occupée à savourer le plaisir que lui procurait le corps de Mitch, tout contre le sien. Il y avait si longtemps qu'un homme ne l'avait pas tenue si près de lui !

— Je peux me débrouiller seule, maintenant, dit-elle, quand ils arrivèrent au bas de l'escalier.

— Vous en êtes sûre ?

— Absolument. Ce n'est pas une espèce de gorille mal dégrossi qui va avoir raison de moi, vous savez.

Du menton, elle désigna le couloir.

— Au fait, il y a une chambre d'amis, derrière la cuisine. Et une salle de bains.

Puisque Mitch semblait déterminé à jouer les gardes du corps, elle pouvait au moins se montrer accueillante.

— Merci, dit-il. Mais si vous n'y voyez pas d'inconvénient, je vais dormir sur le canapé du salon.

Kate haussa les épaules.

— Comme vous voudrez. Il y a des draps et des couvertures dans le placard de l'entrée.

Puis elle entreprit de gravir les marches de l'escalier, une à une.

Trois heures plus tard, Mitch ne dormait toujours pas. Debout devant une des fenêtres du salon, il surveillait la rue.

Monter ainsi la garde n'avait rien d'une nouveauté, pour lui ; il avait fait cela d'innombrables fois, à travers le monde entier. Mais, ce soir, les circonstances étaient exceptionnelles. Ce soir, il montait la garde pour une femme qui commençait à compter un peu trop dans sa vie.

Il se dit qu'il devrait peut-être mettre un terme à tout cela, avant qu'il ne soit trop tard. Aussitôt, il esquissa un sourire de dérision. A en croire la manière dont il avait réagi quand Frankie avait téléphoné pour lui annoncer que Kate avait été agressée, il était déjà trop tard.

Soudain, il se raidit : une voiture venait de s'engager dans la rue. Mais elle poursuivit son chemin et disparut sans avoir ralenti devant la maison. Il se détendit.

A quel moment Kate était-elle devenue aussi importante ? Au début, il envisageait juste de sortir avec elle, une ou deux fois. Quelques éclats de rire. Quelques nuits passionnées. Rien de bien compliqué. Et surtout, rien de durable.

Alors, pourquoi diable était-il encore debout, à 3 heures du matin, le corps en ébullition, en train de se poser toutes sortes de questions ?

Mitch étouffa un juron et s'éloigna de la fenêtre, tirant la tenture. Le canapé, avec la couverture qu'il avait trouvée dans un placard, semblait lui tendre les bras. Il se sentait épuisé, d'un seul coup.

Il ôta ses vêtements, à l'exception de son caleçon, et se glissa dans son lit de fortune. Puis, croisant les bras sous sa tête, il ferma les yeux et essaya de chasser la vision insistante de Kate, dans son pyjama de soie bleue.

19.

Le lendemain matin, Kate fut réveillée par une odeur de café et des bruits de casserole en provenance de la cuisine. Comme elle ouvrait les yeux, elle se demanda pourquoi elle était encore couchée.

Puis, elle se rappela. L'agression dans le parking, la veille au soir. La visite impromptue et tardive de Frankie et de Mitch. L'insistance de ce dernier pour qu'elle voie un médecin, et aussi pour passer la nuit chez elle. A présent, que fabriquait-il dans la cuisine ?

Elle tendit les jambes, lentement, avant de les sortir du lit et de se lever. Elle n'était pas vraiment au mieux de sa forme, sans doute à cause du sédatif que lui avait donné le Dr Blackstone ; malgré tout, son corps lui paraissait moins raide et perclus de douleur qu'au moment de se coucher, la veille.

Le jet de la douche lui fit du bien, et elle s'abandonna un moment au plaisir de l'eau chaude qui glissait sur elle, tout en s'efforçant de refouler les images de son agression. C'était difficile. Elle pouvait presque sentir l'haleine fétide de l'homme quand celui-ci l'avait menacée de s'en prendre à Alison.

Finalement, elle sortit de la cabine de douche, se sécha

et enfila le peignoir blanc qu'elle gardait suspendu à un crochet, derrière la porte.

Elle savait ce dont elle avait besoin pour s'éclaircir les idées et se calmer : une grande tasse de ce café dont les effluves merveilleux montaient jusqu'à elle. Le matin, elle n'était jamais bonne à rien tant qu'elle n'avait pas sacrifié à ce rite.

Comme elle ouvrait la porte de la salle de bains, elle se trouva nez à nez avec Mitch.

— Qu'est-ce que vous faites debout ? gronda-t-il.

Kate faillit éclater de rire. Les cheveux encore humides de la douche, il se tenait au milieu du couloir, chargé d'un plateau où voisinaient une tasse de café fumant, du lait et du sucre, des toasts et une assiette d'œufs brouillés. Quelque part, il avait trouvé une flûte de champagne et l'avait remplie d'eau, avant d'y glisser un œillet rouge qu'il avait dû prendre dans le bouquet du salon.

Le geste était inattendu et attendrissant, surtout de la part d'un homme comme Mitch Calhoon. C'était troublant, aussi. Depuis quand un homme ne lui avait-il pas apporté le petit déjeuner au lit ? Kate ne s'en souvenait même pas.

— Qu'est-ce que c'est ? demanda-t-elle pour la forme.

— Il faut manger. Vous avez besoin de forces. Je suis sûr que vous n'avez même pas dîné, hier soir.

— Vous ne devriez pas être au travail ?

— Je ne commence qu'à midi, aujourd'hui. Et maintenant, retournez vous coucher, que je puisse me débarrasser de ça.

S'avisant brusquement qu'elle était affamée, Kate obéit

et alla se glisser entre les draps, croisant les jambes de sorte que Mitch pût poser le plateau sur ses genoux.

— Je croyais que vous ne cuisiniez pas ? remarqua-t-elle.

— Ne croyez pas tout ce qu'on vous dit.

Mitch prit une chaise et s'assit.

— J'espère que vous aimez les œufs comme ça. Je ne sais pas les faire autrement que brouillés.

— J'adore, répondit-elle. Et le café sent drôlement bon.

— Là, vous avez de la chance. C'est une de mes spécialités.

Kate but une gorgée, puis une autre.

— Mmm, fit-elle. Excellent.

Puis, reposant la tasse, elle goûta aux œufs.

Eux aussi délicieux. Alors qu'elle mangeait de bon appétit, elle s'avisa soudain que Mitch l'observait intensément, en silence. Avec l'hématome, sur sa joue, qui commençait à bleuir, et sa lèvre inférieure enflée, elle savait qu'elle n'était pas à son avantage.

— Pourquoi me dévisagez-vous ainsi ? demanda-t-elle, le visage en feu.

— Parce que je vous trouve stupéfiante, répondit-il avec franchise. La plupart des femmes ne lèveraient pas le petit doigt pour venir en aide à leur ancien mari. Et vous, vous risquez votre vie pour le vôtre.

Kate eut un rire gêné.

— J'ignorais que je risquais ma vie. Maintenant que je le sais, croyez-moi, je vais me montrer beaucoup plus prudente.

— Je suis content de vous l'entendre dire. Vous avez bien dormi ?

— Je n'ai pas dû bouger depuis l'instant où ma tête a touché l'oreiller. Le sédatif de votre ami a fait son effet. Et vous ?

— Un vrai bébé ! Votre canapé est très confortable.

— Vraiment ? Ne vous y habituez quand même pas trop.

— Pourquoi ? Vous me renvoyez ?

— Disons plutôt que vos talents seraient gâchés, ici. De toute évidence, mon agresseur a obtenu ce qu'il voulait : me flanquer la peur de ma vie. Je doute qu'il revienne. A moins, bien sûr, que je ne lui donne des raisons de le faire.

Mitch la regarda un instant, sans mot dire.

— Puisqu'on parle de lui, reprit-il, vous vous sentez prête à me raconter ce qui s'est passé, exactement, en essayant de n'omettre aucun détail ?

Kate hocha la tête et termina d'un coup de fourchette ses œufs brouillés.

— J'ai travaillé assez tard, commença-t-elle en saisissant sa tasse de café. Je voulais essayer de rattraper le temps que j'avais perdu durant la journée. J'ai quitté le cabinet un peu avant 21 heures.

— Seule ?

— Non. Un des autres avocats est descendu dans le parking avec moi. Il a même proposé de m'accompagner jusqu'à ma voiture, mais je n'ai pas jugé que c'était nécessaire. Le sous-sol était calme et bien éclairé. Ma voiture n'était qu'à quelques mètres.

— Vous n'avez pas vu votre assaillant ?

— Pas au début.

Kate raconta tout : l'agression, l'avertissement, les menaces…

— Je n'aurais pas dû appeler Douglas, conclut-elle. Si j'avais pris le temps de me calmer, de recouvrer mon sang-froid, je ne l'aurais jamais fait. Mais j'étais folle d'inquiétude au sujet d'Alison. L'idée qu'un monstre pareil puisse…

Sa voix se brisa, et elle dut lutter pour réprimer des larmes de colère et de frustration.

— Il n'en fera rien, déclara Mitch en se levant pour prendre le plateau et aller le poser sur la commode. Et le fait d'avoir parlé à Douglas ne met pas votre fille en danger. Au contraire. Lui et Rose vont redoubler de prudence, en ce qui la concerne.

— J'espère que vous avez raison.

Il se rassit, rapprochant un peu sa chaise du lit.

— Sinon, en dehors du fait qu'il ressemble à l'homme que Tony a vu devant l'immeuble de Lilly, il ne vous était pas familier ? Vous n'avez aucune idée de qui il peut s'agir ?

— Non. Mais je crois savoir pour qui il travaille.

Mitch haussa les sourcils.

— Ah bon ? Qui ça ?

— Maddy Mays. La propriétaire de l'hôtel Europa.

La réaction de Mitch surprit Kate. Il n'avait pas l'air choqué, ni même étonné. Juste intéressé.

— Qu'est-ce qui vous fait penser une chose pareille ? interrogea-t-il.

Kate lui raconta ce qu'elle avait appris sur l'ancienne call-girl — en se gardant bien de révéler d'où elle tenait ces informations —, ainsi que sa visite à l'hôtel.

— Comment a-t-elle réagi, quand vous lui avez posé toutes ces questions ? lui demanda Mitch. Etait-elle en colère ?

— Si c'était le cas, elle l'a bien dissimulé. Au contraire, elle s'est montrée charmante et extrêmement coopérative.

— Oui, elle est charmante. Mais n'allez pas commettre l'erreur de lui faire confiance.

— Pourquoi ? demanda Kate. Que savez-vous à son sujet ?

— Seulement qu'elle connaît énormément de monde, dans tous les milieux, et qu'elle a été soupçonnée, autrefois, d'avoir tué un homme. Les charges qui pesaient contre elle ont été abandonnées, faute de preuves véritables.

— Je n'en ai aucun souvenir.

— C'est arrivé à New York, des années avant qu'elle n'épouse Henry Mays. Elle a été assez intelligente pour mentionner l'affaire dans son autobiographie, sans doute pour éviter qu'un journaliste trop zélé ne s'en empare.

— Vous ne savez pas si un de ses employés correspond à la description de mon agresseur, par hasard ?

— Non. Mais je peux le découvrir.

— Ce n'est pas si sûr. Si vraiment il travaille pour elle et qu'elle est aussi finaude que vous le dites, elle va sûrement lui demander de garder le profil bas, au moins pendant quelque temps.

— S'il est à Washington, je le trouverai.

Mitch se pencha en avant, l'air très sérieux.

— Mais avant, vous et moi devons nous mettre d'accord.

— Sur quoi ? s'étonna Kate.

— Votre sécurité. Ce qui s'est passé la nuit dernière était juste un avertissement, Kate.

— Je vous ai dit que j'allais me montrer très prudente, désormais.

— Cela ne suffira pas. Vous avez affaire à des criminels, des gens qui sont visiblement prêts à aller très loin pour couvrir leurs agissements, passés et présents.

— Si vous avez l'intention de me demander d'abandonner l'affaire…

— Je perds mon temps, conclut Mitch avec son sourire en coin. Je sais. En revanche, vous pouvez faire croire que vous avez abandonné. Pas seulement une affaire, mais les deux — l'appel de Tony et le meurtre de Gina —, puisqu'il est maintenant évident qu'elles sont liées. Cependant, pour que le stratagème réussisse, il faudra le faire croire à tout le monde. Et je dis bien tout le monde, Kate : Rencheck, Tony, Douglas, Rose, et même Frankie.

— Frankie est mon bras droit ! protesta Kate. Elle est aussi mon amie. Elle en sait autant que moi, sur mes affaires. Quant à Douglas, c'est un membre de ma famille. Je ne peux pas lui mentir sur un sujet aussi important.

— Ai-je dit que ce serait facile ? Songez seulement que plus il y aura de gens à connaître votre décision de renoncer, plus celle-ci paraîtra crédible aux yeux de ceux qui vous menacent. Et plus vous serez en sécurité.

— Comment voulez-vous que je mène une enquête si je ne peux pas aller et venir comme je l'entends ?

— Vous agirez à couvert. Et vous me laisserez faire le gros du travail.

Kate le considéra avec un regain d'intérêt. Si elle avait

risqué sa vie pour un ex-mari, Mitch Calhoon était prêt à mettre en jeu sa carrière pour une personne qu'il connaissait à peine.

— Vous êtes sûr de vouloir faire une chose pareille ? Du temps où je travaillais au bureau du procureur fédéral, une telle collaboration avec un avocat aurait été très mal vue.

— Oh ! je sais que notre système juridique n'encourage guère de telles pratiques, mais à mon avis, notre but est le même : que justice soit faite. Alors, si, pour y arriver, un officier de police doit joindre ses efforts à ceux d'un avocat de la défense...

Il haussa les épaules et conclut :

— Je ne vois pas où est le problème.

Kate ramassa des miettes de pain qui étaient tombées sur le drap.

— Alors, nous faisons équipe ?

Il sourit.

— Cela vous paraît impossible ?

— Non. Juste... intrigant. Vous ne pensez plus qu'Eric a tué Gina Lamont, n'est-ce pas ?

— Non. Il y a trop d'éléments discordants.

— Lesquels, par exemple ?

— La mort de Winslow, pour commencer. Et votre agression, hier soir. Quelqu'un a peur, Kate. Sacrément peur.

— Vous l'avez dit au procureur fédéral ?

— Ce type est plus têtu qu'une mule. Il refuse d'écouter un seul mot tant qu'Eric ne se sera pas constitué prisonnier.

Kate poussa un soupir.

— Si seulement j'avais un moyen de le dire à Eric. Il doit être dans un sale état.

— Il ne vous a pas rappelée, depuis l'autre matin ? demanda Mitch d'un air amusé.

Kate sentit son visage s'embraser.

— Comment savez-vous que c'était lui ?

— Vous ne pensiez tout de même pas que j'allais avaler cette histoire de secrétaire ?

— Je suis désolée. Je… je ne savais pas quoi faire.

— Peu importe. Laissez-moi plutôt vous raconter ce que j'ai découvert, de mon côté. Vous vous rappelez une histoire de viol dans laquelle étaient mêlés le fils du sénateur McKackney et une jeune étudiante, il y a seize ans ?

— Très bien. J'étais à l'université de Georgetown, à l'époque, et l'affaire avait fait pas mal de bruit. Quel rapport avec le reste ? interrogea Kate, les sourcils froncés.

Mitch lui relata sa visite à l'agence de mannequins Carteris, et aussi sa conversation avec Sean McKackney.

Kate écarquilla les yeux.

— Gina Lamont était son alibi ?

— Vous voyez les implications possibles, n'est-ce pas ? Vous voyez aussi pourquoi quelqu'un pourrait aller jusqu'à tuer, afin qu'une telle histoire ne remonte pas à la surface ?

Quelques secondes, Mitch garda le silence, comme pour laisser à Kate le temps de prendre la mesure de la nouvelle. Puis il demanda :

— Saviez-vous que Douglas était l'avocat de Sean McKackney, à l'époque ?

— Non, mais cela ne me surprend pas. Douglas et le sénateur sont de vieux amis. Ils ont fait leurs études ensemble.

— Si j'ai raison, et que cette histoire avec Mary Sweeney

n'était qu'un alibi construit de toutes pièces, croyez-vous que Douglas pourrait avoir été complice de la manœuvre ?

— Non, répondit Kate sans la moindre hésitation. Il respecte trop sa profession pour se prêter à une supercherie de ce genre. Même pour un ami. Cela dit…

Elle s'interrompit un instant.

— Je ne serais pas autrement surprise si le sénateur avait mis au point ce stratagème, avant de présenter cette version des faits à Douglas comme la vérité. Ce ne serait pas la première fois qu'un client intelligent raconte des histoires à son avocat.

Soudain, une porte se ferma, au rez-de-chaussée.

— C'est Maria, dit Kate en jetant un coup d'œil au réveil, sur sa table de chevet.

— Très bien. Vous allez pouvoir lui annoncer que vous ne vous occupez plus de l'appel de Tony.

Une bouffée de panique envahit Kate.

— Pas Maria, Mitch ! Je ne peux pas lui faire une chose pareille. Elle a déjà trop souffert.

Il se leva et lui prit la main, la serrant doucement, comme pour lui donner du courage.

— Il le faut, Kate. C'est le seul moyen de garantir votre sécurité. Et celle d'Alison.

— *Madre de Dios !*

Assise sur la chaise que Mitch occupait encore un moment plus tôt, Maria croisa ses mains sur sa poitrine tandis que Kate finissait de lui raconter son agression de la veille.

— Vous êtes sûre que ça va ? demanda-t-elle avec une inquiétude sincère. Et Alison ?

— Je vais bien, Maria. Et Alison aussi. Je viens d'appeler à Potomac. Mais à compter d'aujourd'hui, on la conduira au lycée en voiture et on ira la chercher systématiquement. Elle ne pourra plus voir que certaines de ses amies. Même si elle risque de ne pas aimer ça, nous n'avons pas le choix.

Maria hocha la tête et Kate se mordit la lèvre, ne sachant comment enchaîner avec ce qu'elle devait encore annoncer à la gouvernante. Maria avait placé tant d'espoir en elle, dans sa capacité à disculper Tony et à le faire sortir de prison. Comment pouvait-elle décevoir cette confiance, et en même temps espérer préserver leur amitié ?

— Je peux vous apporter quelque chose ? demanda Maria en se levant.

— Non, répondit Kate

Elle lui prit les mains et les serra entre les siennes.

— Il faut que je vous dise autre chose. J'ai peur que cela ne vous plaise pas, Maria.

Aussitôt, celle-ci se rassit.

— C'est au sujet de Tonio ? Au sujet de l'appel ?

— D'une certaine manière, oui.

Kate avala péniblement sa salive.

— Cet… cet homme m'a fait très peur, hier soir, Maria. Mais ce qui m'effraie le plus, c'est ce qu'il a menacé de faire à Alison.

— Bien sûr. C'est votre bébé.

— S'il n'était question que de moi, cela me serait égal. Mais je n'ai pas l'intention de prendre le moindre risque en ce qui concerne ma fille. Et même si nous allons essayer de la protéger de notre mieux, je ne peux pas être sûre qu'ils n'arriveront pas à l'atteindre — si je leur donne des raisons de le faire.

Brusquement, Maria pâlit.

— Vous n'allez plus vous occuper de l'appel de Tony, déclara-t-elle d'une voix blanche. C'est ça que vous essayez de me dire ?

— Oui, confirma Kate dans un murmure. Je suis désolée, Maria. J'aimerais qu'il y ait un autre moyen, mais je n'en vois pas. L'homme qui m'a attaquée a été très clair. Soit j'abandonne ces deux affaires, celle de Tony et celle de Gina Lamont, soit il s'en prendra à Alison.

— Que va devenir Tonio ?

— Avant que vous ne montiez, j'ai eu Douglas au téléphone. Il connaît un excellent avocat spécialisé dans les procédures d'appel, qui lui doit justement un service. C'est lui qui va reprendre l'affaire. Il ne vous demandera pas d'honoraires.

— Si, dit la mère de Tony. J'insiste pour le payer.

— C'est inutile, Maria. Les avocats se rendent très souvent des services de ce genre.

— Je veux le payer ! répliqua Maria avec entêtement. J'ai un peu d'argent de côté. Et si cela ne suffit pas, je lui verserai une petite somme toutes les semaines. Sinon, je trouverai un autre avocat.

Kate décida de ne pas discuter. Elle pourrait toujours revoir cette question plus tard.

— Alors, vous n'êtes pas fâchée contre moi ? demanda-t-elle. Vous comprenez que je n'ai pas le choix ?

— Je suis fâchée, mais pas contre vous. Je sais qu'Alison passe avant tout dans votre vie. Comme Tonio dans la mienne.

Se levant, Maria alla prendre sur la commode le plateau du petit déjeuner.

— Je vais me remettre au travail, annonça-t-elle. J'ai beaucoup à faire.

Kate hocha la tête et la regarda quitter la chambre, espérant que Tony ferait preuve de la même compréhension que sa mère.

Mitch venait à peine d'arriver au poste de police, quelques minutes avant midi, quand Tom Spivak s'approcha de lui.

— Le lieutenant veut te voir, dit-il. Je te préviens, il est d'une humeur massacrante.

— Comme si c'était nouveau, riposta Mitch en haussant les épaules, avant de se rendre dans le bureau de son chef.

Dès qu'il le vit, Jarvis se leva d'un bond.

— Qu'est-ce que vous avez encore foutu, Calhoon ? hurla-t-il.

Mitch fit claquer la porte derrière lui, mécontent que toute la salle de police ait entendu ces mots.

— Je ne sais pas, riposta-t-il avec insolence. Si vous me mettiez au courant ?

— J'ai reçu ce matin un coup de téléphone du sénateur McKackney. Il était fou de rage. Il paraît que vous avez pratiquement accusé son fils d'avoir tué Gina Lamont.

— Je ne l'ai accusé de rien du tout. Je lui ai juste posé quelques questions.

— Et pourquoi ?

— J'ai découvert que Gina Lamont et Mary Sweeney étaient la même personne. Vous vous souvenez de Mary

Sweeney, lieutenant ? La gentille fille qui avait fourni cet alibi si opportun à Sean McKackney, après qu'on l'avait arrêté pour viol, il y a seize ans ?

— Si par « alibi opportun », vous sous-entendez qu'il était faux, vous vous trompez lourdement, Calhoon. Mary Sweeney a dit la vérité, ce soir-là. Et je le sais mieux que personne. C'est moi qui étais chargé de l'affaire.

— La même Mary Sweeney qui est ensuite devenue une call-girl ? Et une spécialiste du chantage ? Allons, lieutenant, ne me dites pas que vous ne trouvez pas ça louche !

— Ce que cette fille est devenue par la suite n'a rien à voir avec l'affaire McKackney. Au moment où elle a fait sa déclaration, elle disait la vérité. C'est tout ce qui compte.

— Vraiment ? Eh bien, moi, je ne vois pas les choses de la même façon. Et ce n'est pas un sénateur, aussi puissant soit-il, qui va me dicter mes méthodes de travail. Je mènerai mon enquête comme je l'entends.

Le visage de Jarvis vira au rouge pivoine.

— Sûrement pas ! A compter de cet instant, l'affaire vous est retirée.

Stupéfait, Mitch regarda fixement son supérieur.

— Qu'est-ce que vous dites ?

— Vous m'avez très bien entendu. L'affaire Lamont n'est plus de votre ressort. Je la confie à Spivak.

— Et on peut savoir pourquoi ? Vous avez donc si peur de McKackney ?

— Faites attention, Calhoon !

— Mais enfin, ce que vous faites est totalement injuste. Vous laissez...

— Injuste ?

Jarvis donna un coup de poing sur la table.

— Vous voulez que je vous parle d'injustice ? Le sénateur McKackney exigeait que vous soyez suspendu. Il m'a dit que si je ne vous virais pas, il vous traînerait en justice, ainsi que toute la section homicide, pour diffamation et que sais-je d'autre encore. Et n'allez pas croire qu'il n'en avait pas le pouvoir. La seule manière de le calmer a été de lui promettre que j'allais confier l'affaire à quelqu'un d'autre. Alors, au lieu de m'accuser, faites preuve d'un peu de gratitude, vous voulez ? Je vous ai sauvé votre boulot.

— Ouais, eh bien, mon boulot vous pouvez vous le fourrer là où je pense, lieutenant, rétorqua Mitch. Je n'en veux pas.

Il tira son badge de sa poche et le jeta sur le bureau de Jarvis. Puis, ôtant son revolver de son holster, il le posa à côté du badge.

— Vous direz au sénateur que certains flics refusent de se laisser intimider.

Sur ces mots, il quitta le bureau.

20.

Situé à un jet de pierre du Capitole, l'Irish Time était un pub celte dans la plus pure tradition irlandaise, et un lieu de rendez-vous très prisé parmi les jeunes politiciens qui voulaient être vus.

Avant d'en franchir le seuil, Mitch embrassa du regard la salle déjà bien remplie, où des serveurs allaient et venaient en portant des plateaux chargés d'assiettes de ragoût de mouton et de pintes de Guinness. Tom était installé à une table du fond, devant un soda.

— Merci d'être venu, dit Mitch en le rejoignant.

Son ami leva les yeux.

— Qu'est-ce que c'est que cette histoire de démission ? interrogea-t-il d'un ton inquiet. C'est de la blague ?

— Pas du tout, répondit Mitch en faisant signe à un serveur. Tu sais ce que tu veux ?

Ils passèrent leur commande, puis Mitch raconta à Tom sa dispute avec Jarvis.

— Décidément, tu ne feras jamais de progrès en matière de diplomatie, commenta Tom avec un léger sourire.

— Je n'ai jamais prétendu être diplomate. Ce n'est pas pour ça que je suis payé. Et si Jarvis n'avait pas de la guimauve à la place des couilles, rien de tout ça ne serait arrivé.

— McKackney a dû lui tomber dessus à bras raccourcis.

— Et alors ? On a tous eu affaire à des politiciens arrogants, un jour ou l'autre, surtout dans cette ville. Depuis quand les laisse-t-on se mêler de notre travail ?

Il secoua la tête.

— Enfin, tu as besoin d'informations sur l'affaire ? Des éléments que Jarvis aurait omis de préciser ?

Tom leva la main.

— On en parlera plus tard. Tu fais encore partie de la police. Il suffirait même que j'en touche un mot à Landers pour que tu sois réintégré dans la minute. Je parie qu'il n'est pas au courant de ce qui s'est passé, sinon tu aurais eu de ses nouvelles. Le vieux t'aime bien, Mitch. Et il a horreur de perdre un bon flic.

Mitch secoua la tête. Il ne voulait pas mêler le chef de la police à cette histoire. Landers était un brave type, et un franc-maçon, comme Tom, ce qui expliquait leur amitié. Mais passer par-dessus la tête d'un supérieur, et se servir d'un ami pour le faire, n'était pas dans ses habitudes.

— Laissons Landers en dehors de ça, d'accord ? En tout cas, pour le moment.

Tom plissa les yeux.

— Qu'est-ce que tu manigances ?

— Qui a dit que je manigançais quelque chose ? s'exclama Mitch en feignant l'innocence.

— Je te connais, Mitch. Et je n'aime pas beaucoup cette histoire. Crois-moi, McKackney ne permettra pas qu'un flic têtu vienne fourrer son nez dans cette vieille affaire de viol.

— Tant pis pour lui. Je suis un simple citoyen, maintenant. Je n'ai de comptes à rendre à personne.

Il se pencha en avant.

— En revanche, j'ai besoin que tu me rendes un service.

Tom poussa un soupir.

— Je savais bien que cette invitation à déjeuner cachait quelque chose.

— Juste un petit quelque chose.

Mitch jeta un coup d'œil autour de lui, pour s'assurer que personne ne pouvait les entendre.

— C'est au sujet de Maddy Mays, la propriétaire de l'hôtel Europa. Une rumeur a circulé, il y a quelques années, comme quoi elle dirigeait un réseau de call-girls. Je n'étais pas à Washington, alors, mais toi, si. Tu t'en souviens ?

Leurs commandes arrivèrent, et Tom attaqua son ragoût de mouton avec enthousiasme.

— Très vaguement, répondit-il entre deux bouchées. Cela doit remonter à l'époque où elle a ouvert son hôtel, je crois bien. Pourquoi t'intéresses-tu à Maddy Mays, d'un seul coup ?

— Si cette rumeur était fondée, Gina Lamont aurait pu travailler pour elle.

— Mmm.

Tom fourra un morceau de pain dans sa bouche et le mastiqua un moment, songeur.

— Qu'est-ce que tu attends de moi ?

— Tu as des amis, aux Mœurs. Essaie de découvrir qui a donné l'ordre d'abandonner l'enquête sur Maddy Mays, et pour quelle raison.

— Tu penses que le département est mouillé ?

— Ce ne serait pas la première fois. Il suffit d'un ripou.

— Très bien. Je verrai ce que je peux faire.

Tom but une gorgée de soda.

— A une condition.

Mitch eut un sourire.

— Je savais bien que je devrais payer pour ce service... C'est bon, je t'écoute.

— Il paraît que tu passes beaucoup de temps avec Kate Logan, ces jours-ci. C'est la vérité ?

— Je ne couche pas avec elle, si c'est ce que tu veux savoir, répondit Mitch en posant ses couverts.

— Tu n'as pas passé la nuit dernière chez elle ?

— Comment es-tu au courant ?

— Povich, du *Chronicle*, surveillait la maison de ta belle avocate depuis plusieurs jours, dans l'espoir que son mari allait paraître. Il a raconté à son cousin qu'il t'avait vu entrer chez elle, hier soir.

— Ce fouille-merde n'a pas précisé que sa secrétaire m'accompagnait ?

— Si, mais il a ajouté qu'elle était partie un moment plus tard et que toi, tu étais resté. Il prétend avoir repris sa surveillance à 6 heures, ce matin, et que ta voiture était encore là. Inutile de préciser que le procureur fédéral n'était pas content d'entendre ça. Si tu n'avais pas filé aussi vite, tout à l'heure, il t'aurait sûrement convoqué.

Mitch serra les poings.

— Un de ces jours, je ferai ravaler sa langue à cette ordure de journaliste.

— Alors, c'est vrai ?

— Non. Enfin, ce n'est pas ce que tu crois.

Se rappelant la promesse qu'il avait faite à Kate de ne pas parler de l'agression dont elle avait été victime, Mitch ajouta :

— Kate était malade, hier soir, et elle n'avait personne pour s'occuper d'elle.

— Tu te fous de moi ? Qu'est-ce qui se passe entre vous ? Tu es en train de tomber amoureux, ou quoi ?

— Je ne savais pas que ta qualité d'ami te donnait le droit de connaître tous les détails de ma vie privée, répliqua Mitch, sur la défensive.

Tom éclata de rire.

— Va donc expliquer ça à Mary Beth. D'après elle, dans la mesure où tu m'as sauvé la vie une fois, je suis désormais responsable de toi.

— Quoi ? Mary Beth est au courant ?

— Elle l'a appris par une copine dont la sœur travaille au bureau du procureur fédéral. Tout ce petit monde a dû passer un temps fou au téléphone, ce matin.

— Seigneur !

— Tu as un autre problème, maintenant.

— Lequel ?

— Mary Beth veut faire la connaissance de Kate ! répondit Tom en riant de plus belle. Elle tient absolument à s'assurer que tu ne vas pas laisser une nouvelle Ava te mettre le grappin dessus.

Mitch leva les yeux au ciel.

La seule raison pour laquelle il tolérait les intrusions de Mary Beth dans sa vie était qu'il les savait dictées par un besoin sincère de le protéger, et non par une curiosité déplacée. Elle se sentait une dette éternelle envers lui, après qu'il avait sauvé la vie de Tom, des années plus tôt ; et sa seule façon de le remercier était de déverser sur lui des torrents d'amour et d'affection — au risque, parfois, de se montrer un peu étouffante.

— J'ai une idée, reprit Tom. Si tu venais à la maison avec Kate, cet après-midi ? Je termine mon service à 16 heures. Comme ça, je pourrais te dire ce que j'ai trouvé sur Maddy Mays.

— J'en parlerai à Kate, répondit Mitch, sans rien promettre.

Quand il revint chez la jeune avocate, peu après 14 heures, il la trouva vêtue d'un survêtement et visiblement très occupée dans la cuisine. Une merveilleuse odeur de vanille flottait dans toute la maison.

— Qu'est-ce que vous faites là ? demanda-t-elle en lui ouvrant la porte. Vous ne deviez pas travailler de midi à 20 heures ?

— C'est ce qui était prévu, répondit Mitch en la suivant dans la cuisine. Et vous ? Russell ne vous avait-il pas conseillé de rester au lit ?

— J'ai promis à Alison de lui préparer ses gâteaux préférés, expliqua Kate.

Elle plongea le doigt dans la pâte crémeuse qu'elle venait de préparer et le lécha avec gourmandise.

— Croyez-moi, ajouta-t-elle, c'est beaucoup plus gratifiant que de rester couchée. Mais vous n'avez pas répondu à ma question. Qu'est-ce que vous faites ici, à cette heure ?

— J'ai rendu mon badge. Je ne suis plus dans la police.

— Quoi ?

— Vous avez bien entendu. J'ai démissionné.

— Mais pourquoi ? Que s'est-il passé ?

— Jarvis a appris que je m'étais rendu à Baltimore pour interroger Sean McKackney. Sous la pression du sénateur, il m'a retiré l'affaire. Ça ne m'a pas plu, et je suis parti.

Les yeux écarquillés, Kate s'appuya contre l'évier.

— Il vous a retiré l'affaire ? Est-ce que cela n'équivaut pas à un aveu de culpabilité de sa part ?

— Ça dépend de l'angle sous lequel on aborde la question. Et qui l'aborde.

— Mitch, il faut réagir ! Allez voir les supérieurs de Jarvis...

— Mauvaise idée, coupa Mitch. Cela risquerait de confirmer les accusations du sénateur selon lesquelles je harcèle son fils. Avant de me précipiter, j'ai besoin d'avoir la preuve qu'il est bien intervenu pour fabriquer un alibi à son fiston.

— Vous croyez qu'il serait assez stupide pour avoir laissé la moindre preuve ?

— En tout cas, je l'espère.

Mitch observa Kate tandis qu'elle s'essuyait les mains sur un torchon.

— Vous connaissez bien le sénateur McKackney ? interrogea-t-il.

— Non. Lui et Douglas vont souvent chasser ensemble dans le chalet du sénateur, du côté des montagnes Catoctin. Il est toujours charmant, mais je ne l'ai jamais beaucoup aimé. Rose non plus, d'ailleurs. Il est trop arrogant. Et je lui trouve un air faux.

Mitch hocha la tête.

— La question, maintenant, est de savoir jusqu'où il irait pour sauver son fils.

— Je crois que vous connaissez déjà la réponse. Ou bien vous ne seriez pas allé jusqu'à Baltimore.

De nouveau, Mitch considéra la jeune femme en silence, un instant, alors qu'elle était occupée à verser sa pâte dans des petits moules.

— C'est quoi, votre sentiment, dans tout ça ?

— Mon scénario va sûrement vous paraître fou, mais je vous le livre quand même, répondit-elle sans s'interrompre. Admettons que le réseau de call-girls pour lequel travaillait Gina était bel et bien dirigé par Maddy Mays. Si Gina, alias Mary Sweeney, travaillait déjà pour Maddy à l'époque de l'arrestation de Sean, Maddy aurait pu fournir la fille et l'alibi, afin de rendre service au sénateur.

— Maddy Mays connaîtrait le sénateur ?

— Allons, Mitch, c'est l'évidence même ! N'oubliez pas que nous sommes à Washington — où règne une débauche qui n'a rien à envier à celle de la Rome antique.

— Donc, le sénateur aurait pu être un client de Maddy Mays.

— C'est une possibilité, en effet. Et dans ce cas, on peut imaginer qu'il était un client très estimé — quelqu'un à qui Maddy aurait été trop contente de venir en aide.

Mitch ne put s'empêcher de rire.

— J'aime votre façon de raisonner, mon cher maître.

— Merci.

Kate prit le plateau sur lequel elle avait posé tous les petits moules, et elle le glissa à l'intérieur du four, déjà chaud.

— Maintenant, demanda-t-elle, comment faire pour prouver tout cela ?

— On va fouiller dans le passé de McKackney.

— Vous prenez le risque de vous faire arrêter.

— Si ça arrive, répliqua Mitch en souriant, je connais un excellent avocat...

— Soyez prudent, tout de même.

— Ma parole, on dirait que vous vous faites du souci pour moi !

La jeune femme garda les yeux fixés sur le four.

— Je ne tiens pas à ce que vous ayez des ennuis, voilà tout. Vous avez déjà perdu votre travail.

— Ne vous inquiétez pas pour ça.

— Ah non ? Et comment comptez-vous faire, pour gagner votre vie ?

— Je n'ai pas besoin de mon salaire de détective pour vivre, répondit Mitch. Après avoir quitté la police, la première fois, j'ai travaillé plusieurs années pour une agence de détectives privés dont la spécialité était de retrouver et de secourir des enfants qui avaient été kidnappés. J'ai gagné assez d'argent pour pouvoir me passer de travail jusqu'à la fin de mes jours. Et si je m'ennuie, je trouverai toujours quelque chose.

— Mais vous devez aimer la police, souligna Kate, ou vous n'auriez pas abandonné un emploi aussi lucratif pour y retourner. D'ailleurs, pourquoi avez-vous quitté cette agence de détectives privés ?

Sans doute le visage de Mitch trahit-il la tristesse qui l'envahit, car Kate se troubla.

— Je... je vous demande pardon, dit-elle aussitôt. Je ne voulais pas être indiscrète.

— Vous ne l'êtes pas, la rassura-t-il en haussant les épaules. Un accident m'a fait prendre conscience que je n'étais plus qualifié pour ce travail. Je suis parti.

— J'ai du mal à le croire. Je n'ai jamais entendu que des éloges à votre sujet, depuis que vous êtes revenu dans la police.

Mitch garda le silence un moment. Puis il se lança.

— Il y a trois ans, je suis allé secourir une enfant — une petite fille. J'avais fait ça des douzaines de fois, et toujours avec succès. Mais ce jour-là, j'ai commis une erreur fatale.

— Vous n'avez pas pu la sauver ? demanda Kate.

Mitch leva les yeux vers elle.

— Elle a été tuée.

— Oh, mon Dieu ! Que s'est-il passé ?

— Je me suis laissé dominer par mes émotions. La pire des erreurs à ne pas commettre.

— Où est-ce arrivé ?

— En Californie. Elle était dans mes bras, et nous avions presque franchi le mur de la propriété dans laquelle elle était retenue prisonnière. Dans ma précipitation à la sortir de là, je n'ai pas vu arriver un garde. Il était armé.

— Il a tiré sur la fillette ?

— C'est moi qu'il visait. Il m'a manqué. Et... c'est elle qui a reçu la balle.

— Oh, Mitch !

Kate tendit la main, pour toucher la sienne, et il s'en saisit, comme un naufragé agrippe une bouée de sauvetage.

— Elle avait seulement sept ans. C'était une enfant magnifique, aimante, confiante. Et je l'ai laissée tomber.

— Ne dites pas ça, Mitch. Je suis sûre que vous avez fait ce que vous avez pu.

Il ne répondit rien. Il ne jugea pas utile de préciser que l'enfant en question était sa propre fille. Grâce à Ava et aux autorités de l'Etat de Californie qui avaient accepté de ne pas parler de l'affaire aux médias, seules quelques personnes connaissaient l'identité de la fillette qui était morte, ce jour-là.

— Qu'avez-vous fait, avant de revenir à Washington, l'année dernière ? reprit Kate d'une voix tremblante d'émotion.

— J'ai voyagé. Je ne savais pas où je voulais m'installer, ni ce que je voulais faire. J'ai essayé différentes villes, différents boulots. J'ai même passé quelques mois à New York.

— Mais vous avez fini par revenir.

Il haussa les épaules.

— C'est ce qu'on dit : on retourne toujours vers ses racines.

— Vous n'avez pas de famille ?

— Mon père était flic. Il est mort en service, il y a très longtemps. Ma mère est allée s'installer en Floride, en 93.

Mitch sourit.

— Elle vous plairait. C'est une sacrée bonne femme.

— J'en suis sûre.

Soudain, la minuterie du four sonna, et Kate se tourna

pour sortir la plaque couverte de gâteaux tout chauds. Aussitôt, Mitch en vola un.

— Ça vous dirait d'aller faire un tour ? demanda-t-il en mordant dedans.

Kate haussa les sourcils.

— Je ne sais pas. Où ça ?

— Chez les Spivak. Tom travaille comme moi à la section homicide. C'est mon meilleur ami. Sa femme, Mary Beth, est adorable. C'est à Tom qu'on a confié l'affaire, et je lui ai demandé de voir ce qu'il pouvait trouver sur Maddy Mays. Il m'a proposé de passer chez lui, après son service.

— Je connais Tom. Nous avons travaillé ensemble sur deux dossiers, quand j'étais au bureau du procureur fédéral. C'est un chouette type.

— Vous aimerez Mary Beth, aussi.

— Mais je ne voudrais pas m'imposer.

— Pas du tout !

Mitch sourit et décida de dire la vérité.

— En fait, Mary Beth veut vous rencontrer.

Gêné, il s'éclaircit la gorge.

— Voyez-vous, elle a entendu dire que nous avions une liaison et…

— Quoi ? s'exclama Kate.

— Je sais. J'ai eu la même réaction que vous. Il s'agit juste d'une rumeur. Dans deux ou trois jours, tout le monde aura oublié.

— Et qui est à l'origine de cette rumeur ?

— Povich. Apparemment, il surveille votre maison depuis plusieurs jours, dans l'espoir qu'Eric va se manifester. En tout cas, il sait que j'ai dormi ici, la nuit dernière, et il a mis son cousin au courant.

Kate secoua la tête avec colère.

— Un de ces jours, je vais tordre le cou à ce sale type.

— Il faudra prendre votre tour ! remarqua Mitch en riant. Il y a du monde au portillon.

Il marqua une pause, avant de poursuivre :

— Si vous ne voulez pas venir, je comprendrai.

Kate parut réfléchir.

— En fait, déclara-t-elle enfin, je serai ravie de faire la connaissance de la femme de Tom.

Elle esquissa un sourire malicieux.

— Il faut bien que quelqu'un fasse taire ces rumeurs.

21.

Kate et Mitch venaient à peine de franchir le seuil de la maison des Spivak, lorsque deux petites filles se précipitèrent vers eux.

— Oncle Mitch, oncle Mitch ! crièrent-elles en se jetant dans les bras de ce dernier.

— Regarde ma nouvelle marionnette ! lança la plus grande en lui agitant une poupée violette sous le nez.

— Non, regarde-moi ! renchérit sa cadette. Je peux me tenir sur mes doigts de pied.

Impatiente de montrer ses chaussons de danse, visiblement tout neufs, elle se tortilla pour que Mitch la pose par terre et, aussitôt, elle se hissa sur ses orteils, gardant la pose pendant trois bonnes secondes.

— Sandy ! Amy ! Laissez donc ce pauvre oncle Mitch respirer un peu ! s'exclama une jolie femme brune en les rejoignant. Il vient à peine d'arriver.

Mary Beth Spivak accueillit chaleureusement Kate, qui se sentit aussitôt à l'aise.

— Mes filles sont folles de Mitch, expliqua la femme de Tom en l'entraînant vers le salon. Et bien sûr, lui, il les gâte trop.

Elle fit signe à Kate de s'asseoir sur le canapé et s'installa en face d'elle. Mitch et Tom avaient disparu dans une pièce, au bout du couloir.

— Vous avez une fille, je crois ? interrogea Mary Beth.

— Oui, elle a treize ans. Et elle me donne plus de fil à retordre que vos deux filles réunies, j'en suis sûre.

— C'est un âge difficile. D'autant qu'avec tout ce qui se passe en ce moment, ce ne doit pas être aisé pour elle.

— En effet, cela n'arrange rien. Du coup, je fais preuve de beaucoup d'indulgence. Mais dès que la situation sera redevenue normale, je ferai de nouveau claquer mon fouet.

Mary Beth secoua la tête.

— Je ne sais pas pourquoi, mais je vous imagine mal avec un fouet.

Kate éclata de rire.

— Je n'ai pas réussi à vous tromper, vous non plus ?

— Pas une seule seconde. Vous voulez du café ? Je viens d'en faire.

— Avec plaisir.

— J'en ai pour une seconde, dit Mary Beth en se levant.

Elle revint presque aussitôt avec un plateau.

— Vous connaissez Mitch depuis longtemps, n'est-ce pas ? reprit Kate tandis que son hôtesse s'occupait du service.

— Dix-huit ans, répondit Mary Beth en lui tendant une tasse de café. Il y a du sucre et du lait sur le plateau, si vous en désirez. Oui, dix-huit ans, enchaîna-t-elle sans transition. Il était le témoin de Tom, à notre mariage.

Elle jeta un coup d'œil du côté de ses filles, qui jouaient dans un coin du salon, comme pour s'assurer qu'elles ne l'entendaient pas.

— Il a sauvé la vie de Tom, une fois, ajouta-t-elle en baissant la voix.

— Vraiment ?

— C'était à l'époque où Mitch et Tom étaient coéquipiers. Ils sortaient tout juste de l'académie de police. Un soir, alors qu'ils effectuaient une patrouille en voiture, il y a eu un appel radio au sujet d'un cambriolage qui se déroulait au même moment, quelques rues plus loin. Ils sont arrivés les premiers sur les lieux, et Tom a aussitôt jailli de la voiture. Il s'est retrouvé dans la ligne de feu des malfaiteurs.

Elle secoua la tête.

— Sans l'intervention de Mitch, je serais sans doute veuve, à l'heure qu'il est.

— Je comprends votre amitié pour lui.

— C'est plus que de l'amitié. Mitch est comme un frère, pour nous. Tom et moi ferions n'importe quoi pour lui.

Mary Beth but une gorgée de café, avant de demander :

— Et vous, vous le connaissez depuis longtemps ?

— Pas vraiment, répondit Kate. Je l'ai rencontré pour la première fois il y a six mois, lors de l'affaire Tony Fuente. Le meurtre de Gina Lamont nous a remis en présence. D'un point de vue judiciaire, nous appartenons à des camps adverses, et j'imagine que cela rend ma présence ici un peu étrange.

Quelques secondes, Mary Beth garda le silence.

— Je dois vous avouer que j'étais curieuse de vous connaître, admit-elle enfin, avec un sourire contrit. Les ragots vont bon train, à votre sujet à tous les deux — surtout depuis que Mitch a donné sa démission, ce midi. Pourtant, il ne nous a jamais parlé de vous.

— C'est sans doute parce qu'il n'y a rien à dire, répondit Kate. Nos relations sont purement professionnelles.

— Vraiment ? Je ne vous ai vus ensemble que quelques instants, quand vous êtes arrivés, mais je dois vous avouer que jamais Mitch n'a regardé une femme comme il vous regarde. Même pas Ava.

En entendant ces mots, Kate eut un pincement au cœur.

— Qui est Ava ? ne put-elle s'empêcher de demander.

— Son ex-femme, répondit Mary Beth en faisant la moue.

— Vous n'avez pas l'air de l'aimer beaucoup.

— Ça non, alors !

Elle jeta encore un coup d'œil du côté de ses filles.

— Je l'ai même toujours détestée. Elle était gâtée, immature et uniquement préoccupée d'elle-même. Comme Mitch semblait très amoureux, nous nous sommes tus. Nous espérions un peu que le mariage la changerait, qu'elle finirait par comprendre que le monde entier ne tournait pas autour de sa petite personne. C'est le contraire qui s'est produit. En plus, elle avait horreur du travail de Mitch.

— Est-ce vraiment surprenant ? Etre l'épouse d'un policier ne doit pas être facile tous les jours. Il y a cette inquiétude, toujours...

— Pensez-vous ! Ava ne s'inquiétait guère de ce qui pouvait arriver à Mitch. Simplement, elle trouvait qu'il ne gagnait pas assez d'argent. C'est pour cette raison qu'il a décidé d'aller travailler pour Vargas World Wide Investigations.

— Où est-elle, maintenant ?

— Ava ? En Californie. Elle s'est remariée...

Mary Beth s'interrompit, comme si elle s'avisait brusquement qu'elle parlait trop. En dépit de sa curiosité, Kate n'insista pas. D'autant que Tom et Mitch revenaient. Les filles abandonnèrent leurs jeux pour grimper sur les genoux de leur oncle, et le tête-à-tête se transforma en une joyeuse réunion à l'atmosphère familiale.

— Alors, qu'avez-vous pensé de Mary Beth ? demanda Mitch, plus tard, comme ils retournaient chez Kate.

La nuit était tombée, apportant avec elle une bruine légère qui enveloppait la ville comme un voile de brume.

— Elle est charmante, répondit Kate. Et elle vous aime beaucoup.

— Elle ne vous a pas trop accablée de ses questions ?

— Juste un peu. Je crois qu'elle tenait à s'assurer que je ne suis pas une séductrice-née déterminée à vous briser le cœur.

— Elle vous a dit ça ?

L'expression horrifiée de Mitch fit sourire Kate.

— Non, ne vous inquiétez pas. En fait, nous nous sommes très bien entendues. Elle m'a presque semblé déçue qu'il ne se passe rien entre nous.

Recouvrant son sérieux, elle enchaîna :

— Et vous ? Tom a appris quelque chose au sujet de Maddy Mays ?

— Pas vraiment. Les deux flics qui travaillaient aux Mœurs, à l'époque, ont pris leur retraite depuis longtemps ; et les autres n'ont aucun souvenir d'une enquête.

Comme il arrivait devant chez Kate, il se rangea derrière sa voiture.

— Mais il va essayer de retrouver les deux policiers retraités, poursuivit-il. Il me tiendra au courant.

Kate étouffa un bâillement du dos de la main, et il sourit.

— Fatiguée ?

— Un peu.

Elle sourit à son tour, gênée. Il lui devenait de plus en plus difficile d'ignorer l'attirance qu'elle éprouvait pour Mitch. Et le fait de se trouver si près de lui, dans un lieu aussi exigu, n'arrangeait rien.

— Merci pour cet après-midi, Mitch. Je...

Elle ne termina pas sa phrase. Sans prévenir, et sans lui donner une chance de protester, Mitch l'attira dans ses bras et s'empara de ses lèvres.

Devant une telle initiative, la première réaction de Kate fut de se raidir ; et puis, presque aussitôt, elle s'abandonna.

Jamais encore elle n'avait été embrassée de la sorte. C'était un baiser sauvage, brûlant ; un baiser empli de tant de ferveur et de passion qu'elle en eut le souffle coupé.

Etourdie, elle se sentit répondre, gémir, et elle plongea les doigts dans les cheveux de Mitch tandis qu'une multitude d'émotions prenaient possession d'elle, sapant sa volonté, anéantissant toutes les promesses qu'elle avait pu se faire.

Mitch prit son visage entre ses mains.

— Dieu, que vous avez bon goût ! murmura-t-il contre ses lèvres. Exactement comme je l'imaginais.

Il fit glisser sa bouche jusque dans le cou de Kate, à l'endroit où son pouls battait follement.

— Rentrons, Kate.

A l'instant précis où elle renversait sa tête, prête à succomber au désir qui menaçait de la consumer, elle aperçut une voiture qui remontait la rue, lentement, tous phares éteints. Arrivée à l'intersection, le véhicule tourna à gauche et disparut.

— Que se passe-t-il ? demanda Mitch en se dégageant et en suivant son regard. Vous avez vu quelque chose ?

— Une voiture, répondit Kate, tremblante. Elle roulait sans lumière.

Mitch fit mine de passer la première vitesse, mais Kate l'arrêta d'un geste.

— Non, laissez-le partir. C'est sûrement Povich. Si vous le rattrapez, ce sera encore pire.

— Je vais rester avec vous. Et s'il revient, je vous jure que je vais…

— Non ! fit encore Kate. Il n'attend sans doute que cela. Pour l'instant, c'est sa parole contre la nôtre. En faisant un scandale ou en nous attaquant à lui, nous apportons de l'eau à son moulin.

Mitch fit glisser son pouce sur les lèvres de Kate.

— Soit. Mais je souhaite qu'on inscrive mon objection au dossier.

Inspirant lentement et profondément, quelques instants, Kate attendit que les battements de son cœur reprennent un rythme normal. Puis elle hocha la tête et ouvrit la portière de la voiture.

— Objection notée. Bonne nuit, Mitch.

— Bonne nuit, Kate.

*
* *

Le gymnase que fréquentait Mitch, sur M Street, était presque toujours désert, à cette heure matinale. Comme chaque jour, il commença par s'échauffer avec un jogging de cinq kilomètres, sur la piste intérieure. La course à pied l'aidait à s'éclaircir les idées ; parfois, elle lui permettait même de résoudre certains problèmes. Mais ce matin, il semblait incapable de toute pensée logique. Kate et le tourbillon d'émotions qu'il avait ressenties en la tenant dans ses bras, la veille, occupaient tout son esprit.

Il bouclait son deuxième tour de piste, lorsqu'un autre coureur le rejoignit. Un coup d'œil lui suffit pour reconnaître le sénateur Sander McKackney.

Mitch réprima un sourire en remarquant deux hommes des services secrets, également en tenue de sport, qui se mettaient à courir à quelques mètres derrière eux.

— Bonjour, détective, dit le sénateur en arrivant à sa hauteur.

A soixante ans passés, c'était un homme de haute taille, avec des épaules larges, des cuisses musclées et un ventre aussi plat que celui de Mitch. Chaque mèche de ses cheveux gris était parfaitement en place — tout comme son sourire de politicien.

— Laissez tomber le titre, sénateur, répondit Mitch. Vous savez pertinemment que je ne fais plus partie de la police.

— C'est dommage. Les bons flics sont une espèce rare, de nos jours.

— Je ne vous le fais pas dire. Et, au rythme où vont

les choses, elle ne devrait pas tarder à s'éteindre pour de bon.

— Croyez-moi, je n'ai rien à voir dans la décision du lieutenant Jarvis de vous retirer l'affaire. J'ai simplement exprimé mon inquiétude en ce qui concernait mon fils, que vous sembliez avoir pris pour cible — fort injustement, d'ailleurs. Sean n'a rien à cacher.

— Dans ce cas, pourquoi avoir eu si peur ?

— Je ne comprenais pas, et mon fils non plus, votre détermination à vouloir exhumer une vieille affaire qui n'a rien à voir avec l'enquête dont vous étiez chargé.

— Vous avez vos opinions. J'ai les miennes.

— Mon fils est un excellent chirurgien, détective, et le père de deux enfants magnifiques. Je vous le demande : ces petits méritent-ils d'être exposés à un scandale que tout le monde a oublié depuis longtemps ?

Il n'était pas difficile de comprendre pourquoi cet homme était réélu, mandat après mandat. Non seulement sa maîtrise du mensonge était stupéfiante, mais en plus il possédait au plus haut point l'art de paraître convaincu de ce qu'il avançait.

— Il faudra que vous posiez cette question au détective Spivak, sénateur, répondit Mitch. C'est lui qui s'occupe de l'affaire, désormais. A présent, je suis un citoyen comme un autre.

— D'après ce qu'on m'a dit, vous êtes aussi quelqu'un de très obstiné. Ce n'est pas une mauvaise chose, remarquez.

Il éclata de rire.

— Je suis moi-même un homme obstiné. Cela ne m'a pas trop mal réussi, n'est-ce pas ?

— Peut-on savoir où vous voulez en venir ?

Leurs regards se croisèrent. L'espace d'un instant, l'image soignée et affable de l'homme public disparut pour laisser place à une expression dure et implacable.

— Je vais vous le dire, répondit-il sur un ton trop doucereux. Si vous continuez à harceler mon fils, et j'ai de bonnes raisons de croire que c'est votre intention, vous pourriez le regretter.

Mitch eut un sourire glacial.

— Etes-vous en train de me menacer, sénateur ?

— Pensez ce que vous voulez, Calhoon. Simplement, n'allez pas vous plaindre ensuite que vous n'aviez pas été prévenu.

Sur ces mots, qu'il avait prononcés sans jamais ralentir l'allure, le sénateur quitta la piste, les deux agents des services secrets sur ses talons.

Mitch continua de courir. S'il avait entendu bien des rumeurs à propos du sénateur du Tennessee, aucune ne permettait de deviner la nature impitoyable du politicien. Il venait d'en avoir un aperçu ; et il serait bien sot de ne pas accorder d'importance à l'incident.

Sander McKackney était un homme dont il fallait se méfier.

22.

Le lendemain matin, Kate se rendit à Potomac, afin d'y apporter les gâteaux qu'elle avait préparés pour Alison. Elle fit en sorte d'arriver après le départ de sa fille pour le lycée. Il était inutile qu'elle voie l'hématome et les égratignures, sur sa joue, et qu'elle s'inquiète. D'ici à deux ou trois jours, il n'y paraîtrait presque plus, et Kate pourrait couvrir les marques avec un peu de fond de teint.

Elle s'était longuement interrogée pour savoir si elle devait ou non expliquer à Alison qu'elle avait annoncé sa décision d'abandonner l'affaire Lamont. Elle craignait sa réaction. Elle craignait aussi que l'adolescente n'apprenne la nouvelle par les journaux. Ces derniers temps, Alison dévorait la presse, dans l'espoir de trouver un article ou un entrefilet à propos de son père.

Kate avait fini par décider, après mûre réflexion, qu'il était préférable de conserver le silence. Elle voulait essayer de gagner du temps et éviter, aussi longtemps que possible, que sa fille ne la rejette encore plus qu'elle ne le faisait déjà. Leur relations s'étaient améliorées, ces derniers jours. Si Povich n'allait sans doute pas tarder à publier un article à son propos, les chances qu'Alison tombe sur l'article étaient en définitive assez faibles : Douglas ne laissait entrer chez lui que trois quotidiens — le *Washington Post*, le *New York Times* et le *Wall Street Journal.*

Dans ces conditions, mieux valait garder le secret.

A 13 heures, ce jour-là, Frankie appela Kate, sur l'Intercom.

— Devine qui te demande, sur la trois ?

Kate eut un sourire. Elle avait une idée assez précise de l'identité de la personne en question. Néanmoins, elle ne voulut pas priver son assistante du plaisir de le lui annoncer.

— Je ne sais pas, mentit-elle. Qui donc ?

— Mitch Calhoon, répondit Frankie avec un soupir d'aise.

— Dis-lui que je n'ai pas le temps de lui parler.

— Quoi ?

Kate éclata de rire.

— Je plaisantais, Frankie. Passe-le-moi.

Un instant plus tard, la voix de Mitch résonnait à l'oreille de Kate, qui sentit les battements de son cœur s'emballer.

— Bonjour, Kate.

— Bonjour, Mitch, répondit-elle en s'efforçant d'adopter un ton neutre. Quoi de neuf ?

— Il semblerait que vous ayez eu raison, au sujet de Chuck Winslow.

— Ah bon ? Qu'avez-vous découvert ?

— Notre amie Cora Winslow a brusquement décidé de changer de voiture. Elle a acheté une Toyota toute neuve de quatorze mille dollars. Et elle a payé en liquide. Le bureau du shérif a essayé de me joindre, au commissariat, et Tom m'a transmis le message.

Kate se laissa aller contre le dossier de son fauteuil.

— J'en étais sûre ! Ils avaient l'argent, tout ce temps, mais on avait dû leur conseiller de ne pas le dépenser.

— C'est probable. En tout cas, je prends l'avion pour Myrtle Beach, tout à l'heure. Je vais aller bavarder avec cette brave Mme Winslow.

— Vous m'appellerez à votre retour ?

— Seulement si vous promettez de rentrer tôt, ce soir. Il faut encore vous ménager.

Kate sourit.

— D'accord, patron !

Le reste de l'après-midi se déroula rapidement et sans incident notable. A 16 heures, Kate passa son coup de fil quotidien à Alison, qui la remercia pour les gâteaux. Elle avait l'air d'excellente humeur, et Kate raccrocha, le cœur léger. Dieu merci, elle commençait à retrouver un peu sa fille.

Plus tard, Frankie entra dans son bureau, un sac de provisions dans les bras.

— Allez, c'est l'heure de partir ! lança-t-elle.

Kate jeta un coup d'œil à sa montre.

— Déjà ? Je n'ai pas vu le temps passer.

— C'est fou, hein ? Je t'accompagne.

— Ah bon ? fit Kate en haussant les sourcils. En quel honneur ?

— Parce que Mitch Calhoon me l'a demandé. Il craignait que tu ne tiennes pas ta promesse, alors il m'a chargée de m'assurer que tu partais tôt et que tu rentrais directement chez toi.

Elle désigna le sac de provisions.

— Et c'est moi qui cuisine, ce soir !

Kate s'humecta les lèvres et se leva aussitôt.

— Ma chère Frankie, tes arguments sont de ceux auxquels on ne résiste pas.

A 21 heures, Frankie s'en alla, sa mission accomplie, et Kate s'apprêtait à monter se coucher, quand le téléphone sonna.

Elle décrocha et entendit d'abord à l'autre bout de la ligne une sorte de râle. Elle fut tentée de raccrocher, mais un pressentiment l'en empêcha.

— Qui est à l'appareil ? demanda-t-elle.

Il y eut un gémissement rauque. Puis une voix plus distincte lui répondit :

— LuAnn.

Kate se raidit.

— LuAnn ? Quelque chose ne va pas ?

— Il... il est entré dans mon appartement... et il m'a battue.

— Oh, non ! s'écria Kate, horrifiée. Où êtes-vous ?

— Toujours chez moi.

— Donnez-moi votre adresse, dit Kate en arrachant une feuille du bloc posé près du téléphone.

— 226 Georgia Avenue, balbutia LuAnn. Deuxième étage. C'est la porte sur la gauche.

— Ne bougez surtout pas. J'arrive.

Kate trouva LuAnn recroquevillée sur son canapé, vêtue d'un vieux peignoir vert. Son œil gauche était si enflé qu'elle ne pouvait plus l'ouvrir, et elle tenait un mouchoir ensanglanté pressé contre sa bouche.

— Mon Dieu ! s'exclama Kate.

Comme elle se précipitait vers LuAnn, celle-ci se mit à pleurer.

— Chut, fit Kate en s'agenouillant devant elle. J'ai prévenu un médecin. Non, ne vous inquiétez pas, il est discret. Il devrait arriver d'une minute à l'autre.

Elle prit un mouchoir propre dans son sac et le lui tendit.

— Pouvez-vous me décrire votre agresseur ? demanda-t-elle. Ressemblait-il au portrait-robot que je vous ai montré, l'autre jour ?

— Oui. Il doit bien mesurer deux mètres ! Il... il portait une cagoule de ski sur la tête. J'étais sous la douche, et d'un seul coup... il... il m'a attrapée par les cheveux et m'a frappée au visage... Je... j'ai cru qu'il allait me tuer.

Kate prit ses mains entre les siennes et les serra fort.

— Il vous a dit quelque chose ?

— Seulement qu'il allait me donner une leçon.

Elle se moucha.

— J'ai peur, Kate. J'ai tellement peur !

Ses sanglots redoublèrent d'intensité.

Soudain, un léger coup frappé à la porte les fit sursauter. Kate se redressa et marcha vers l'entrée.

— Qui est-ce ? demanda-t-elle.

— Le Dr Blackstone.

Elle lui ouvrit aussitôt.

Ce soir-là, l'ami de Mitch avait troqué son pyjama rayé contre un complet gris un peu fripé, et une cravate avec des motifs abstraits dans les tons rouges. Son sourire disparut dès l'instant qu'il aperçut LuAnn.

Pendant qu'il l'examinait, Kate se rendit dans la cuisine pour préparer du café. Quand il eut terminé, il la rejoignit.

— Il faut l'hospitaliser, déclara-t-il d'un ton grave.

— C'est sérieux ?

— J'en ai peur. Elle est très choquée. Elle a deux côtes cassées et une blessure au niveau du pelvis. Je lui ai donné des cachets antalgiques, mais il y a toujours des risques d'hémorragie interne. C'est pour ça qu'elle a besoin d'aller à l'hôpital. Mais elle refuse.

— Pourquoi ?

— Elle n'a pas d'assurance et pas d'argent.

Kate eut un geste impatient de la main.

— Je prendrai tout en charge. Faites le nécessaire.

Il la considéra un instant.

— Cette fois, je vais être obligé de rédiger un rapport. L'hôpital va l'exiger.

Elle hocha la tête.

— Je comprends.

Le Dr Blackstone se dirigea vers le téléphone pour appeler une ambulance.

— Et vous, comment vous sentez-vous ? demanda-t-il tandis qu'il composait le numéro.

— Oh ! A côté de LuAnn, je suis en mesure de m'entraîner pour le marathon de New York.

Le médecin esquissa un léger sourire.

— Vous devriez changer de profession, toutes les deux, remarqua-t-il. Celles que vous exercez actuellement sont à l'évidence devenues dangereuses pour votre santé.

Le lendemain matin, à son grand désespoir, Kate découvrit, en première page du *Washington Chronicle*, un compte rendu presque complet de la conversation qu'elle avait eue avec l'assistant du procureur fédéral, la veille, au sujet de sa décision d'abandonner l'affaire Fuente. Heureusement, quoique pour des raisons inexplicables, Povich ne faisait aucune mention de Mitch, ni du fait qu'il avait passé la nuit chez elle.

— Mme Logan a fini par comprendre qu'elle n'avait aucune chance de gagner, avait déclaré Ted Rencheck à la presse.

Kate jeta le journal avec un geste de colère.

— Le salaud ! fulmina-t-elle. J'aurais dû me douter qu'il tournerait cela à son avantage.

Elle quitta aussitôt la maison pour se rendre au Washington Memorial Hospital, où LuAnn avait été transportée la veille. Sur ses instructions, elle avait été installée dans une chambre privée, et une infirmière s'occupait d'elle vingt-quatre heures sur vingt-quatre. Kate avait aussi donné l'ordre de ne laisser personne l'approcher, en dehors des médecins et des infirmières, bien sûr, de la police et d'elle-même.

Quand elle entra dans la chambre, Kate retint son souffle. Tout le côté gauche du visage de LuAnn était dissimulé par un pansement ; son torse était également emprisonné dans un bandage. Les yeux fermés, elle était couchée sur le dos, immobile.

— Comment va-t-elle ? demanda Kate à l'infirmière, comme LuAnn bougeait légèrement.

— Ma collègue m'a dit qu'elle avait passé une nuit agitée. Sinon, ça a l'air d'aller.

— Elle saigne encore ?

— Un peu. C'est sa faute, aussi ! souligna l'infirmière d'un air sévère, jetant un coup d'œil vers le lit. On lui a dit de ne pas bouger, mais croyez-vous qu'elle écouterait ? Non, bien sûr ! Il faut qu'elle gigote comme une puce. Elle n'en fait qu'à sa tête.

— Ne l'écoutez pas, Kate, intervint LuAnn, qui s'était réveillée. Depuis ce matin, l'infirmière Holt cherche la bagarre.

Kate s'approcha du lit, soulagée de constater que ses pires craintes ne s'étaient pas réalisées.

— Je suis contente de voir que vous ne vous laissez pas faire, dit-elle en tendant le bouquet de roses jaunes qu'elle venait d'acheter chez le fleuriste, à l'entrée de l'hôpital. Tenez, c'est pour vous.

— Oh, Kate ! fit LuAnn.

Elle porta les fleurs à son visage et huma leur parfum avec précaution.

— Vous n'auriez pas dû. Vous en avez déjà trop fait : la chambre, l'infirmière…

— Ne vous inquiétez pas pour ça, l'interrompit Kate, avant de tirer une chaise et de s'asseoir à son chevet. Vous souffrez beaucoup ?

— Non, ça va. L'infirmière a les poches pleines de jolies

pilules de toutes les couleurs. Elles me soulagent, mais elles m'abrutissent complètement. J'ai décidé de ne plus en avaler une seule.

— Vous voyez ce que je veux dire ? intervint infirmière, avant de se replonger dans ses mots croisés.

— Pourquoi refuser de les prendre, LuAnn ? A quoi bon souffrir inutilement ?

— Je tiens à avoir toute ma tête, au cas où ce salaud déciderait de revenir.

Elle serra le poing droit, avant de laisser aller sa tête contre l'oreiller.

— Qu'est-ce que je raconte ! murmura-t-elle avec un soupir. Il me casserait le bras avant que j'aie le temps de dire ouf !

Elle regarda Kate.

— Comment a-t-il su que nous nous étions rencontrées ?

— Je l'ignore. Vous pensez qu'il aurait pu vous suivre jusqu'au musée ? Je ne vois pas d'autre explication.

— Et s'il me retrouve ?

— J'ai fait le nécessaire pour qu'il n'arrive pas jusqu'à vous. Vous ne risquez rien, ici.

Soudain, LuAnn fronça les sourcils et leva légèrement la tête, comme pour mieux voir le côté du visage de Kate.

— Qu'est-ce que vous avez sur la joue ? Ne me dites pas que vous avez eu vous aussi droit à un entretien avec notre ami...

— Si fait, répondit Kate.

Elle porta un doigt à ses lèvres et jeta un coup d'œil vers

l'infirmière, faisant ainsi comprendre à LuAnn qu'elle ne voulait pas en parler devant un témoin.

LuAnn hocha la tête.

— La police est venue vous voir ? reprit Kate.

— Oui. Un détective du nom de Carl Cook.

— Que lui avez-vous dit ?

— Que j'étais tombée du haut d'un escalier. C'est drôlement original, n'est-ce pas ?

Kate sourit.

— Il vous a crue ?

— Non. Et vous savez quoi ? Je m'en fiche complètement. Je n'ai pas l'intention d'offrir à cette brute la moindre raison de revenir me donner une leçon, comme il a dit.

Kate posa la main sur celle de LuAnn et la serra doucement.

— Vous avez bien fait. Et maintenant, il faut cesser de vous inquiéter, d'accord ?

— D'accord.

Comme LuAnn bougeait les jambes, un numéro du *Washingtonian* tomba par terre. Kate se baissa pour le ramasser.

— Vous voulez que je vous apporte de la lecture ? proposa-t-elle. Un autre magazine ? Un journal ?

— Non, merci.

LuAnn se tourna vers l'infirmière.

— Madame Holt, pourriez-vous être assez gentille pour mettre ces fleurs dans un vase, s'il vous plaît ? dit-elle en lui tendant le bouquet.

— Bien sûr, répondit l'infirmière.

Elle se leva aussitôt. Dès qu'elle eut quitté la pièce, LuAnn saisit le *Washingtonian* et l'ouvrit à une page qu'elle avait cornée.

— Je voulais vous montrer quelque chose, expliqua-t-elle. Vous voyez cette photo ? Je connais cet homme. Je veux dire... Je l'ai déjà vu. A l'hôtel Europa. Avec Maddy Mays.

Kate demeura bouche bée.

La photo en couleur qu'elle avait devant les yeux était celle d'un homme au visage souriant qu'elle ne connaissait que trop bien : Douglas Fairchild.

23.

Abasourdie, Kate leva les yeux vers LuAnn.

— Vous êtes sûre de vous ?

— Absolument. C'était le 16 juin, cette année. Je me souviens de la date parce que c'était le jour de mon anniversaire. Holly est venue à Washington, cet après-midi-là, et elle m'a emmenée à l'hôtel Europa, pour le *high tea*. On fait ça, parfois, ajouta-t-elle avec un sourire. On joue les grandes dames, comme dit ma fille.

— Et vous avez vu cet homme ?

LuAnn hocha la tête.

— Je me rendais aux toilettes, quand j'ai entendu des gens sortir d'un ascenseur, tout au fond d'un couloir. J'avais compris que c'était l'ascenseur menant aux appartements privés. Comme j'ai un côté midinette, je me suis cachée derrière un pilier, pour voir de qui il s'agissait. Dans un endroit comme l'hôtel Europa, on ne sait jamais si on ne va pas croiser Paul Newman ou Harrison Ford.

— Et c'est lui qui est sorti, murmura Kate.

Perplexe, elle considéra de nouveau la photo.

En prévision de la remise des Washingtonian de l'année, en janvier, le magazine avait publié les portraits des quinze élus, avec une légende expliquant ce qu'ils avaient accompli. Douglas partageait la page 69 avec un ancien joueur de football qui avait fondé une clinique sportive pour enfants défavorisés.

— Oui, poursuivit LuAnn. Il avait passé le bras sur les épaules de Maddy Mays. Ils étaient en train de rire.

— Vous ont-ils vue ?

— Non. Comme je vous l'ai dit, je m'étais cachée derrière un gros pilier.

— Où sont-ils allés ?

— Nulle part. Le type a embrassé Maddy Mays sur la joue et il est sorti par une porte de derrière, sur laquelle était inscrit le mot « Parking ». Elle est remontée dans l'ascenseur.

— Pourquoi ne me l'avez-vous pas dit plus tôt ?

LuAnn haussa machinalement les épaules, ce qui lui arracha une grimace de douleur.

— Cela ne m'est pas venu à l'idée. Je n'y aurais jamais pensé si je n'étais pas tombée sur cette photo. Et si je n'avais pas entendu un des médecins, ce matin, dire que vous étiez l'ex-belle-fille de Douglas Fairchild. C'est vrai ?

— Oui, répondit Kate.

Encore stupéfaite par ce qu'elle venait d'apprendre, elle reporta son attention sur la photo. Bien sûr, on était à Washington, où toutes les personnes importantes et influentes se connaissaient. Néanmoins, ce qui l'intriguait, dans cette histoire, c'était de n'avoir jamais entendu Douglas parler de Maddy Mays. Or, pour qu'il la connaisse au point d'être invité dans un des appartements privés de l'hôtel, et aussi de l'embrasser sur la joue, il fallait qu'ils soient de bons amis. Dans ce cas, pourquoi le nom de la directrice de l'Europa n'avait-il jamais été prononcé durant toutes les années où Kate avait vécu chez Douglas, puis travaillé dans son cabinet ? A moins, bien sûr, qu'il ne fût un client de l'ancienne call-girl...

L'infirmière revint avec un vase dans lequel elle avait disposé les fleurs. Elle le posa sur la table de chevet, à côté de LuAnn, et retourna s'asseoir avec ses mots croisés.

Kate se leva et prit congé. Comme elle se penchait pour embrasser la blessée sur la joue, elle lui chuchota :

— Pas un mot de tout cela à qui que ce soit, d'accord ? Je vous tiens au courant.

LuAnn lui jeta un regard inquiet, avant de hocher la tête.

— D'accord.

En quittant l'hôpital, Kate se rendit directement au cabinet. Une fois sur place, elle alla tout droit au bureau de Douglas.

— Bonjour, dit-elle en frappant à la porte ouverte. Vous avez une minute ?

Douglas leva les yeux du dossier qu'il était en train d'étudier et, souriant, lui fit signe d'entrer et de s'asseoir.

— Bonjour, Kate. Tu te sens mieux ?

— Physiquement, oui, répondit-elle d'un ton grave.

Douglas fronça les sourcils.

— Quelque chose ne va pas ?

Ne sachant par où commencer, Kate le considéra un instant en silence.

— Eh bien, Kate, que se passe-t-il ? insista Douglas avec une légère impatience.

Alors, elle décida de se jeter à l'eau.

— Vous connaissez Maddy Mays ?

Une lueur de peur brilla dans les yeux de Douglas, avant de disparaître aussitôt.

— La propriétaire de l'hôtel ? demanda-t-il. Pas personnellement, non. Mais j'ai entendu parler d'elle, bien sûr.

— Vous n'êtes jamais allé à l'hôtel Europa ?

— Bien sûr que si. Maintes fois. Pour boire un verre, pour dîner, et même pour déjeuner, une fois ou deux.

— Ce n'est pas ce que je voulais dire.

— Alors, que veux-tu dire, Kate ?

— Une personne que je ne peux pas nommer a vu votre photo dans le *Washingtonian*, ce matin. Cette même personne vous a vu à l'hôtel Europa, le 16 juin de cette année, mais dans des circonstances tout à fait différentes de celles que vous venez de me décrire.

— Et de quel genre de circonstances s'agirait-il ?

— Vous et Maddy Mays sortiez de l'ascenseur qui mène aux appartements privés de l'hôtel. Pour des gens qui ne se connaissent pas, vous paraissiez plutôt familiers. Vous la teniez par les épaules et vous l'avez embrassée sur la joue pour lui dire au revoir.

Le teint de Douglas avait viré au gris, et Kate sentit un nœud se former dans sa gorge. Jusque-là, elle avait conservé l'espoir, certes ténu, qu'il s'agissait d'une méprise. Mais LuAnn ne s'était à l'évidence pas trompée.

— Pourquoi avez-vous menti, Douglas ? Pourquoi avoir nié que vous la connaissez ?

— Parce que cela ne regarde personne d'autre que moi.

— Je crains que non, Douglas. Voyez-vous, il y a de fortes

chances pour que Maddy Mays soit mêlée au meurtre de Gina Lamont. Et à celui de Lilly, aussi.

Rapidement, elle entreprit de raconter à son ex-beau-père sa visite à l'hôtel Europa, quelques jours plus tôt.

— C'est sans doute à cause de cette démarche que j'ai été attaquée dans le parking, quelques heures plus tard, conclut-elle.

Les yeux écarquillés, Douglas semblait stupéfait.

— Qu'essaies-tu de me dire, exactement ? Que je suis mêlé à ces deux histoires de meurtre, moi aussi ?

— Non. Mais j'aimerais comprendre pourquoi vous m'avez menti.

— Et moi, j'aimerais comprendre pourquoi tu me poses toutes ces questions ! Je croyais que tu ne travaillais plus sur ces affaires.

— C'est exact, mentit Kate. Mais il se trouve que quelqu'un, incidemment, m'a parlé de votre visite à Maddy Mays. Naturellement, cela a éveillé ma curiosité.

Douglas garda le silence, durant quelques secondes. Enfin, il reprit la parole. Sa voix trahissait une sorte de lassitude, comme s'il savait déjà qu'il avait perdu la bataille.

— Le fait que je connaisse Maddy n'a rien à voir avec le meurtre de Gina ou celui de Lilly, murmura-t-il néanmoins.

— Dans ce cas, pourquoi m'avoir menti ? insista Kate.

Il ne répondit rien. Il avait les yeux fixés sur le mur, derrière elle. Kate se pencha en avant.

— Douglas, qu'y a-t-il entre Maddy Mays et vous ?

Soudain, il se passa la main sur le visage, dans un geste qui exprimait à la fois colère et désespoir.

— Oh, Kate ! fit-il.

Jamais elle ne l'avait vu ainsi — effrayé et vaincu. Pour la première fois de sa vie, Kate se surprit même à éprouver de la pitié pour lui.

— Parlez-moi, Douglas, l'encouragea-t-elle avec douceur.

Finalement, il leva les yeux et secoua la tête.

— Si quelqu'un d'autre était tombé sur cette information, j'aurais su mentir et me tirer facilement de ce mauvais pas. Il n'y a pas beaucoup de gens que je ne puisse bluffer, dans cette ville, une fois que je l'ai décidé.

Il eut un rire bref.

— Mais il a fallu que ce soit toi. La plus brillante et la plus obstinée de tous les avocats que j'ai engagés. Qui aurait pensé que les qualités que j'admire tant, chez toi, allaient un jour se retourner contre moi…

Il poussa un soupir, avant de poursuivre :

— Maddy et son mari, Henri, étaient mes voisins, avant qu'ils n'aillent s'installer à Middletown. Après la mort d'Henry, je l'ai perdue de vue. Puis, il y a environ un an de cela, j'étais à l'Europa, en train de boire un verre avec un vieil ami, et je suis tombé sur elle. Quand mon ami est parti, Maddy m'a offert une coupe de champagne et nous avons évoqué le bon vieux temps. Puis, elle m'a proposé de monter dans son appartement privé pour continuer notre conversation.

Kate essaya de garder un visage impassible.

— Vous avez accepté ?

— Pas cette fois.

— Autrement dit, vous avez eu une liaison avec elle.

— Pas une liaison, corrigea Douglas. C'est arrivé une fois. Au mois de juin. Elle m'a téléphoné, un jour, en me demandant si je pouvais l'aider à régler un problème légal. Je me doutais un peu que c'était un prétexte...

Il haussa les épaules.

— Mais j'ai accepté d'aller la voir, malgré tout. Cela ne s'est plus reproduit, affirma-t-il avec ferveur. Je ne l'ai jamais revue. Tu dois me croire, Kate. Je... j'aime Rose, et...

Sa voix se brisa.

— Est-elle au courant ? ne put s'empêcher de demander Kate.

— Non. J'ai essayé de lui dire, une fois. Mais j'ai trop peur de sa réaction. J'ai... j'ai peur de la perdre.

En voyant les yeux brillants de larmes de son ex-beau-père, Kate sentit sa gorge se serrer douloureusement. Elle se laissa aller contre le dossier de son fauteuil. Elle ne savait quoi dire ni comment réagir. Elle était venue pour essayer d'éclaircir un point obscur, dans l'espoir soit de blanchir Douglas, soit de découvrir un indice qui lui permettrait d'avancer dans son enquête sur ce double meurtre. Or, elle n'avait réussi qu'à percer un secret d'alcôve qu'elle aurait préféré ne jamais connaître.

Finalement, après un long silence gêné, elle se leva et quitta la pièce.

Il était 18 heures, quand Kate rentra chez elle. Elle interrogea aussitôt son répondeur, dans l'espoir de trouver un message de Mitch. Mais il n'avait pas appelé.

Encore ébranlée par sa conversation avec Douglas, elle se remplit un verres de vin blanc et marcha vers la porte-fenêtre donnant sur le jardin. Mitch lui manquait. Elle s'était habituée à sa présence, à sa manière de raisonner, si calme, à son sourire en coin.

Quand le téléphone sonna, elle se précipita pour répondre.

— Mitch ? demanda-t-elle sans réfléchir.

— Non, Kate. C'est Russel Blackstone. On emmène LuAnn en salle d'opération.

Kate posa son verre sur la console.

— Mais pourquoi ? Que se passe-t-il ?

— Elle a eu un éclatement de la rate et cela a entraîné une hémorragie.

— Mon Dieu !

— Inutile de paniquer, Kate. C'est une femme solide, et le chirurgien qui va l'opérer est le meilleur dans son domaine. Je vais l'assister. Je promets de vous appeler dès que…

— Pas question ! J'arrive.

Deux heures plus tard, Kate faisait les cent pas dans la salle d'attente, jetant sans cesse des coups d'œil du côté de la double porte menant à la salle d'opération, dans l'espoir d'en voir surgir le Dr Blackstone.

Tout était sa faute. Si elle n'avait pas payé LuAnn afin de lui faire raconter ce qu'elle savait, cette dernière ne serait pas en train de lutter contre la mort.

Et si elle n'en réchappait pas ?

Pour la énième fois, Kate consulta la pendule murale.

Un peu après 21 heures, le Dr Blackstone apparut enfin.

— On a pu arrêter l'hémorragie, annonça-t-il. Elle se repose.

— Alors, ça va aller ? Elle va s'en sortir ?

— Il est encore trop tôt pour le dire. Elle a perdu beaucoup de sang. Mais l'opération est un succès. Maintenant, il faut attendre. Les vingt-quatre heures à venir vont être cruciales.

— Quand pourrai-je la voir ?

— Demain.

Comme Kate faisait mine de protester, le médecin lui passa un bras sur les épaules et l'entraîna vers les ascenseurs.

— LuAnn a besoin de dormir, et vous aussi, Kate. Vous avez l'air épuisée. Allez vous coucher.

Tandis qu'elle rentrait chez elle en voiture, Kate faillit à plusieurs reprises éclater en sanglots. Elle était lasse de cette affaire. Tout se passait aussi mal que possible. Des innocents étaient blessés ou tués, et les coupables continuaient d'aller et venir sans être inquiétés.

Le téléphone sonna à l'instant où elle franchissait le seuil de sa maison. Priant pour qu'il ne soit rien arrivé à LuAnn, durant ce court laps de temps, elle alla répondre.

— Allô ?

— Bonsoir, beauté ! lança Mitch d'une voix enjouée. Vous avez dîné ?

— Je n'ai pas faim.

— Allons ! Vous n'êtes même pas curieuse d'apprendre ce que j'ai découvert, à Myrtle Beach ?

— Mitch… Ne pourrions-nous pas en parler demain matin ?

Aussitôt, le ton de Mitch changea.

— Quelque chose ne va pas ? demanda-t-il.

— Non. Tout…

— Ne me racontez pas d'histoire, Kate ! Que s'est-il passé ? Ne me dites pas qu'on vous a de nouveau agressée ?

— Non.

— Dans ce cas, de quoi s'agit-il ?

— Je ne peux pas en parler.

— Préparez-moi du café, ordonna Mitch d'un ton sans réplique. J'arrive.

24.

Mitch rejoignit Cleveland Park en un temps record. Kate, qui l'attendait, entendit un crissement de pneus, comme il se garait devant chez elle, et elle eut à peine le temps d'aller lui ouvrir que, déjà, il avait survolé les marches du perron d'un seul bond.

Il la prit par les épaules.

— Que se passe-t-il ?

Aussitôt, Kate fondit en larmes.

— Une personne que je connais a été agressée, hier soir. Et c'est ma faute.

— Pourquoi ? Qui a été agressé ?

— La femme qui m'a parlé de Maddy Mays. Un homme a fait irruption dans son appartement, et il l'a presque tuée. Elle est à l'hôpital. Son état n'était pas inquiétant. Et puis, vers 8 heures, le Dr Blackstone m'a téléphoné pour…

— Comment Russell s'est-il retrouvé mêlé à tout ça ?

— C'est moi qui l'ai appelé, hier, pour lui demander de venir examiner mon amie. Il a tout de suite décidé qu'elle devait être hospitalisée.

— Et son état a empiré ?

Kate hocha la tête, puis se dirigea vers le salon. Mitch ferma la porte d'entrée derrière lui, et la suivit.

— Elle a eu un éclatement de la rate, qui a entraîné une hémorragie, expliqua-t-elle encore. Il a fallu l'opérer d'urgence.

— Vous voulez que je vous conduise à l'hôpital ?

— C'est inutile. J'en reviens. L'intervention est terminée. Apparemment, tout s'est bien passé, mais nous ne serons pas fixés sur son état avant demain. Oh ! Mitch, je m'inquiète tellement à son sujet.

— Cette femme, c'est LuAnn Chester, n'est-ce pas ?

Kate hésita, avant de répondre. Puis, s'avisant qu'il ne servait plus à grand-chose de garder le secret, surtout vis-à-vis de Mitch, elle confirma d'un signe de tête.

— Comment avez-vous deviné ? demanda-t-elle.

— Qui, mieux qu'une prostituée, pourrait en savoir autant sur Maddy Mays ?

Kate essuya ses larmes d'un revers de main.

— C'est ma faute, répéta-t-elle. Si je ne l'avais pas convaincue de me parler, elle n'en serait pas là maintenant.

— Vous lui avez laissé le choix, non ? Vous ne lui avez pas braqué un revolver sur la tempe.

— Non, je me suis contentée de lui agiter mille dollars sous le nez, répliqua Kate avec amertume.

Incapable de se contrôler, elle se mit à pleurer de plus belle.

— C'est bon, murmura Mitch en l'attirant dans ses bras. Laissez-vous aller.

Kate eut un sanglot déchirant et elle s'accrocha à lui, se blottissant contre son torse. Elle avait conscience que ce déluge de larmes n'était pas seulement dû à ce que venait de subir LuAnn ; c'était le résultat de deux semaines de tension, d'inquiétude et de peur. Il était même étonnant qu'elle ait tenu aussi longtemps sans craquer.

Au bout de quelques minutes, ses sanglots cessèrent et Mitch, avec une infinie tendresse, lui prit le menton.

— Ça va mieux ?

Elle hocha la tête, et il sourit.

— Bon, fit-il en essuyant une larme avec son pouce.

Alors, sans que rien ait laissé prévoir son geste, il se pencha et embrassa Kate.

Celle-ci entrouvrit les lèvres. Elle avait besoin de bien plus qu'un chaste baiser. Il lui sembla que Mitch hésitait, qu'il allait se dégager, et le prit par les épaules, l'implorant en silence de poursuivre.

Il répondit à son désir et l'embrassa avec une passion dévorante. Kate frissonna. Son corps, qu'elle avait entraîné à ne plus rien ressentir durant l'année qui venait de s'écouler, reprit brusquement le contrôle de tout son être, et elle s'abandonna à cette frénésie des sens, sans lutter, refusant — ce soir, juste pour ce soir — de penser aux conséquences.

Impatiente de sentir la peau de Mitch, elle le débarrassa de sa parka. De ses doigts tremblants, elle déboutonna sa chemise et glissa une main dans l'échancrure. Le torse de Mitch était délicieusement musclé, plein de cette force qu'elle s'était attendue à trouver.

— Oh, Kate !

Le désir intense qu'elle perçut dans sa voix acheva de lui faire perdre la tête. Finissant d'écarter sa chemise, elle posa les lèvres sur la poitrine de Mitch.

Ce dernier la pressa plus fort encore contre lui.

— Vous jouez à un jeu dangereux, dit-il dans un murmure rauque.

De sa langue, Kate traça des cercles autour du mamelon durci de Mitch, avant d'en mordiller la pointe.

— Je suis prête à en assumer les risques, si vous l'êtes aussi, répondit-elle.

Soudain, elle sentit qu'il la soulevait dans ses bras. Confusément, elle eut conscience qu'il grimpait l'escalier, qu'il avait enfoui son visage dans son cou. Une fois dans la chambre, elle n'alluma pas la lumière. C'était inutile. Un rayon de lune baignait le grand lit à colonnes.

A l'instant où ils tombèrent sur le matelas, un vent de folie s'empara d'eux. Ils se débarrassèrent de leurs vêtements avec des gestes fébriles, sans cesser d'échanger des baisers brûlants. Les mains de Mitch couraient sur tout le corps de Kate, se fermant sur ses seins, encerclant sa taille, descendant le long de ses hanches.

— Tu es belle, dit-il avant de prendre une pointe rose et dressée entre ses lèvres. Assez belle pour rendre un homme complètement fou.

Aussitôt, Kate fut transpercée par une sensation violente, qui lui coupa le souffle.

— N'arrête pas, le supplia-t-elle.

Il caressa ses jambes, ses cuisses, sans cesser de mordiller la pointe de son sein.

— Jamais, dit-il.

Sa bouche descendit, traçant un sillon ardent jusqu'à l'intérieur des cuisses de Kate. Sa langue était comme une flamme, chaude, ondulante, qui la portait toujours plus loin, toujours plus haut, et s'insinuait jusque dans les replis les plus intimes de son corps. Soudain, n'y tenant plus, elle laissa échapper un petit cri.

— Viens ! l'implora-t-elle.

Elle écarta les jambes et l'attira vers elle.

— Maintenant.

Il la pénétra d'un coup, en un mouvement puissant, l'emplissant comme jamais encore elle ne l'avait été. Kate s'enroula autour de lui, et ils bougèrent ensemble, lentement d'abord, puis de plus en plus vite, de plus en plus fort, jusqu'à ce que la jouissance, violente, étourdissante, les frappe de plein fouet, les propulsant vers un univers où seul le plaisir avait droit de cité.

Mitch regardait le visage endormi de Kate, stupéfait qu'après une nuit, ou presque, passée à lui faire l'amour, il puisse encore avoir envie d'elle.

Aucune femme n'avait jamais éveillé en lui un tel désir, de tels sentiments ; aucune femme ne lui avait fait éprouver ce qu'il avait éprouvé dans ses bras.

Il ne servait plus à rien de nier l'évidence : il était tombé follement, désespérément, irrévocablement amoureux de Kate Logan.

Ebranlé par l'intensité de ses émotions, il lui caressa la joue.

— Tu es réveillée, dit-il en voyant les lèvres de Kate se retrousser.

— Mmm. Comment as-tu deviné ?

— Intuition masculine.

Un petit rire s'échappa de la gorge de Kate.

— Voilà deux mots peu compatibles.

— Et voilà une remarque plutôt sexiste, de la part d'une femme des années 90.

Il l'embrassa dans le cou.

— Comment te sens-tu ?

— Merveilleusement bien, répondit-elle en ouvrant les yeux. J'ignorais que tu avais de tels pouvoirs de guérison.

Mitch fit glisser ses lèvres jusqu'aux siennes.

— Tu n'as encore rien vu.

Puis, parce qu'il avait besoin de savoir, il demanda :

— Tu as des regrets ?

Kate renversa la tête en arrière et le regarda dans les yeux.

— Aucun. Et toi ?

— Tu veux rire ? J'ai envie de toi depuis le premier jour où je t'ai vue.

— Je ne te crois pas.

— C'est pourtant la vérité. Ne me dis pas que tu ne l'avais pas remarqué. Je crois que j'étais aussi discret qu'un éléphant qui essaierait de se cacher derrière un rosier.

Elle rit de nouveau et passa les bras autour de son cou.

— Bon, c'est vrai que j'avais bien vu un petit quelque chose. Mais je me disais que ce n'était pas sérieux.

— En tout cas, je n'aurais jamais imaginé que maître Kate Logan, si froide et si sophistiquée, abritait de tels torrents de passion.

Kate lui caressa la nuque et les épaules.

— Que veux-tu ? Tu as réveillé la bête qui sommeille en moi.

Une lueur malicieuse pétilla dans ses yeux.

— Et pour le cas où tu aurais oublié ce dont cette bête est capable, je serais ravie de rafraîchir ta mémoire...

Une heure plus tard, ils étaient assis à la table de la cuisine, en train de dévorer un petit déjeuner pantagruélique. Les nouvelles de l'hôpital étaient bonnes : LuAnn avait passé une nuit calme et paraissait avoir bien supporté l'intervention chirurgicale.

Kate observa Mitch tandis qu'il remplissait de nouveau leurs tasses de café.

La nuit dernière, ils s'étaient laissé emporter par la passion, sans penser au lendemain. A présent, il en allait autrement. Le désir semblait s'effacer pour laisser la place à un sentiment nouveau — un sentiment presque aussi renversant que ceux qu'elle avait éprouvés, tout au long de la nuit.

— A quoi penses-tu ? demanda soudain Mitch. Elle lui sourit.

— Eh bien, je jouissais d'un moment de pur bien-être, avec juste une pointe d'anxiété.

Il posa sa tasse.

— De l'anxiété ? A quel sujet ?

— Nous. Où allons-nous, Mitch ? Jusqu'où pouvons-nous aller ?

— Jusqu'où veux-tu aller ?

— Je ne sais pas. Il y a certains paramètres que je dois prendre en considération.

— Tu veux parler d'Alison, n'est-ce pas ? Et du fait qu'elle ne m'apprécie pas beaucoup.

Kate s'humecta les lèvres.

— Je l'aime tellement, Mitch. Et je ne veux pas lui faire de mal, ou lui donner l'impression qu'elle est menacée.

Mitch lui prit la main et la porta à sa joue, avant d'y déposer un baiser.

— Dans ce cas, ne lui disons rien pour le moment. Qui sait ? Si j'arrive à innocenter son père, elle commencera peut-être à me voir sous un autre…

— Mon Dieu ! l'interrompit Kate. Cora Winslow ! Avec tout ce qui s'est passé, je n'ai même pas pensé à te demander comment s'était passé ton voyage à Myrtle Beach.

Comme Mitch demeurait immobile, un sourire amusé aux lèvres, elle lui secoua le bras.

— Allez, raconte !

Mitch éclata de rire.

— Bon, bon. Cora a trouvé l'argent dans un coffre-fort à la banque. Cent mille dollars en liquide. Kate écarquilla les yeux.

— Et comment explique-t-elle ce phénomène ?

— Elle pense que son mari a économisé cette somme pendant toutes ces années, sans rien lui dire. J'ignore comment elle imagine qu'il a pu mettre autant d'argent de côté, avec son salaire de concierge, mais elle n'en démord pas.

— Elle ment peut-être. Il se peut très bien qu'elle ait toujours su que son mari avait fait un faux témoignage.

— Je ne pense pas, non, répondit Mitch en secouant la tête. Ce n'est sans doute pas la femme la plus intelligente du monde, mais elle n'est pas complètement stupide non plus. Si elle savait d'où vient cet argent, elle ne le dépenserait pas comme elle le fait, maintenant qu'elle l'a découvert.

De l'index, Kate se tapota les lèvres.

— Tu sais ce que cela signifie, n'est-ce pas ?

Il sourit de nouveau.

— Que tu as toujours eu raison et que je suis un flic complètement idiot ?

— Ça aussi, approuva Kate avec un clin d'œil. Mais surtout, il me semble que le petit pactole découvert par Cora Winslow est un élément suffisant pour demander la réouverture du procès de Tony.

— Cela peut prendre des mois, Kate.

— A moins que nous ne découvrions le véritable assassin, ce qui permettrait de libérer Tony et de blanchir Eric.

Mitch hocha la tête.

— Tu as une idée sur la question ?

— Oui, admit Kate d'un ton satisfait. Tu veux l'entendre ?

— Très certainement, mon cher Maître.

— Très bien, fit Kate en posant les coudes sur la table. Lilly Moore était une étudiante en droit particulièrement brillante et une chercheuse fanatique. Durant les deux années où elle a travaillé comme stagiaire, pour nous, elle a dû se plonger dans pratiquement tous nos dossiers criminels, même ceux qui remontaient à vingt ou trente ans. Sans doute est-ce ainsi qu'elle est tombée sur l'affaire du viol de Peggy Bertram.

— Cette affaire n'a jamais eu le temps d'en devenir une, véritablement. N'oublie pas que Sean McKackney a été libéré moins de deux heures après son arrestation.

— Il n'empêche que, dans la mesure où Douglas était l'avocat de Sean, l'incident a dû être répertorié dans nos archives. Et Lilly a certainement trouvé ce rapport. Ce que peu de gens savent, au sujet de Lilly — je ne l'ai jamais mentionné, parce que cela n'avait aucun rapport avec son meurtre, à l'époque —, c'est qu'elle était une vraie féministe, et un farouche défenseur des droits de la femme.

— Tu crois qu'elle aurait pu s'intéresser à l'affaire à cause de ça ?

— Précisément. Un riche fils à papa viole une jeune étudiante et s'en tire sans le moindre dommage. C'est exactement le genre d'injustice qu'une fille comme Lilly aurait cherché à dénoncer. Elle pourrait très bien avoir lu les déclarations de Sean et de Mary Sweeney, et avoir décidé de pousser l'enquête un peu plus loin.

— Pour l'instant, je te suis. D'autant que nous savons déjà qu'elle s'est rendue à l'agence Carteris et que, de là, elle est allée affronter Gina Lamont. Mais qu'attendait-elle de Gina ? Pas une confession, tout de même !

— Je ne sais pas. Juste une réaction, peut-être, qui confirmerait ses soupçons. Un peu comme toi, quand tu es allé voir Sean McKackney.

— Est-ce qu'elle aurait pris une telle initiative sans en parler à Douglas ?

— Elle avait peut-être l'intention de le faire, mais n'en a jamais eu l'occasion. Il se pourrait que Gina ait paniqué et qu'elle soit allée trouver Maddy Mays, même si elle ne travaillait plus pour elle. De son côté, Maddy Mays aurait appelé le sénateur McKackney, et ils auraient pris tous deux la décision d'éliminer Lilly. Puis, plus tard, Gina.

— Mais pourquoi avoir attendu six mois ?

Kate poussa un soupir.

— Je n'en sais rien. J'avoue qu'à partir de là, ma théorie

devient un peu confuse. Gina ne représentait peut-être pas une menace, à ce moment-là. Peut-être a-t-elle commencé à leur poser des problèmes quand elle a eu besoin d'argent.

Mitch fit reculer sa chaise et, prenant la main de Kate, il l'attira sur ses genoux.

— Ce n'est pas mal raisonné du tout. Je suis très impressionné, mon cher Maître.

De nouveau, Kate soupira.

— Reste à apporter des preuves.

— On finira bien par y arriver, déclara Mitch. Il faut attendre de voir ce que Tom découvre, au sujet de Maddy Mays. Quant à moi, j'ai retrouvé un ancien copain de fac de Sean McKackney. Il aura peut-être des choses à dire sur la relation de Sean avec Mary Sweeney.

Il déposa un baiser sur le nez de Kate.

— Si tu déjeunes avec moi, je te raconterai tout.

— J'aurais bien voulu, mais je ne vais pas avoir une minute à moi, aujourd'hui. Nous avons toute une série de réunions, au cabinet, j'ai une plaidoirie, et il faudra aussi que je trouve le temps d'aller voir LuAnn.

Elle se blottit contre Mitch.

— Ce soir ?

— Je ne peux pas. J'ai promis au père O'Malley de dîner avec lui et les garçons. Généralement, on fait une partie de basket, après. Je ne serai pas libre avant au moins 22 heures.

— Qui sont le père O'Malley et les garçons ? demanda Kate avec curiosité.

— Tim est le prêtre de la paroisse de l'église Saint-John, à Adams Morgan. Il faudra que je te le présente, un de ces jours. C'est un type formidable. Il y a six mois, il a été attaqué par deux adolescents armés qui venaient de fumer du crack. Ils l'ont assommé et se sont enfuis avec le peu d'argent qu'il avait sur lui. Au lieu de porter plainte contre eux, Tim les a pris sous son aile et il les a recueillis chez lui. Ces gosses sont méconnaissables, aujourd'hui. Ils l'adorent. Ils ne touchent plus à la drogue, ils vont au lycée, à la messe tous les dimanches, et ils aident Tim à recueillir des fonds pour la communauté.

— Et comment connais-tu le père O'Malley ? Je ne sais pas pourquoi, mais je te vois mal en grenouille de bénitier...

— Et tu as raison. Tim en est bien désolé, d'ailleurs. Je l'ai rencontré quand il est venu au commissariat afin de payer la caution pour libérer les gamins. On a commencé à parler, et on s'est aperçus qu'on était voisins. De fil en aiguille, on est devenus amis, j'ai suivi ses progrès avec les gosses... Maintenant, on se voit assez régulièrement : on dîne ensemble et on joue au basket.

Kate hocha la tête.

— Dans ce cas, pourquoi ne viens-tu pas quand tu auras fini ? Peu importe l'heure. Je vais sûrement travailler assez tard, moi aussi.

Mitch l'embrassa.

— J'espérais que tu allais me le proposer !

25.

Megan Hollbrook était depuis sa petite enfance sous les projecteurs des médias. Pourtant, elle ne s'y était jamais habituée : les journalistes lui faisaient peur.

C'était une des raisons pour lesquelles elle s'était enfermée chez elle, depuis que plusieurs équipes de télévision avaient installé une sorte de campement à l'extérieur de la luxueuse propriété des Hollbrook, en Virginie, cela juste après l'annonce du meurtre de Gina Lamont.

Toutefois, quand sa mère lui rappela le déjeuner organisé par l'UNICEF en vue de réunir des fonds, le mercredi suivant, au Village Green Country Club, elle n'eut pas le cœur de se décommander.

Heureusement pour elle, la poignée de reporters et de cameramen qui se tenait près du portail de l'entrée, ce jour-là, ne s'attendait pas à la voir déboucher de l'allée à plus de soixante kilomètres à l'heure. Quand ils comprirent qui se trouvait au volant de la Jaguar, Megan avait déjà disparu.

Il n'en alla pas de même quand elle quitta le country club, un peu après 14 heures. A l'instant où elle franchissait la porte de derrière, la meute des journalistes qui l'attendaient fondit sur elle.

— Avez-vous des nouvelles de votre fiancé, mademoiselle Hollbrook ? demanda un homme à lunettes qui jouait des coudes pour s'approcher d'elle.

— Que ressentez-vous, au sujet de sa trahison ? cria un autre.

— Vous lui avez pardonné son écart de conduite ?

— Est-ce que le mariage tient toujours ?

Megan fit son possible pour ignorer les appareils photo qui crépitaient, les micros brandis sous son nez, et elle traversa le parking en direction de sa voiture.

— Je n'ai rien à dire, murmura-t-elle.

— Allons, mademoiselle Hollbrook, juste une petite déclaration pour le flash de 18 heures ! lança une femme qui tenait un micro, avec un cameraman à sa suite. Ce n'est pas trop demander, si ?

— S'il vous plaît, laissez-moi tranquille !

Un petit bonhomme au teint pâle la dépassa en courant, puis se planta devant elle, lui bloquant l'accès à sa voiture.

— Eddy Povich, du *Washington Chronicle*. A votre avis, Eric Logan est-il coupable ou innocent ?

— Il est innocent ! déclara Megan avec force, oubliant sa décision de ne pas prononcer un mot.

— Alors, vous avez toujours l'intention de l'épouser ?

Encouragé par la réponse de Megan, le troupeau des journalistes se rua de nouveau sur elle, l'encerclant, et chacun se mit à hurler des questions.

Le visage baigné de larmes, Megan réussit tant bien que mal à se frayer un chemin jusqu'à sa voiture. Elle renversa presque le reporter du *Chronicle* quand elle ouvrit la portière.

Une fois à l'intérieur de la Jaguar, elle poussa un soupir de soulagement. Puis, elle mit le contact et elle quitta le parking, la tête haute, tandis que les caméras continuaient de la filmer.

Assis sur le lit de la chambre du motel, Eric regarda en direct le reportage de la fuite de Megan, sur CNN.

Depuis qu'il connaissait la jeune femme, il ne lui avait jamais vu un air aussi bouleversé — aussi désemparé. Mais plus que tout, il fut choqué par la véhémence avec laquelle elle affirma qu'il était innocent. Jamais il n'aurait imaginé qu'elle prendrait ainsi son parti !

Brusquement, il s'avisait que Megan l'aimait toujours, en dépit de ce qu'il lui avait fait, en dépit de tout ce qu'elle subissait, par sa faute, depuis plus de deux semaines. Il en était stupéfait.

Et soudain, alors que la Jaguar disparaissait sur l'écran, il fut pris d'une impulsion irrésistible ; décrochant le téléphone, il composa le numéro du portable de la jeune femme.

Elle répondit à la troisième sonnerie — un « allô » faible et hésitant qui arracha à Eric une grimace de honte.

— Megan, c'est moi. Eric.

— Oh !

Il entendit le crissement des pneus, alors qu'elle arrêtait brusquement sa Jaguar.

Puis des sanglots incontrôlables.

— Megan, je t'en prie, ne pleure pas. Je ne peux pas te parler longtemps.

Machinalement, il jeta un coup d'œil vers le parking du

motel, comme pour s'assurer qu'une flotte de voitures de police ne venait pas d'investir les lieux.

— Oh, Eric !

Après encore quelques secondes, les sanglots diminuèrent.

— C'est vraiment toi ? demanda Megan d'une voix à peine audible.

— Oui, c'est moi. Je viens de voir ce qui s'est passé au country club, à la télévision. Je n'ai pas pu m'empêcher d'appeler. Je suis désolé que tu subisses un tel enfer par ma faute, Megan. Je voudrais tellement pouvoir revenir en arrière et effacer ce que j'ai fait.

— Je t'aime, Eric.

Bien qu'ils aient été chuchotés, il entendit très distinctement ces mots.

— C'est vrai ?

— De tout mon cœur. Je me fiche de cette femme. Et je n'ai pas pensé un seul instant que tu l'avais tuée. Mais tu dois revenir, Eric. Tu dois te rendre et expliquer aux policiers que tu n'as rien fait.

Eric ravala un soupir d'impatience. Megan était une fille adorable ; mais qu'elle pouvait se montrer naïve, parfois !

— Ils ne me croiront jamais.

— Ils te croiront si tu leur dis la vérité.

— Non ! De toute façon, je ne réapparaîtrai pas tant qu'ils n'auront pas retrouvé le véritable assassin.

— Alors, dis-moi où tu es. Je veux te voir.

— Pas question. C'est beaucoup trop dangereux.

De nouveau, Megan fondit en larmes, et le bruit de

ses pleurs affecta Eric plus qu'il n'aurait imaginé cela possible.

— Megan, ne pleure pas ! la supplia-t-il.

— Alors, dis-moi où tu es. Je veux être avec toi, même si c'est juste pour un moment. Personne ne le saura. Je te le jure.

Eric hésita. Pouvait-il prendre un tel risque ? Voir Megan lui ferait du bien ; il ne supportait plus cet isolement ; il commençait à parler tout seul. Sans compter qu'il n'aurait bientôt plus un dollar en poche. S'il lui donnait rendez-vous dans un endroit sûr, elle pourrait peut-être lui apporter un peu d'argent, en tout cas suffisamment pour qu'il soit en mesure de s'éloigner vers l'ouest. Du côté du Montana, par exemple. Qui diable irait le chercher dans le Montana ?

— Eric, tu m'as entendue ?

— Oui.

Il marqua une pause.

— Bon, on peut essayer de se rencontrer quelque part. Mais tu devras faire très attention, Megan. Si, à un moment ou un autre, tu as l'impression d'être suivie, tu fais demi-tour. C'est compris ?

— Oui. Dis-moi où je dois aller.

— Attends une seconde.

Prenant la carte de la région qu'il avait achetée, il l'étala sur le lit.

— Tu vas quitter Washington par la Route 66, en direction de l'ouest, puis tu prendras la 81, vers le sud. Suis les panneaux jusqu'à Goshen, en Virginie. A un moment, tu vas voir une vieille pancarte de bois indiquant Abbot Farms.

Le chemin qui mène à la ferme a presque disparu, recouvert par la végétation, mais il existe. Tu devras le chercher.

— Ma voiture pourra passer ?

— Oui. C'est étroit et sinueux, mais c'est faisable. Au bout de ce chemin, en haut de la colline, il y a une vieille ferme abandonnée. Je serai là, à attendre.

— J'en ai pour combien de temps ?

— Environ quatre heures. Peut-être un peu moins. Oh, et... Megan, je n'ai presque plus d'argent. Peux-tu m'en apporter ? Autant qu'il te sera possible d'en retirer ?

— D'accord. Je t'aime, Eric.

— Je t'aime aussi, répondit-il automatiquement, comme il l'avait fait des douzaines de fois auparavant.

Quand il eut raccroché, il se demanda — trop tard — s'il ne venait pas de commettre la plus grosse erreur de sa vie. Une erreur qui pouvait lui coûter sa liberté.

Il était 19 heures quand Eric aperçut les phares d'une voiture qui suivait le chemin étroit et sinueux.

La lanterne qu'il avait apportée était posée sur une souche d'arbre et éclairait un rayon d'environ cinquante mètres autour de lui. Il avait découvert cette ferme abandonnée deux jours plus tôt, durant une de ses expéditions dans la campagne, à la recherche d'un endroit où se cacher, si jamais il devait quitter le motel précipitamment.

Quand la Jaguar arriva près du sommet de la colline, il prit la lanterne et la balança lentement, d'avant en arrière, jusqu'à ce que la voiture s'arrête.

Un instant plus tard, Megan jaillissait du véhicule et courait se jeter dans ses bras, pleurant et riant à la fois.

— Oh, Eric ! Eric ! Tu es là. Tu es vraiment là !

— Tu ne pensais pas que j'y serais ?

— Je n'en étais pas sûre. J'ai mis si longtemps pour arriver. Je me suis perdue et j'ai dû faire demi-tour. Cela m'a retardée d'au moins une heure.

— Personne ne t'a suivie ?

— Non. En fait, sur les derniers kilomètres, j'étais complètement seule sur la route.

Soudain, elle recula d'un pas.

— Qu'y a-t-il ? demanda Eric.

— Tu as l'air différent, répondit-elle en touchant sa barbe, puis ses cheveux.

— Avec ma photo partout dans les journaux et à la télévision, il fallait bien que je fasse quelque chose pour tromper les flics.

Elle eut un rire léger.

— On dirait mon grand-père !

— Au moins, ça fonctionne. J'ai croisé une voiture de patrouille, en venant ici, et le policier qui était au volant n'a même pas cillé.

— Moi, je te reconnaîtrais n'importe où, murmura la jeune femme.

Elle prit son visage entre ses mains et l'embrassa avec une passion qu'Eric ne lui avait jamais connue. Ou bien ne l'avait-il pas remarquée ?

— Tu as apporté l'argent ? demanda-t-il, quand elle le relâcha.

— Oui. Dix mille dollars. C'est tout ce que j'ai pu retirer sans avoir à remplir des tas de papiers. Le directeur de l'agence, qui me connaît, est quand même sorti de son bureau pour me demander pourquoi je prenais autant de liquide.

— Que lui as-tu répondu ?

— Que c'était une affaire personnelle.

— Et s'il appelle ta mère ?

— Il peut bien faire ce qu'il veut. De toute façon, je ne retourne pas à Washington.

— Quoi ?

Megan avait l'air très calme. Eric ne lui avait même jamais vu un visage aussi serein.

— Je ne retourne pas à Washington, répéta-t-elle. Je reste avec toi.

— C'est hors de question !

— Tu ne peux pas me forcer à rentrer.

Eric prit les mains de la jeune femme et les serra très fort entre les siennes.

— Ecoute-moi, Megan. Je vis dans un motel minable. Je mange des sandwichs que j'achète dans des distributeurs, et je passe mon temps à regarder par-dessus mon épaule, avec la peur qu'un flic ne surgisse derrière moi pour m'arrêter. Quand je me déplace, c'est à pied ou à l'arrière d'un camion malodorant.

— Nous avons une voiture, maintenant.

— Bah voyons ! Et combien de temps va-t-il falloir aux flics pour la repérer, à ton avis ?

— On peut la maquiller. La repeindre. Changer les plaques d'immatriculation. Je suis passée devant un entrepôt de ferraille, tout à l'heure. On peut y aller, pendant la nuit, et prendre ce dont on a besoin.

Eric la considéra avec stupéfaction.

— Je n'arrive pas à le croire. Il y a cinq minutes que tu es avec moi, et tu parles déjà comme une fugitive.

— J'ai eu plusieurs heures pour réfléchir.

Il secoua la tête.

— Comment peux-tu préférer une vie d'errance et de cavale à l'existence que tu mènes chez toi ?

Dans les mêmes circonstances, Eric ne savait pas ce qu'il aurait fait. Ou plutôt, il le savait très bien, songea-t-il avec une pointe de remords.

— C'est facile, répondit Megan, les yeux brillants. Je t'aime.

— Mais ta mère ne te pardonnera jamais, insista Eric.

— Je me fiche de ma mère ! C'est de ma vie qu'il est question. Et je la vivrai comme il me plaira.

Abasourdi, Eric recula d'un pas et considéra la jeune femme avec intensité. Il ne l'avait jamais vue comme ça. Megan Hollbrook, qui avait accepté les ordres des autres depuis le jour de sa naissance, qui ne savait qu'être douce et obéissante, voire soumise, cette Megan-là était en train de se transformer sous ses yeux.

— C'est de la folie, Megan. Je n'ai rien à t'offrir.

— Tu es tout ce que je veux. Et j'aime mieux mourir que de devoir passer encore une journée sans toi.

En entendant ces paroles, Eric fut submergé par une émotion comme il n'en avait encore jamais éprouvé jusqu'à cet instant. Il attira la jeune femme dans ses bras.

— Toi aussi, tu es tout ce que je veux, murmura-t-il.

Et il le pensait vraiment. Peut-être même était-ce la première fois de sa vie qu'il était aussi sincère. Ses sentiments pour Megan avaient commencé de changer, soudain ; pas à cause de sa fortune, pas pour ce qu'elle pouvait faire pour lui. Non. C'était à cause de ce qu'elle avait déjà fait, de sa foi inébranlable en lui, de son amour inconditionnel.

Il l'embrassa avec passion.

— Viens, dit-il enfin. Rentrons vite, avant de mourir de froid.

Megan posa la tête sur son épaule, et ils marchèrent vers la voiture.

26.

Rien de ce que Megan avait imaginé ne pouvait se comparer au bonheur et à l'exaltation qu'elle éprouvait lorsqu'elle se réveilla, le lendemain matin, après avoir fait l'amour avec Eric.

Elle sentit son visage s'enflammer alors que surgissaient des souvenirs de la nuit passée. Elle avait eu peur, au début — surtout de décevoir Eric. Mais dès l'instant où il avait commencé de la déshabiller, lentement, amoureusement, toutes ses craintes s'étaient évanouies.

Elle réprima un sourire en repensant au jour où elle avait établi les limites de leur relation, et déclaré qu'elle ne ferait cadeau de sa virginité qu'à l'homme qu'elle choisirait d'épouser.

Eric ne l'avait pas très bien pris. Il lui avait dit qu'elle avait des principes démodés. Certes, il avait fini par se plier à ses conditions, mais après ses toutes premières tentatives pour la séduire, il ne s'était jamais montré particulièrement affectueux. Megan comprenait maintenant pourquoi. Il ne voulait sans doute pas commencer ce qu'il savait ne pas pouvoir conclure.

La nuit dernière, tout avait changé. D'abord sur la colline, puis dans la voiture, durant le court trajet vers le motel, et enfin dans cette petite chambre sans caractère, où Megan s'était offerte à son fiancé sans condition, sans limites, se stupéfiant elle-même de sa propre audace.

Et maintenant, elle était là, assise sur le lit à côté d'Eric, en train de manger un muffin. Elle se faisait l'impression d'une jeune mariée au lendemain de sa nuit de noces.

Bientôt, toutefois, trop tôt, il faudrait de nouveau affronter la réalité. Et faire un choix. Soit elle continuait à fuir avec Eric, soit elle réussissait à le convaincre de se rendre — et prenait alors le risque de le perdre.

Elle était sincère, la veille, quand elle lui avait dit qu'elle préférait mourir plutôt que vivre sans lui. Mais elle le connaissait trop bien pour croire qu'une existence de fugitif constituait un compromis viable. Eric aimait l'argent et tout ce qu'il procurait. Il aimait les vêtements coûteux, les voitures de sport et les voyages vers des destinations exotiques. Et s'il lui était arrivé de traverser des périodes financières un peu difficiles, au fil des années, il avait toujours fini par retomber sur ses pieds. En résumé, Eric n'était pas un homme qui concevait de vivre autrement que dans le luxe.

Le fait qu'il parût se contenter de sa condition présente ne signifiait rien du tout. Comparée à la menace de passer sa vie derrière les barreaux d'une cellule de prison, la liberté, même dans ces conditions, représentait un luxe en soi. Mais comment réagirait-il, dans six mois ? Ou même dans trois mois ?

Il serait malheureux, conclut Megan. Tôt ou tard, les dix mille dollars qu'elle avait apportés s'épuiseraient, et ils se retrouveraient sans argent. Eric ne supporterait pas la vie qu'il s'était créée ; et parce qu'elle, Megan, en faisait partie, il finirait par la détester.

Or, elle ne pouvait permettre que la situation en arrive là. Il ne lui restait qu'une solution, dans ces conditions : elle devait rentrer à Washington et s'efforcer de prouver l'innocence d'Eric.

— Tu sais, je réfléchissais, commença-t-elle en lui tendant ce qui restait du muffin.

Il n'en fit qu'une bouchée, puis avala une gorgée de café.

— Oui ? demanda-t-il.

— Je n'ai pas encore eu l'occasion de te le dire, mais le détective Calhoon a donné sa démission.

— Ah bon ! s'exclama Eric.

Megan hocha la tête.

— Comme tu le sais, ta mère joue au bridge avec la femme du chef de police ; elle a essayé d'en apprendre davantage, mais Mme Landers ignorait tout ou presque de l'affaire, sinon que Mitch Calhoon et le lieutenant Jarvis se sont disputés, probablement au sujet du meurtre de Gina Lamont. Finalement, Calhoon a rendu son insigne et il est parti.

— Qu'est-ce que cela signifie, à ton avis ?

— En y réfléchissant, avec ta mère, nous avons pensé qu'il se pouvait que Calhoon ait trouvé un autre suspect — peut-être quelqu'un qui aurait des liens avec la police. Cela expliquerait pourquoi Jarvis était dans un tel état.

Eric la considéra un instant, les sourcils froncés, comme s'il se laissait le temps de digérer la nouvelle. Soudain, il se leva et marcha vers la fenêtre.

— Alors, je me disais, reprit Megan, que si nous pouvions

rentrer et lui parler, lui demander vers qui se portaient ses soupçons, avant sa dispute avec Jarvis, il nous serait ensuite possible d'aller trouver un avocat, ou un détective privé, et de lui demander de creuser cette piste.

Eric ne put s'empêcher de rire.

— Ouais ! fit-il en se tournant vers la jeune femme. Je nous vois très bien arrivant dans une salle pleine de flics et nous installant tranquillement pour bavarder avec Calhoon.

— Je te rappelle qu'il a donné sa démission. En fait, je pensais plutôt lui passer un coup de fil et lui demander de nous retrouver quelque part.

— Comment peux-tu être sûre qu'il acceptera ? Ou qu'il n'essaiera pas de nous tendre un piège ?

Megan secoua la tête.

— Je ne le crois pas capable d'une telle manœuvre, répondit-elle. C'est un type droit. S'il nous donne sa parole qu'il ne tentera rien de tel, je suis prête à lui accorder ma confiance. Et s'il refuse, on oublie tout. C'est aussi simple que ça.

Eric se mordilla un ongle — un geste que Megan ne lui avait encore jamais vu faire. Il s'écoula un moment interminable, avant qu'il ne reprenne la parole.

— Je vais y réfléchir.

Puis, broyant son gobelet de plastique dans sa main, il le jeta dans la corbeille à papier.

— C'est tout ce que je peux promettre, ajouta-t-il. Pour l'instant.

Megan hocha la tête. Elle avait fait tout ce qu'il lui était possible de faire. La décision finale ne lui appartenait plus.

*
* *

— Hé ! Dick Tracy ! Par ici.

En entendant le surnom que J.J. et Abdul lui avaient donné, Mitch jeta un coup d'œil vers sa droite et vit qu'Abdul était placé sous le panier, sans personne pour le gêner. Tournant le dos à J.J., il fit rebondir le ballon, deux fois, et le lança à son équipier. Ce dernier, un adolescent de 16 ans, petit mais superbement agile, attrapa la balle en plein vol et la mit dans le panier, sans difficulté.

— Bravo, Abdul ! lança le père Timothy O'Malley. Bon, on arrête pour aujourd'hui.

Il marcha vers le garçon et fit claquer la paume de sa main contre la sienne.

A 31 ans, et encore plus dans son survêtement gris, le prêtre aurait facilement pu passer pour un des jeunes gens auxquels il prodiguait des conseils, chaque semaine. Il avait le même air de jeunesse, et d'inépuisables réserves d'énergie que tout le monde lui enviait dans le quartier.

— Quant à toi, enchaîna-t-il en donnant une bourrade à Mitch, tu ne t'es pas trop mal débrouillé, pour un vieux.

— Ouais, renchérit J.J., qui avait fait équipe avec le père O'Malley. On a tout de même entendu craquer quelques os, par moments… Pas vrai, Padre ?

Tim gloussa.

— Maintenant que tu me le rappelles…

— Vous savez ce que vous êtes, tous les deux ? leur dit Mitch en se penchant pour nouer le lacet de sa chaussure. Des mauvais perdants. Mais ce n'est pas grave. Abdul et moi, on est prêts à vous redonner la pâtée quand vous le voudrez.

Il se redressa et glissa un bras sur les épaules de son équipier.

— Et cette fois, on ne vous fera pas de cadeau. Pas vrai, Abdul ?

Comme l'adolescent acquiesçait d'un vigoureux hochement de tête, Mitch enchaîna :

— En attendant, le vieux, comme vous dites, est fourbu.

Sans compter qu'il avait diablement envie de retrouver Kate et de la prendre dans ses bras, songea-t-il encore tandis qu'il quittait le terrain couvert de basket.

C'était peut-être la raison pour laquelle il avait joué avec un tel enthousiasme, ce soir. Il était pressé de terminer.

Debout dans l'allée, il attendit que Tim ferme la porte du gymnase et regarda les deux garçons s'éloigner.

— Tu viens boire une bière ? proposa le prêtre en le rejoignant.

— Pas ce soir, Tim. Je meurs d'envie de me glisser sous la douche. Une autre fois ?

— D'accord. Bonne nuit. Et merci pour le match. Mais la prochaine fois, laisse-nous gagner, hein ?

Mitch éclata de rire.

— On verra ça. Bonne nuit, Tim.

Ce dernier s'éloigna en direction du presbytère et Mitch rejoignit sa maison, qui se trouvait juste au coin de la rue. Le beagle de la voisine aboyait déjà, provoquant une réponse de la part d'un autre chien, quelque part dans le voisinage.

— C'est bon, Bronco ! lança Mitch. Ce n'est que moi.

Pour toute réaction, l'animal se mit à aboyer plus furieusement encore.

— D'accord ! marmonna Mitch en cherchant ses clés dans sa poche. Casse-toi les cordes vocales, si ça te chante.

Comme il arrivait devant chez lui, il s'aperçut que la lumière du porche ne fonctionnait pas ; l'ampoule avait dû griller. Tant pis. Il n'avait pas le temps de la remplacer, ce soir. Il s'en occuperait demain.

A tâtons, il glissa la clé dans la serrure et ouvrit la porte.

Il était déjà dans le vestibule, prêt à allumer la lampe, quand il entendit derrière lui un bruit qu'il reconnut instantanément. C'était le claquement très distinctif d'un couteau à cran d'arrêt dont on fait jaillir la lame.

Sans prendre le temps de penser, il fit volte-face.

Dans l'encadrement de la porte, il découvrit la silhouette massive d'un homme ; et alors que ce dernier levait le bras, Mitch aperçut en effet le reflet métallique d'une arme blanche.

Cette fois, l'agresseur mystérieux n'était pas là pour faire peur — ou pour menacer.

Il était là pour tuer.

Mitch réagit à la vitesse de l'éclair. Il balança la pointe de son pied dans le bras de l'individu, qui lâcha aussitôt le couteau. Puis, il le frappa de nouveau, cette fois au niveau de l'estomac, et avec assez de force pour envoyer n'importe quel homme au sol.

Toutefois, à la grande surprise de Mitch, son assaillant trébucha, mais ne tomba pas. Les bras ballants de chaque côté de son corps, comme ceux d'un grand singe, il se jeta sur Mitch, la tête la première, et l'encercla au niveau du bassin. Ils tombèrent ensemble, et s'écrasèrent sur une table qui se brisa sous leur poids.

Mitch fut le premier à se redresser. Profitant de l'avantage, il essaya de recouvrer son souffle et le releva aussitôt. Avec une rapidité stupéfiante, l'homme se redressa et se rua de nouveau sur lui, le plaquant violemment contre le mur. Mitch était sur le point de lui décocher un nouveau coup de pied, entre les jambes, quand il entendit des voix, à l'entrée.

— Hé, Dick Tracy ! lança Abdul. Qu'est-ce qui se passe, là-dedans ?

Mitch n'eut pas le temps de les appeler à l'aide. Déjà, les deux adolescents avaient compris et ils se jetaient sur le dos de l'agresseur. Ce dernier poussa un juron et, s'ébrouant comme l'aurait fait un chien, il les attrapa tous les deux, avant de les jeter du côté de Mitch.

Tous trois tombèrent au sol, et l'homme en profita pour se ruer dehors. Quand Mitch réussit à se relever et à sortir de la maison, les phares arrière d'une voiture qu'il ne put identifier disparaissaient au coin de la rue.

— Merde ! jura-t-il en donnant un coup de poing dans un tronc d'arbre.

Presque aussitôt, Abdul surgit en se frottant la tête.

— C'était qui ce type ? demanda-t-il.

— Si je le savais ! grommela Mitch. Ça va, tous les deux ? demanda-t-il, comme J.J. les rejoignait à son tour.

Les adolescents hochèrent la tête.

— J'ai entendu des drôles de bruits, là-dedans, et j'ai tout de suite compris que t'avais des ennuis, expliqua Abdul.

On a essayé de lui sauter dessus, mais il était trop fort. Une vraie montagne !

— En tout cas, vous êtes arrivés au bon moment, déclara Mitch en se massant l'estomac. Il aurait sans doute fini par me hacher menu.

— T'avais pas ton flingue ? demanda J.J.

— Pas sur moi, non. Je ne le prends pas pour aller jouer au basket.

Il ne leur dit pas qu'il n'était plus autorisé à porter une arme, pas même son .38, qu'il avait remisé dans un tiroir de commode.

— Mais qu'est-ce que vous faisiez là ? reprit-il.

— T'avais oublié tes affaires, répondit Abdul en désignant un sac de sport en toile bleu marine.

J.J. regardait la rue, le front plissé.

— Qu'est-ce qu'il te voulait, ce type ?

— Comme ça, à vue de nez, je dirais qu'il était venu pour me tuer.

Tom Spivak était encore au commissariat, quand Mitch avait appelé. Il avait débarqué chez son ami en un temps record, et se tenait maintenant dans le salon. Sur la table basse, enveloppé dans un mouchoir, se trouvait le couteau à cran d'arrêt de l'agresseur de Mitch, ainsi qu'un gant noir qui avait dû tomber, pendant la bagarre. Abdul l'avait trouvé dans le vestibule, au milieu des débris de la table.

Tom s'accroupit pour examiner l'arme blanche.

— Cet engin aurait pu faire de sacrés dégâts, déclara-t-il.

— A qui le dis-tu ! marmonna Mitch en secouant la tête.

Il était encore stupéfait de s'en être sorti sans une égratignure.

— Ce salaud avait dû dévisser l'ampoule du porche et se cacher dans les buissons. C'est pour ça que le chien aboyait à s'en décrocher la mâchoire.

Tom prit quelques notes dans son calepin.

— Que peux-tu me dire d'autre sur lui, à part qu'il était costaud, masqué et méchant ?

— On dirait un méchant de bande dessinée, hein ? remarqua Mitch en souriant.

Il recouvra aussitôt son sérieux.

— Je ne sais pas qui est ce type, mais je suis sûr que c'est lui qui a tué Lilly Moore. Et sans doute Gina Lamont et Chuck Winslow.

De nouveau, Tom jeta un coup d'œil vers le couteau à cran d'arrêt et le gant noir.

— Et tu penses que le sénateur McKackney l'a envoyé pour te tuer ?

— Ce brave sénateur ne veut pas m'avoir dans les pattes. Après la petite visite qu'il m'a faite au gymnase, l'autre jour, et ses menaces qu'il n'a même pas jugé utile de voiler, cela ne fait aucun doute.

— Il n'y avait personne sur la piste, à part vous ?

— Et les deux gorilles qui nous talonnaient ? Non. Le soir, l'endroit est pratiquement désert. Il devait le savoir, ou il aurait trouvé un autre moyen de m'approcher.

Tom hocha la tête et souleva le gant noir, à l'aide de son stylo.

— Ce n'est pas sûr, en ce qui concerne le couteau, mais je suis prêt à parier qu'on va trouver quelques belles empreintes à l'intérieur de ce gant.

— Si les gars de l'identification arrivent un jour ! grommela Mitch.

Au même instant, une voiture s'arrêta devant la maison.

— Tiens, les voilà justement, fit Tom.

Pendant que les spécialistes passaient le vestibule au peigne fin, Mitch appela Kate pour la prévenir qu'il n'irait pas chez elle, finalement. Il lui raconta en quelques mots ce qui venait de se passer.

— Mon Dieu ! s'exclama la jeune femme. Il aurait pu te tuer !

— Il n'a pas réussi ; alors, inutile de se faire peur a posteriori. Ce qui compte, maintenant, c'est d'obtenir des empreintes de notre bonhomme. Après ça, on devrait faire un sacré bond en avant.

— Mais pourquoi s'en est-il pris à toi ? demanda Kate. L'ancien copain de fac de Sean McKackney t'a révélé quelque chose d'important ?

— Rien de rien. Il était brusquement devenu amnésique. Mais va savoir ! C'est peut-être lui qui a appelé le sénateur, pour lui rapporter que j'étais venu lui poser des questions.

— Le moment est venu de raconter tout ce que nous savons au procureur fédéral, Mitch. Imagine qu'ils s'en prennent encore à toi ?

— Attendons de voir ce que nous révèle le labo. Si l'identité de notre gorille nous permet de remonter jusqu'à McKackney, nous aurons suffisamment d'éléments tangibles sur lesquels faire reposer notre théorie. Sinon, cela reste un tissu de suppositions. Je t'appellerai demain matin, d'accord ?

— D'accord. Oh ! Mitch, j'allais oublier : Rose m'a téléphoné, tout à l'heure. Megan Hollbrook a disparu.

— Quoi ?

— Le directeur de sa banque a téléphoné à Abigail pour lui signaler que Megan avait fait un retrait de dix mille dollars, cet après-midi — en espèces. Abigail est dans tous ses états. Elle est persuadée, et Douglas aussi, qu'Eric l'a contactée et qu'elle est allée le retrouver.

— Qu'en penses-tu, toi ?

— C'est en effet probable.

Eh bien, maintenant, ils sont deux. Etre un fugitif n'est déjà pas drôle, mais quand en plus on est tout seul…

Puis, voyant que Tom lui faisait signe, Mitch ajouta :

— Je dois te laisser, Kate. Je t'appelle demain.

27.

Le lendemain matin, vers 11 heures, Tom appela Mitch pour lui communiquer les résultats du laboratoire.

— Comme prévu, il n'y avait rien d'intéressant sur le couteau. Mais on a pu relever deux empreintes à l'intérieur du gant et aussi par terre, dans ton vestibule.

— Vous avez pu identifier le type ?

— Oui, mon vieux ! Ton bonhomme s'appelle Bruno Yager. Cinquante-trois ans. Un mètre quatre-vingt-quatorze, cent vingt-cinq kilos. Profession : agent de maintenance et videur. Il a travaillé pour Dom Costa, un gros bonnet de la drogue, à Manhattan. Sa dernière adresse était sur la 116e Rue, à New York. Il a habité là-bas entre 1970 et 1976.

Mitch haussa les sourcils. Maddy Mays était originaire de New York City. Et elle aussi avait vécu là-bas jusqu'en 1976. La coïncidence avait de quoi troubler !

— Il a fait de la prison ? demanda-t-il.

— A deux reprises. D'abord en 1962, pour vol de voiture. Et de nouveau en 1965, après avoir été condamné pour attaque à main armée. L'arme en question était d'ailleurs un couteau à cran d'arrêt.

— Et où est censé se trouver ce sympathique personnage, maintenant ?

— C'est là que le mystère s'épaissit. Depuis qu'il a quitté New York, nous n'avons aucune trace de lui.

— Tu as vérifié auprès de l'administration des vétérans de guerre ? Il reçoit peut-être une pension quelconque.

— Je viens de leur passer un coup de fil. Yager n'a jamais fait son service.

— Merde !

— On va le retrouver, Mitch. Je continue les recherches. En attendant, sois patient. Et surtout, fais attention.

Après avoir raccroché, Mitch demeura un moment les yeux fixés sur le téléphone, sans bouger. Il était certain que Bruno Yager travaillait soit pour McKackney, soit pour Maddy Mays. Mais sans preuve, et sans raison valable, aucun juge ne délivrerait un mandat de recherche contre lui.

Cela dit, rien n'empêchait le citoyen Mitch Calhoon d'aller faire un tour à l'hôtel Europa et d'y mener sa petite enquête. Dans la plus grande discrétion, bien sûr.

Sans plus attendre, il attrapa sa parka et sortit.

Alison s'ennuyait. Depuis l'instauration des nouvelles règles de sécurité, quelques jours plus tôt, elle ne pouvait plus rien faire — ni prendre le bus avec ses copines, pour se rendre au lycée, ni se promener en ville, ni même aller au cinéma. Tout ce à quoi on l'autorisait, c'était aller en cours et chez son amie Melissa — à condition que Joseph lui serve de chauffeur.

Le pire, dans cette situation, était que personne ne consentait à lui dire pourquoi elle était forcée de vivre ainsi en recluse, et de façon si subite. Sa mère avait vaguement mentionné le fait que la presse se montrait plus agressive, mais Alison n'avait pas vu de journaliste depuis des jours. Il était donc plus que probable que Kate avait menti. De même que ses grands-parents.

Que leur arrivait-il, à tous ? Et surtout, pourquoi refusaient-ils d'admettre qu'elle avait grandi ? Elle n'était plus un bébé, tout de même ! Elle avait treize ans ! Et elle comprenait bien plus de choses qu'on ne l'imaginait.

Arrivant au pied du grand escalier de la maison, elle s'arrêta et regarda autour d'elle, se demandant comment elle allait occuper le reste de son après-midi. Melissa, dont le père était attaché à l'ambassade du Canada, allait assister à la fête d'anniversaire de la fille de l'ambassadeur. Grand-père Douglas travaillait à son cabinet, et grand-mère Rose déjeunait avec la mère d'Alison.

A l'exception du tic-tac de la grosse pendule, dans le vestibule, la maison était silencieuse. Alison poussa un soupir. Elle avait un après-midi entier devant elle… et strictement rien à faire.

Les bras derrière le dos, elle considéra la porte fermée du salon dans lequel ses grands-parents recevaient, la plupart du temps ; puis celle d'un salon de musique que personne n'utilisait jamais ; et enfin, celle du bureau de son grand-père. C'était une vaste pièce aux murs lambrissés et couverts d'étagères pleines de livres ; il y flottait toujours une odeur où se mêlaient la cire au citron, le vieux cuir et le tabac à pipe. Depuis sa toute petite enfance, Alison aimait cet endroit. Autrefois, elle y passait des heures à faire ses devoirs, à lire ou à dessiner, pendant que son grand-père travaillait. Parfois, il lui permettait de jouer avec son meuble chinois — une sorte de cabinet ancien plein de petits compartiments secrets qui pouvaient s'ouvrir, brusquement, sur une simple pression des doigts, ou bien demeurer obstinément fermés.

Jetant un bref coup d'œil à droite et à gauche, Alison pénétra à l'intérieur du bureau. En dehors des domestiques, nul n'était autorisé à pénétrer dans l'antre du chef de maison, quand lui-même était absent. Mais il ne serait pas fâché si elle enfreignait cette règle, juste un moment.

Le magnifique cabinet noir et or se tenait contre le mur du fond. Elle s'en approcha, se demandant si elle était encore capable d'ouvrir les tiroirs secrets.

Les yeux plissés, elle fit glisser ses doigts autour du premier des quatre panneaux sculptés, leur imprimant un mouvement rotatif, appuyant ici et là, pour essayer de trouver les points d'ouverture. Comme elle n'obtenait aucun résultat, elle se déplaça vers le deuxième panneau, puis le troisième.

Soudain, un cri de surprise lui échappa. Elle avait réussi ! Le battant venait de pivoter, découvrant une douzaine de petits compartiments. Les trois premiers étaient vides, mais le quatrième renfermait une boîte dorée — une sorte d'écrin qui aurait pu contenir un bijou. Le cœur battant, Alison souleva le couvercle.

A l'intérieur, nichée dans un lit de satin jaune, elle trouva une clé en or.

Alison avait une passion pour les clés. Durant des années, elle les avait collectionnées, surtout celles sur lesquelles le temps avait imprimé sa marque. Fascinée, elle les étudiait pendant des heures, se demandant à qui elles avaient appartenu, et quelle porte secrète elles pouvaient bien ouvrir.

Parfois, elle les essayait sur des serrures. C'était ainsi qu'un jour, elle avait réussi à déverrouiller un vieux coffre, dans le grenier de la maison. Comme elle s'était amusée !

Elle prit la clé et l'examina de près. Sur la tige, il y avait une inscription gravée : « Hôtel Europa. Appt 4 ».

Alison connaissait l'hôtel Europa pour être souvent passée devant. Il se trouvait sur Connecticut Avenue, non loin d'Union Station, où sa mère l'emmenait souvent faire les magasins.

Mais pourquoi diable son grand-père possédait-il la clé d'un appartement ? Le numéro 4. Il avait donc une suite permanente, dans l'hôtel ? C'était étrange.

Saisie par la curiosité, Alison glissa la clé dans sa poche et remit la boîte dans son compartiment. Elle avait soudain l'impression d'être l'héroïne d'un de ces romans d'aventures qu'elle aimait tant lire. Et si elle se rendait à l'hôtel et perçait le mystère de cette clé ?

Aussitôt dit, aussitôt fait.

Elle ferma le panneau de bois, non sans avoir auparavant bien noté quel point il lui faudrait presser pour le faire pivoter de nouveau, et elle quitta le bureau. Puis elle s'en fut chercher Joseph.

Kate retrouva Rose au Bistro Lepic, vers 12 h 30. Elles s'installèrent à une table et commandèrent chacune une salade à la truite fumée. Puis, incapable d'attendre plus longtemps, Kate demanda :

— Avez-vous des nouvelles de Megan ?

Rose hocha la tête.

— Oui. J'ai parlé à Abigail, tout à l'heure. Elle avait

raison, et Douglas aussi : Megan est bien avec Eric. Elle a téléphoné à sa mère, ce matin. Mais elle a été très brève : elle lui a dit de ne pas s'inquiéter, qu'elle allait bien et qu'elle rappellerait — sans préciser quand. Et elle a raccroché.

— Abigail doit s'arracher les cheveux, commenta Kate avec un léger sourire.

— Elle est folle de rage, en effet. Elle voulait appeler la police et leur demander de mettre son téléphone sur écoute, afin de pouvoir les piéger la prochaine fois que Megan téléphonerait. Il m'a fallu plus d'une demi-heure pour la convaincre que si elle essayait de piéger Eric en se servant de sa fille, celle-ci ne lui pardonnerait jamais.

— Et vous avez réussi ? C'est étonnant.

Rose posa sur Kate un regard affectueux.

— On dirait que tu ne l'aimes pas beaucoup.

— Qu'y a-t-il à aimer ? Cette femme est prétentieuse, autoritaire et manipulatrice. Et je trouve déplorable la manière dont elle a traité sa fille, depuis l'annonce des fiançailles. Pourquoi refuse-t-elle d'accepter le fait que Megan est folle amoureuse d'Eric ?

— Parce qu'elle est têtue et ne supporte pas que les choses ne se passent pas comme elle le décide, répondit Rose en dépliant sa serviette. C'est un défaut assez répandu, quand on y réfléchit bien.

Kate sourit. Elle prenait un réel plaisir à ces rencontres régulières avec Rose. Il émanait de la mère d'Eric une sorte de douceur et de sagesse qu'elle trouvait rassérénantes — plus que jamais en cette période troublée.

— Comment va Alison ? demanda-t-elle. Elle me manque

tellement. C'est terrible de ne pas pouvoir la voir tous les jours.

— Cela ne devrait plus être trop long, maintenant. Ta joue cicatrise bien, on dirait.

— Oui. Je pense que je pourrai passer à Potomac, ce week-end. Avec un peu de maquillage, il ne paraîtra plus rien de ma blessure.

— En tout cas, à mon avis, sa période de rébellion prendra fin plus tôt que tu ne l'imagines...

— Pourquoi dites-vous cela ?

— Elle s'ennuie à mourir, chez nous. Il n'y a rien à faire, dans cette grande maison — surtout l'hiver. Hier après-midi, je l'ai trouvée dans la cuisine en train de jouer aux échecs avec Joseph. Je me demande bien ce qu'elle va trouver pour s'occuper, aujourd'hui.

— Elle ira sûrement chez Melissa.

— Melissa est invitée à la fête d'anniversaire de la fille de l'ambassadeur du Canada.

— La pauvre ! murmura Kate en imaginant sa fille en train d'errer, toute seule, de pièce en pièce, dans la grande maison vide des Fairchild. Je vais lui proposer d'aller faire des courses de Noël, samedi.

— C'est une bonne idée. Mais à ta place, si tu me permets de te donner un conseil, je ne lui parlerais pas encore de revenir à Cleveland Park. Elle commence tout juste à comprendre que vivre chez nous n'est pas aussi amusant qu'elle voulait bien se le rappeler. Tôt ou tard, elle te demandera elle-même de rentrer. Néanmoins, il faut que cela vienne d'elle, que ce soit sa propre décision, Kate. Sinon, tout ça n'aura servi à rien.

Le serveur apporta leurs assiettes, et elles attaquèrent leurs salades.

— D'où tenez-vous toute cette sagesse, Rose ? reprit Kate, après quelques instants. Par moments, j'ai l'impression que je suis incapable d'élever ma fille.

Rose se mit à rire.

— C'est toujours plus facile quand il s'agit des enfants des autres, crois-moi. La plus grande difficulté d'être parent, à mon avis, c'est le manque de recul, le poids écrasant de la responsabilité. Si tu crois que je n'ai pas commis des erreurs, avec Eric…

Soudain, elle posa sa fourchette, comme si elle n'avait plus faim.

— Je m'inquiète tant à son sujet, murmura-t-elle, brusquement au bord des larmes.

Kate lui prit la main, par-dessus la table.

— Il ne faut pas vous mettre dans cet état, Rose. Eric va s'en sortir. Comme il a toujours su le faire.

— Uniquement parce qu'il avait des gens comme toi et moi pour lui venir en aide. Je sais que c'était sans doute une erreur. Je ne cesse de me dire que cette épreuve va finalement lui mettre du plomb dans la tête, mais c'est plus fort que moi : de le savoir seul…

— Il n'est plus seul, Rose, rappela Kate. Il a Megan, maintenant.

— C'est vrai. Et elle a prouvé combien elle l'aime. Peut-être va-t-elle réussir à le convaincre de rentrer et de se rendre.

— Qui sait ?

Rose hocha la tête et reprit sa fourchette.

— Tu es bien gentille d'écouter les élucubrations d'une vieille femme, Kate.

— Oh ! je vous en prie ! protesta celle-ci. Vous n'êtes pas vieille, et ce ne sont pas des élucubrations. N'est-il pas naturel de se faire du mauvais sang pour son fils ?

Elle marqua une pause.

— Avez-vous essayé d'en parler avec Douglas ? Je sais qu'il ne s'entend pas bien avec Eric, mais s'il se doutait à quel point cela vous affecte...

Rose secoua la tête et laissa échapper un soupir.

— Douglas est étrange, ces derniers temps. Il n'est pas lui-même. Je ne sais pas si c'est la disparition d'Eric, mais chaque fois que j'essaie d'avoir une conversation avec lui, il devient fou de rage.

— Cela ne lui ressemble pas du tout.

— Non, en effet. Je pensais te demander, d'ailleurs, s'il y a un problème, au cabinet.

— Pas que je sache, répondit Kate. Et je le saurais forcément.

A moins, songea-t-elle, que Douglas ne s'inquiète au sujet de Sander McKackney. Se pouvait-il qu'il soupçonne son ami de lui avoir menti, autrefois, et qu'il se sente tiraillé entre sa loyauté vis-à-vis du sénateur et les devoirs que lui dictait sa profession ?

— Douglas doit souffrir de stress, comme nous tous, reprit-elle, soucieuse de ne pas alarmer Rose plus qu'elle ne l'était déjà. Pourquoi ne partiriez-vous pas en vacances ? D'autant que votre séjour aux Bermudes a été brusquement interrompu, récemment.

Rose fit la moue.

— Je n'ai pas envie d'aller aux Bermudes.

— Partez ailleurs, dans ce cas. En Orient. Ou en Europe. Il paraît que Paris est superbe, au moment des fêtes de Noël. Toutes les vitrines des grands magasins sont décorées. Imaginez : un dîner au champagne à La Tour d'Argent, puis une promenade le long de la Seine. Il n'y a rien de tel que le champagne et le clair de lune pour rallumer le feu dans une relation, conclut Kate avec un sourire.

A sa grande surprise, Rose baissa les yeux.

— Crois-moi, Kate, le champagne et le clair de lune ne serviraient strictement à rien, dans notre cas.

— Voyons, Rose, pourquoi dites-vous cela ? Où est passé votre romantisme ?

— Hélas ! il s'est recroquevillé jusqu'à disparaître totalement, à force de n'être pas sollicité.

Kate fronça les sourcils. Elle avait toujours été convaincue que Rose et Douglas formaient un couple parfait. Même le petit écart que Douglas lui avait avoué, l'autre jour, n'avait pas changé son opinion à ce sujet.

— Je ne comprends pas, dit-elle. Vous ne l'aimez plus ?

— Oh ! bien sûr que si, je l'aime. Mais...

Elle inspira profondément, comme si les mots qu'elle s'apprêtait à prononcer pesaient lourdement sur son cœur.

— Douglas et moi n'avons plus de relations sexuelles.

Kate fixa son verre, ne sachant trop comment réagir devant cette confidence.

— Je... je suis désolée, murmura-t-elle.

Les yeux de Rose s'emplirent de larmes.

— Il me tuerait, s'il savait que je t'en ai parlé. Tu ne le répéteras jamais, n'est-ce pas ?

— Non, bien sûr que non.

— Vois-tu, il y a trois ans, on a découvert que Douglas souffrait d'un cancer de la prostate. Il a fallu l'opérer.

Kate secoua la tête.

— Mais voyons, c'est impossible ! Je l'aurais su…

— Au contraire, il ne voulait pas que cela se sache. Pour lui, une telle maladie était une chose embarrassante. L'opération a eu lieu pendant nos vacances d'hiver, à Vail.

Rose marqua une pause.

— A l'époque, reprit-elle, les médecins nous avaient assuré qu'aucune complication n'était à craindre. Douglas est en bonne santé, et il n'y avait aucune raison pour qu'il ne retrouve pas ses fonctions sexuelles, après quelques mois. Mais ce n'est pas arrivé.

Elle baissa la voix.

— Depuis lors, il est impuissant.

En entendant ces mots, Kate se figea.

Douglas, impuissant ? Comment était-ce possible, alors qu'il avait admis avoir couché avec Maddy Mays, six mois plus tôt ?

— Vous êtes sûre ? insista-t-elle. Je veux dire… vous avez consulté un médecin ?

— On en a vu une demi-douzaine. Certains ont prescrit des médicaments, d'autres ont suggéré des interventions que Douglas refuse de considérer, et les autres ont déclaré que le temps finirait par remédier au problème. Finalement, il y a un an, il a subi une nouvelle série d'examens, et cette fois, le diagnostic était définitif. Les fonctions sexuelles de

Douglas ne reviendront pas. Le choc a été terrible, pour lui.

Kate prit son verre et avala une grande gorgée d'eau. Douglas lui avait donc menti. Il n'avait pas couché avec Maddy, cet après-midi du mois de juin. Ni avec elle ni avec une autre. Il en était physiquement incapable.

Mais alors, que faisait-il à l'hôtel Europa en compagnie d'une femme soupçonnée de diriger un réseau de call-girls ? Surtout, pourquoi avait-il jugé nécessaire de mentir ?

— Qu'y a-t-il ? lui demanda Rose. Tu es blanche comme un linge. Mon Dieu, je t'ai choquée, avec mes histoires !

— Non ! s'exclama Kate en secouant la tête. Ce n'est pas ça. Je… je viens juste de me rappeler un rendez-vous très important. Je suis désolée, Rose, ajouta-t-elle en se levant. Je ne sais pas comment j'ai pu oublier.

Alors qu'elle ouvrait son sac, pour en tirer son portefeuille, Rose eut un geste de la main.

— Laisse ça, tu veux ? Tu paieras la prochaine fois. Dépêche-toi, si tu es en retard.

— Je suis vraiment désolée, Rose, répéta Kate en se penchant pour l'embrasser. Je…

— Ne t'excuse pas, voyons. Ce sont des choses qui arrivent. Ne t'inquiète pas pour moi. Je vais finir de déjeuner tranquillement.

— Merci.

Kate sortit précipitamment du restaurant. Une fois dehors, elle se mit à courir.

28.

Comme toujours, à cette époque de l'année, l'hôtel Europa bruissait de monde et d'activité — ce qui facilitait l'entreprise de Mitch, même s'il n'avait pas encore réussi à trouver la moindre trace d'un Bruno Yager parmi le personnel.

Pour l'instant, il avait réussi à visiter le sous-sol, avec la salle de contrôle des installations électriques de l'établissement, mais aucun des techniciens d'entretien auxquels il avait parlé ne semblait connaître Bruno.

Il s'apprêtait à prendre l'ascenseur pour remonter vers le grand hall d'entrée, quand un homme en vêtements de cuisinier apparut, poussant un chariot sur lequel reposaient d'épais sandwichs, diverses salades et des *nachos*.

— Eh bien, quel festin ! lança-t-il d'un ton affable. C'est l'heure du déjeuner, au zoo ?

L'homme éclata de rire.

— On se demande où ils mettent tout ça, n'est-ce pas ?

— En effet. Vous travaillez en cuisine ? poursuivit Mitch avec autant de naturel que possible.

— Oui. Et vous ? Vous êtes nouveau ?

— Non, je suis simplement de passage. En fait, enchaîna-t-il en affichant un air désappointé, j'étais passé faire une surprise à un vieux copain. Je pensais qu'il travaillait à l'entretien, mais personne n'a l'air de le connaître.

— Comment s'appelle-t-il ?

— Bruno. Bruno Yager.

— Je connais un Bruno. Mais son nom n'est pas Yager. C'est Ramsey.

Ramsey, songea Mitch. Voilà pourquoi on ne le retrouvait nulle part.

— C'est peut-être lui. Un type drôlement costaud, avec une voix rauque ?

— C'est ça. Il travaille à la buanderie. Vous le trouverez au rez-de-chaussée, derrière les cuisines.

Mitch sourit.

— A la bonne heure ! Je vais pouvoir faire une petite surprise à ce bon vieux Bruno. Merci.

— De rien, répondit l'homme, avant de poursuivre son chemin.

Mitch reprit l'ascenseur. Il n'aurait pas demandé mieux que d'aller directement à la buanderie voir la tête que ferait Bruno s'il se trouvait nez à nez avec lui. Mais sans son badge, Mitch n'avait aucun droit. En outre, Bruno risquait de prendre peur et de disparaître. Non, il avait accompli sa mission : vérifier que Yager travaillait bien dans l'hôtel. Il ne lui restait plus qu'à se rendre au commissariat, afin de révéler à Tom où il pouvait trouver le gorille. Son ami se chargerait de l'arrêter.

Cela paraissait presque trop simple.

Alison parvenait à grand-peine à contenir son excitation. Assise à côté de Joseph, dans la voiture, elle se remémorait le trajet de métro qu'elle devrait suivre pour se rendre de la maison de Melissa, sur D Street, à l'hôtel Europa, sur Connecticut Avenue.

Il était 13 heures, quand Joseph la déposa devant la maison des Franklin.

— Je passerai vous chercher à 15 heures, dit-il, comme Alison bondissait hors de la voiture.

— Merci, Joseph.

Deux heures, estima Alison, suffiraient largement pour aller à l'hôtel, résoudre le mystère de la clé en or, et revenir.

Elle gravit les marches du perron, sachant que Joseph ne s'en irait pas tant qu'il n'aurait pas vu la porte se fermer sur elle. Elle sonna, et quand Zina, la jeune domestique pakistanaise des Franklin, lui ouvrit, elle entra.

— Melissa pas là, dit Zina, avec son accent prononcé. Elle partie fête de fille l'ambassadeur.

Alison se frappa le front, comme si elle s'en souvenait soudain.

— Quelle idiote ! J'avais complètement oublié.

Elle sourit de nouveau à Zina.

— Eh bien, je suis venue pour rien. Heureusement que j'avais demandé à Joseph de m'attendre. Je ne pensais pas rester longtemps. Au revoir.

Elle rouvrit la porte et sortit, mais la jeune Pakistanaise la suivit sur le perron.

— Où Joseph ? demanda-t-elle en regardant en haut et en bas de la rue.

— Il est garé au coin, là-bas, répondit Alison, le cœur battant à tout rompre.

Que de mensonges, en si peu de temps !

— Au revoir, répéta-t-elle en dévalant les marches.

Elle s'éloigna à grands pas, et quelques minutes plus tard, elle arrivait devant la station de métro. La première partie de son plan s'était bien déroulée. A présent, elle attaquait la phase deux.

— Un mandat ? Mais pour quoi faire ? hurla Mitch à l'adresse du lieutenant Jarvis. On n'a pas le temps. Ce type a essayé de me tuer, hier. Ses empreintes sont partout dans mon vestibule, et nous savons qu'il a déjà été condamné. Ça suffit largement pour l'arrêter !

— Calmez-vous, Calhoon, répondit Jarvis sur un ton diplomate qui lui ressemblait assez peu. Arrêter ce gars sans mandat est la dernière chose à faire. Maddy Mays est une femme puissante, et elle a de nombreuses relations dans cette ville. Si on fait irruption dans son hôtel sans présenter les documents appropriés, je vous garantis que, moins d'une heure après l'arrestation de votre homme, il sera de nouveau dehors.

Il sourit.

— Alors, détendez-vous, O.K. ? Dès que Spivak sera de retour, je l'enverrai chercher un mandat. Yager sera derrière les barreaux avant ce soir.

— Où est Tom ?

— Je l'ai envoyé à Lafayette Park. Il y a eu une fusillade.

— Et Benedetti ? Ou Haskell ? Ils ne pouvaient pas y aller, eux ?

En d'autres circonstances, une telle remarque aurait valu à Mitch une bordée d'injures ou, dans le meilleur des cas, une sévère réprimande. Au lieu de quoi, Jarvis se contenta de secouer la tête.

— Ils sont sur le terrain, eux aussi. Pour le cas où vous ne l'auriez pas remarqué, on manque de personnel. C'est toujours pareil, à cette époque de l'année.

Mitch avait les mains liées. Si Jarvis avait ouvertement refusé d'arrêter Bruno, il aurait eu une raison légitime de passer par-dessus lui et de s'adresser à leur supérieur. Mais l'argument du lieutenant était valable. S'ils arrêtaient Yager sans mandat, Maddy Mays le ferait libérer sous caution en moins de temps qu'il n'en fallait pour le dire. Et une fois dehors, l'autre brute disparaîtrait définitivement dans la nature.

— Rentrez chez vous, Mitch, suggéra Jarvis avec une sollicitude qui, là encore, n'était pas dans ses habitudes. On vous tiendra au courant.

— Si vous n'y voyez pas d'inconvénient, répliqua Mitch, je vais attendre dans la salle de police.

En arrivant au cabinet, Kate se rendit directement dans le bureau de Douglas. Sa secrétaire s'y trouvait, occupée à ranger des dossiers.

— Où est-il ? demanda Kate d'un ton brusque.

— Maître Fairchild avait rendez-vous avec un client à Alexandria, Maître Logan, répondit l'assistante sans se troubler le moins du monde. Il devrait être de retour vers 15 heures.

— S'il appelle avant, vous voudrez bien lui dire que j'ai besoin de lui parler ? C'est urgent.

— Certainement.

De retour dans son bureau, Kate se laissa presque choir dans son fauteuil et elle composa le numéro de Mitch.

— Zut ! grommela-t-elle en tombant sur le répondeur.

— Tu as dit quelque chose ? lui demanda Frankie, qui s'était approchée de la porte.

— Je parlais toute seule, répondit Kate. Mitch n'a pas appelé, pendant que j'étais sortie ?

— Non. Mais LuAnn a téléphoné. Elle n'a pas laissé de message.

Kate se renversa dans son fauteuil. LuAnn. Elle avait complètement oublié sa promesse d'aller la voir, après déjeuner.

— Merci, Frankie. Je la rappelle tout de suite.

— Kate ?

Le combiné en main, Kate leva les yeux et croisa le regard de son assistante.

— A propos de LuAnn..., reprit celle-ci. Je l'ai trouvé bizarre. Et il y avait de drôles de bruits, en arrière-fond.

— Ah bon ? fit Kate, tout en cherchant le numéro de l'hôpital dans son agenda.

Frankie ferma la porte du bureau et s'approcha.

— Oui, poursuivit-elle. On se serait cru dans un hôpital. On appelait un médecin dans un haut-parleur. Kate, il est arrivé quelque chose à LuAnn ?

Kate raccrocha brusquement et posa les coudes sur sa table, fermant les yeux et se massant les tempes. Elle était fatiguée de mentir, fatiguée de faire semblant, fatiguée de tous ces secrets.

— Oui, répondit-elle sans lever la tête. LuAnn a eu un accident. Elle est à l'hôpital.

Frankie vint s'asseoir en face d'elle.

— Un véritable accident… ou un accident comparable à celui dont tu as été victime, l'autre jour ?

Kate ne put réprimer un sourire. C'était ce qu'elle aimait, avec Frankie. Elle allait toujours droit au but.

— Je croyais que nous étions amies, reprit la jeune femme. Je croyais que toi et moi, nous pouvions tout nous dire.

— Oui…

— Alors, pourquoi tous ces secrets ? Et pourquoi m'as-tu raconté toutes ces salades, sur le fait que tu abandonnais l'affaire Lamont ? Et celle de Tony ?

Kate leva brusquement la tête.

— Quoi ? s'exclama Frankie en riant. Tu pensais vraiment que j'avais avalé ton histoire ? Allons ! je te connais trop bien et depuis trop longtemps, pour ne pas savoir qu'on ne t'impressionne pas comme ça. Douglas a pu le croire, Maria et Tony, aussi, mais pas moi.

Elle se pencha en avant.

— Maintenant, dis-moi. Que se passe-t-il ?

— Je ne peux pas, Frankie, affirma Kate en secouant la tête. Cette affaire est devenue un jeu dangereux ; et jusqu'à ce que je sache qui sont les joueurs, je ne peux pas me permettre de mettre qui que ce soit d'autre en danger.

Elle eut un sourire las.

— Ce sera bientôt terminé. En attendant, essaie de me comprendre, Frankie. D'accord ?

Puis, sans attendre de réponse, elle décrocha de nouveau le téléphone.

*
* *

Le grand hall de l'hôtel Europa était une splendeur. Tout paraissait dégouliner d'or : les tentures de soie, les chandeliers étincelants. Même les sols étaient en marbre doré. Au centre de la pièce, se dressait un arbre de Noël gigantesque, chargé d'une multitude de décorations anciennes et d'autant de lumières miniatures.

Eblouie par tant de luxe, Alison demeura un instant bouche bée. Autour d'elle, c'était un véritable ballet auquel se livraient femmes élégantes vêtues de manteaux de fourrure et hommes d'affaires parlant dans des téléphones portables... On devait pouvoir passer ici une journée entière sans s'ennuyer un seul instant.

Mais Alison n'était pas venue ici pour admirer la clientèle de l'hôtel. Elle avait un mystère à résoudre. Et si elle ne se dépêchait pas, elle n'aurait pas le temps de retourner chez Melissa, pour son rendez-vous avec Joseph.

Elle commença par chercher les ascenseurs. Et quand elle les eut trouvés, elle se heurta à son premier obstacle. Les appartements privés se trouvaient au dernier étage, le huitième, et pour y accéder, il fallait une clé spéciale. Malheureusement, celle qu'Alison avait trouvée dans le cabinet chinois ne correspondait pas à la minuscule serrure visible sur le panneau de commande de l'ascenseur. Elle allait donc devoir grimper les huit étages à pied.

Elle fit trois fois le tour du hall avant de découvrir une porte donnant sur l'escalier.

Quand elle arriva enfin au huitième étage, il était déjà 13 h 30 passées. Un peu essoufflée, Alison longea le couloir et passa devant l'appartement 1, puis le 2, sans cesser d'admirer le décor — les murs tapissés de soie et les petites consoles dorées, sur lesquelles trônaient des urnes chinoises remplies d'orchidées.

Mais alors qu'elle passait devant l'appartement 3, elle se figea brusquement.

A l'intérieur, quelqu'un, une femme, venait de prononcer le nom et le prénom de sa mère.

29.

Stupéfaite d'entendre le nom de sa mère, et prononcé avec autant de colère, Alison pressa l'oreille contre la porte. Elle ne perçut que quelques mots isolés, incompréhensibles pour la plupart. Alors, le souffle court, le cœur battant à toute allure, elle posa la main sur la poignée de la porte et tourna doucement. Elle s'attendait à la trouver fermée, mais à sa grande surprise, elle s'ouvrit, presque d'elle-même.

Inspirant profondément, elle pénétra dans un vestibule qui donnait sur une grande pièce. Là, une femme vêtue d'un tailleur noir allait et venait, tout en parlant dans un téléphone sans fil.

— Vous voulez des faits ? lança-t-elle. Je vais vous en donner. Jarvis m'a appelée pour m'annoncer que Mitch Calhoon était venu fouiner dans l'hôtel, aujourd'hui. Il sait que Bruno est l'homme qui a essayé de le tuer, hier soir, et aussi qu'il travaille pour moi.

Il y eut un silence, durant lequel la femme dut écouter son correspondant.

— Je n'en sais rien, moi, comment il l'a découvert ! s'écria-t-elle. Il est flic, non ? Oui, oui, Jarvis fait ce qu'il peut pour gagner du temps. Mais après ? Calhoon n'est pas idiot. Et il n'est pas très patient.

De nouveau, elle s'interrompit. Mais les paroles que prononça la personne, à l'autre bout du fil, ne parurent pas la rassurer.

— Ce n'est pas moi qui ai fichu la pagaille, espèce de crétin. C'est vous ! Si vous m'aviez laissée éliminer Kate Logan, quand elle a commencé à fourrer son nez dans mes affaires, nous n'en serions pas là, maintenant…

Stupéfaite et effrayée par ce qu'elle venait d'entendre, Alison recula instinctivement — et se heurta à une petite table. Elle recouvra vite son équilibre, mais ne fut pas assez rapide pour rattraper le vase qui était posé sur la console, et qui bascula. Horrifiée, elle le regarda s'écraser au sol.

Alors qu'elle s'élançait vers la porte, une main de fer s'abattit sur son bras.

— Eh là, pas si vite ! fit la femme, avant de l'obliger à la regarder. Qui es-tu ?

— Lâchez-moi, vous me faites mal ! s'écria Alison.

La femme la secoua.

— Si tu ne me dis pas qui tu es et ce que tu fabriques ici, tu vas avoir encore plus mal.

Fermant les yeux, Alison tenta de ravaler le nœud qui s'était formé dans sa gorge.

— Je… je m'appelle Alison, balbutia-t-elle d'une voix tremblante. Alison Logan.

La femme écarquilla les yeux. Puis, sans lâcher Alison, elle porta le téléphone sans fil à son oreille et déclara d'un ton sec :

— Je vous rappellerai. J'ai un problème à régler.

Elle coupa la communication, posa le téléphone, et se tourna de nouveau vers Alison.

— A nous deux, maintenant. Depuis combien de temps écoutais-tu ma conversation ?

Tremblante, Alison secoua la tête.

— Je n'écoutais pas. Je n'ai rien entendu. Je vous le jure.

— Espèce de petite menteuse ! s'exclama la femme en la secouant encore, si fort qu'Alison sentit ses dents s'entrechoquer. Tu te moques de moi ? Que fais-tu là ? Qui t'a envoyée ?

— P... personne. Je...

Soudain, la clé qu'elle tenait encore dans sa main lui échappa et tomba sur le parquet. La femme se pencha pour la ramasser.

— Où as-tu trouvé ça ?

Dans le bureau de mon grand-père, répondit aussitôt Alison, trop terrifiée pour pouvoir mentir. Il s'appelle Douglas Fairchild. C'est un grand avocat, ajouta-t-elle avec l'espoir d'impressionner la femme.

Mais celle-ci l'ignora. Elle glissa la clé dans sa poche et la fusilla de nouveau du regard.

— Tu n'as pas répondu à ma question. Que fais-tu ici ?

— Je m'ennuyais. Alors, quand j'ai trouvé la clé, dans le bureau de mon grand-père, je me suis dit que j'allais venir ici et découvrir l'appartement auquel elle donnait accès.

— Et en passant, tu es entrée chez moi pour écouter ma conversation.

— Je ne voulais pas ! protesta Alison. J'ai entendu le nom de ma mère et...

Elle s'interrompit brusquement, prenant conscience de son

erreur. Elle se recroquevilla et jeta un coup d'œil désespéré vers la porte d'entrée.

— Je n'ai rien entendu d'autre, je vous le jure ! Juste son nom. C'est pour cela que je suis entrée. J'ai pensé… J'ai pensé qu'elle était peut-être là…

— Tais-toi ! ordonna la femme d'une voix coupante.

Elle n'avait plus l'air d'être en colère, ni même d'avoir peur. L'expression de son visage était froide et dénuée de toute émotion.

Toujours sans lâcher le bras d'Alison, elle s'approcha de ce qui devait être son bureau et pressa le bouton d'un Intercom.

— Bruno, viens dans mon appartement, ordonna-t-elle. Tout de suite.

Quelques minutes plus tard, un homme gigantesque, vêtu de noir, les rejoignit. C'était l'individu le plus affreux et le plus effrayant qu'Alison ait jamais vu. Son crâne était totalement chauve, et son visage marqué par l'acné. Il avait des petits yeux luisants et vides d'expression.

— C'est Alison Logan, la fille de Kate Logan, lui expliqua la femme. Cette petite idiote a eu la mauvaise idée de venir fureter par ici, et elle a surpris une conversation… confidentielle.

Elle se mit à faire les cent pas.

— Comme il faut de toute façon que tu quittes la ville, tu vas emmener la fille avec toi.

— Où ça ?

— Dans le chalet du sénateur.

La femme alla chercher un trousseau de clés dans un tiroir et le tendit à Bruno.

— Tiens, dit-elle. Et surveille-la bien, surtout.

— D'accord, Maddy.

Maddy. Instinctivement, Alison enregistra le prénom.

— Et fais attention de ne pas rouler trop vite. Il ne manquerait plus que les flics t'arrêtent et la trouvent sur la banquette arrière.

Elle jeta un coup d'œil à sa montre.

— Je t'appellerai plus tard pour te donner des instructions.

— D'accord, Maddy, répéta le géant.

Il prit Alison par le bras, et aussitôt, celle-ci se mit à hurler en essayant de se dégager.

— Je n'irai nulle part. Vous ne pouvez pas me…

Elle n'eut pas l'occasion de terminer sa phrase. Bruno la gifla, avec une telle force qu'elle se sentit tourner de l'œil. Tout devint noir.

Sean McKackney transpirait abondamment tandis qu'il composait le numéro de téléphone du bureau de son père, à Capitol Hill. Cette fois, on avait découvert le pot aux roses. Et à moins que son père ne réussisse un miracle, ils seraient tous les deux derrière les barreaux avant la fin de la journée.

— Oui, allô, c'est le Dr Sean McKackney, à l'appareil, déclara-t-il quand on décrocha, à l'autre bout de la ligne. J'ai besoin de parler à mon père, immédiatement.

— Je suis désolée, docteur McKackney. Le sénateur a rendez-vous à la Maison Blanche avec le Président. Il ne sera pas de retour avant la fin de l'après-midi.

La fin de l'après-midi ! A ce moment-là, il serait sans doute trop tard.

— Je ne peux pas attendre aussi longtemps, insista-t-il en essayant de dominer le tremblement de sa voix. C'est extrêmement urgent.

— Je suis désolée, docteur, mais le sénateur a laissé des instructions très strictes. Il ne veut être dérangé sous aucun prétexte. Vous désirez peut-être lui laisser un message sur sa boîte vocale ?

Sean grinça des dents. Quelle bonne idée ! Il imaginait déjà la teneur du message : « Allô, papa, Jarvis a téléphoné. Calhoon a tout compris, depuis l'alibi bidon jusqu'au meurtre de Gina. Il est en train de faire pression sur Jarvis pour qu'ils arrêtent Bruno, et il est fort possible qu'on embarque Maddy pour l'interroger, elle aussi. Si elle parle, on est foutus. »

— Non, merci, répondit-il finalement. Je rappellerai plus tard.

Il raccrocha, la main tremblante, et se laissa aller contre le dossier de son fauteuil.

Et maintenant ?

Le lieutenant Jarvis n'avait pas l'air de plaisanter, quand il l'avait appelé un moment plus tôt. A l'entendre, la situation avait atteint un point critique. Et il avait beau faire son possible pour gagner du temps, il exigeait aussi de savoir qui diable était ce Bruno.

Sean se leva et marcha, les jambes flageolantes, vers un meuble rempli de divers alcools et de bouteilles d'eau minérale. Il se remplit un verre de whisky. Il n'était pas censé boire avant une intervention chirurgicale ; mais de toute façon, songea-t-il en regardant le tremblement de ses mains, il était incapable d'opérer. Il allait devoir demander qu'on le remplace.

L'alcool glissa dans sa gorge, comme une flamme liquide, et il poussa un soupir. Il se sentait déjà mieux. Dans une minute ou deux, il serait de nouveau capable de raisonner.

Il jeta un coup d'œil vers le miroir accroché au-dessus du bar. Il avait une mine épouvantable. Son teint était crayeux et des cernes lui soulignaient les yeux. Forcément ! Il avait à peine dormi, depuis la visite que lui avait rendue Calhoon, l'autre jour.

Il devait absolument se ressaisir, résolut-il en buvant une nouvelle gorgée de whisky. Il ne fallait pas qu'on le voie dans un tel état.

Plaquant son verre contre son torse, il retourna s'asseoir. Le mauvais scénario dans lequel il se débattait était-il donc si catastrophique ? Maddy avait envoyé Bruno hors de Washington. Et même si on arrêtait cette brute et qu'il avouait le meurtre des deux femmes — ainsi que celui du concierge ! —, Maddy nierait être mêlée à ses agissements. Qui allait-on croire ? Un repris de justice qui avait la cervelle aussi grosse qu'un petit pois, ou une personnalité respectée de la communauté locale telle que Maddy Mays ?

Maddy était une dure à cuire. Aucun flic au monde ne pouvait lui faire faire, ou dire, ce qu'elle ne voulait pas.

D'une main déjà plus assurée, Sean porta de nouveau son verre à ses lèvres.

Quoi qu'il en soit, lui ne pouvait rien faire pour le moment

— sinon attendre la suite des événements. En espérant que la foi qu'il plaçait en Maddy Mays était justifiée.

Assis derrière son bureau, les manches de sa chemise roulées jusqu'aux coudes, le nœud de sa cravate défait, le chef de police Steve Landers se renversa dans son fauteuil et considéra Mitch d'un air sévère.

— Etes-vous en train de me dire que le lieutenant Jarvis est un flic pourri ?

— Je le soupçonne, en effet, répondit Mitch. Même si je n'ai pas d'autres preuves que les faits que je viens de vous soumettre.

Landers secoua la tête. Il était manifestement très affecté par ce que Mitch venait de lui raconter.

— Vous êtes sûr de vous, au sujet de ce Bruno Yager ? C'est bien l'homme qui vous a agressé l'autre soir ?

— Oui. Il a été identifié sans erreur possible. Le détective Spivak a vu le rapport du laboratoire, de même que le lieutenant Jarvis. Presque aussitôt, ce dernier a envoyé Spivak s'occuper d'une affaire de fusillade, à Lafayette Park. Puis, comme Spivak ne revenait pas, il a refusé de demander à quelqu'un d'autre de se charger de l'arrestation.

Cette fois, Landers hocha la tête. Puis, au bout de quelques instants de silence, il se leva brusquement et déroula les manches de sa chemise.

— Je vais devoir demander à Jarvis sa version des faits, déclara-t-il. Vous venez avec moi.

*
* *

Alison ne savait pas combien de temps elle était demeurée inconsciente. Et à présent, elle n'osait même pas ouvrir les yeux. Elle se trouvait dans une voiture, et une terrible migraine lui donnait l'impression que son crâne était pris dans un étau.

Au bout d'un moment, elle risqua un coup d'œil entre ses paupières mi-closes. Il s'était mis à neiger, dehors. Une grosse neige épaisse qui collait aux vitres. Et elle était allongée sur la banquette arrière d'une automobile. Bruno conduisait.

Où l'emmenait-il ?

Les mots de la femme, Maddy, lui revinrent à l'esprit. Le chalet du sénateur. Alison ne connaissait qu'un seul sénateur, Sander McKackney. C'était un bon ami de son grand-père, et ils allaient souvent chasser dans son chalet, quelque part dans les montagnes. Mais McKackney n'était sans doute pas le seul sénateur des Etats-Unis à posséder un chalet en montagne.

Inspirant profondément, Alison rassembla toutes ses forces pour réfléchir, et surtout ne pas céder à la panique. Elle devait aussi s'efforcer de demeurer parfaitement immobile. Mieux valait que son ravisseur la croie toujours inconsciente ; ainsi, il ne se sentirait pas forcé de la surveiller chaque seconde.

Sur la console, entre les deux sièges avant, il y avait un téléphone. Il fallait qu'elle trouve un moyen de l'utiliser, songea Alison en refermant les yeux. Sinon, comment pouvait-elle espérer qu'on la retrouve ?

Il neigeait de plus en plus fort, et la route devenait étroite et sinueuse. Elle sentit bientôt son estomac se retourner.

Oh, non ! se dit-elle. Ce n'était vraiment pas le moment d'être malade. Pas maintenant !

Alison n'aurait su dire combien de temps le trajet dura encore. Elle se concentrait sur sa respiration, veillant à ce qu'elle soit profonde et bien régulière, pour le cas où Bruno l'écouterait. Elle avait eu de nombreuses occasions de maîtriser cette technique au cours des mois qui venaient de s'écouler. Chaque soir, et surtout après une dispute, sa mère venait la border, dans sa chambre, avec l'espoir d'avoir une de ces conversations de mère à fille qu'elle affectionnait tant. Mais Alison faisait toujours semblant de dormir ; et au bout d'un moment, Kate l'embrassait sur le front et s'en allait.

Alison sentit un sanglot se former dans sa gorge, et des larmes brûlantes se presser derrière ses paupières closes. « Maman ! maman ! appela-t-elle en silence. Je te demande pardon. »

Soudain, la voiture s'arrêta, et Alison eut un haut-le-cœur.

« Je vous en supplie, mon Dieu ! pria-t-elle en ouvrant les yeux. Faites que je ne vomisse pas. »

Comme la portière arrière s'ouvrait, elle ferma vite les paupières. Elle devait aussi se détendre complètement, afin de faire croire qu'elle était toujours inconsciente.

Bruno se pencha et la prit par les pieds, tirant rudement, avant de la soulever dans ses bras. Elle se laissa faire, non sans se demander avec angoisse où il allait la laisser tomber. Si c'était sur un lit, ou sur un canapé, elle se sentait capable de continuer à faire la morte. Mais s'il la jetait au sol ?

Un moment plus tard, elle rebondit sur une surface molle et réprima un soupir de soulagement.

Les pas de Bruno s'éloignèrent, et Alison prit le risque d'ouvrir les yeux. Elle se trouvait sur le canapé du salon d'un petit chalet de bois. Une lampe envoyait un halo de lumière sur des poutres, éclairant indirectement un mobilier rustique. De l'autre côté du canapé, il y avait une énorme cheminée en brique, et sur le mur, au-dessus, une tête de cerf.

Tournant les yeux, Alison vit que Bruno était allé se poster devant la fenêtre. Sa carrure était si large qu'il bloquait presque toute la lumière du jour.

Soudain, il se mit à tourner dans la pièce, comme un ours en cage, et Alison ferma les yeux. Etait-il inquiet parce que Maddy ne l'avait pas appelé pour lui donner ses instructions ?

Au bout d'un moment, elle entendit un déclic. Rouvrant les yeux, elle s'aperçut que Bruno avait décroché le téléphone posé sur une petite table, près de la cheminée. Il lui tournait le dos.

— Bruno à l'appareil, dit-il soudain. Passez-moi Maddy.

Il y eut un silence. Puis, il poussa une exclamation.

— Arrêtée ? Ils ont arrêté Maddy ? Mais pourquoi ?

Alison se redressa doucement. L'horrible femme de l'appartement 3 avait été arrêtée. Ne sachant si, pour elle, la nouvelle était de bon ou de mauvais augure, elle se glissa vers le bord du canapé.

— Merde, fit Bruno en passant la main sur son crâne

chauve. Elle n'a rien dit ? demanda-t-il encore, d'une voix incertaine. Elle n'a pas laissé un message pour moi ?

Alison jeta un regard désespéré vers la porte. C'était maintenant ou jamais !

Se levant, elle prit une profonde inspiration et se rapprocha de la sortie, sur la pointe des pieds. Bruno parlait toujours au téléphone, à l'évidence abasourdi par les nouvelles qu'on lui annonçait, et loin de se douter de ce qui se passait derrière lui.

Elle y était presque.

Enfin, Alison posa la main sur la poignée de la porte. Les yeux toujours fixés sur le dos de son ravisseur, elle la tourna, ouvrit le battant de bois juste assez pour se glisser dehors, puis ferma derrière elle.

Il neigeait toujours, mais elle n'y prêta pas attention. Elle courut vers la voiture, priant pour que la portière ne soit pas verrouillée. Elle ne l'était pas. Alors, se glissant sur le siège avant, elle décrocha le téléphone et composa le numéro du cabinet.

— Allô, c'est Alison Logan. Je voudrais parler à ma mère. C'est urgent.

— Oui, Alison. Ne quitte pas.

Presque aussitôt, la voix de sa mère résonna à l'autre bout de la ligne.

— Alison ?

— Maman, j'ai été kidnappée ! Un horrible type énorme m'a emmenée dans un chalet en montagne et…

Soudain, une main s'abattit sur elle, faisant tomber le téléphone sur le sol de la voiture.

— Petite salope !

Bruno la tira du véhicule avec une telle violence qu'Alison crut qu'il allait lui briser le bras. Puis, sans se soucier des hurlements qu'elle poussait, il la traîna comme un sac jusqu'au chalet.

Cette fois, il l'emmena dans une chambre et la força à s'asseoir par terre, pendant qu'il arrachait un drap du lit. Il le déchira sans le moindre effort, et enroula cette corde de fortune autour des poignets d'Alison, avant de l'attacher au pied du lit.

Quand il fut certain qu'elle n'irait plus nulle part, il quitta la pièce. Les yeux brûlants de larmes, Alison regarda autour d'elle. Hélas ! comment allait-elle se sortir de là ?

30.

Après le départ précipité de Kate, Rose, qui n'avait plus d'appétit, avait repoussé son assiette, commandé un café et demandé l'addition. Puis elle avait fait quelques courses, avant de retourner à Potomac.

Elle venait de franchir le seuil de la maison et jetait un œil au courrier, dans le vestibule de l'entrée, quand le téléphone sonna. Elle décrocha d'un geste distrait.

— Allô ?

— Maman, c'est moi.

Un son étranglé, entre rire et sanglot, s'échappa de la gorge de Rose.

— Eric ! Mon Dieu, Eric, c'est bien toi ?

— Oui, maman. Je rentre à la maison.

— Oh ! mon chéri, je... je suis si heureuse. Mais... et le mandat lancé contre toi ?

— Je m'en occuperai en arrivant. Et je t'expliquerai tout. Megan et moi sommes en route. Si la police ne nous intercepte pas au passage, ajouta Eric avec une légèreté stupéfiante, nous devrions arriver dans une heure environ. Douglas est au cabinet, n'est-ce pas ?

— Oui, sans doute.

— Bon. Surtout ne dis rien à personne, d'accord ? A Douglas non plus. Je dois régler ça à ma façon.

— Je ne soufflerai pas un mot. Oh ! si tu savais comme je suis heureuse que tu aies appelé. Tout va s'arranger, mon chéri. J'en suis sûre.

— J'espère. Ecoute, il commence à neiger, ici. Je dois me concentrer sur la route. A tout à l'heure.

— D'accord, mon chéri. Embrasse Megan pour moi.

Rose raccrocha et pressa ses mains contre sa bouche. Dieu merci ! Soudain, elle regarda de nouveau le téléphone. Eric lui avait demandé de ne parler à personne de son appel. Cela incluait-il Kate ?

Au même instant, la porte d'entrée s'ouvrit et Joseph apparut, livide, l'air très agité.

— Joseph ? Que se passe-t-il ?

Elle regarda derrière lui, avant d'ajouter :

— Où est Alison ?

Joseph agrippa sa casquette d'un geste nerveux.

— Je n'en sais rien, madame, répondit-il d'une voix tremblante. Elle est partie.

Rose sentit son cœur cesser de battre.

— Comment ça, partie ?

— Je l'ai conduite chez Mlle Melissa, et nous étions convenus que je passerais la chercher à 15 heures. Mais quand je me suis présenté, la femme de chambre m'a dit que Mlle Alison n'était venue que quelques instants et qu'elle était repartie aussitôt.

— Pourquoi Alison se serait-elle rendue chez Melissa ? s'étonna Rose. Elle savait très bien que Melissa n'était pas là, cet après-midi.

— Je n'étais pas au courant de cela, madame. Elle devait avoir une idée derrière la tête. Elle a dit à Zina que je l'attendais au coin de la rue — tout en sachant pertinemment que j'étais déjà parti.

— Comment ? Elle vous a menti ? Délibérément ?

Joseph poussa un soupir.

— Oui, madame.

Il marqua une pause.

— Faut-il alerter la police ?

— Oui ! Enfin, non !

Rose passa une main dans ses cheveux.

— Il faut appeler sa mère, d'abord. Oui, il faut appeler Kate, répéta-t-elle en décrochant le téléphone.

— Alison ! cria Kate après que sa fille eut été interrompue. Alison !

Mais c'était inutile. Il n'y avait plus personne à l'autre bout de la ligne.

Frankie, sans doute alertée par son cri, entra dans le bureau.

— Kate, que se passe-t-il ?

Mais Kate ne l'entendait plus. Une vague de peur, de panique incontrôlable, semblait avoir pris possession de son corps et de son esprit, la paralysant complètement. Ce monstre effrayant avait enlevé sa petite fille.

Consciente que quelque chose de grave était arrivé, Frankie courut vers elle et la prit par les épaules.

— Kate ! lança-t-elle en la secouant. Réponds-moi. Que se passe-t-il ?

— Alison a été kidnappée, répondit-elle finalement, d'une voix blanche.

Frankie écarquilla les yeux, horrifiée.

— Mon Dieu ! C'était elle, au téléphone ? Elle a pu te dire où elle était ? Qui l'a enlevée ?

D'un mouvement de la tête, Kate répondit par la négative. Toujours sous le choc, son cerveau semblait refuser de fonctionner.

— Mitch ! bredouilla-t-elle soudain. Il faut appeler Mitch.

— Je m'en occupe.

Mais avant que Frankie ait eu le temps de décrocher, la sonnerie du téléphone retentit, stridente, les faisant sursauter.

— Allô ? répondit Frankie. Je vous la passe.

Elle tendit le combiné à Kate.

— C'est Rose.

— Kate ! cria celle-ci, à l'autre bout du fil, Alison a disparu. Elle a demandé à Joseph de la conduire chez Melissa, et quand il est retourné la chercher, elle n'était pas là.

Au prix d'un effort surhumain, Kate parvint à garder un peu de son sang-froid.

— Elle vient d'appeler, expliqua-t-elle. Mais nous avons été coupées.

— Tout va bien ?

— Non, répondit Kate. Elle… elle a été kidnappée.

Elle entendit un cri étouffé, immédiatement suivi de sanglots hystériques.

— Rose, je vous en prie ! ordonna Kate, sur un ton sec. Je n'y arriverais jamais, si tout le monde craque autour de moi.

Les sanglots cessèrent presque aussitôt.

— Qu'allons-nous faire ? demanda Rose d'une voix chevrotante.

— Je vais appeler Mitch Calhoon. Puis je me rendrai chez vous, afin de parler à Joseph.

— Et si Alison te rappelle ?

— Frankie sera là pour répondre. Et je vais prévenir Maria, à la maison.

— Ne devrions-nous pas avertir la police, Kate ? Ou le FBI ?

— Non ! Pas tant que nous ne connaîtrons pas les exigences des ravisseurs — s'ils en ont.

A l'instant où elle raccrochait, Frankie l'appela depuis son bureau.

— Kate, Mitch est sur la 2.

Kate pressa la touche.

— Mitch, Dieu merci !

— Je n'arrive pas à croire à ce que Frankie vient de m'annoncer : Alison a été kidnappée ?

— Oui. Elle a appelé il y a quelques minutes en m'expliquant qu'un horrible type énorme l'avait emmenée dans un chalet en montagne. Elle n'a pas eu le temps d'en dire plus. Nous avons été coupées. Je file chez Douglas. Joseph se rappelle peut-être un élément important.

— Je te retrouve là-bas.

En raccrochant, Rose ferma les yeux. Comme elle se sentait désemparée, impuissante, soudain ! Si Douglas était là, elle se sentirait mieux. Il avait le pouvoir assez rare de ne jamais perdre son sang-froid. C'était l'homme idéal, dans les moments de crise.

Elle avait essayé de le joindre depuis sa voiture, quelques minutes plus tôt, mais il n'était pas à son cabinet. D'après sa secrétaire, qui ignorait où il se trouvait, il aurait dû être de retour vers 15 heures. Peut-être avait-il pris du retard. Dans ce cas, il avait pu arriver depuis.

Décrochant de nouveau le téléphone, Rose composa le numéro du cabinet ; mais Douglas n'était toujours pas revenu.

Où pouvait-il bien être ? Cela ne lui ressemblait pas de disparaître ainsi. Au contraire, il aimait qu'on puisse le contacter partout et à tout moment.

Rose repensa à ces derniers jours, à la tension et à la nervosité de son époux ; elle se rappela les nombreux coups de téléphone qu'il avait échangés avec le sénateur McKackney. Il était peut-être avec lui.

Aussitôt, elle se rendit dans le bureau de son mari, pour y chercher les coordonnées de Sander. Elle avait à peine fait un pas à l'intérieur de la pièce qu'elle se figea.

Douglas se tenait devant le coffre-fort dans lequel il rangeait ses papiers importants.

— Douglas ! s'écria-t-elle, alors qu'il faisait volte-face. Dieu merci, tu es là !

Elle courut vers lui.

— Alison a été kidnappée.

— Quoi ?

— Elle a été kidnappée, répéta Rose.

— Tu as appelé le FBI ?

— Non ! répondit Rose dans un sanglot. Kate ne veut

pas. Elle… elle arrive. Le détective Calhoon, aussi. Il saura sans doute…

Comme Douglas reculait d'un pas, elle remarqua alors seulement les liasses de billets qu'il avait à la main.

— Que fais-tu avec tout cet argent ? lui demanda-t-elle.

Face au silence que lui opposait son mari, Rose enregistra, un à un, certains détails de la scène — la pâleur de Douglas, le coffre-fort ouvert, le sac de voyage posé par terre, les liasses de dollars, le passeport…

Aussitôt, elle fut prise d'un horrible pressentiment.

— Douglas ? Que fais-tu avec tout cet argent ? répéta-t-elle. Et avec ton passeport ?

Elle scruta son regard, effrayée d'y trouver une réponse à ses questions. Et lui demeura obstinément muet, comme s'il ne trouvait plus ses mots.

Et puis, soudain, il parut se ressaisir et sortit de sa torpeur. En état de choc, Rose le regarda fourrer l'argent dans le sac, à ses pieds.

— Je pars en voyage, Rose, déclara-t-il enfin.

— En voyage ?

Elle se rapprocha de lui, l'obligeant à la regarder.

— Je viens de te dire que ta petite-fille a été kidnappée, et toi, tu pars en voyage ?

— Ma présence ne changera rien. Calhoon est un expert en la matière.

Il glissa son passeport dans la poche de sa chemise.

— Si les ravisseurs veulent une rançon, appelle la banque et fais le nécessaire. Je t'ai laissé largement assez d'argent.

Hébétée, Rose jeta un coup d'œil à l'intérieur du sac.

Douglas avait pris des vêtements légers, comme lorsqu'ils partaient aux Bermudes.

— Où vas-tu ?

— Ce n'est pas important.

— Pas important ? s'écria-t-elle avec un rire nerveux. Je te trouve avec un sac de voyage, des liasses de dollars dans la main, et quand je te demande où tu vas, tu me réponds que ce n'est pas important ? C'est toi qui es devenu fou, ou c'est moi ?

Il continua de la regarder fixement, les lèvres pincées en un pli dur et entêté. Mais elle pouvait se montrer tout aussi têtue que lui. Et il le savait.

— Je ne te laisserai pas partir, Douglas. Pas tant que tu ne m'auras pas expliqué ce qui se passe. Est-ce à cause de Sander ? Ou de son fils ?

Des fragments de conversations téléphoniques récentes lui revinrent à l'esprit, et elle prit les mains de son mari entre les siennes.

— C'est à cause de cette vieille histoire de viol, n'est-ce pas ? D'une manière ou d'une autre, elle est remontée à la surface et tu te retrouves au beau milieu de cette sale affaire ?

Douglas baissa les yeux.

— C'est plus compliqué que ça.

— Alors, explique-moi. Laisse-moi t'aider.

Il jeta un coup d'œil par-dessus l'épaule de Rose, vers la pendule.

— Je n'ai pas le temps.

— Eh bien, il va falloir le trouver ! riposta Rose avec toute l'autorité dont elle était capable. Je suis ta femme. Si tu as des problèmes, je veux les connaître. J'en ai le droit.

Douglas poussa un soupir las.

— Je suppose qu'il n'y a pas de mal à t'en parler, maintenant. Les autres ne vont plus tarder à être arrêtés. Je pourrais être le prochain.

— Arrêtés ?

— Sean McKackney avait bien violé cette fille. Et j'ai aidé son père à lui fabriquer un alibi.

Rose avala péniblement sa salive, mais elle s'efforça de garder son calme. Elle pressentait que la confession de son mari était loin d'être terminée, et elle voulait tout entendre.

— Comment as-tu fait ? demanda-t-elle.

Douglas prit un petit carnet d'adresses, sur son bureau, et le glissa dans la poche de sa chemise, avec le passeport.

— Sander et moi avions une amie commune. Maddy Mays. Tu la connais : elle a été notre voisine, à une époque. Après la mort d'Henry, son mari, elle a monté un réseau de call-girls. La jeune femme que nous avons payée pour fournir son alibi à Sean était une des filles de Maddy.

— Tu étais un des clients de Maddy Mays ? demanda Rose. Tu couchais avec elle ? Ou avec ces filles ?

— Tu sais très bien que ce n'est pas du tout mon style, Rose. J'ignorais même que Maddy dirigeait ce réseau, avant que Sander ne me l'apprenne.

— Et c'est pour ça que tu prends la fuite ? Parce que tu as aidé Sean et Sander à mentir ?

Douglas soutint le regard de Rose.

— La fille que nous avons payée était Gina Lamont.

— La… la femme qu'Eric est accusé d'avoir tuée ?

— Oui, répondit Douglas en faisant glisser la fermeture Eclair de son sac.

Rose secoua la tête, éprouvant les pires difficultés à accepter les implications de ces révélations.

— Tu connaissais donc Gina Lamont ? interrogea-t-elle.

— Oui. C'est moi qui lui avais expliqué, avant d'aller au commissariat, ce qu'elle devrait répondre aux questions de la police. Ce n'est pas la peine de me regarder comme ça ! s'exclama Douglas avec humeur. Que pouvais-je faire ? Mon meilleur ami avait des ennuis. Oui ! Sean avait commis un acte terrible, mais Sander l'aimait toujours, comme toi tu aimeras toujours ton fils, quoi qu'il fasse. S'il n'était pas intervenu, Sean aurait dû répondre d'une accusation de viol, et sa carrière de médecin aurait été détruite, sans parler de sa vie.

— Et la vie de la jeune femme qu'il a violée ? s'écria Rose. Il ne l'a pas détruite, peut-être ?

Plutôt que de répondre, Douglas souleva son sac de voyage. Mais Rose resta plantée devant lui. Elle était déterminée à l'empêcher de partir tant qu'elle ne connaîtrait pas toute l'histoire.

— Et alors, que s'est-il passé ?

— Je n'ai plus le temps, Rose. Plus tard…

Mais elle lui agrippa le bras et le força à reposer le sac.

— Non ! Maintenant. Quelqu'un a forcément parlé, ou du moins menacé de le faire. Ça ne peut pas être Maddy, ou bien tes complices. Ils avaient encore plus à perdre que toi.

Douglas se dégagea d'un geste brusque.

— Rose, laisse-moi partir.

— C'est Gina ?

— Oui ! cria-t-il. C'est Gina. Tu es contente, maintenant ? Cette salope me faisait chanter. Elle nous faisait tous chanter — moi, Sander et Maddy. Elle exigeait que nous lui versions chacun un million de dollars.

Rose écarquilla les yeux.

— Et tu lui as donné l'argent ?

Douglas ne répondit rien. Mais c'était inutile. Elle avait deviné le reste. Horrifiée, elle recula d'un pas.

— Tu... tu l'as tuée ! dit-elle. C'est toi qui as tué Gina Lamont. Pas Eric.

Puis, elle fut frappée par une évidence encore plus choquante. Non seulement il avait tué cette femme, mais il avait permis qu'on accuse Eric du meurtre !

— Ecoute, Rose, je suis désolé, d'accord ? Je ne pensais pas que ça irait aussi loin.

Cette fois, ce fut lui qui voulut lui saisir le bras. Mais elle se dégagea d'un geste brusque. Tout à coup, elle ne supportait plus qu'il la touche.

— Tu savais qu'Eric était innocent ! hurla-t-elle. Tu le savais, et pourtant je t'ai vu, dans cette maison, avec tes airs de juge suprême, en train de l'accuser d'un crime que tu avais commis, toi, en train de comploter avec Abigail pour le faire capturer !

— Je n'aurais jamais permis qu'il aille en prison, Rose. Tu le sais bien.

— Menteur !

Elle se jeta sur lui et se mit à lui marteler le torse à coups de poing.

— Tu étais prêt à lui faire endosser un meurtre que tu as commis, tout ça pour sauver ta peau et celle de tes amis !

Douglas absorba sa fureur, un moment. Puis, lui prenant les bras, il l'obligea à s'asseoir dans un fauteuil.

A bout de forces, Rose enfouit son visage entre ses mains et éclata en sanglots, sans savoir pour qui elle pleurait le plus : l'homme dont elle partageait la vie depuis vingt et un ans, sans avoir jamais soupçonné de quels crimes il était capable ; ou son enfant, son fils unique, qui, bien qu'innocent, était forcé de vivre comme un fugitif depuis plus de deux semaines.

Finalement, elle redressa la tête. Douglas était parti.

31.

Kate fonçait sur la voie express, roulant bien au-delà de la vitesse autorisée et ignorant les coups de Klaxon des automobilistes qu'elle dépassait. Soudain, elle entendit derrière elle un hurlement de sirène. Jetant un coup d'œil dans son rétroviseur extérieur, elle s'aperçut qu'une voiture de police s'était lancée à sa poursuite.

Elle ne ralentit pas. Les mains crispées sur le volant, elle se faufilait entre les voitures, faisant preuve d'une maîtrise dont elle ne se serait jamais crue capable.

Ce faisant, elle s'exhortait au calme et fixait toute son attention sur la circulation. Elle ne devait surtout pas céder à la panique.

Quand elle passa devant le panneau indiquant qu'elle franchissait la frontière de l'Etat du Maryland, elle vit ses poursuivants s'arrêter et faire demi-tour — ainsi qu'elle s'y attendait. Une loi que le ministère public combattait depuis des années interdisait en effet à la police du district de Columbia de poursuivre qui que ce soit au-delà des limites de l'Etat, à moins qu'il ne s'agît d'une personne soupçonnée de meurtre. Tant que l'officier ne prévenait pas un de ses collègues du Maryland, elle était sauvée.

Enfin, après quelques minutes de route, elle aperçut la

demeure des Fairchild. Elle arrêta sa voiture derrière celle de Mitch, jaillit de son véhicule et gravit en courant les marches du perron. Sans prendre la peine de sonner, elle ouvrit la porte.

Aussitôt, elle entendit la voix de Mitch, forte, calme, rassurante. Elle courut dans le salon et se jeta dans ses bras.

— Oh, Mitch !

— On va la retrouver, murmura-t-il en la serrant contre lui.

— Je suis sûre que c'est ce type ! Celui qui m'a attaquée et qui a essayé de te tuer, hier.

— On a pu l'identifier. Il s'appelle Bruno Yager. Et il travaille bien pour Maddy Mays.

— Alors, Douglas doit le connaître, intervint Rose. Mon Dieu, vous pensez qu'il pourrait être mêlé à l'enlèvement d'Alison ? sa propre petite-fille ?

— De quoi parlez-vous ? demanda Kate. Où est Douglas ?

Mitch l'entraîna vers le canapé.

— Tout ce qu'on sait, expliqua-t-il posément, c'est qu'il est dans un sacré pétrin. Mais nous n'avons pas le temps de nous occuper de lui, pour l'instant.

Il prit les mains de Kate entre les siennes et la regarda droit dans les yeux.

— Peux-tu me répéter mot pour mot ce qu'Alison t'a dit, au téléphone ?

— Tu le sais déjà. Elle a seulement indiqué qu'elle avait été kidnappée. Comment a-t-elle formulé cela ? Un type énorme… Ah ! oui : « Un horrible type énorme m'a emmenée dans un chalet en montagne... ». Oui, c'est ça. Et la communication a été coupée.

— Sander McKackney a un chalet, intervint Rose, d'une voix à peine audible.

— Vous savez où il se trouve ? lui demanda Mitch.

— Dans les montagnes Catoctin. C'est à un peu plus d'une heure de route, sur Tower Road. Je dois même avoir des photos, quelque part. Il m'est arrivé d'aller y passer le week-end, avec Douglas. Je reviens tout de suite, conclut Rose en se levant.

Elle quitta la pièce et revint un moment plus tard, avec une carte de la région et plusieurs clichés en couleurs. Aussitôt, Mitch déplia la carte et l'étendit sur un guéridon. Rose lui indiqua la route à suivre. Puis, ils étudièrent les photos, qui présentaient l'avantage de montrer le chalet et ses environs.

C'était une maison de bois perchée sur un versant de montagne. Elle avait une structure triangulaire, avec un grand balcon qui dominait la route étroite et sinueuse, en contrebas. La situation n'était pas idéale pour se lancer au secours d'Alison, déclara Mitch, surtout si son ravisseur faisait le guet à la fenêtre. Heureusement, les bois alentour offraient une couverture adéquate.

— Mitch, dit Kate en s'accrochant à son bras, il s'est presque passé une heure depuis le coup de téléphone d'Alison, et personne n'a appelé pour demander... je ne sais pas, moi, une rançon, quelque chose ! Il n'y a plus de temps à perdre. Il faut agir.

— Appelons le FBI, dit Rose.

— Non ! Pas le FBI. Mitch, je veux que tu ailles la chercher.

Stupéfait, Mitch tourna la tête vers Kate et découvrit dans ses yeux la même expression qu'il avait vue tant de fois dans ceux d'autres mères qui lui demandaient de sauver leur enfant — un mélange de désespoir, d'espoir et de confiance absolue. Hélas ! Si autrefois, peut-être, il avait été digne d'une telle foi aveugle, ça n'était plus le cas maintenant.

— Je ne peux pas, Kate. D'ailleurs, j'ai déjà appelé Randy Vargas. Il vient avec un de ses meilleurs hommes. Ils devraient arriver d'un moment à l'autre.

— Je ne veux pas de Randy Vargas ! s'écria Kate. C'est toi que je veux.

— C'est impossible, Kate. Et tu sais pourquoi.

Il se dégagea et marcha vers la fenêtre.

Kate le rejoignit.

— Mitch, écoute-moi. L'accident dont tu m'as parlé remonte à trois ans. Et puis, cette petite…

Elle s'interrompit et secoua la tête.

— Mitch, c'est mon enfant qui est aux mains de cette brute. Ma fille ! Cela ne signifie donc rien, pour toi ?

Il la regarda de nouveau.

— Si justement ! répliqua-t-il d'un ton crispé. Et c'est pour ça que je ne peux pas me charger de sa libération ! Je ne lui ferai pas courir le même danger que j'ai fait courir à…

— C'était une erreur, Mitch. Une erreur parmi des douzaines de missions réussies. Tu ne crois pas qu'il est temps de laisser cela derrière toi ?

L'espace d'une poignée de secondes, il hésita. N'avait-elle pas raison ? Ne disait-on pas qu'il fallait toujours remonter à cheval, aussitôt après avoir fait une chute ? Mais au même instant, il revit le visage de son enfant, sa petite fille morte par sa faute, et sur ce visage, se superposa celui d'Alison. Non, il se refusait à faire courir un tel risque à la propre fille de Kate — qui tenait à elle comme à la prunelle de ses yeux.

— C'est non, Kate, déclara-t-il. Nous allons attendre Randy.

Il la vit se raidir et imagina sans peine la haine qu'elle devait éprouver pour lui. Il la laissait tomber au moment où elle avait le plus besoin de lui. Comment pourrait-il jamais effacer cet instant ? Comment croire à la possibilité d'une relation, après une telle déception ? Leur brève histoire venait de prendre fin. C'était aussi simple que cela.

Soudain, Rose vint se placer entre eux.

— Ecoutez, dit-elle en les dévisageant tour à tour, je ne sais pas ce qui se passe, entre vous, ou de quoi vous parlez, mais Mitch a peut-être raison, Kate. S'il ne se sent pas à même de se porter au secours d'Alison, il ne faut pas le forcer.

— Oh ! je ne vais pas le forcer, riposta Kate sur un ton glacial.

Elle darda sur lui un regard meurtrier.

— Vous savez ce que vous êtes, Mitch Calhoon ? Un lâche !

Sur ces mots, elle s'éloigna vers le canapé pour y prendre son sac. Un instant plus tard, la porte d'entrée de la maison claquait.

Mitch demeura immobile devant la fenêtre, sans faire un geste pour la rattraper.

— Qu'est-ce qui vous prend ? s'écria Rose. Vous ne l'arrêtez pas ?

— A quoi bon ! murmura-t-il.

— Vous ne voyez pas ce qu'elle va faire ?

— Non, Rose, je ne vois pas, répondit-il avec lassitude. Je n'ai jamais été très doué, quand il s'agit de comprendre les femmes. Je suppose qu'elle est allée faire un tour en voiture pour se calmer.

— Mais non ! Elle va sauver Alison toute seule !

Mitch fit volte-face.

— C'est ridicule !

— Ah oui ? Dans ce cas, voulez-vous m'expliquer pourquoi elle a pris la carte et les photos ? interrogea Rose en désignant le guéridon d'un geste de la main.

Cette fois, Mitch réagit au quart de tour.

— Elle est folle ! Elle va se faire tuer !

Il se rua dehors.

32.

Rose était assise sur le canapé, les yeux fermés, la tête calée contre des coussins, quand elle entendit la voix de son fils.

— Bonjour, maman.

— Eric !

Elle se leva et courut se jeter dans ses bras, éclatant en sanglots.

— Oh, Eric !

— Je suis là, maintenant, murmura-t-il en la serrant contre lui. Je suis là. Tu n'as plus de raison de pleurer.

Mais les sanglots de Rose redoublèrent.

— Oh ! Eric, il est arrivé une chose horrible ! Alison a été enlevée.

Eric se figea brusquement, comme frappé par la foudre. Aussitôt, Megan s'accrocha à son bras.

— Enlevée ? répéta-t-il. Quand ? Par qui ? Que veulent-ils ? De l'argent ?

Rose secoua la tête. Puis, du mieux qu'elle put, elle leur expliqua tout ce qu'elle savait, sans omettre de révéler le rôle de Douglas, ainsi que sa fuite un moment plus tôt. A sa grande surprise, Eric ne fit aucun commentaire au sujet de son beau-père. Et quand il parla, le ton de sa voix était calme, posé.

— Je vais au chalet.

— Non ! protesta Rose. Tu risques plus de les gêner qu'autre chose. Laisse le détective Calhoon faire son travail. Il a aussi alerté un certain Randy Vargas — qui devrait déjà être là, d'ailleurs, ajouta-t-elle en consultant sa montre. Il sera accompagné d'un de ses hommes. Ils sont spécialisés dans ce genre de situations.

— Je me fiche de Calhoon et de ce Vargas. Tu penses vraiment que je peux rester ici, à me tourner les pouces et à attendre, pendant que ces Rambo vont chercher ma fille ?

Au même instant, le téléphone sonna. Eric se jeta dessus.

— Allô ? Oui, c'est Eric Logan, à l'appareil. Ah ! monsieur Vargas. Non, le détective Calhoon est déjà parti.

Il écouta son interlocuteur durant quelques secondes.

— Je vois. Merci d'avoir appelé. Oui, bien sûr, je lui dirai.

Il raccrocha.

— Eh bien, voilà qui règle la question. Randy Vargas et son assistant sont coincés dans un énorme embouteillage, à vingt kilomètres d'ici. Il ne sait pas quand ils arriveront.

— Mon Dieu ! murmura Rose, avant de se rasseoir sur le canapé.

— Ne t'inquiète pas, maman, dit Eric en se penchant pour l'embrasser. Je vais ramener Alison. Saine et sauve.

Puis, il pressa ses lèvres contre celles de Megan.

— Attends-moi ici avec maman, d'accord ?

Et sans attendre de réponse, il s'en alla d'un pas vif, sous le regard mi-inquiet, mi-éberlué des deux femmes.

Les montagnes Catoctin, qui se trouvaient à une cinquantaine de kilomètres de Washington D.C., étaient le massif le plus important des montagnes Blue Ridge. Ces dernières s'étendaient sur plus de soixante kilomètres et culminaient, au nord, à près de six cents mètres d'altitude.

Kate roulait depuis trois quarts d'heure, quand elle s'engagea enfin sur la route sinueuse qui montait jusqu'au chalet des McKackney. La neige tombait, rendant la visibilité pratiquement nulle ; elle devait concentrer toute son attention sur sa conduite, et évitait ainsi de penser à la manière dont Mitch l'avait rejetée.

Elle n'avait pas encore la moindre idée de la manière dont elle allait agir en arrivant. Elle savait seulement, d'après les photos posées sur le siège avant, à côté d'elle, que des fenêtres du chalet, on apercevait très bien la route en contrebas. Elle devrait donc s'arrêter à bonne distance — de préférence à un endroit où elle pouvait dissimuler la voiture dans les arbres — et finir à pied.

La pensée qu'elle aurait peut-être dû attendre Randy Vargas venait l'aiguillonner, par moments, mais elle la repoussait en songeant que chaque minute qui passait ne faisait qu'accroître le danger que courait sa fille. Sans compter que Bruno pouvait décider, subitement, de changer de refuge.

Soudain, au détour d'un virage, elle entrevit le chalet

— une petite structure de bois, de forme triangulaire, avec un balcon qui surplombait la route.

Aussitôt, elle enfonça sa voiture aussi profondément qu'elle put dans le sous-bois au sol couvert de neige, puis se glissa à l'extérieur, regrettant de ne porter que ses mocassins de cuir, plutôt que des après-ski. Prenant bien soin de rester à couvert, elle estima la distance qui la séparait du chalet et entreprit son escalade. Après dix minutes éreintantes passées à glisser, tomber et se relever, elle était épuisée et à bout de souffle. Son visage était égratigné par les branches des arbres et ses mains engourdies par le froid. Mais elle continuait d'avancer, et de se rapprocher du chalet.

— Kate !

Stupéfaite d'entendre son prénom, chuchoté avec force, elle s'accrocha à un chêne et tourna la tête. Mitch était à quelques dizaines de mètres d'elle, escaladant la pente avec une rapidité et une assurance stupéfiantes. Une bouffée d'espoir envahit Kate. Il était venu l'aider ! Il était venu pour tirer Alison des griffes de ce monstre.

Tandis qu'il la rejoignait, elle en profita pour recouvrer son souffle.

— Mitch…

— As-tu vu quelqu'un ? l'interrompit-il d'un ton sec, les yeux fixés droit devant lui.

Blessée par sa rudesse, Kate se mordit la lèvre.

— Non. Mais il y a une voiture, dans l'allée qui mène au chalet, et de la lumière aux fenêtres.

— Bon. Voici ce que nous allons faire : je vais contourner le bâtiment et passer par la porte de derrière…

— Comment sais-tu qu'il y a une porte derrière ?

— Je l'ai vue sur une des photos.

Kate hocha la tête. Ce détail lui avait échappé.

— Et ensuite ? demanda-t-elle.

— Alison se trouvera dans la pièce principale, avec lui, à moins qu'il ne l'ait enfermée dans une chambre. Une fois que je l'aurai découverte, je me débrouillerai pour qu'elle me remarque.

— Tu vas avoir besoin d'aide. Je peux créer une diversion, ici. Quand Bruno sortira…

— Pas question ! coupa Mitch. Il doit être armé. Sans compter que ce chalet de chasse doit abriter un joli arsenal. A la moindre alerte, il risque de se mettre à tirer sur tout ce qui bouge.

— Si tu penses que je vais…

Il darda sur elle un regard plein de dureté.

— Je ne te demande pas ton avis, Kate. J'ai besoin d'avoir l'esprit libre pendant que je m'occuperai d'Alison. Si je dois, en plus, me faire du souci pour toi, je n'y arriverai pas. Mais si je sens que j'ai besoin de toi, je te ferai signe.

Kate se le tint pour dit. Après tout, c'était lui le spécialiste. Et elle avait confiance en lui. C'était tout ce qui comptait.

— D'accord, murmura-t-elle. Vas-y, alors.

Au même instant, ils entendirent le grondement d'un moteur. A leur grande stupéfaction, ils virent passer à leur hauteur une Jaguar verte, qui s'arrêta peu après au beau milieu de la route, juste sous le chalet. Un homme barbu aux cheveux grisonnants, vêtu d'une veste de bûcheron, sortit du véhicule. Kate écarquilla les yeux et cligna des paupières, à plusieurs reprises, incrédule.

— C'est… c'est Eric ! fit-elle, interloquée.

— Quel imbécile ! s'exclama Mitch. Il va tout faire rater.

En effet, la porte d'entrée du chalet venait de s'ouvrir et un homme à la carrure impressionnante en sortit, brandissant un fusil. Mitch eut juste le temps de s'enfoncer davantage dans le sous-bois, avec Kate. Il y eut un coup de feu, puis un autre. Et un cri.

Mitch tourna la tête du côté de la voiture et vit Eric, qui se tenait la cuisse et hurlait des obscénités. La seconde d'après, il perdit l'équilibre et roula dans la neige, avant de tomber du talus.

Horrifiée, Kate se redressa.

— Il l'a touché ! Ce cinglé l'a touché !

— Chut !

Mitch lui attrapa le bras et la força à s'aplatir de nouveau dans la neige.

— Il ne faut pas qu'il nous voie !

Dissimulés par les arbres, ils aperçurent Bruno Yager qui descendait le chemin et se dirigeait vers le talus, son fusil en main.

— Il va le tuer ! chuchota Kate avec épouvante.

— O.K., fit Mitch en l'aidant à se lever, puis en la poussant vers le chalet. Va chercher Alison. Je m'occupe de lui.

— Il va te tuer aussi ! gémit-elle.

Mais Mitch s'éloignait déjà, revolver au poing.

Alors, sans attendre, Kate prit la direction du chalet.

Soudain, un coup de feu éclata, suivi d'un autre. Elle

tourna la tête et vit Mitch se tenir le bras tandis que le .38 lui échappait.

— Mitch !

Poussant un grognement de colère, Bruno jeta son fusil de côté et s'élança vers son adversaire. Les deux hommes tombèrent et roulèrent dans la neige. Mais Mitch, qui était blessé, avait à l'évidence le dessous.

— Kate ! hurla-t-il. Prends le revolver !

Celle-ci, qui s'était approchée, regardait éperdument autour d'elle, sans rien voir.

— Je... je ne le trouve pas !

A défaut, elle se saisit d'une grosse branche et courut vers les deux hommes, toujours engagés dans un corps à corps sans merci. Puis, brandissant son arme de fortune, elle l'abattit sur Yager, au niveau de la tête.

Malheureusement, elle ne réussit qu'à le toucher dans le dos, alors même qu'il envoyait Mitch s'écraser contre un arbre.

Au désespoir, elle le vit glisser dans la neige et demeurer immobile tandis que son adversaire se tournait vers elle, le visage déformé par la rage.

— Salope ! fit-il.

Kate lâcha la branche et détala, trébuchant et tombant à chaque pas.

— Mitch ! hurla-t-elle. Mitch ! Au secours !

Déjà, Bruno l'avait rattrapée et se penchait sur elle. Poussant des cris de terreur, Kate se mit à donner des coups de poing et des coups de pied, au hasard, mais ne réussit qu'à faire rire son assaillant. Il l'attrapa par le col de sa veste fourrée et l'entraîna vers le chalet. Il allait la tuer, songea Kate. Il allait tous les tuer.

— Lâche-la, Yager !

Ce dernier tourna la tête. Mitch s'était relevé. Bien campé sur ses jambes écartées, il tenait son revolver à deux mains.

— Lâche-la, répéta-t-il. Ou je t'explose la tête.

Yager comprit aussitôt qu'il n'avait pas le choix, et il obéit. Kate recula aussi vite qu'elle put, trébuchant dans sa hâte de mettre autant de distance que possible entre eux.

Sans cesser de le tenir en joue, Mitch s'approcha. Il demanda à Kate de prendre les menottes qu'il avait dans sa poche. Puis, il assomma Bruno d'un coup de revolver à la tempe, avant de l'attacher à des barreaux de bois de la rampe d'escalier qui menait au balcon du chalet.

Déjà, Kate gravissait les marches deux à deux.

— Alison ! cria-t-elle. Alison, où es-tu ?

— Maman ! lui répondit la voix de l'adolescente. Je suis ici !

L'instant d'après, Kate faisait irruption dans la chambre où sa fille était assise par terre, attachée au pied du lit. La pauvre tremblait de tous ses membres.

— Oh ! ma chérie !

Kate s'agenouilla devant elle et, de ses doigts engourdis par le froid, elle s'efforça de défaire les nœuds qui retenaient Alison prisonnière, pleurant de bonheur et de soulagement.

Enfin, elle put prendre l'adolescente dans ses bras. Elle la serra contre elle à l'étouffer.

— Alison, ma chérie, mon bébé ! Il t'a fait mal ? Il t'a fait mal ? répéta-t-elle en lui palpant le visage et les bras.

— Non, répondit Alison, les joues ruisselantes de larmes. Il était méchant, mais c'est tout.

— Dieu merci ! murmura Kate.

— Où est-il ?

— Dehors. Assommé. Mitch Calhoon l'a attaché à la rampe d'escalier avec des menottes. Tu ne risques plus rien, ma chérie.

— Je suis désolée, murmura Alison dans un sanglot. Je... je suis désolée.

— Chut ! fit Kate en la berçant contre elle.

— Je veux rentrer à la maison, maman. Notre maison.

— Oui, ma chérie, répondit Kate. Oh, oui !

Alors qu'elle avait fermé les yeux, elle les rouvrit soudain. Mitch se tenait dans l'entrée de la chambre, qui les observait. Elle remarqua aussitôt le trou, dans la manche de sa parka, et le sang qui coulait le long de son bras. Alison suivit son regard.

— Détective Calhoon ! s'écria-t-elle. Mais vous êtes blessé !

— Il doit y avoir une armoire à pharmacie, quelque part, déclara Kate en faisant mine de se lever.

Mitch secoua la tête.

— C'est inutile. Ce n'est pas grave. La balle n'a fait qu'effleurer la chair.

S'adressant à Alison, il demanda :

— Est-ce que ça va ?

— Oui, lui répondit-elle, déjà plus calme. Mais j'ai eu tellement peur. J'entendais tous ces coups de feu, et...

Kate écarquilla les yeux.

— Où est Eric ?

— Merde ! Je l'avais oublié, lui.

Mitch pivota sur ses talons et sortit en courant. Dehors, il passa devant Bruno, toujours inconscient, et dévala la pente jusqu'au talus. Il trouva Eric assis contre un tronc d'arbre. Il avait replié un genou et étendu sa jambe blessée devant lui. Il saignait, mais pas de façon alarmante.

Dès qu'il aperçut Mitch, il le fusilla du regard.

— Eh bien, il ne fallait pas vous presser, surtout !

— Désolé, vieux. J'étais occupé.

— Où est Alison ? Elle va bien ?

— Oui.

Mitch s'accroupit devant lui et palpa sa blessure.

— C'est grave ? demanda-t-il.

— Bien assez, rétorqua Eric avec humeur. Ma jambe ne me porte plus.

Mitch prit son mouchoir, dans sa poche, et après l'avoir déplié, il en fit une sorte de cordelette qu'il attacha au-dessus de la blessure d'Eric, confectionnant ainsi un garrot.

— Là. Cela devrait arrêter l'hémorragie, déclara-t-il, avant de glisser son bras valide dans le dos d'Eric. Allez, aidez-moi, Logan. Je ne peux pas vous porter avec un seul bras.

— Je fais de mon mieux, d'accord ?

S'accrochant à lui, Eric prit appui sur une jambe.

— Papa ! s'écria Alison, qui descendait la pente avec Kate.

Elle courut se jeter dans les bras de son père, qui passa son bras libre autour de sa taille.

— Salut, princesse.

— Il t'a blessé, toi aussi ?

Eric lui adressa un clin d'œil.

— Ce n'est rien, va. Je survivrai.

Kate contemplait la scène sans rien dire, des larmes roulant sur ses joues.

33.

L'arrivée d'Alison, Eric et Kate au Georgetown University Hospital, deux heures plus tard, ne passa pas inaperçue. Sans que l'on sût exactement comment, la presse avait eu vent de l'enlèvement d'Alison, ainsi que de son sauvetage ; des journalistes et des équipes de télévision attendaient les rescapés.

Kate ayant alerté l'hôpital, des infirmiers et des médecins vinrent aussitôt à leur rencontre, quand elle arrêta la Jaguar devant l'entrée du service des urgences. La Saab était restée au chalet, puisque Eric n'était pas en état de conduire.

De son côté, Mitch s'était rendu directement au commissariat avec son prisonnier. Il avait promis de faire soigner son bras aussitôt que Yager serait entre de bonnes mains.

— Pas de questions pour le moment ! déclara Kate d'un ton sans appel, quand les reporters s'apprêtèrent à se jeter sur elle avec leurs micros. Nous avons un blessé. Alors, dégagez le chemin, je vous prie.

A sa grande surprise, ils s'écartèrent pour les laisser passer. Rose, Frankie et Megan les attendaient à l'intérieur.

Eric fut transporté sans délai vers une salle d'opération tandis qu'un médecin s'occupait d'examiner Alison.

Megan et Rose s'installèrent dans la salle d'attente, et

Kate sortit un moment dans le couloir, en compagnie de Frankie, pour prendre un café dans un distributeur automatique.

— Merci d'être venue, Frankie, dit Kate en prenant le gobelet en plastique que son assistante lui tendait.

— Pas de quoi. A quoi serviraient les amis, sinon ? Alors, tu veux connaître le déroulement des événements, depuis ton départ du cabinet, cet après-midi ?

— Evidemment ! Je t'écoute.

— D'abord, Maddy Mays a été arrêtée. Et le lieutenant Jarvis, qu'elle soudoyait apparemment depuis des années, a été suspendu, en attendant une enquête à son propos. Mitch a été réintégré dans ses fonctions. Lui et le détective Spivak sont chargés de l'affaire, désormais.

— Et les McKackney ?

— En garde à vue. Tous les deux. Le sénateur était à la Maison Blanche quand tout a basculé. Le procureur fédéral a appelé le Président pour lui apprendre que McKackney allait être interpellé, et pourquoi. Tu imagines le scandale ! Inutile de te dire que la Maison Blanche et le Sénat sont sous le choc. Le téléphone n'a pas arrêté de sonner, au cabinet, depuis que la nouvelle a été rendue publique.

Frankie but une gorgée de café, avant de demander d'un ton grave :

— Rose t'a expliqué, au sujet de Douglas ?

Kate secoua la tête.

— Elle n'en a pas eu le temps. Que s'est-il passé, exactement ?

Frankie lui résuma la scène qui avait opposé Rose et son mari, dans le bureau de ce dernier, et Kate hocha la tête, lentement. Après les révélations de Rose, au restaurant, ce midi, elle s'attendait plus ou moins à un tel dénouement. Malgré tout, le fait de s'entendre confirmer ses pires craintes, de constater à quel point elle s'était trompée sur le compte de cet homme, l'affectait plus qu'elle ne l'aurait imaginé.

— Je n'arrive pas à le croire, conclut Frankie. A quoi pensait-il ? Un avocat de son niveau, impliqué dans des affaires de meurtre !

— On l'a retrouvé ?

— Aux dernières nouvelles, la police avait alerté tous les aéroports. C'est tout ce que je sais.

Au même moment, le jeune médecin qui avait examiné Alison reparut, avec cette dernière.

— Elle va bien, annonça-t-il à Kate. Elle a juste besoin d'une bonne nuit de repos.

Kate le remercia et passa le bras sur les épaules de sa fille.

— Alors, on rentre ? lui proposa-t-elle. On reviendra demain matin…

Mais Alison secoua la tête avec force.

— Je veux rester jusqu'à ce que papa sorte de la salle d'opération, déclara-t-elle.

Puis, regardant sa mère avec des yeux suppliants, elle ajouta :

— Il le faut, maman. Tu comprends ?

Kate sourit.

— D'accord. Dans ce cas, allons rejoindre ta grand-mère et Megan, dans la salle d'attente.

Si Maddy Mays avait légèrement perdu de sa superbe

depuis son arrestation, quelques heures plus tôt, sa morgue était intacte.

— Vous allez payer pour tout ça, détective Calhoon, déclara-t-elle en dardant sur Mitch un regard meurtrier.

Elle tourna la tête vers Tom Spivak, qui venait de poser un magnétophone sur la table.

— Pareil pour vous. Vous allez tous payer.

Le bras en écharpe, Mitch s'installa sur une chaise, en face d'elle.

— Vous n'êtes pas en position de menacer qui que ce soit, madame Mays. Bruno Yager est en détention préventive, et nous disposons du témoignage d'Alison Logan, dans lequel elle déclare que vous avez ordonné son enlèvement. Enfin, votre bon ami, le lieutenant Jarvis, est en train de chanter comme un canari. On ne peut plus l'arrêter.

Ce dernier avait avoué la nature de ses relations avec Maddy Mays, ainsi que le rôle qu'il avait joué dans la libération de Sean McKackney. En revanche, il niait farouchement avoir été impliqué dans un seul des meurtres, et il ignorait savoir qui était Bruno Yager. Celui-ci n'avait pas prononcé un mot, depuis qu'il avait repris connaissance. Dans ces conditions, Mitch avait besoin d'une confession de Maddy, s'il voulait disposer de suffisamment d'éléments pour inculper McKackney et Douglas.

— Vous mentez ! déclara Maddy.

— Oh, non ! Il s'est mis à table, croyez-moi. Nous avons déjà largement de quoi vous incriminer.

Maddy pâlit brusquement.

— Je ne connais même pas le lieutenant Jarvis ! affirma-t-elle.

Mitch esquissa un léger sourire. Puis, sans quitter l'ancienne call-girl des yeux, il se pencha et pressa le bouton de lecture du magnétophone. La voix de Jarvis s'éleva aussitôt dans la pièce, forte et claire, même si elle avait perdu son habituelle agressivité :

— J'ai rencontré Maddy Mays à une réception pour les œuvres de la police, en 1978. Après quelques minutes de conversation banale, elle m'a demandé à brûle-pourpoint si j'aimerais arrondir un peu mes fins de mois en échange d'une protection, si jamais elle en avait besoin. La somme qu'elle m'a offerte équivalait au double de mon salaire de détective, à l'époque. Je suppose que la perspective de gagner autant d'argent m'a aveuglé. Je sais que ce n'est pas une excuse, mais j'avais trois gosses, le quatrième était en route, et...

Mitch coupa le magnétophone.

— Vous voulez entendre la suite ?

— Quel genre d'arrangement avez-vous conclu avec lui, pour l'amener à raconter toutes ces salades ?

— C'est simple. Il nous disait tout ce qu'il savait, et en échange, nous nous montrions disposés à faire preuve d'indulgence à son égard. C'est une pratique courante — du moins quand le suspect a des informations valables à nous offrir.

Tom remonta les manches de sa chemise, comme s'il se préparait pour une longue et ennuyeuse séance d'interrogatoire, et qu'il avait tout son temps devant lui.

— A elles seules, les charges d'enlèvement vous vaudront entre quinze et vingt ans, déclara-t-il avec nonchalance. Ensuite, il y a ces histoires de corruption de fonctionnaire, de proxénétisme et, très probablement, de complicité de meurtre. Je dirais que le tout ira chercher dans les cent ans.

Maddy lui jeta un regard chargé de haine.

— J'exige de voir mon avocat !

— Eh bien, vous voyez..., fit Mitch en faisant mine d'être contrarié, on a un petit problème pour le localiser — comme vous, lorsque vous avez essayé de l'appeler, tout à l'heure.

Il eut un sourire innocent.

— On dirait que M. Fairchild a disparu de la circulation.

— D'après son épouse, indiqua Tom, Douglas Fairchild est rentré chez lui vers 15 heures, cet après-midi ; il a jeté quelques effets dans un sac de voyage, il a pris une grosse somme d'argent dans son coffre-fort, son passeport... et la clé des champs. On est en train de le rechercher activement sur toute la côte Est, mais pour l'instant il demeure introuvable.

Cela n'était pas tout à fait exact. Douglas avait été appréhendé par la police de Miami, alors qu'il s'apprêtait à embarquer sur un vol à destination de Buenos Aires. Il était maintenant en route pour Washington, sous bonne escorte.

— Mme Fairchild pense qu'il est parti pour l'Argentine, reprit Mitch.

Maddy Mays plissa les yeux.

— Or, ainsi que vous le savez peut-être, nous n'avons aucun accord d'extradition avec ce pays, ajouta Mitch.

Il marqua une pause, se demandant si elle allait finir par craquer — et quand.

— On dirait qu'il vous laisse payer les pots cassés.

— L'ordure ! murmura Maddy d'une voix pleine de venin. L'espèce de saloperie d'ordure !

— Vous devriez mieux choisir vos amis, Maddy, commenta Tom.

— Oh ! la ferme, vous !

Mitch et Tom échangèrent un regard amusé.

Soudain, Maddy posa ses mains à plat sur la table.

— Très bien, déclara-t-elle. Vous voulez des détails ? Vous voulez savoir qui a tramé les meurtres de ces deux femmes ? Et celui de Chuck Winslow ? Je vais vous le dire. Mais pas avant d'avoir obtenu certaines garanties.

Le procureur fédéral, qui voulait à tout prix épingler le ou les meurtriers, avait laissé carte blanche à Mitch. Aussi celui-ci se renversa-t-il sur sa chaise, parfaitement détendu.

— L'enlèvement est un crime fédéral, Maddy, rappela-t-il. Alors, pour ce délit, le procureur fédéral ne pourra pas vous aider. Malgré tout, même le FBI peut se montrer indulgent, dans certains cas. En ce qui concerne les autres charges, le procureur fédéral est plus ou moins disposé à les abandonner, dans la mesure où vous nous fournissez les informations dont nous avons besoin, bien entendu.

— J'irai en prison ?

— J'en ai peur. Mais la peine sera considérablement réduite. Il faudra prouver ce que vous avancez, aussi.

— Oh ! je peux le prouver. J'ai des enregistrements de conversations qui vont vous étourdir.

Elle eut un mince sourire.

— Je ne suis pas née d'hier, vous savez.

Mitch lui rendit son sourire.

— Nous vous écoutons.

Maddy les considéra un instant, l'un après l'autre.

— Je n'ai pas droit à la présence d'un avocat ?

— Bien sûr que si, répondit Mitch en haussant les épaules. Vous pouvez en appeler un, si vous voulez. Mais je vous préviens : il va vous conseiller de vous taire, ce qui aura pour conséquence immédiate d'annuler notre accord. Maintenant, le choix vous appartient.

Un instant, Maddy réfléchit en silence. Puis, quand elle eut pris sa décision, elle hocha la tête.

— Très bien. Que voulez-vous savoir ?

Tom sortit du magnétophone la cassette sur laquelle figurait la confession de Jarvis et la remplaça par une autre, vierge.

— Commençons avec Lilly Moore, proposa Mitch, dès que Tom eut pressé le bouton d'enregistrement. Qui l'a tuée, et pourquoi ?

Maddy baissa les yeux sur ses mains, croisées sur la table.

— Lilly Moore avait la mauvaise habitude de fourrer son nez dans les vieux dossiers du cabinet Fairchild, Baxter et Rendell. Un jour, elle en a découvert un qui l'a intriguée — l'accusation de viol contre Sean McKackney — et elle a décidé de mener sa petite enquête. Elle n'a pas été longue à découvrir que Mary Sweeney et Gina Lamont étaient la même personne. Mais vous savez déjà tout cela, n'est-ce pas ?

Mitch confirma d'un hochement de tête.

— En effet. Lilly soupçonnait-elle Douglas d'avoir été mêlé à l'affaire ?

— Non. Mais elle est allée lui révéler qu'elle avait suffisamment d'éléments pour rouvrir le dossier. Elle voulait que justice soit faite — pas seulement pour Peggy Bertram, mais pour toutes les femmes.

Elle eut un rire bref.

— Non, mais vous avez déjà entendu des idioties pareilles ?

— Quelle a été la réaction de Douglas ?

— Il a paniqué. Nous avons tous paniqué.

— Vous pouvez préciser de qui vous parlez, quand vous dites « tous » ?

— Moi, Douglas Fairchild, le sénateur Sander McKackney et le Dr Sean McKackney.

— Continuez.

— Ce matin-là, Douglas est venu me voir et il m'a annoncé qu'il fallait tuer Lilly Moore. Cela m'a fait encore plus peur. Je n'avais aucune envie d'être mêlée à des histoires de meurtre. J'étais prête à donner à Lilly tout l'argent qu'elle demanderait mais Douglas m'a répondu que ça ne l'intéresserait pas. Ce même après-midi, il a pris les clés de l'appartement de Lilly dans son sac, il a fait des doubles, et il me les a donnés.

— Et vous, vous les avez passés à Bruno.

— Je ne voulais pas ! Je me suis disputée avec Douglas jusqu'à n'avoir plus de voix. Tout cela se trouve sur une cassette.

— Pourquoi éprouviez-vous le besoin d'enregistrer vos conversations avec Douglas ?

— Parce que je n'avais pas confiance en lui. Ni en Sander, d'ailleurs. Tous les deux étaient d'accord pour tuer Lilly, mais ils ne tenaient pas à savoir comment cela se passerait. A moi de m'occuper de cette sale besogne. C'est à partir de ce moment-là que j'ai commencé à me méfier.

— Savaient-ils que Bruno travaillait pour vous ?

— Oui. Et ils savaient aussi qu'il m'était entièrement dévoué, qu'il était prêt à faire n'importe quoi pour moi. Bruno et moi, nous nous connaissons depuis très longtemps, depuis l'époque où nous travaillions tous les deux pour Dom Costa, à New York.

— Où sont les cassettes ?

— Dans le coffre-fort de mon bureau. Et j'ai déposé des copies dans un autre coffre, à la banque.

Mitch hocha la tête, avant de reprendre :

— Qui a eu l'idée d'acheter le témoignage de Winslow ?

— Douglas. Il a rencontré tous les voisins de Lilly, avant de le sélectionner, lui. Ce pauvre idiot a signé son arrêt de mort, ce jour-là.

— Que voulez-vous dire ?

— Douglas avait prévu de le tuer deux ou trois semaines après le procès. Il craignait que Winslow ne puisse pas se retenir de dépenser les cent mille dollars qu'on lui avait versés, ce qui aurait tout fait capoter. Le jour où Kate Logan a annoncé à Douglas qu'elle allait interroger Winslow, de nouveau, il a décidé d'accélérer la procédure.

— Et Gina ?

— Ah ! Gina...

Maddy eut un sourire où se mêlaient fierté et regret.

— La plus belle de toutes mes filles ! Je lui ai appris tout ce qu'elle savait. Il n'y avait qu'un problème, avec elle : elle n'était pas très intelligente. Imaginative, oui, mais pas maligne pour un sou. Ou elle n'aurait jamais essayé de me faire chanter.

— Combien voulait-elle ? demanda Mitch.

— En tout, trois millions de dollars. Un million de ma part, un autre de Douglas, et le dernier de Sander. Sinon, elle menaçait d'aller tout raconter à la police.

— Pourquoi à ce moment-là, et pas plus tôt ?

— Elle n'en avait pas besoin auparavant. D'abord, elle avait reçu une importante somme quand elle avait accepté d'aider Sean. Rien qu'avec ça, elle aurait pu prendre sa retraite. Ensuite, c'était une de mes filles les plus appréciées. Autant dire que Gina nageait dans l'argent. Jusqu'à ce qu'elle touche à la cocaïne, il y a un an et demi, environ.

Elle secoua la tête.

— Non seulement elle ne me servait plus à rien, mais en plus elle commençait à donner une mauvaise réputation à mon réseau. J'ai dû me séparer d'elle.

— Comment se fait-il qu'elle n'ait pas essayé de vous faire chanter, à ce moment-là ?

— C'est bien ce que j'ai craint, mais, à mon avis, cette idée ne lui a même pas traversé l'esprit. Elle était bien trop occupée à s'amuser avec ses amis drogués. En outre, je lui avais donné les numéros de téléphone de certains clients — ceux dont je préférais me débarrasser —, et elle a pu continuer à travailler. A mon avis, la solution du chantage ne lui est apparue que lorsqu'elle s'est retrouvée à sec.

— Qui a décidé qu'il fallait la tuer ?

— Encore Douglas, répondit Maddy. Il disait qu'avec sa dépendance à la drogue et son style de vie, les trois millions de dollars ne dureraient pas longtemps. Il craignait qu'elle continue son petit jeu jusqu'à nous mettre sur la paille.

— Et l'agression de Kate Logan ? De qui venait l'idée ?

— Nous nous sommes encore disputés, à ce sujet, mais pas parce que je voulais épargner la vie de Kate Logan. J'ai su que cette femme allait nous poser des tas de problèmes dès l'instant où elle est entrée dans mon bureau. Je l'ai dit à Douglas, qui ne voulait rien entendre. D'après lui, elle avait juste besoin d'un petit avertissement. Il se trompait.

Elle darda sur Mitch un regard froid et dur.

— Kate Logan aurait dû mourir.

Mitch déglutit péniblement. Jamais encore il n'avait ressenti le désir ou le besoin de frapper une femme — pas même lorsqu'il avait trouvé Ava dans les bras d'un autre homme. A cet instant, pourtant, il aurait volontiers giflé Maddy Mays de toutes ses forces.

— Et LuAnn ? intervint Tom, comme s'il devinait la colère et la frustration de son ami. Elle devait mourir, elle aussi ?

— Non. Je comptais juste lui donner une bonne leçon, à titre d'exemple pour tous ceux qui auraient pu être tentés de parler.

Soudain, un policier en uniforme entra dans la pièce.

Il se pencha vers Mitch et lui chuchota quelques mots à l'oreille.

Aussitôt, ce dernier se leva.

— Je vais devoir vous renvoyer dans votre cellule, Maddy. Nous reprendrons notre conversation plus tard.

Il coupa le magnétophone.

— Pourquoi ? demanda Maddy avec une soudaine inquiétude. Que se passe-t-il ? Si cela me concerne, j'ai le droit de savoir.

— Ce n'est pas à votre sujet, Maddy.

On escorta la prisonnière hors de la salle d'interrogatoire et, dès qu'elle fut sortie, Mitch fit signe au policier.

— Faites entrer Douglas Fairchild, maintenant.

34.

— Tu es bien installé, mon chéri ? demanda Megan en glissant un autre oreiller sous la tête d'Eric.

Ce dernier sourit. Sa mère comme sa fiancée n'avaient cessé de le couvrir d'attentions depuis qu'il était sorti de la salle d'opération. Mais il ne se plaignait pas. Après les deux semaines qu'il venait de passer, il méritait d'être dorloté.

— Ça va, lui répondit-il. L'anesthésie locale n'a pas encore cessé son effet, alors je ne souffre pas.

Il tapota le lit, à côté de lui.

— Mais arrête un peu de t'agiter et viens t'asseoir près de moi.

La jeune femme lui obéit, et il prit ses mains entre les siennes.

— Alors, quelles sont les nouvelles ?

— Tu es totalement innocenté ! annonça Megan avec un sourire radieux. C'est bien Douglas qui a commandité le meurtre de Gina Lamont. Ainsi que les autres.

— Quels autres ?

— Lilly Moore et Chuck Winslow. Il est même responsable de l'agression qu'a subie Kate, l'autre jour.

— Quel ignoble salopard !

En dépit de la joie intense que lui procurait sa liberté

recouvrée, Eric éprouvait un sentiment de haine si violent qu'il l'étouffait presque. Douglas, l'homme que sa mère aimait depuis vingt et un ans, le beau-père qui avait prêché — et avec quelle arrogance ! — l'honnêteté, le travail et l'intégrité, l'avocat qu'une ville entière respectait et admirait, Douglas Fairchild n'était rien d'autre qu'un meurtrier.

— J'espère qu'il va croupir dans une cellule jusqu'à la fin de ses jours, murmura-t-il entre ses dents.

Megan lui caressa la joue.

— Ne parlons plus de lui, d'accord ?

— Non ? Alors, de quoi veux-tu parler ? demanda Eric en portant la main de sa fiancée à ses lèvres.

Elle inspira profondément, avant de répondre :

— De ma mère.

— Ta mère ? s'exclama Eric.

— Elle a téléphoné. Elle veut te voir. Je crois qu'elle a l'intention de te présenter ses excuses.

— Des excuses ? Abigail Hollbrook ne connaît pas le sens de ce mot.

— Elle apprend, Eric. Et elle essaie. S'il te plaît, donne-lui une chance. Je te promets que tu ne le regretteras pas.

Il sourit et attira Megan contre lui.

— Ah bon ? Que veux-tu dire par là ?

— Je veux dire que je t'en serai éternellement reconnaissante, murmura Megan, dont le visage s'empourpra.

— Et si tu me donnais un échantillon de ta gratitude tout de suite ?

Eric se mit à jouer avec un bouton du chemisier de la jeune femme, qui pouffa de rire, avant de lui donner une petite tape sur les doigts.

— Arrête ! Si on entre et qu'on nous voie ?

— Cela n'arrivera pas si tu fermes la porte de l'intérieur.

— Eric, qu'est-ce qu'ils t'ont donné, dans cette salle d'opération ?

— Fais-moi l'amour, Megan !

— Pas ici.

— Si tu me fais l'amour, insista Eric en pressant la main sur un sein de Megan, j'accueillerai la reine Hollbrook à bras ouverts.

— Tu es fou...

— Va fermer la porte, Megan !

Le souffle un peu court, celle-ci se leva et alla tourner le verrou.

— Cette horrible femme voulait te tuer, maman ! dit Alison d'une voix qui tremblait encore. Je l'ai entendue le dire au téléphone.

Kate borda sa fille et se pencha pour l'embrasser.

— Tout est fini, maintenant, ma chérie. Maddy Mays ne peut plus nous faire de mal. Et cet affreux Yager non plus.

Elle écarta une mèche de cheveux blonds du front d'Alison, jouissant du simple bonheur qu'il y avait à la regarder, à la toucher.

— Tu sais à qui elle parlait, maman ?

C'était la deuxième fois de la soirée que l'adolescente faisait référence à ce coup de téléphone. Elle s'était en outre étonnée de l'absence de son grand-père, à l'hôpital. Kate avait de façon très vague évoqué un déplacement impromptu, cherchant ainsi à gagner un peu de temps. Elle savait pourtant que, tôt ou tard, elle devrait raconter toute la vérité à sa fille et lui révéler l'implication de Douglas dans cette terrible affaire. Mais pas ce soir. La pauvre avait eu assez d'émotions.

— Nous reparlerons de tout cela demain, ma chérie, répondit-elle. Il faut que tu dormes, maintenant.

Alison lui prit la main.

— Je te demande pardon d'avoir été aussi méchante avec toi, ces derniers temps. J'étais vraiment horrible, hein ?

Kate sourit.

— J'imagine qu'avec le divorce, tu avais emmagasiné beaucoup de colère, de peurs et de souffrance. Il fallait que ça sorte.

— Et je me suis trompée sur le détective Calhoon. C'est en voulant sauver papa qu'il s'est fait tirer dessus. Il aurait pu mourir.

— Heureusement pour le détective Calhoon, et aussi pour ton père, Bruno Yager est aussi doué que moi avec une arme, souligna Kate pour rendre cette conversation moins pesante.

Avec soulagement, elle vit sa fille sourire.

— Dors, ma chérie, répéta-t-elle en éteignant la lampe de chevet.

— J'ai changé d'avis au sujet du détective Calhoon, maman. Ça ne me dérange pas que tu l'aimes bien. Si tu veux, tu peux même l'inviter à dîner.

Kate se pencha pour l'embrasser.

— C'est une excellente idée. Je lui en parlerai, la prochaine fois que je le verrai.

Elle quitta la chambre d'Alison. La gorge serrée, elle songea que Mitch, malheureusement, ne voudrait sans doute plus jamais remettre les pieds dans cette maison.

Elle aurait aimé se rendre au commissariat et essayer de lui parler, ce soir ; mais quand Eric était sorti de la salle d'opération, Alison était dans un tel état de fatigue que Kate n'avait eu de cesse qu'elle l'eût ramenée à la maison.

D'ailleurs, c'était peut-être mieux ainsi, pensa-t-elle un peu plus tard, alors qu'elle se déshabillait. Mitch avait besoin de temps — du temps pour comprendre que seuls la peur et le désespoir lui avaient dicté les paroles terribles qu'elle avait prononcées.

Elle se glissa entre les draps et se rappela la nuit qu'ils avaient passée, ensemble, dans ce lit. Il lui semblait que des années s'étaient écoulées, depuis. Finalement, elle prit l'oreiller sur lequel Mitch avait dormi et le serra contre elle, avant de fermer les yeux.

La presse se régalait. Depuis la veille, une nouvelle sensationnelle suivait l'autre. Rien que ce matin, Tony Fuente avait été libéré de prison, et Eric Logan lavé de tout soupçon. Quant à Maddy Mays, c'était la femme du jour. On l'avait baptisée la « Madame Claude de la côte Est » et la rumeur parlait même d'un téléfilm sur son histoire, en préparation.

Ce matin-là, Kate et Rose se rendirent au commissariat, afin d'y faire leur déposition. Rose demanda à Mitch la permission de voir son mari. Mais Douglas refusait de lui parler.

— Il m'en veut ! dit-elle au détective lorsque celui-ci lui rapporta le refus du prisonnier.

Elle sortit un mouchoir de sa poche et le pressa contre ses paupières.

— Il m'en veut parce que je vous ai révélé qu'il essayait de quitter le pays.

— Ne culpabilisez pas, madame Fairchild, lui conseilla Mitch avec douceur. Vous n'avez rien à vous reprocher. C'est lui qui vous a placée face à un dilemme impossible : soit innocenter votre fils, qui n'avait rien à se reprocher, soit permettre à votre mari de s'échapper, alors qu'il était coupable de nombreux crimes. Vous avez choisi votre fils, et nul ne songerait à vous en faire grief. Dans une telle situation, des millions de mères auraient agi comme vous.

Il se tourna vers Kate.

— En revanche, il a demandé à te voir, toi.

Kate n'en fut pas vraiment surprise. Elle se doutait que Douglas voudrait lui parler. Et franchement, elle s'en serait bien passée.

— S'il te plaît, Kate, murmura Rose en lui touchant la main. Fais-le pour moi.

Kate hocha la tête et finit par se lever.

— Très bien.

Elle suivit Mitch jusqu'à la cellule où Douglas avait été placé en garde à vue.

— Tu veux que je reste ? lui proposa-t-il.

— Non, ça ira.

— Très bien. Appelle le garde, quand tu auras fini.

Elle entra, et la lourde porte se referma derrière elle.

Douglas était assis sur un lit de camp. A le voir, on aurait pu croire qu'il revenait d'un simple voyage d'affaires.

— Merci d'être venue, Kate, dit-il en se levant pour l'accueillir. Je n'étais pas sûr que tu accepterais.

— Je ne le fais pas pour vous, répliqua-t-elle.

Prenant place sur l'unique chaise de la cellule, elle croisa les jambes et le regarda — attendant.

— Je voudrais t'expliquer, mais... je ne sais pas trop par où commencer.

Kate garda le silence, les yeux toujours fixés sur lui. C'était une tactique extrêmement déstabilisante. Lui-même la lui avait enseignée. Et à en croire le bref sourire qui passa sur ses lèvres, il n'avait pas oublié ce fait.

Finalement, il rompit le silence.

— Je ne vais pas t'ennuyer avec des détails concernant l'alibi de Sean. Il semble que Maddy ait été très explicite à ce sujet — entre autres.

Son regard se posa sur le mur derrière Kate, portant tous les graffitis, les messages obscènes et les numéros de téléphone notés par les prévenus qui s'étaient succédé là, avant lui. Elle se demanda s'il pensait à toutes les fois où il s'était trouvé dans une pièce comme celle-ci, en train de jouer son rôle d'avocat ; aujourd'hui, la situation était inversée.

— Je suis désolé pour ce qui est arrivé à Alison, reprit-il. Je me sens entièrement responsable. Si j'avais trouvé une meilleure cachette pour cette clé, elle n'aurait pas subi tout cela.

Cette fois, la curiosité de Kate fut la plus forte.

— A quoi servait cette clé ?

— C'était celle d'un des appartements privés de l'hôtel. Maddy l'avait mis à ma disposition.

— Vous aviez la prostituée, avec ? demanda Kate.

Il ne se laissa pas troubler par son ton méprisant.

— A l'occasion, oui. C'était le genre de petit bonus que certains de mes clients appréciaient. Moi-même, je ne m'en suis jamais servi. Tu dois me croire, Kate.

— Comment voulez-vous que je vous croie ?

— C'est simple, répondit-il en haussant les épaules. Je n'ai plus rien à perdre en disant la vérité.

Kate le considéra un instant en silence.

— Comment avez-vous pu faire ça, Douglas ? Comment avez-vous pu faire tuer toutes ces personnes ?

— J'étais acculé.

— C'est vous-même qui vous êtes mis dans une situation périlleuse, la nuit où vous avez fabriqué ce faux alibi pour Sean McKackney.

Douglas regarda ses mains sans rien dire.

— Vous avez payé cette amitié au prix fort, n'est-ce pas ? insista Kate.

— Je ne l'ai pas fait seulement par amitié. Sander m'a offert beaucoup d'argent. Un million de dollars. Si je trouvais un moyen de tirer son fils de ce mauvais pas, il me donnait un million de dollars en liquide. En liquide, Kate ! répéta-t-il, comme si cela justifiait tout. Du liquide que je pouvais placer dans une banque des îles Caïmans et laisser fructifier. C'est exactement ce que j'ai fait.

— Mais vous n'aviez pas besoin d'argent. Vous étiez avocat, vous aviez le cabinet…

— Je n'avais rien du tout, l'interrompit-il.

Il se leva, plongea les mains dans ses poches et se mit à arpenter la cellule.

— Après que mon père eut été nommé à la Cour suprême et qu'il m'eut laissé le cabinet, les choses ont changé. Beaucoup de ses anciens clients n'aimaient pas mes méthodes. Ils trouvaient que je n'étais pas aussi compétent que mon père, que je n'avais pas assez d'expérience. Je n'étais pas assez puissant. Et ils sont partis, l'un après l'autre.

Sa voix se chargea d'amertume.

— Mon père ne manquait pas une occasion de me le rappeler, d'ailleurs. Alors, quand Sander m'a fait cette offre, je n'ai pas pu résister. Non seulement j'allais avoir beaucoup d'argent, mais en plus Sander avait promis de m'envoyer des clients qui me permettraient de redorer mon blason — et celui du cabinet, par la même occasion. J'allais enfin pouvoir montrer à mon père que j'étais aussi doué que lui.

— Et dans le processus, vous jetiez tous vos principes aux orties.

— Je n'ai jamais pensé que cela irait aussi loin.

— Maddy a déclaré que vous étiez responsable de ce qui m'est arrivé dans le parking du cabinet, l'autre soir. C'est vrai ?

— Cette salope a-t-elle précisé, aussi, qu'elle voulait te faire tuer ? Qu'elle avait l'intention d'envoyer Bruno chez toi, pour qu'il te fasse subir le même sort qu'à Gina Lamont ? C'est moi qui l'ai arrêtée, Kate. Sans moi, tu serais morte.

— Et je devrais vous en être reconnaissante ? s'écria Kate. Je suis censée détourner la tête et oublier tout ce que vous avez fait ? Ma fille — votre petite-fille — a été kidnappée, Douglas. Elle aurait pu être tuée !

— Je n'ai rien à voir là-dedans. Je ne savais même pas que Bruno la séquestrait, jusqu'à ce que la police m'intercepte à Miami.

— Vous deviez vous en douter, non ? Et d'ailleurs, si vous l'aviez su, qu'auriez-vous fait ? Vous seriez revenu pour essayer de la sauver ? Ou seriez-vous monté à bord de votre avion pour Buenos Aires ?

Comme Douglas gardait le silence, Kate eut un rire cinglant.

— La réponse est tellement évidente que vous ne pouvez même pas mentir, commenta-t-elle.

— Mitch Calhoon est spécialisé dans les opérations de sauvetage de ce genre. Je ne pouvais rien faire de plus pour Alison.

— Et tous les gens que vous avez trahis ? Maria, Rose et Tony ! Avez-vous idée de l'enfer qu'il a connu ? Quand je pense que vous avez eu le toupet de venir me voir dans mon bureau, le jour du verdict, et de mettre son innocence en doute.

Kate secoua la tête, incrédule.

— Seigneur ! Quand êtes-vous devenu un si bon acteur ?

— Je ne suis pas fier de ce que j'ai fait.

— Il est trop tard pour les regrets.

— Mais peut-être pas trop tard pour essayer de compenser le mal que j'ai causé. Je pense notamment à cette prostituée que Yager est allé menacer chez elle. Il paraît qu'elle est à l'hôpital.

— En effet. Elle aussi a failli mourir.

— Je tiens à payer ses factures, Kate. Dis-moi simplement ce que je dois faire. Et je veux aussi payer les frais d'université de Tony.

L'ancien Douglas était de retour, plein de force et d'autorité.

— C'est moi qui me charge des factures de LuAnn, déclara Kate d'un ton sec. Quant à Tony, je doute fort qu'il accepte votre offre.

— Je veux seulement l'aider.

— Vous n'êtes pas en position d'aider qui que ce soit, Douglas. Vous allez vous retrouver en prison. Ne l'avez-vous donc toujours pas compris ?

— Je ne vais nulle part, répliqua-t-il. Pas si je choisis l'avocat qu'il me faut.

Il soutint le regard de Kate et annonça :

— Cet avocat, c'est toi, Kate. Je veux te confier ma défense.

35.

S'il ne s'était exprimé aussi clairement, Kate aurait pensé qu'elle avait mal entendu.

— Vous me confiez votre défense ? répéta-t-elle en le considérant avec stupéfaction.

— Je te paierai tout ce que tu voudras. Je dispose de près de cinq millions de dollars, dans les îles Caïmans. Et si cela n'est pas assez, je vendrai la villa aux Bermudes, et même la maison de Potomac. Peu importe, du moment que tu me sors de là. Il suffira que nous achetions un ou deux jurés…

— Vous voulez suborner les jurés, maintenant ?

Il eut un rire léger.

— Allons, Kate, c'est une pratique courante. Tu le sais bien.

— Vous y avez déjà eu recours ?

Douglas balaya cette question d'un geste de la main. Puis, il se remit à arpenter la cellule.

— Je t'apprendrai à les choisir. Ils doivent être avides, mais aussi posséder une forte personnalité, afin que les autres jurés les écoutent. Evidemment, il faudra faire très attention. Une erreur de jugement peut se révéler désastreuse…

Il était si absorbé par ses projets qu'il ne vit pas Kate faire un signe au garde. Quand elle quitta la cellule, il était toujours en train de parler et de faire les cent pas.

Kate rejoignit Rose dans la salle de police.

— Comment va-t-il ? lui demanda aussitôt la mère d'Eric. Qu'a-t-il dit ?

— Je crois qu'il va bien. Il met au point sa défense.

— Sa défense ? s'exclama Rose. Il n'a pas l'intention de plaider coupable ?

— Apparemment pas. Mais quelle que soit sa décision, ce n'est pas mon problème, Rose.

— Tu ne vas pas le représenter, n'est-ce pas ?

— Non. J'espère que vous me comprendrez, et que cela ne changera rien entre nous.

— Jamais ! affirma Rose avec ferveur. Moi aussi, je le méprise et je le déteste pour ce qu'il a fait. Mais en même temps...

Elle ferma les yeux.

— Je l'aime toujours, Kate. Est-ce que cela fait de moi une horrible femme ?

— Non, affirma Kate avec douceur. Cela prouve seulement que vous êtes humaine. Et ne vous inquiétez pas trop au sujet de Douglas. Je suis sûre qu'avant la fin de la journée, il aura engagé un autre avocat — un excellent avocat qui sera trop heureux de prendre son argent.

Elle regarda autour d'elle.

— Où est Mitch ?

— Je ne sais pas. Il était là il y a une minute.

— Il faut que je lui parle.

Rose se leva.

— Et moi, je vais rentrer. Embrasse Alison pour moi.

Mais Mitch avait quitté le commissariat, et nul ne savait où il s'était rendu. Quand Kate demanda si Tom était là, on lui répondit qu'il ne devait pas arriver avant midi. Alors, sur une impulsion, elle décida de se rendre chez les Spivak.

Ce fut Mary Beth qui lui ouvrit.

— Kate ! s'exclama-t-elle avec chaleur. Entrez, je vous en prie. Tom m'a raconté tout ce qui s'est passé, hier. Quelle épreuve ! Comment va votre fille ?

— Bien, répondit Kate. Une bonne nuit de sommeil l'a remise d'aplomb. Elle a même insisté pour retourner en classe, ce matin.

Elle suivit Mary Beth dans une grande cuisine jaune et blanche.

— Tom n'est pas là ?

— Si, mais il est rentré très tard, hier soir. Il va sûrement se lever au dernier moment. Je peux faire quelque chose pour vous ?

— Eh bien..., murmura Kate.

Brusquement embarrassée, elle s'interrompit. Elle n'avait vu Mary Beth qu'une fois, et voilà qu'elle s'apprêtait à lui confier son désarroi et ses pensées les plus intimes.

— Kate, que se passe-t-il ? lui demanda la femme de Tom, avec une telle gentillesse que les appréhensions de Kate s'envolèrent aussitôt.

— Vous ne savez pas où je peux trouver Mitch, par hasard ?

— Ah ! non. Il ne travaillait pas, ce matin ?

— Si. Je l'ai même vu, au commissariat. Mais Douglas Fairchild avait demandé à me parler, et quand je suis ressortie, Mitch avait disparu. Personne ne sait où il a pu aller.

Mary Beth hocha la tête.

— Vous vous êtes disputés ?

— J'ai peur que ce ne soit encore pire que ça, répondit Kate. Je lui ai dit des choses horribles, hier. Je ne les pensais pas, mais j'étais folle de rage et d'inquiétude ! Il refusait d'aller sauver ma fille, vous comprenez.

— Que lui avez-vous dit ? interrogea Mary Beth en la fixant d'un regard intense.

— Qu'il était un lâche.

— Lâche ? Mitch ? C'est un des hommes les plus braves que je connaisse. Il a risqué sa vie pour vous, dans ces montagnes. Pour vous, pour votre fille et pour votre mari.

— Je le sais bien ! Mais j'étais aveuglée par la colère. Comprenez-moi : il ne voulait pas aller chercher Alison à cause de ce qui s'est passé en Californie, il y a quelques années. J'étais hors de moi ! Ne pouvait-il donc pas oublier cette gosse, et aller sauver la mienne ?

— Seigneur, murmura Mary Beth. Vous n'êtes pas au courant, n'est-ce pas ?

— Au courant de quoi ?

Mary Beth hésita.

— Ce n'est pas à moi de vous dévoiler une chose pareille.

Kate marcha vers elle et saisit ses mains entre les siennes.

— Mary Beth, j'aime Mitch. Je ne pensais vraiment pas que je tomberais amoureuse aussi vite, après mon divorce, mais le fait est que c'est arrivé. Et je crois qu'il tient vraiment à moi, lui aussi. Si vous pouvez m'aider à mieux le comprendre, faites-le, s'il vous plaît. Ayez confiance en moi.

Un long moment, Mary Beth la considéra en silence.

— Cette petite fille, reprit-elle enfin, celle que vous auriez voulu qu'il oublie, c'était sa fille.

Kate recula d'un pas.

— Non ! s'exclama-t-elle dans un chuchotement horrifié.

— Très peu de gens le savent, expliqua Mary Beth, et Mitch tient à ce que cela reste ainsi. Alors, je vous en prie, n'en parlez à personne. Si je vous l'ai dit, c'est uniquement parce que mon instinct me souffle que vous pouvez le rendre heureux.

Elle marqua une pause.

— A votre place, poursuivit-elle, je me précipiterais chez lui pour essayer de le récupérer. Croyez-moi, Kate, vous pouvez parcourir la planète dans tous les sens : vous ne trouverez pas deux hommes comme Mitch Calhoon.

L'esprit engourdi par ce qu'elle venait d'apprendre, Kate se leva.

— Où habite-t-il ? demanda-t-elle.

— 114 Kalorama Road, dans le quartier d'Adams Morgan, répondit Mary Beth.

Elle raccompagna Kate jusqu'à la porte et, comme cette dernière se tournait vers elle, pleine de gratitude, elle sourit.

— Bonne chance, Kate.

Une dizaine de minutes plus tard, Kate roulait sur Kalorama Road, à la recherche d'une place pour se garer. Quand elle eut trouvé un emplacement, elle alla sonner chez Mitch. Mais ce dernier n'était pas là.

Déçue, désemparée, elle attendit un moment, avec l'espoir qu'il arriverait. Mais au bout d'un quart d'heure, elle renonça et chercha un papier et un stylo, dans son sac, afin de lui laisser un mot.

Soudain, une voix joyeuse la fit sursauter et lui fit lever les yeux.

— Bonjour !

Un jeune homme portant un col ecclésiastique se tenait devant elle et lui souriait. Sous son bras, il tenait un gros paquet enveloppé de papier cadeau.

— Bonjour, père O'Malley, répondit Kate en se rappelant l'histoire que Mitch lui avait rapportée au sujet du prêtre.

Ce dernier haussa les sourcils.

— Je suis sûr que je ne vous ai jamais rencontrée. Je m'en souviendrais.

Elle se mit à rire et lui tendit la main.

— Je suis Kate Logan. Et vous avez raison, nous ne nous connaissons pas. Mais Mitch m'a parlé de vous, et notamment de votre goût pour le basket.

— Ah ! Alors, il a dû vous dire aussi que je suis un très mauvais perdant. Mais dites-moi... votre nom... N'êtes-vous pas la mère de cette jeune fille qui a été kidnappée, hier ?

— Oui, en effet. Heureusement, elle est saine et sauve. Grâce à Mitch.

Kate regarda du côté de la rue, de nouveau, espérant toujours le voir apparaître.

— Il faut que je lui parle, mais personne ne semble savoir où il se trouve.

Le jeune prêtre la considéra un instant, comme s'il essayait de se faire une opinion sur elle.

— Vous devriez allez voir du côté du Habanita, sur la 18e Rue, dit-il finalement.

— Habanita ?

— C'est un restaurant dans lequel Mitch se rend parfois.

— Et vous pensez qu'il y est peut-être, maintenant ?

— En fait, j'en suis sûr. Je l'ai croisé, tout à l'heure, et il m'a proposé de l'accompagner. Mais je devais encore rendre visite à quelques paroissiens.

Kate remit son bloc-notes dans son sac.

— Merci, mon père ! lança-t-elle avec un large sourire. Vous m'avez été d'une aide précieuse.

— Je suis toujours heureux de l'entendre…

Le restaurant Habanita, en plein cœur d'Adams Morgan, était déjà rempli d'une faune bigarrée et à la mode. Des hommes en jean griffé et des femmes en minifourreau noir se tenaient devant un bar jaune qui avait la forme d'une banane, sirotant du vin blanc et grignotant des brochettes de crevettes. Les haut-parleurs déversaient de la musique salsa.

Mitch était installé au bout du comptoir. Il regardait fixement le verre de bière posé devant lui.

Le cœur battant, Kate alla s'asseoir près de lui.

— Bonjour, Mitch.

Il sursauta presque.

— Que fais-tu là ?

— J'ai croisé le père O'Malley, et il m'a dit que je te trouverais ici.

Mitch hocha la tête et se tourna de nouveau vers sa bière.

— Je voulais te parler, reprit Kate, la gorgée serrée. Je sais que je t'ai blessé, hier. Peut-être au point que tu ne me le pardonneras jamais. Mais j'étais hors de moi. Tu étais mon seul espoir, tu comprends ; le seul homme en qui j'avais confiance pour sauver ma fille. Et quand tu as refusé, je...

Elle s'interrompit, guettant un signe d'encouragement de la part de Mitch. Mais il demeurait obstinément immobile, lui offrant un profil impassible.

— Je n'avais pas le droit de te parler comme ça, continua-t-elle. Et je voudrais que tu saches que jamais je ne l'aurais fait, si j'avais su... si j'avais été au courant, au sujet de ta petite fille.

Cette fois, il se tourna vers elle. Mais l'expression de son regard demeurait impénétrable.

— Comment l'as-tu appris ? demanda-t-il.

— Mary Beth. Mais il ne faut pas lui en vouloir ; je ne lui ai pas laissé le choix.

Comme Mitch se perdait de nouveau dans la contemplation de sa bière, Kate poursuivit :

— Si tu savais combien je suis désolée, Mitch. J'ignorais totalement que l'enfant dont tu m'avais parlé était ta fille. Maintenant que je le sais, je voudrais pouvoir prendre un peu de cette souffrance qui te ronge et la porter pour toi. Mais c'est impossible. De la même façon que je ne peux pas ravaler ce que je t'ai dit.

Elle marqua une pause, désespérée par le silence et l'attitude distante de Mitch. Malgré tout, elle n'était pas venue jusqu'ici pour abandonner en cours de route. La voix tremblante d'émotion, elle se força à aller jusqu'au bout de ce qu'elle voulait lui dire.

— Si je suis là, c'est parce que ce qui s'est passé entre nous me paraît valoir la peine qu'on se batte pour le conserver. Je t'aime, Mitch. Je ne pensais pas prononcer ces mots, de nouveau, un jour, mais tu vois...

Elle dut s'interrompre, craignant d'éclater en sanglots. Elle demeura un instant à observer Mitch, luttant contre la douleur et le chagrin qui la dévastaient. Et puis, au bout d'interminables secondes, elle se leva et murmura :

— Venir ici n'était peut-être pas une si bonne idée, tout compte fait.

Mitch ne répondit rien, et Kate quitta le restaurant, avec l'impression que son cœur s'était brisé.

Le cimetière Hillside, à Fairfax, dans l'Etat de Virginie, était presque vide, en ce samedi matin. Mitch franchit le portail et longea lentement les allées, avant d'arriver devant la tombe de Gabrielle. Là, il mit un genou en terre et posa le bouquet de roses sur la pierre tombale, en travers de l'inscription : « Gabrielle Marie Calhoon, 1986-1993 ».

La douleur était toujours là. Elle ne disparaîtrait jamais. Mais il savait maintenant qu'avec le temps, elle finirait par devenir plus tolérable. Le processus avait commencé, et les démons qu'il avait combattus, durant les trois dernières années, étaient enfin terrassés. Surtout, il avait retrouvé le goût de vivre, et le courage d'aimer. Et cela, il le devait à une femme merveilleuse — une femme courageuse et obstinée qui s'appelait Kate Logan.

A présent, il se sentait prêt à le lui dire.

Alors, au bout d'un moment, il se redressa, prit congé de l'enfant qu'il ne cesserait jamais d'aimer et quitta le cimetière.

Il était 14 heures, quand Mitch arriva chez Kate. Il se gara devant la maison et sourit en remarquant un sapin d'au moins deux mètres posé contre la porte d'entrée, encore tout ficelé.

Ce fut Alison qui lui ouvrit, et il fut soulagé de constater qu'elle ne paraissait plus lui en vouloir.

— Bonjour, dit-elle avec un grand sourire.

— Bonjour, répondit Mitch. Ta mère est là ?

— Oui. Dans le salon. On était en train de sortir les décorations pour le sapin.

Elle le fit entrer et ferma la porte, avant de se diriger vers l'escalier.

— Je serai dans ma chambre, déclara-t-elle simplement.

Mitch la suivit des yeux, un instant, puis il poussa la porte du salon. Sur le tapis, au milieu de la pièce, étaient disposées plusieurs boîtes en carton desquelles jaillissaient des mètres de guirlandes multicolores. Kate se tenait devant la porte-fenêtre donnant sur le jardin, le dos tourné. Mitch marcha aussitôt vers elle et l'enveloppa de son bras valide.

— Je me demandais, chuchota-t-il dans ses cheveux, si tu avais besoin d'une paire de bras costauds pour porter cet arbre de Noël à l'intérieur. Parce que, si c'est le cas, j'en ai une paire plutôt valable à te proposer. Bon, en fait de paire, c'est plutôt un seul bras, parce que le deuxième est un peu amoché. Mais c'est très temporaire.

Il la serra plus fort contre lui, terrifié à l'idée qu'elle le rejette. Lorsqu'elle rit, de ce rire de gorge qui lui faisait perdre la tête, il poussa un soupir de soulagement.

— Et plus tard, poursuivit-il, si tu me le demandes gentiment, je pourrais même t'interpréter des chants de Noël. Juste pour l'ambiance.

Kate, enfin, se tourna, et les promesses d'amour qu'il vit briller dans ses yeux firent chavirer son cœur. Elle l'enlaça par la nuque.

— L'offre est intéressante, dit-elle d'un air malicieux. Elle pose juste un petit problème.

— Lequel ?

— Dès qu'un homme chante pour moi, surtout des chants de Noël, il me vient de drôles d'envies — si tu vois ce que je veux dire, ajouta-t-elle avec une œillade coquine. Tu n'aurais pas un remède à cette étrange maladie, par hasard ?

Mitch se pencha sur les lèvres de la jeune femme.

— Oh ! que si...

DANS LA MÊME COLLECTION
Par ordre alphabétique d'auteur

BARBARA BRETTON	*Le lien brisé*
JASMINE CRESSWELL	*La Manipulatrice*
JASMINE CRESSWELL	*Le secret brisé*
JASMINE CRESSWELL	*La mort pour héritage*
JASMINE CRESSWELL	*Soupçons mortels*
MARGOT DALTON	*Amnésie*
MARGOT DALTON	*Kidnapping*
WINSLOW ELLIOT	*L'innocence du mal*
LYNN ERICKSON	*Le Prédateur*
TESS GERRITSEN	*Présumée coupable*
TESS GERRITSEN	*Crimes masqués*
HEATHER GRAHAM	*L'invitation*
HEATHER GRAHAM	*L'ennemi sans visage*
HEATHER GRAHAM	*Le complot*
HEATHER GRAHAM	*Soupçons*
HEATHER GRAHAM	*La griffe de l'assassin*
GINNA GRAY	*Le voile du secret*
GINNA GRAY	*La cavale*
KATHRYN HARVEY	*La clé du passé*
CHRISTIANE HEGGAN	*Miami Confidential*
CHRISTIANE HEGGAN	*L'Alibi*
CHRISTIANE HEGGAN	*Intime conviction*
CHRISTIANE HEGGAN	*Labyrinthe meurtrier*
GWEN HUNTER	*Faux diagnostic*
GWEN HUNTER	*Virus*
GWEN HUNTER	*Les mains du diable*
PENNY JORDAN	*De mémoire de femme*
PENNY JORDAN	*La femme bafouée*
R.J. KAISER	*Qui a tué Jane Doe ?*
ALEX KAVA	*Sang Froid*
ALEX KAVA	*Le Collectionneur*
ALEX KAVA	*Les âmes piégées*
ALEX KAVA	*Obsession meurtrière*
RACHEL LEE	*Neige de sang*
RACHEL LEE	*Le lien du mal*
CARLA NEGGERS	*L'énigme de Cold Spring*

.../...

DANS LA MÊME COLLECTION
Par ordre alphabétique d'auteur

MEG O'BRIEN	*Le piège*
MEG O'BRIEN	*En lettres de sang*
MEG O'BRIEN	*Pluie de sang*
MEG O'BRIEN	*La déchirure*
MEG O'BRIEN	*Spirale meurtrière*
SHIRLEY PALMER	*Zone d'ombre*
EMILIE RICHARDS	*Le refuge irlandais*
EMILIE RICHARDS	*Mémoires de Louisiane*
EMILIE RICHARDS	*Le testament des Gerritsen*
EMILIE RICHARDS	*L'héritage des Robeson*
EMILIE RICHARDS	*L'écho de la rivière*
EMILIE RICHARDS	*Promesse d'Irlande*
HELEN R. MYERS	*Mortelle impasse*
NORA ROBERTS	*Le cercle brisé*
NORA ROBERTS	*Possession*
NORA ROBERTS	*Et vos péchés seront pardonnés*
NORA ROBERTS	*Tabous*
NORA ROBERTS	*Coupable innocence*
NORA ROBERTS	*Maléfice*
NORA ROBERTS	*Enquêtes à Denver*
NORA ROBERTS	*Crimes à Denver*
FRANCIS ROE	*L'engrenage*
FRANCIS ROE	*Soins intensifs*
JOANN ROSS	*La femme de l'ombre*
TAYLOR SMITH	*Le carnet noir*
TAYLOR SMITH	*La mémoire assassinée*
ERICA SPINDLER	*Rapt*
ERICA SPINDLER	*Black Rose*
ERICA SPINDLER	*Le venin*
ERICA SPINDLER	*La griffe du mal*
ERICA SPINDLER	*Trahison*
ERICA SPINDLER	*Cauchemar*
ERICA SPINDLER	*Pulsion meurtrière*
ERICA SPINDLER	*Le silence du mal*
CHARLOTTE VALE ALLEN	*L'enfance volée*
LAURA VAN WORMER	*La proie du tueur*

6 TITRES À PARAÎTRE EN JUILLET 2006

MIRA